W0207781

Sous le regard de l'ange

ANDREA ELLISON

Sous le regard de l'ange

BestSellers

Titre original : JUDAS KISS

Traduction française de PHILIPPE MORTIMER

HARLEQUIN®
est une marque déposée par le Groupe Harlequin

BEST-SELLERS®
est une marque déposée par Harlequin S.A.

Photos de couverture
Escalier : © MEL CURTIS / ROYALTY FREE / GETTY IMAGES
Nounours : © ROYALTY FREE DIVISION / MASTERFILE

Si vous achetez ce livre privé de tout ou partie de sa couverture, nous vous signalons qu'il est en vente irrégulière. Il est considéré comme « invendu » et l'éditeur comme l'auteur n'ont reçu aucun paiement pour ce livre « détérioré ».

Toute représentation ou reproduction, par quelque procédé que ce soit, constituerait une contrefaçon sanctionnée par les articles 425 et suivants du Code pénal.

© 2009, J.T. Ellison. © 2010, Harlequin S.A.

83/85, boulevard Vincent-Auriol, 75646 PARIS CEDEX 13.
Service Lectrices — Tél. : 01 45 82 47 47
www.harlequin.fr

ISBN 978-2-2808-1507-9 — ISSN 1248-511X

A Del Tinsley,
sans qui aucun de ces livres n'aurait vu le jour.

Et pour mon Randy,
sans qui je serais perdue.

Prologue

Du sang…

Partout…

Il y en avait partout. Sur le sol, sur les murs, sur le cadavre. Son jean et son T-shirt en étaient maculés aussi. Merde ! Comment faire partir ça !

L'assassin reposa son arme. Il se pencha au-dessus du corps inerte de sa victime et un rictus de satisfaction se dessina sur ses lèvres. Finies, les engueulades. Finis, les reproches enragés de fiasco, de promesses non tenues. Finis, les cris d'aigreur.

Le gémissement d'un enfant lui parvint, étouffé par la fureur qui lui bourdonnait encore aux oreilles.

— Salope ! Tu as eu exactement ce que tu méritais !

Dix heures plus tard

— Maman ?

» Maman… Zé faim. Biscuit, maman, biscuit.

» Réveille-toi, maman. Maman ?

» Zé été sur le pot, maman. Zé fait comme il faut.

» Maman ?

» Maman, ça va ? Bobo ? Maman tombée ?
» Zé mon doudou, maman.
» Mon doudou… Mon nounours.

» Bonne nuit, maman. »

LUNDI

1

Elle était en retard, une fois de plus… Corinne détestait qu'elle arrive en retard. Elle ne lui ferait pas de scène, aucune remarque… Elle se contenterait de jeter un coup d'œil au minuteur à affichage numérique de sa cuisinière qui avançait toujours de trois minutes, les mâchoires crispées, et une petite ride verticale se formerait entre ses deux sourcils. Michelle l'imaginait déjà et, mal à l'aise, elle s'agita sur son siège, comme si cela pouvait faire passer plus vite au vert le feu où elle était à l'arrêt, à l'angle d'Old Hickory Boulevard et de la nationale 100.

Le match ne commençait que dans une heure. Elles avaient donc tout leur temps, mais Corinne devait d'abord déposer Hayden à la crèche puis boire un smoothie enrichi aux protéines avant l'échauffement préalable. Les deux sœurs Harris étaient partenaires en double au tennis depuis toujours, et à deux matchs de remporter un tournoi local. Leur apparition annuelle au tournoi du Richland Club se terminait invariablement par un triomphe : elles l'avaient déjà remporté sept années de suite.

Michelle tapotait nerveusement le volant de sa main droite et, de la gauche, elle ramena sa queue-de-cheval au creux de son cou, un geste de réconfort qui lui était familier depuis l'enfance. Corinne, elle, n'avait jamais eu besoin de réconfort. Elle avait toujours été forte, solide. Même lorsqu'elles étaient petites, elle avait toujours eu le pas sur Michelle, pourtant l'aînée, se montrant plus audacieuse, plus entreprenante.

Le feu passa au vert et Michelle appuya à fond sur la pédale d'accélérateur pour tenter de gagner quelques précieuses minutes. Elle *détestait* être en retard, lorsqu'elle avait rendez-vous avec Corinne.

Elle quitta la Jocelyn Hollow Road et s'engouffra dans l'impasse tranquille et sinueuse où habitait sa sœur. Le cornouiller qui se dressait sur sa pelouse était couvert de bourgeons annonciateurs d'un printemps qui arrivait enfin. Nashville avait subi les rigueurs d'un long hiver, mais le froid semblait sur le point de relâcher son étreinte glaciale sur la ville. On commençait à voir dans les prés des petits veaux collés contre leur mère, les buissons se faisaient sonores, retentissant du pépiement des moineaux et des cardinaux rouges.

Corinne — devenue Mme Wolff — attendait son deuxième enfant : elle en était à son septième mois d'une grossesse qui se déroulait sans l'ombre d'un problème. Elle paraissait d'ailleurs n'en être qu'au quatrième mois, tant elle était en forme. Son incessante activité limitait sa prise de poids, contrairement à la plupart des futures mamans. Elle était d'ailleurs bien décidée à jouer au tennis jusqu'à la veille de son accouchement, ainsi qu'elle l'avait fait lorsqu'elle était enceinte de Hayden.

Il arrivait souvent à Michelle de comparer leurs deux situations et de trouver la vie injuste. Elle n'avait ni enfant ni mari. Elle n'avait pour le moment pas rencontré l'homme qu'il lui fallait. Heureusement, Hayden était sa consolation. La fillette, aussi adorable que précoce, occupait toutes ses pensées, si bien qu'elle ne ressentait pas le besoin crucial d'avoir un enfant à elle. Pas encore.

Elle s'engagea dans l'allée des Wolff, bordée d'érables,

et coupa le contact de sa Volvo. La BMW noire de Corinne était garée devant la porte du garage. Les lanternes en fer forgé qui flanquaient la porte d'entrée étaient allumées et Michelle en fut étonnée. Cela ne ressemblait pas à sa sœur d'oublier de les éteindre.

Une dispute sérieuse, dont Michelle avait été le témoin, avait éclaté entre Corinne et Todd, son mari, au sujet de ces lanternes. Todd voulait un modèle qui s'allume automatiquement à la tombée du jour et s'éteigne à l'aube. Mais Corinne avait insisté pour qu'ils puissent activer eux-mêmes l'interrupteur. Ils avaient bataillé ferme. Elle avait fini par l'emporter. Comme toujours. Elle éteignait elle-même ces lanternes extérieures, tous les matins, avec la régularité d'une horloge. Cet oubli en était d'autant plus troublant.

Michelle sortit de sa Volvo sans refermer la portière derrière elle, saisie d'une sourde appréhension. Le petit chemin qui menait à la porte d'entrée était dallé de briques rondes de Chilhowie, un matériau de luxe produit par une carrière artisanale de Virginie et qui avait coûté une somme extravagante, pour autant qu'elle s'en souvienne. Elle parvint au perron et trouva la porte non verrouillée, ce qui n'était pas surprenant. Bien qu'elle lui conseillât régulièrement de s'enfermer chez elle la nuit, Corinne se sentait en sécurité dans son quartier résidentiel, et elle ne voyait pas pourquoi elle devrait se cloîtrer.

Michelle ouvrit la porte et son regard tomba immédiatement sur des traces de pas qu'on aurait dites trempées dans du sang. Des petites traces, qui matérialisaient un déplacement illogique, alléatoire…

Elle fit demi-tour en courant pour prendre son téléphone portable dans sa voiture et composa fébrilement le numéro de Police secours, avant de revenir dans la maison.

Le téléphone sonnait dans son oreille, sonnait, sonnait, tandis qu'elle faisait le tour du rez-de-chaussée où elle ne trouva âme qui vive. Elle monta les marches de l'escalier deux à deux, arriva essoufflée à l'étage, prit à gauche et s'engagea dans le couloir.

A l'autre bout du téléphone, une voix se fit enfin entendre, mais Michelle, horrifiée par le spectacle qu'elle découvrait au même instant, fut incapable de comprendre les mots pourtant simples qu'elle entendait.

— Ici le 911, de quelle urgence s'agit-il ?

Elle ne put répondre. Devant elle, Corinne était étendue par terre, à moitié sur le ventre, le visage affreusement abîmé. Et il y avait du sang… Du sang et encore du sang… Du sang partout !

— Ici le 911, je répète : quel est votre problème ?

Michelle fut saisie de violents tremblements et, dans un hoquet d'horreur, elle parvint à articuler :

— Je crois que ma sœur est morte…

— Pouvez-vous répéter, madame ?

Le pouvait-elle ? Elle effleura le cou de Corinne du bout des doigts. Sa chair morte était d'une froideur irréelle.

Elle sortit de la pièce, affolée, prise d'une sorte de vertige. Hayden ! Où était Hayden ? Dans la pièce, tout autour du corps de Corinne, d'autres traces de pas. Mais aucun signe de la petite fille. Michelle se mit à hurler.

— Il y a du sang ! Du sang partout ! Et des traces de pas… Ma nièce ! Ma nièce a disparu !

Elle criait, parcourant comme une folle toutes les pièces de l'étage, appelant Hayden.

— Madame ? Madame, qui est mort ? Madame ? Répondez ! Si vous voulez de l'aide, répondez !

La standardiste s'époumonait dans son oreille, mais Michelle ne l'entendait pas.

— Hayden ! hurlait-elle, des sanglots dans la voix.

Une petite tête fit alors son apparition au coin du grand lit traîneau. Il fallut à Michelle un bref instant pour réaliser que c'était vraiment la fillette. Ses cheveux d'un blond pâle et lumineux, presque argenté, étaient couverts de sang, collés en paquets poisseux.

— Hayden ! Hayden... Ma chérie... Viens vite. Viens mon ange... Comment as-tu fait pour sortir de ton berceau ?

Elle prit l'enfant dans ses bras. Elle était gelée, mutique et se laissa faire comme une poupée de chiffon. Elle resta un très long moment blottie contre sa tante, grelotant de peur et de froid.

— Madame ? Madame, où êtes-vous ?

La voix de la standardiste força Michelle à revenir à elle. Elle se redressa, tenant fermement Hayden dans ses bras. La sortir d'ici... L'éloigner de cette vision de cauchemar, le corps disloqué de Corinne étendu sur le sol...

— Je suis au 4589, Jocelyn Hollow Court. Ma sœur...

Elles avaient atteint l'escalier et commençaient à descendre les marches. Michelle pouvait voir les traces de pas qui formaient une piste de sang sur la moquette.

La standardiste tenta de nouveau d'obtenir des informations.

— Hayden, c'est votre sœur ?

— Non, Hayden, c'est sa fille.

Alors qu'elles parvenaient au rez-de-chaussée, la petite fille se tourna et désigna l'étage de son doigt.

— Maman, bobo, dit-elle.

Maman, bobo... Non, ma chérie, elle ne souffre plus.

Elles sortirent dehors et s'arrêtèrent un instant sur le perron. Hayden pleurait maintenant en silence, la main toujours tendue vers la maison.

— Qui est mort, madame ? demanda de nouveau la standardiste, d'un ton plus compatissant.

— Ma sœur, Corinne Wolff. Elle... Elle est toute froide...

Michelle sentait qu'elle ne pourrait plus se retenir bien longtemps. Elle entendit la standardiste lui annoncer que la police arrivait. Elle alla jusqu'à sa voiture et installa précipitamment Hayden sur le siège arrière.

Puis elle se tourna et perdit son combat contre la nausée : elle vomit au pied du délicat cornouiller en boutons.

2

En ce matin de congé, au lieu de paresser au lit sous la couette, tout en s'agaçant de la bêtise des journalistes locaux et du triste état des affaires du monde à la lecture du *Tennessean*, le lieutenant Taylor Jackson, de la brigade des homicides de Nashville, examinait d'un œil paniqué le plafond de son salon.

— Baldwin ! appela-t-elle, en se rapprochant de la cheminée, la tête en l'air. Baldwin !

— Quoi ? répondit une voix teintée d'impatience.

— Viens voir ça. Je crois que le plafond est humide…

Un bruit de pas précipités dans l'escalier indiqua à Taylor que son fiancé était sorti de la chambre pour venir à la rescousse. En un instant, il se trouva à ses côtés et tendit le cou, comme elle, vers le plafond du salon. Une tache grisâtre s'étalait en effet et, tandis qu'ils la fixaient tous deux d'un air effaré, une petite goutte d'eau perla au bord. Elle enfla et enfla encore, avant de se détacher et d'atterrir dans un « floc » étouffé sur l'épaule de Baldwin.

Il remonta précipitamment à l'étage pour couper l'eau dans la salle de bains et Taylor courut dans la cuisine attraper une grosse casserole à spaghettis. Elle se plaça sous la fuite, tâchant d'attraper au vol les gouttelettes au fur et à mesure qu'elles tombaient du plafond.

Eh bien… La journée commençait bien !

Baldwin revint avec un escabeau.

— Cette maison doit être construite sur un ancien lieu de sépultures indien, Taylor… Elle est maudite. J'ai coupé l'eau. On va mettre la casserole sur l'escabeau. Sinon, c'est la moquette qui va morfler…

Il positionna l'escabeau sous la fuite, prit la casserole des mains de Taylor et le posa sur le plateau. Un tintement rassurant vint couronner ses efforts.

Ils s'esclaffèrent de concert, mais d'un rire exaspéré. Depuis qu'ils étaient rentrés de leur « lune de miel », un mois auparavant, les problèmes de ce genre n'avaient pas arrêté de se multiplier dans la maison, relativement neuve pourtant, comme pour faire écho, métaphoriquement, à leur vie de couple. Ils avaient beau faire des projets et s'efforcer de s'y tenir, ils ne parvenaient pas à trouver le temps de se marier. Taylor s'en accommodait fort bien, d'ailleurs. Et Baldwin commençait à se rallier aux arguments de la jeune femme.

— Qui veux-tu qu'on appelle ? La compagnie d'assurances ? demanda-t-il en se dirigeant vers la cuisine.

— Oui. Le numéro est dans une chemise, dans le tiroir du buffet. Insiste pour qu'ils nous envoient un plombier tout de suite. Ça ne peut pas attendre.

Baldwin ouvrit le tiroir et sortit une chemise bourrée de paperasse.

— Je m'en occupe, mais il faut aussi que je termine de faire mes bagages. Mon vol est à 10 h 30.

Taylor regarda une dernière fois le plafond.

— Bon, allez, d'accord. Donne-moi ça, je m'en charge… Va finir ta valise. Mais je sais bien que cet avion-là ne décollera qu'au moment où tu lui en donneras l'ordre, monsieur le directeur.

— Je ne suis pas vraiment directeur, mais directeur par intérim, le temps que Garrett sorte de l'hôpital. Ce qui veut dire que je dois occuper son bureau en prenant un air important pendant une quinzaine de jours. Franchement, je préférerais rester ici et affronter le plombier…

Garrett Woods, directeur du Service des sciences du comportement du FBI et supérieur hiérarchique de Baldwin, avait appelé la veille au soir. A la suite d'un check-up annuel de routine, on lui avait trouvé un sérieux problème et il attendait à l'hôpital de subir un triple pontage coronarien. Il avait désigné Baldwin pour assurer son remplacement.

Taylor espérait juste que ce n'était pas un subterfuge de sa part, destiné à faire revenir Baldwin à Quantico pour diriger le SSC de manière permanente. Il y avait eu pas mal de changements à la tête de ce service pendant qu'ils étaient tous deux en Italie. L'homme qui dirigeait le SSC, Stuart Evans, avait été licencié sans ménagement après qu'une affaire interne eut fait les gros titres de la presse. C'est que le FBI n'aimait guère voir son linge sale étalé en public ! Garrett Woods avait donc repris les rênes du service, sacrifiant sa position de numéro trois du FBI. Un sacrifice qui lui avait bien peu coûté, car exercer des responsabilités à ce niveau ne l'emballait pas. Il avait été content de retrouver le SSC pour remettre au pas les différents chercheurs, profileurs et autres spécialistes du comportement qui y travaillaient.

— Il faudra quand même que tu suives les dossiers de Garrett. Et dis-lui bien d'obéir aux recommandations de ses médecins. Je n'arrive toujours pas à croire qu'il soit si malade !

— Et moi donc ! Il a l'air si indestructible… Bon, je te laisse régler cette histoire de fuite, alors ?

Elle l'embrassa et haussa un sourcil.

— Mais oui, ce n'est vraiment rien.

— Je vais finir mes bagages…

Il la gratifia d'une petite tape sur le derrière et quitta la pièce. Restée seule dans le salon, Taylor se surprit à sourire d'un air béat, se trouvant en même temps ridicule et terriblement fleur bleue.

Mais le principe de réalité la rattrapait : leur nid d'amour se délitait de toutes parts. C'était la quatrième fois qu'elle devait appeler des réparateurs depuis qu'ils avaient emménagé, deux mois auparavant. Une pale du ventilateur de la chaudière s'était cassée un jour ; une autre fois, un écureuil s'était niché dans le vide des combles et avait grignoté des câbles électriques ; ensuite, le thermostat du congélateur s'était avéré défectueux. Et maintenant, cette fuite dans la salle de bains principale !

Elle appela donc l'assureur qui lui indiqua le nom et le numéro du plombier. Elle tomba sur le répondeur de ce dernier et laissa un message. Puis elle remonta à l'étage.

Le téléphone se mit à sonner alors qu'elle atteignait le palier. Quoi encore ? Elle rebroussa chemin, gagna la cuisine et reconnut le numéro de son correspondant sur l'écran.

— Salut Fitz, dit-elle en décrochant.

Le sergent Peter Fitzgerald était son second.

— Je sais que c'est ton jour de congé, commença-t-il, mais il faut que tu rappliques en vitesse. On a un meurtre qui va faire du bruit.

— Qui ça ?

— Une brave petite mère de famille de Hillwood.

J'entends déjà les gens parler d'une nouvelle Laci Peterson…[1]

« Non merci, eut-elle envie de répondre. Pas aujourd'hui. Je ne suis pas d'humeur pour un meurtre. Joker… » Mais cela lui était impossible. Elle était lieutenant à la brigade des homicides et, si son équipe avait besoin d'elle, il fallait qu'elle réponde présente.

— Donne-moi vingt minutes et j'arrive.

Elle raccrocha et le téléphone se remit immédiatement à sonner. L'entreprise de plomberie, cette fois… On lui annonça que le technicien serait sur place une heure plus tard. Elle indiqua l'endroit où elle cacherait la clé, puis monta à l'étage. Baldwin était en train de boucler sa valise.

— Tu es prêt ?

— Fin prêt.

— Bien. Je te dépose. Il faut que j'aille en ville.

— Qui est mort ?

Quel bonheur que de vivre avec un flic ! Il lisait en elle comme dans un livre.

— Fitz a parlé d'une jeune mère de famille.

Elle enfila un pull noir sur son T-shirt gris et se rendit dans la salle de bains. Elle se brossa les cheveux et en fit une queue-de-cheval, fronçant les yeux à la vue du

1 Laci Peterson fut assassinée en décembre 2002 en Californie, alors qu'elle était enceinte de plus de sept mois. Au terme d'un procès hautement médiatisé, son mari, Scott, fut condamné à mort en 2006 tant pour le meurtre de sa femme que pour celui de l'enfant à naître, sans véritables preuves matérielles, mais en raison de son comportement désinvolte au moment de la disparition de son épouse, qu'il trompait. Les adversaires de l'avortement, soucieux de faire reconnaître le fœtus comme une personne juridique, profitèrent, en 2004, du bruit causé par ce fait divers pour faire voter une loi controversée sur les « victimes de violences avant la naissance » (NdT).

W-C d'où la fuite semblait provenir. Puis elle ouvrit son placard et y prit une paire de santiags. Elle remonta les jambes de son jean pour glisser ses pieds dans ses Tony Lama sans s'asseoir et poussa d'un coup pour caler ses talons dans le cuir rigide. Elle était prête.

Baldwin l'attendait dans l'entrée, la regardant arriver d'un air amusé.

— Trente secondes pile ! Pas mal. Tu es éblouissante !

Taylor roula de grands yeux.

— Allons-y, joli cœur. Plus tôt tu arriveras à Quantico, plus tôt tu seras revenu.

3

Taylor retrouva Fitz sur le parking du Centre de justice criminelle. De gros nuages filaient dans le ciel gris. Si Nashville connaissait d'habitude de beaux printemps, le climat faisait des siennes depuis quelques jours : le soleil ne consentait qu'à quelques brèves apparitions, entre deux violents orages. La jeune femme ôta ses lunettes de soleil et remonta le col de son pull.

— Salut ! lança Fitz. Installe-toi, j'arrive…

Il désigna son Impala blanche de fonction.

— Il faut juste que je repasse au bureau, vite fait. Tu veux boire quelque chose ?

Taylor hocha la tête en signe d'acquiescement et se dirigea vers la voiture. Elle s'installa côté passager, reculant le siège pour mieux étendre ses longues jambes. Fitz disparut dans les entrailles du CJC, puis revint avec deux Diet Coke. Il s'installa à côté d'elle et lui tendit une canette. Elle tira la languette et sirota le breuvage gazeux, avant de caler la canette entre ses cuisses.

Le soleil fit une furtive apparition et Taylor en profita pour rechausser ses Ray-Ban — un cadeau qu'elle s'était offert au magasin *duty free* de l'aéroport de Milan. Elle se sentait plus glamour avec et les portait en un modeste hommage aux sentiments nouveaux que l'Europe avait fait naître en elle. Ce voyage en Italie, en compagnie de quelqu'un qui en parlait couramment la langue, lui avait donné l'impression d'être plus qu'une simple touriste. Elle avait voyagé plusieurs fois à l'étranger auparavant, mais n'en avait jamais tiré autant que ce voyage avec Baldwin.

La langueur et la douceur de la vie en Italie lui manquaient — les longues balades en voiture, ponctuées de nombreux arrêts pour se restaurer et goûter de bons vins ; la sereine beauté des oliveraies et des vignobles, les allées bordées de cyprès… L'impression qu'elle était redevenue très jeune. Et elle avait du mal, depuis son retour, à se réacclimater à Nashville.

Les nuages revinrent brusquement obscurcir le ciel, mais elle n'en garda pas moins ses lunettes sur le nez. Agaçantes, ces périodes de transition entre les saisons, où le temps est capricieux et imprévisible. Elle aurait préféré un climat plus tranché : froid ou chaud, clair ou nuageux.

Fitz manœuvra le véhicule hors du parking.

— Ça va ? lui demanda-t-il.

— Oui, à part le fait que j'ai une fuite d'eau dans ma salle de bains, répondit-elle en faisant la moue.

— Je t'avais bien dit de ne pas acheter une maison neuve ! Si tu avais acheté une baraque construite à l'ancienne, comme ces vieilles demeures victoriennes d'East Nashville, tu n'aurais pas tous ces problèmes.

— C'est vrai. Mais alors, je serais embêtée par les termites et les bandes de jeunes. Les vieux quartiers, ce n'est pas mon truc. Et puis on voulait quelque chose de spacieux…

Fitz éclata de rire.

— Tu veux dire pour y caser votre satanée table de billard et la ribambelle de gamins que vous voulez faire ?

Taylor se tourna vers lui d'un air soupçonneux.

— Pourquoi tu dis ça ?

Il la regarda en haussant un sourcil, ce qui lui déformait comiquement le visage, le faisant ressembler à Popeye.

— Ce n'est pas ça que tu veux ?

— Mais de quoi est-ce que tu me parles, Fitz ?

— Tu sais bien : d'avoir une chiée de marmots avec le type du FBI !

— Je n'ai jamais parlé d'avoir des mômes. On n'arrive déjà pas à se marier, alors je ne vais pas me mettre à me reproduire !

Elle regarda par la vitre. Derrière elle, les faubourgs de Nashville s'estompaient. A la brique et au ciment du paysage urbain succédait maintenant le vert des haies et des arbres. Ils roulaient sur West End Avenue en direction de Hillwood, une banlieue résidentielle aux allures de campagne. Etait-ce cet environnement bucolique qui avait inspiré son indiscrète question à Fitz ?

— Pour en revenir à notre affaire, il paraît que cette scène de crime est plutôt sanglante. J'aime autant te prévenir…

— Qu'est-ce qu'il y a de si spécial, au sujet de ce meurtre ?

— Parks est sur place… Il y a une photo dans le pare-soleil. Sors-la, s'il te plaît.

Bob Parks était un agent de patrouille équilibré et responsable. S'il y avait quelque chose de vraiment affreux sur la scène de crime, il saurait comment s'y prendre pour empêcher la presse d'envahir les lieux.

Taylor déplia le pare-soleil, s'attendant à trouver un premier aperçu de la scène de crime. Au lieu de cela, ce fut une photo de bateau qui tomba sur ses cuisses en voltigeant. Elle l'examina. Le bateau était joli, tout blanc, avec de grandes voiles, posé sur des flots d'un bleu presque improbable.

— Et alors ? demanda-t-elle.

— Parks m'a dit que c'était vraiment horrible dans la baraque, c'est tout.

— Non, je veux dire, c'est quoi ce bateau ?

— Je pense me l'acheter prochainement…

Taylor regarda la photo une nouvelle fois.

— Et quand est-ce que tu comptes le conduire ?

— On appelle ça « naviguer », lieutenant. Et c'est pour ma retraite…

Ils croisèrent une ambulance qui fonçait en sens inverse. « Elle va à l'hôpital St. Thomas », se dit Taylor. Elle fit mentalement le signe de la croix, comme chaque fois qu'elle entendait une sirène. Après treize ans passés dans la police, dont cinq à la brigade des homicides, elle n'était toujours pas blasée.

Elle tritura sa nouvelle bague de fiançailles. Ou, pour mieux dire, sa bague de postfiançailles et de prémariage. Quand il lui avait demandé sa main, Baldwin lui avait offert un anneau en platine entièrement incrusté de brillants de chez Tiffany's, surmonté d'un éblouissant diamant de deux carats. Superbe, mais pas très commode à porter. Et comme le mariage avait dû être annulé — non par la faute de Taylor, mais parce qu'elle avait été foudroyée par un pistolet électrique et embarquée contre son gré dans un vol à destination de New York, pendant que ce pauvre Baldwin l'attendait devant l'autel —, cette nouvelle bague symbolisait la deuxième chance que lui offrait la providence.

Durant leur voyage en Italie, Baldwin avait trouvé un prétexte pour s'éclipser un moment seul à Florence et l'avait rejointe pour le dîner dans un petit restaurant, à l'enseigne de Mamma Gina, dont ils étaient tombés amoureux. Il avait fait irruption dans la salle, les joues empourprées et les yeux brillants comme des émeraudes, puis il lui avait présenté cette nouvelle bague porteuse d'un engagement plus profond encore. Cinq brillants finement taillés, logés dans leur lit de platine, en étaient l'ornement principal. Baldwin lui avait expliqué que chacun de ces diamants représentait cinq des prochaines années qu'ils allaient vivre ensemble, et qu'il lui offrirait une autre bague dans vingt-cinq ans.

Bien que très émue par la symbolique romantique de ce bijou, Taylor ne manqua pas de noter son aspect pratique. Cette bague-là, dépourvue d'aspérités, ne s'accrochait pas aux objets et aux étoffes comme celle de chez Tiffany's. Surtout, elle ne la gênerait pas, lorsqu'elle aurait à dégainer son arme. Cette attention était inestimable et elle avait failli supplier son fiancé de trouver une église sur-le-champ, afin qu'ils s'y unissent jusqu'à ce que la mort les sépare. Baldwin l'avait deviné, mais il s'était contenté de partager la joie de Taylor et de savourer l'instant. Depuis, la jeune femme avait retrouvé ses vieux démons et ne savait plus si elle était vraiment prête à s'engager aussi solennellement.

Le véhicule arrivait maintenant dans Jocelyn Hollow Road et Taylor apercevait déjà les nombreuses voitures de police qui encombraient cette rue, habituellement paisible.

L'accès à l'impasse, quant à lui, était bloqué par une escouade de véhicules à l'arrêt. Taylor dénombra cinq voitures de patrouille de la police de Nashville à la carrosserie bleue et blanche. Les premiers secours avaient déjà quitté la scène. Quand l'alerte venait du 911, pompiers et ambulances les plus proches arrivaient avant les policiers. C'était la procédure. Leur départ indiquait sans équivoque qu'on ne pouvait plus rien faire pour la victime. Il fallait à ce moment-là procéder aux premiers gestes de l'enquête.

Le temps du *pourquoi* était arrivé.

Fitz s'arrêta un pâté de maisons avant et tous deux sortirent de l'Impala. Ils se frayèrent un chemin jusqu'au poste de commandement improvisé, installé à l'entrée de l'allée de la maison.

Une étiquette collée sur la boîte aux lettres noire portait l'inscription WOLFF en gros caractères cursifs. Taylor s'était toujours demandé pourquoi les gens affichaient ainsi leur nom. Une adresse, soit, mais un nom... Cela lui paraissait superflu et imprudent. La dernière chose au monde qu'elle ferait, elle, serait d'indiquer ainsi où elle habitait. D'ailleurs, quel nom inscrirait-elle sur la boîte aux lettres ? Jackson ? Baldwin ? Jackson-Baldwin ? Cette dernière appellation évoquait un peu les caveaux de famille.

Les voisins s'étaient assemblés en une petite foule de l'autre côté de la rue, piétinant l'herbe jaunie, attendant de voir ou d'apprendre quelque chose. Reconnaissant sans doute le pas de l'autorité dans la démarche assurée de Taylor, ils l'interpellèrent, lorsqu'elle passa à côté d'eux.

Une voix surmontait toutes les autres :

— Qu'est-ce qui est arrivé chez les Wolff ? C'est notre quartier ! On a le droit de savoir ce qui se passe !

C'était un homme. La peur faisait trembler sa voix.

Taylor se tourna et le dévisagea. Il était plus âgé qu'elle et ses cheveux trop noirs semblaient teints. Mal rasé, le nez surmonté d'épaisses lunettes, il était vêtu d'un pantalon de pyjama et d'un blouson en jean qui recouvrait un maillot de corps crasseux. « Un veuf », songe-t-elle aussitôt. Elle s'immobilisa.

L'homme en profita pour répéter sa question :

— Qu'est-ce qui se passe là-dedans ? Il est arrivé quelque chose à Corinne ou à Todd ? Et Hayden, elle va bien ? Vous, les policiers, vous n'arriverez jamais à nous protéger correctement, hein ? Vous ne savez que distribuer les PV !

Il sortit un mouchoir et s'essuya brutalement le nez.

— Monsieur..., commença alors Taylor.

Mais plusieurs personnes autour de lui se mirent à renchérir, agressives :

— Ce sont les gangs qui dirigent la ville ! Les voyous font ce qu'ils veulent, ici ! Vous trouvez ça normal ?

— On habite dans une banlieue tranquille et on voudrait vivre en sécurité. Je vais en parler à Channel Four. Phil Williams[1] va vous tomber sur le râble, c'est moi qui vous le dis !

Taylor leva la main pour demander le silence.

— Mesdames, messieurs, je vous en prie… un peu de calme… Je suis Taylor Jackson, l'officier de police qui dirige la brigade des homicides. Je n'ai pas encore été mise au courant des détails de cette affaire. Donnez-moi un peu de temps avant de me lyncher !

Quelques murmures s'élevèrent encore, mais le bon sens de ses propos les fit rapidement taire.

— Je vous remercie. Je vous assure que nous ferons tout notre possible pour résoudre cette affaire. Je comprends vos inquiétudes et ne vous reproche pas votre réaction. Je vous demande seulement de me laisser le temps d'examiner les lieux. Je reviendrai ensuite vous informer…

Elle tourna les talons avant que l'assistance n'ait eu le temps de réagir. Elle parlerait aux voisins plus tard, les interrogerait, tâcherait de déterminer avec certitude qu'aucune des personnes présentes n'était impliquée, d'une manière ou d'une autre, dans ce meurtre.

— Fitz, tu peux relever leurs noms ? Juste au cas où. Je ne veux pas qu'on en oublie un seul.

— Bien sûr, répondit ce dernier, en extirpant un bloc-notes de la poche de sa chemise.

Elle traversa ensuite la rue et tomba nez à nez avec Bob Parks. Il était en train de lisser l'extrémité bouclée

1 Ce journaliste du Tennessee est spécialisé dans les émissions d'investigation, où il dénonce les abus et manquements des autorités et institutions locales (NdT).

de sa moustache, tout en donnant vertement son avis à un collègue en uniforme quant aux maigres chances de victoire de l'équipe de football américain des Tennessee Titans, affaiblie à la suite d'une sélection teintée de scandale.

— Tiens, voilà mon lieutenant favori ! fit-il en apercevant Taylor. Alors, vous êtes contente d'être revenue au pays ?

— Pas vraiment, mais c'est sympa de me le demander… En fait, je ne rêve que de prendre le premier avion qui me ramènera là-bas. Et n'enterrez pas les Titans trop vite, mon vieux. Ils s'en remettront. En attendant, allez applaudir les Predators…

Il prit un air choqué.

— Une équipe de hockey sur glace ? Vous rigolez ou quoi ? Je suis un amoureux du ballon ovale, moi ! Un fidèle. Je suis un fervent supporteur des Volunteers, cent pour cent ! J'ai mon équipe dans les tripes.

Et il se frappa le torse du poing, pour joindre le geste à la parole.

« Ferveur » était un bien faible mot pour décrire l'état d'esprit des supporteurs de l'équipe de football américain de l'Université du Tennessee.

— Eh bien, fit remarquer Taylor, nos braves Volunteers devront se qualifier pour le championnat régional cette année… Sinon, je pense que leur coach va se retrouver sur un siège éjectable. En tant que supporteur, vous devriez comprendre qu'il est important d'améliorer notre système sportif local, pour retenir chez nous les joueurs de l'université les plus brillants. Il faudrait qu'on puisse leur signer des contrats alléchants à la fin de leurs études, vous ne trouvez pas ?

Fitz traversa la rue pour les rejoindre, en agitant son bloc-notes.

— C'est fait !

— Mince alors, dit Parks, une femme qui vous parle de

football comme ça, c'est vraiment une chose merveilleuse, hein, Fitz ?

L'intéressé se contenta de hocher la tête.

— Alors, qu'est-ce qui nous attend, ici ? demanda Taylor, reprenant un ton professionnel.

Le sourire de Parks s'effaça.

— Ce n'est pas très joli à voir… Corinne Wolff, sexe féminin, blanche, vingt-six ans, mariée et enceinte. On a vraiment fait attention à ne pas laisser entrer n'importe qui… Il y a des traces de sang un peu partout dans la maison. J'ai tout noté et je suis prêt à rédiger mon rapport. Vous voulez les détails tout de suite ?

— Non. Faites-moi un résumé pour commencer. Les points principaux…

— J'ai reçu l'appel vers 9 h 45 et je suis venu ici illico. J'ai trouvé la sœur, en état de choc, avec les gars des urgences qui tentaient de la réconforter. C'est le poste 37 qui a reçu l'appel initial. Ils sont arrivés sur les lieux avec deux camionnettes et une ambulance à…

Il consulta ses notes.

— 9 h 38. La sœur s'appelle Michelle Harris. Elle tenait dans ses bras la fille de la défunte, Hayden Wolff, laquelle était couverte de sang mais ne présentait aucune blessure physique. Michelle Harris nous a dit qu'elle avait trouvé sa sœur morte dans sa chambre à coucher, face contre terre. Elle ne pense pas avoir touché quoi que ce soit, mais nous avons quand même pris ses empreintes digitales, au cas où on en trouve. A 9 h 48, nous sommes entrés dans la maison, l'ambulancier Steven Jones et moi. Nous avons inspecté le rez-de-chaussée, remarqué la grande quantité de sang répandu, puis nous sommes montés à l'étage pour constater le décès.

Parks était devenu livide, malgré son bronzage.

— Ça pue terriblement, là-haut ! J'ai l'impression qu'elle

est morte depuis au moins une journée. Elle s'est fait sérieusement tabasser. Jones lui a pris le pouls, juste pour confirmer le décès, et on a constaté d'un commun accord qu'elle était décédée et n'avait plus besoin des services de la médecine. On est repartis en marchant dans nos pas et j'ai entamé la procédure judiciaire. Trois voitures de patrouille sont venues nous rejoindre entre-temps... On a installé un poste de commandement et bouclé l'accès aux lieux en vous attendant. Si l'on excepte les traces de sang qu'on trouve dans toute la maison, la scène de crime se limite à la chambre à coucher de la victime. C'est là que le meurtre a été commis. Les traces ont été faites après.

— Fitz m'a parlé d'une petite fille. Vous croyez que c'est elle qui a répandu ces traces, ou que c'est le meurtrier ?

— A première vue, on dirait que c'est la fillette. Vous en jugerez par vous-même. J'ai interrogé la sœur et recueilli sa version des faits. Apparemment, elles avaient rendez-vous ici pour aller jouer au tennis. Elles devaient s'y rendre dans la voiture de Michelle. La jeune femme est entrée dans la maison, a vu le corps de sa sœur, a récupéré la môme, a appelé le 911 et a déguerpi vite fait. Elle a déjà été interrogée, mais je sais que vous voudrez lui parler... Il faut aussi que je vous dise que les parents de la victime sont arrivés. La sœur les a appelés. Ils sont bouleversés.

— Et le mari ? demanda Taylor.

— En voyage d'affaires.

— Vous pouvez vous renseigner pour savoir où il se trouve ?

— C'est déjà fait. La mère l'a appelé. Il était en Géorgie et se trouve sur la route en ce moment, au volant de sa voiture. Il devrait arriver dans l'après-midi.

Taylor regarda Fitz, qui prenait des notes dans son calepin.

— Tu ne prendrais pas un avion, à sa place ? dit-elle.

— Si.

— La question m'a traversé l'esprit aussi, reprit Parks. Il n'y avait pas de vols directs. Ça lui aurait pris plus de temps de prendre l'avion que de conduire sa voiture. Du moins, c'est ce que la mère m'a assuré.

Il fournit ensuite à Taylor les objets dont elle aurait besoin pour inspecter les lieux — des chaussons, des gants en latex. Il lui proposa aussi un masque en papier bleu, semblable à celui que portent les dentistes. Mais elle secoua la tête, déclinant l'offre. Le masque ne servirait à rien… Quelles que soient les précautions, l'odeur de la mort s'insinuerait dans ses sinus et elle y demeurerait pendant de longues heures. Elle rangea ses lunettes de soleil dans sa poche de poitrine. Elle n'en aurait pas besoin à l'intérieur.

— Le père Ross est arrivé ?

L'aumônier de la police de Nashville était un homme doux et bon, sur lequel Taylor avait pu compter à maintes reprises. Il était toujours pénible et délicat d'apprendre à quelqu'un la mort d'un de ses proches, et la présence d'un prêtre n'était pas seulement d'un grand secours, elle était réglementaire, et même obligatoire depuis peu.

— Il est là. Ils sont tous là, les parents, les deux sœurs et la gosse, chez la voisine. Ils vous attendent.

— On sait où la victime a été vue pour la dernière fois ?

— On s'occupe de se renseigner là-dessus en ce moment même. Sa sœur lui a parlé vendredi dernier… Un voisin a pu la voir depuis.

— Bien. Le médecin légiste a été appelé ?

— En même temps que vous, lieutenant. Le Dr Loughley est de service, ce matin, et elle est…

— Ici même, claironna une voix féminine, non loin de là.

Taylor se retourna et reconnut sa meilleure amie,

Samantha Loughley, qui remontait l'allée, son nécessaire en bandoulière. Sa longue chevelure brune était rassemblée en une queue-de-cheval haute, tandis qu'une frange épaisse balayait son front.

— Bonjour, ma belle, dit-elle en arrivant devant Taylor. Alors, Parks, quoi de neuf ? Et, vous, Fitz, vous avez l'air de vous porter comme un charme…

Fitz la gratifia d'un sourire, flatté par le compliment. A cinquante-cinq ans, il s'était décidé à entreprendre un régime sérieux pour perdre du poids et sa bedaine proéminente avait depuis peu cédé la place à un tour de taille moins encombrant, sans toutefois atteindre encore à la sveltesse. Cette perte de poids le rajeunissait de dix ans et Taylor avait appris depuis peu qu'il s'était mis à fréquenter assidûment une femme qu'il avait rencontrée dans un concours de grillades au barbecue. C'était peut-être pour cela qu'il envisageait d'acheter prochainement un bateau : songeait-il à mettre un terme à sa carrière plus tôt que prévu ? L'idée de perdre son second contraria Taylor et elle la chassa de son esprit avec impatience. Il fallait qu'elle se concentre sur l'enquête.

— Sam, expliqua-t-elle à son amie, nous nous apprêtions à pénétrer dans les lieux. Je n'y suis pas encore allée. Parks nous a informés que la victime était blanche et enceinte, et que ça ne sentait pas bon… On y va ?

Fitz regarda vers une maison voisine.

— Je crois que je vais aller à côté poursuivre mon enquête de voisinage. Amusez-vous bien, là-haut.

Taylor le regarda s'éloigner, soulagée.

— On y va, Parks ?

Parks hocha la tête.

— Tim est là aussi.

Tim Davis était le meilleur spécialiste de police scientifique de Nashville. Il avait commencé comme assistant du médecin légiste à la morgue avant d'entrer dans la police, anticipant sur la future création à Nashville d'un laboratoire de criminologie digne de ce nom. Taylor aimait collaborer avec lui. Il était toujours extrêmement sérieux dans son travail.

— Alors, allons-y.

Elle se dirigea vers la porte d'entrée, suivie de Sam. La technicienne chargée de filmer la scène de crime les attendait sur l'étroit perron, sa caméra posée entre ses jambes sur les lattes de bois, prête à les suivre. C'était une petite nouvelle, que Taylor ne connaissait pas. Tim Davis était à ses côtés, son équipement en main, attendant patiemment Taylor pour entrer.

— Salut, Tim, dit Taylor.

— Bonjour, lieutenant. Bonjour, docteur Loughley. Vous connaissez Keri McGee ? C'est elle qui va nous filmer, ce matin.

La jeune femme tendit une main grassouillette.

— Ravie de vous rencontrer, lieutenant. Je viens juste d'être nommée ici. Avant j'étais en poste à la police de La Nouvelle-Orléans.

Taylor leva les mains.

— Contente de vous voir. Je vous aurais bien serré la main, mais j'ai déjà mis mes gants. Bienvenue à Nashville. Suivez-moi partout et tout ira bien. Si vous avez envie de vomir, essayez de sortir avant... Ne salissez pas la scène de crime. D'accord ?

— Pas de souci.

Poulet pourri... Telle fut la première note olfactive que Taylor décela en entrant à l'intérieur de la maison. Et, immédiatement après, l'odeur âpre et cuivrée du sang, la puanteur de la chair putréfiée. Puis elle décela aussi une fragrance douce, comme celle d'un parfum. Pas un désodorisant d'atmosphère, non, autre chose de plus délicat.

Ses yeux se focalisaient sur le spectacle tandis qu'elle luttait contre l'envie de fuir les lieux, de détaler à toutes jambes, suivant ce que lui dictait son instinct de préservation. Deux millions d'années d'évolution la mettaient en garde : le danger rôdait en cet endroit. Elle avait déjà éprouvé la même sensation, elle savait que ça passerait.

Elle laissa donc son corps s'adapter, respirant par la bouche pour éviter la puanteur. Sam était à ses côtés, faisant de même. Elles étaient l'une et l'autre entraînées maintenant à supporter cette odeur fétide et terrifiante de la mort.

Taylor jeta un regard circulaire autour d'elle. Elle se trouvait dans une entrée pavée de marbre. Sur la table qui la séparait du mur le plus proche étaient posées des photos encadrées d'argent plaqué. On y voyait de nouveaux mariés heureux et souriants, posant avec une forêt en toile de fond. Un escalier en chêne massif se dressait immédiatement à sa droite, couvert d'un chemin d'escalier en laine berbère ivoire.

De l'autre côté de la rampe se trouvait l'entrée de la salle à manger, garnie de meubles en chêne sombre ornés de bibelots d'argent et de cristal, parmi lesquels trônait une vitrine d'une taille impressionnante, où s'étalait une porcelaine coûteuse. A gauche, le couloir donnait sur une autre pièce, le salon visiblement, dont le sol était couvert d'une moquette aux tons crémeux, toujours en laine berbère.

On voyait partout de minuscules empreintes de pas cramoisies, espacées de quelques centimètres. De petits talons par-ci, de petits orteils par-là, en avant et en arrière, en tous sens … Il y en avait partout : certaines étaient d'un rose assez prononcé, d'autres ne dessinaient que le contour du pied léger qui les avait déposées. Près de l'escalier, il y en avait de plus sombres, qui paraissaient encore humides.

Sam inspira profondément. Taylor força son esprit à se fermer aux émotions qui lui auraient permis de prendre la mesure du désespoir de cette toute petite fille, errant seule dans la maison, les pieds barbouillés du sang de sa mère.

— Je suis le lieutenant Taylor Jackson, de la brigade des homicides, dit-elle à haute et intelligible voix, à l'attention de la caméra vidéo. Je suis l'officier de police en charge de l'enquête et je me trouve sur la scène de crime, au 4589 Jocelyn Hollow Court. Je m'apprête à faire le tour du rez-de-chaussée.

Faisant un signe discret à Sam, elle prit à droite dans la salle à manger, évitant de piétiner les traces de sang. Sam, Tim et Keri la suivaient de près et tous ne faisaient qu'un et se déplaçaient en silence.

Les traces de pas parsemaient toute la pièce. Il y en avait sous la table, d'autres conduisaient dans la cuisine. Le chemin qu'elles dessinaient n'avait ni rime ni raison et reflétait les déambulations sans but d'un bambin tournant en rond ; l'âge et le trouble d'une enfant qui en était à faire ses premiers pas suffisaient à expliquer l'incohérence apparente du trajet.

Une porte de communication à six panneaux vitrés était couverte d'empreintes digitales teintées de rouge. La petite fille avait essuyé ses mains sanglantes dessus en passant d'une pièce à l'autre.

La cuisine était équipée de manière à éviter tout accident domestique à un enfant en bas âge. Des mécanismes de verrouillage étaient installés sur toutes les portes de placard. L'odeur de pourriture était plus marquée dans cette pièce et Taylor repéra, au fond de l'évier en inox, un emballage de produits surgelés ouvert. Il contenait un poulet. Voilà qui expliquait la puanteur qui régnait au rez-de-chaussée. Si la victime n'avait pas été en contact avec sa sœur pendant deux jours et que le poulet commençait déjà à se faisander, il y avait de fortes chances pour qu'elle soit morte depuis au moins une journée entière.

Cela pouvait constituer une chronologie cohérente, plausible : un jour pour dégeler, un autre pour se mettre à sentir fort. Cela pouvait vouloir dire aussi que la victime était rentrée chez elle avec ses courses alimentaires et n'avait pas eu le temps de tout ranger avant que son agresseur ne survienne. Il allait falloir prendre la température de son foie et faire une analyse du niveau de potassium du corps vitré de son œil pour en avoir une idée plus précise.

Une corbeille de fruits sur le comptoir en granit, une brique vide de lait bio allégé, un pot de yaourt également vide… Taylor fut tentée d'en déduire que la victime venait de terminer son petit déjeuner lorsqu'elle était sortie de la pièce pour aller au-devant de sa mort.

Un répondeur téléphonique était fixé au mur. Un voyant rouge clignotant indiquait qu'il y avait de nouveaux messages.

— Je compte sur vous pour faire transcrire ces messages, indiqua Taylor à Tim.

— J'avais l'intention de faire un *chicken kebab* pour le dîner de ce soir, commença Sam, mais je crois que je vais plutôt faire une salade composée…

Keri, derrière sa caméra, ne fit aucun commentaire. Taylor la regarda du coin de l'œil. Elle ne semblait pas trop secouée et avait l'air de trouver l'exercice instructif. Tant mieux. Taylor croisa le regard de Sam et lui sourit. Toujours aussi blagueuse.

— Bon, on monte.

Elle revint soigneusement sur ses pas pour traverser la salle à manger, toujours suivie de près par les trois autres.

Il y avait du sang sur le chemin d'escalier, mais ce n'était pas le même genre de traces de celles qu'ils avaient vues jusqu'à présent.

— Cette petite n'a pas pu gravir ces marches comme un adulte, suggéra Sam. Il a fallu qu'elle se hisse à chaque marche, sur ses mains et sur ses genoux. Pour descendre, il a fallu qu'elle se laisse glisser. Si elle était couverte de sang…

— Je vois…

Taylor eut en effet la vision très nette et très pénible de cette fillette rampant de marche en marche, ensanglantée des pieds à la tête.

En prenant garde de placer leurs pas entre les traces de sang, ils parvinrent à l'étage.

— La barrière de protection pour bébés n'est pas fermée, fit remarquer Sam. Prenez-en un plan, Keri, s'il vous plaît.

— Ça explique pourquoi la petite fille a pu se balader comme ça dans toute la maison.

Avant d'aller plus loin, Taylor scruta les lieux. A leur droite s'ouvraient trois portes. A gauche se trouvait un couloir. La scène était en gros semblable à ce qu'elle avait observé en bas… Des traces de pas sanglantes et des taches rouges sur les murs qui formaient comme des motifs. L'art brut et macabre d'une fillette sans doute plus affectée par la confusion que par la conscience du drame.

Les chambres, élégamment meublées, avaient chacune leurs particularités. La salle de bains était décorée dans un style nautique qui rappelait les hôtels de luxe du bord de mer. Ce détail frappa Taylor. L'effort et le soin qu'on avait apportés à la décoration du lieu étaient évidents. Et les éléments de ce décor plutôt fastueux ne venaient pas d'un hypermarché. Tout ce qui ornait les chambres et la salle de bains était coûteux.

Un rapide examen permit de déterminer qu'il y avait à droite une chambre d'amis, un bureau et une chambre d'enfant, où les traces de sang abondaient. Taylor suivit la piste. Les murs de la chambre d'enfant étaient peints en différents tons de rose et de lilas, sauf celui qui était à l'ouest, couvert d'une fresque sylvestre. Le mobilier était en chêne décoloré. A peine filtrée par un fin voilage rosé, la lumière du jour inondait la pièce.

Une porte donnait sur un petit cabinet de toilette attenant. Taylor y jeta un bref coup d'œil. Une odeur d'urine et d'excréments s'en dégageait : un W-C miniature en plastique plein de déjections était posé à côté de la véritable cuvette. L'enfant avait appris à être propre mais, sans sa mère pour vider son petit pot, celui-ci débordait presque.

Plissant le nez, Taylor s'engagea dans le couloir qui menait à la chambre à coucher conjugale. La porte en était grande ouverte, calée contre le mur par un butoir de bronze en forme de souris. Les murs étaient peints d'un vert cendré crémeux, les meubles, faits de rotin bistre et de bois de rose, dans le plus pur style colonial. Taylor se souvint d'avoir vu, un jour, des photos du même genre d'ambiance dans un catalogue de déco haut de gamme.

La pièce offrait un mélange improbable de couleurs : le sang y était plus brun, à l'exception des éclaboussures, d'un bordeaux soutenu, qui maculaient les murs et l'abat-jour blanc d'une lampe.

Ce furent les pieds qu'ils virent d'abord. Le corps, qui gisait sur la moquette, était à moitié dissimulé par le lit immense. Sam et Taylor traversèrent la pièce avec précaution. Aucune d'elles ne souhaitait être responsable de l'altération d'éventuels indices ou preuves. Le lit occupait majestueusement le milieu du mur, au fond de la chambre. Taylor entendit Tim griffonner des notes tandis qu'ils entouraient le cadavre.

Corinne Wolff était pieds nus, les jambes repliées sur sa poitrine. Elle était recroquevillée à demi sur le flanc, à demi sur le ventre. Ses yeux chocolat étaient grands ouverts et fixaient le vide, le noir de ses iris semblait mat. Ses cheveux bruns étaient emmêlés, poisseux du sang qui s'était écoulé d'une plaie impressionnante qui lui barrait le front. Sa mâchoire inférieure, brisée et désarticulée, pointait de manière presque obscène vers le plafond.

Le corps était lui aussi tordu : ses bras étaient étrangement tendus — comme si elle avait voulu freiner sa chute puis avait brusquement changé d'avis. Elle était vêtue d'un panty et d'un soutien-gorge de sport. Une couverture en cachemire rose couvrait son abdomen. Une épaisse flaque de sang, de près de soixante centimètres de diamètre, entourait sa tête et son buste. Un petit jouet en peluche était fiché au creux de son bras. Des traces de petits pas rouges étaient visibles autour du corps, témoignant des incessantes allées et venues de la fillette.

Les deux jeunes femmes s'approchèrent pour mieux l'examiner.

— Oh, mince, chuchota Sam. La pauvre…

— Corinne ou Hayden ?

— Les deux…

Taylor ne savait pas ce qui la bouleversait le plus, de ce nounours posé sur le bras de la victime, de cette couverture ensanglantée jetée sur sa chair nue ou de cette panoplie d'infirmière, simple jouet d'enfant, posée à côté de sa tête… La fillette, incapable de comprendre ce qui se passait, avait essayé de soigner sa mère. Elle avait réussi à couvrir le haut de son crâne d'un pansement de fortune. Et puis elle s'était allongée à côté d'elle, s'était roulée dans son sang, s'en était couverte.

Ils prirent les photos d'usage et filmèrent la scène, avant

que Sam ne se mette à l'ouvrage. Elle ôta la couverture, dévoilant la grossesse de la victime.

— Oh, merde… Je déteste faire ça !

Elle tâta la chair et constata à voix haute :

— Elle est froide et malléable. Le sang a formé une flaque qui a trempé la moquette et qui est encore poisseuse au toucher. Je ne pourrai déterminer l'heure du décès que lorsque j'aurai relevé la température du corps, au cours de l'autopsie. Mais je peux donner une fourchette. On en est déjà au stade de l'hypostase cadavérique. La décoloration de la peau correspond à celle d'un corps qui n'a pas été déplacé depuis le décès. Elle est morte depuis au moins trente-six heures. Je dirais qu'elle a été tuée ici même, qu'elle est tombée dans cette position et n'a plus bougé depuis. Tu sais depuis combien de temps elle est enceinte, Taylor ? A en juger par la taille de son ventre, je dirais de quatre mois, peut-être cinq…

— Non, je ne sais pas. Parks m'a informée qu'elle était enceinte, mais il ne m'a pas dit quand elle était censée accoucher. Trente-six heures minimum, tu penses ? Tu te rends compte ! Cette petite fille est restée dans la maison avec le cadavre de sa mère pendant tout ce temps ! Pauvre gosse…

Sam poursuivit son examen.

— La victime a été violemment matraquée. Les lésions sont dues à un objet contondant, non tranchant. Les coups ont été portés aux extrémités, à la tête. Sa mâchoire est brisée, aucun doute là-dessus. Il lui manque quelques dents.

Elle termina en prenant des notes dans un petit carnet.

— C'est une sale affaire, Taylor, commenta-t-elle.

— En effet. Je ne vois pas d'arme potentielle traîner dans la pièce. Et toi ?

— Non. Et personne n'a pu faire autant de dégâts à

coups de poing. Tim, vous avez entendu ? On cherche l'arme du crime, ouvrez l'œil.

— Oui, docteur Loughley.

Sam et Tim continuèrent à examiner le corps, toujours filmés par Keri.

Taylor alla à la fenêtre. Les stores romains beiges, aspergés de sang, étaient à demi ouverts. Elle jeta un coup d'œil à la rue. Les voisins étaient toujours là, rassemblés sur la pelouse d'en face. Ils avaient l'air de converser tranquillement entre eux. Elle ne remarqua rien de louche, aucun individu dont l'intérêt pour l'événement semblait dépasser la curiosité naturelle de voisins affectés par le drame qui s'était déroulé à leur porte et avait bouleversé leur train-train quotidien.

Sam se leva, se pencha sur le corps puis se tourna vers Taylor.

— La journée va être longue. Il faut que j'aille chercher deux ou trois choses dans la camionnette. Tu veux en profiter pour prendre l'air ?

— Oui. Volontiers…

Taylor jeta un dernier coup d'œil à la victime et sortit la première de la chambre, se dirigeant soigneusement vers l'escalier.

Lorsqu'elles se retrouvèrent sur le perron, Taylor posa la question qui lui trottait dans la tête depuis l'instant où son regard s'était posé sur le corps inerte de Corinne Wolff.

— Où est le mari ?

4

La famille Harris au grand complet s'était réfugiée chez la voisine des Wolff, en attendant l'arrivée du lieutenant.

Lorsque Taylor fit son entrée dans le salon, il s'y trouvait cinq personnes à l'air abattu, hagard. Le père Ross, aumônier de la police de Nashville, tenait par la main une femme aux cheveux roux, qui sanglotait contre son épaule. La mère..., pensa immédiatement Taylor, qui lui donna une cinquantaine d'années.

Puis elle croisa furtivement le regard d'une jeune femme aux cheveux bruns et lut dans ses yeux assombris un mélange troublant de dégoût et de désir, vite remplacé par une expression dure, implacable. Taylor était coutumière du fait : sa présence engendrait souvent l'hostilité, car elle était la messagère de la mort. Mais, de par sa fonction, elle était aussi celle qui détenait les indices, les réponses et dont la place était du côté de la loi et de la raison. Les proches des victimes avaient besoin d'elle. Elle attribua vingt-huit ou vingt-neuf ans à la jeune femme, peut-être une petite trentaine, pas plus. Elle constata également une certaine ressemblance avec la victime.

Elle crut discerner aussi quelque chose d'autre que la méfiance dans le regard de cette jeune femme, une sorte d'indéfinissable lascivité, mais elle s'empressa de chasser cette impression, trop subjective pour servir l'enquête.

Ellc-même était l'exact opposé de cette femme. Grande, large d'épaules, les cheveux blonds tirant sur le roux, les yeux gris et les lèvres pleines, tandis que l'autre ne mesurait qu'un mètre soixante environ, qu'elle était brune et râblée, musculeuse. Son corps respirait la santé. Son visage n'était pas joli, mais certains hommes devaient le trouver « intéressant ».

Elle adressa à Taylor un autre regard perçant, sans équivoque, cette fois. Ce qui mit la jeune policière mal à l'aise. Elle n'aimait pas être l'objet de l'attention d'une autre femme. Celle-ci ne lui faisait pas exactement les yeux doux, mais elle manifestait un intérêt non dissimulé.

— Je suis le lieutenant Taylor Jackson, de la brigade des homicides, se présenta-t-elle. Recevez toutes mes condoléances, mesdames et monsieur…

La brune ne sourit pas, mais lui tendit la main.

— Michelle Harris, dit-elle. Corinne était ma sœur.

Taylor fut étonnée par sa voix profonde et rauque, de ces voix sensuelles qui affolent les hommes. Michelle désigna la femme en pleurs que le père Ross réconfortait.

— Voici ma mère, Julianne Harris…

Puis elle nomma un à un les autres membres de sa famille.

— Mon père, Matthew Harris. Ma sœur, Nicole Harris. Carla Manchini, la voisine de Corinne. Nous attcndons mon frère Dcrek. Vous avez déjà des éléments ?

— Pas encore, malheureusement. L'enquête ne fait que commencer, madame Harris.

— *Mademoiselle* Harris…

Taylor pencha la tête de côté un instant, avant de corriger :

— Mademoiselle Harris. Désolée. Où est votre nièce ?

La plus menue des deux sœurs, Nicole, prit la parole, d'une voix plus ferme que Taylor ne s'y attendait.

— Hayden dort dans la pièce à côté. La pauvre petite était absolument épuisée. Une fois que les infirmiers nous ont dit qu'elle allait bien, on lui a fait prendre un bain, on l'a nourrie et couchée.

— Ses vêtements ? Vous les avez remis à un policier ? Nous allons devoir les examiner...

Nicole hocha la tête.

— Quand on l'a changée, il y avait quelqu'un de la police scientifique. On a fait tout ce qu'il nous a demandé de faire.

— Très bien. Nous apprécions votre coopération. Le sergent Fitzgerald va m'aider à recueillir vos déclarations. Madame Manchini, j'aimerais m'entretenir d'abord avec vous, seule à seule. Est-ce qu'on peut aller dans une autre pièce ?

— Vous ne m'interrogez pas en premier ? demanda Michelle, avec une pointe d'agressivité.

Taylor croisa de nouveau son regard. Ses yeux, d'un bleu si pâle qu'on les aurait cru transparents, étaient aussi peu communs que les siens, gris comme un ciel d'automne.

— Je m'entretiendrai avec vous tous. J'ai simplement quelques questions à poser à Mme Manchini, pour commencer. Je dois vous demander un peu de patience. La journée va être longue pour chacun d'entre nous, je le crains... Vous venez, madame Manchini ?

La voisine se leva en même temps que Taylor, sans pouvoir se redresser complètement. Elle fit un geste en direction du couloir et Taylor la suivit hors de la pièce. Mais elle s'arrêta de marcher en entendant la voix grave du père.

— Ça va, ma chérie ?

Taylor revint silencieusement sur ses pas, s'immobilisa à

l'entrée du salon, en prenant garde de rester invisible. Elle tendit l'oreille. Elle pouvait voir ce qui se passait dans la pièce, grâce à un miroir accroché au mur, juste au-dessus d'un petit secrétaire. Fitz lui tournait le dos et causait avec le père Ross.

Michelle Harris répondit à son père :

— Non, papa, non, ça ne va pas trop bien ! Je ne crois pas que j'arriverai à oublier cette vision de Corinne, sur le sol de sa chambre, avec Hayden juste à côté d'elle recouverte de son sang.

— Je m'en doute, ma chérie. Ça a dû être vraiment horrible…

Il l'attira contre lui et elle se blottit dans ses bras.

— Pas de nouvelles de Derek ?

— Il est en travaux appliqués jusqu'à midi. Je vais aller le chercher à l'université Vanderbilt. Je veux qu'il apprenne la nouvelle de la bouche de quelqu'un de la famille. Je le ramènerai ici. Ça va aller, en attendant ?

— Oui, ça ira… Dès que le lieutenant aura pris ma déposition, je m'occuperai de maman. Prends ton temps, avec Derek. Il va être salement secoué.

— C'est certain. Merci Michelle… Tu as toujours été une bonne fille. Je t'aime. Prends bien soin de Nikki, aussi. Elle n'est pas aussi solide que toi.

Il l'embrassa, la serrant encore contre sa poitrine. Taylor détourna les yeux. Une famille en deuil… Elle se demanda pourquoi ce spectacle lui donnait une telle impression de vide.

Mme Manchini avait conduit Taylor dans sa chambre à coucher, une pièce où tout respirait le kitsch le plus vulgaire, aux antipodes du bon goût impeccable du logis des Wolff.

La chambre elle-même était exiguë, moitié plus petite que celle de Corinne Wolff. Un lit à baldaquin garni de coussins à fanfreluches occupait le gros de l'espace. La demeure était caricaturale — il n'y avait pas d'autre mot —, tout comme l'occupante des lieux, qui paraissait n'être que l'ombre d'une véritable personne et manquer totalement de substance. Carla Manchini aurait pu avoir n'importe quel âge entre quarante-cinq et soixante-cinq ans. Elle portait des lunettes démodées ; ses cheveux filasse et décolorés présentaient un reste de permanente qui avait grand besoin d'être renouvelée. Ses dents étaient mal alignées, mais ses parents avaient dû estimer que sa dentition n'était pas à ce point mauvaise qu'il leur faille investir dans un appareil et des soins. En conséquence, lorsqu'elle parlait, ses lèvres épousaient de manière incongrue la forme d'une incisive proéminente.

Taylor mit fin à son observation minutieuse et s'efforça de se concentrer sur ce que l'autre disait.

— Je ne vois pas très bien ce que je pourrais vous apprendre, lieutenant. Je ne connaissais pas très bien mes voisins. Je ne me mêle pas des affaires des autres, vous savez… Je m'occupe de moi, de ma maison, et c'est déjà bien suffisant ! Je ne suis pas une espionne. Je ne regarde jamais ce qui se passe chez les autres, parole d'honneur…

Taylor l'examinait tout en se demandant pourquoi elle déployait tant d'énergie à essayer de la convaincre. Assise sur le bord du lit, elle évitait son regard. Ses yeux ne cessaient de bouger sans se fixer nulle part, tandis qu'elle se tordait les poignets avec fébrilité.

— Je me demandais simplement si vous n'aviez rien remarqué d'inhabituel ces derniers jours…

La femme secoua la tête d'un air solennel.

— Pas le moins du monde.

— Rien du tout ?

Mme Manchini resta silencieuse un instant, les yeux fermés, comme si elle fouillait sa mémoire.

— Ah, si… Les lanternes étaient restées allumées à l'extérieur. Normalement, Corinne Wolff les éteint tous les matins, mais ce week-end, elles sont restées allumées tout le temps.

— Et ça, c'est anormal, selon vous ?

— Oui.

Un nouvel élément pour la chronologie. Parfait.

— Quand avez-vous vu Mme Wolff pour la dernière fois ?

— Oh, eh bien, je ne m'en souviens pas vraiment… Aujourd'hui, c'est lundi, et le lundi c'est le jour de mon club du livre. Ce qui est sûr, c'est que je ne l'ai pas vue aujourd'hui, alors que, d'habitude, je la vois arroser ses bégonias dans le jardin de derrière, le matin. Il est si joli, ce jardin ! Elle venait de les planter, ces bégonias. Je l'ai vue vendredi, par contre, c'est sûr… Vendredi, c'est le jour du club des jardiniers.

Et elle se tordit les poignets de plus belle.

— Vendredi, à quelle heure, madame ?

— Euh, j'aurais du mal à vous le dire… Vers 3 heures de l'après-midi, 3 h 20, peut-être… Mais je n'en suis pas certaine à cent pour cent et je ne voudrais surtout pas vous induire en erreur.

— Que faisait-elle, quand vous l'avez vue ?

— Elle jouait avec la petite Hayden. Quelle jolie petite fille !

— Dans le jardin de derrière ou dans celui de devant ?

— Dans l'allée latérale, en fait. Je crois qu'elle était en train de répandre de l'herbicide, pour rendre plus présentable l'endroit où ils rangent leurs poubelles.

Pour quelqu'un qui n'espionnait pas ses voisins, elle en savait bigrement long…

— Est-ce qu'il y avait quelqu'un avec elle ?

— Non, personne, sauf Hayden, évidemment.

— Et M. Wolff ?

Cette question valut à Taylor un regard direct, mais furtif. Mme Manchini se frottait les mains, à présent. La conversation semblait la rendre nerveuse. Et les gens nerveux sont toujours intéressants.

— Oh, lui, je ne le connais pas très bien. Un bel homme… Mais pas très ouvert avec les gens comme moi.

— Avaient-ils des problèmes, à votre connaissance ?

— Non. Pas du tout. Ils avaient l'air très heureux, au contraire. Comblés, même.

— Et vous n'avez vu personne rôder près de la maison, samedi ?

— Non, personne. J'aimerais retourner m'occuper de mes invités à présent…

— Encore quelques questions, madame Manchini… Vous restez chez vous pendant la journée ?

— Oui, oui, tout à fait. J'ai pris ma retraite il y a quelques années. Je travaillais à la poste. Depuis, je m'occupe comme je peux. Je lis, je regarde la télé. Je vais au club du livre et je jardine. J'ai beaucoup d'amis, aussi.

— Tant mieux, madame Manchini. Tant mieux… Les Wolff recevaient beaucoup ?

— Oui, bien sûr. Jeunes et séduisants comme ils sont. Mais enfin pas plus que les autres voisins. Ça fait quarante ans que j'habite ici… J'en ai vu des habitants venir et repartir ! Tout le monde a l'air heureux dans le quartier, vous savez.

Elle cessa de se tordre les mains et les posa sur ses cuisses. Ses phalanges étaient rouges et noueuses. C'était une vieille femme solitaire, Mme Manchini.

— Merci madame. Vous pouvez rejoindre les autres à présent. C'est très gentil à vous de mettre votre maison à leur disposition de la sorte. Je suis sûre que les Harris apprécient beaucoup ce geste. Il se pourra que j'aie besoin de vous interroger de nouveau, ultérieurement.

La femme se leva lentement, faisant grincer les ressorts du sommier.

— Certainement, bien sûr. Dès que vous aurez besoin de moi… Je suis à votre disposition.

Taylor suivit l'insignifiante petite dame dans le salon. Rien n'y avait changé, sauf que Michelle Harris était à présent assise dans un fauteuil tendu de chintz, tenant un ange blond dans les bras. La petite Hayden avait des yeux bleu délavé, une jolie bouche en bouton de rose, un teint d'ivoire et de bonnes joues rouges. Elle se mit à observer Taylor, qui décela dans l'azur de son regard d'insondables ténèbres. La fillette fixa un instant l'arme de service de la jeune femme, puis se mit à pleurer, enfouissant son visage dans le giron de sa tante.

Quand il fut temps pour Taylor de prendre la déposition de Michelle Harris, les deux femmes s'installèrent à la table de la cuisine. Michelle se contenait autant que possible, sous le feu roulant de questions que lui posait Taylor.

Matthew Harris était revenu avec son fils cadet, lequel semblait extrêmement éprouvé par la nouvelle de la mort de sa sœur. Fitz lui tenait compagnie sur la terrasse, penché vers lui d'un air paternel. Taylor pouvait les apercevoir par-dessus l'épaule de Michelle, au travers d'une baie vitrée encadrée de rideaux de chintz à franges.

Elle venait de reconnaître le parfum qu'elle avait senti dans la maison des Wolff. C'était celui de Michelle, une fragrance capiteuse aux touches d'iris et de jasmin, d'une douceur écœurante et excessivement prégnante, comme si la jeune femme utilisait aussi un savon, une lotion et une crème de la même gamme.

Le nez froncé, elle poursuivit l'interrogatoire :

— Bien… Redites-moi tout ça, une deuxième fois. Commencez par la dernière fois où vous avez parlé à votre sœur…

Michelle était pâle. Elle avait l'air épuisé et bouleversé. Elle se retourna pour regarder son frère, regrettant visiblement de n'être pas avec lui dehors à le réconforter.

— Mademoiselle Harris ?

— Excusez-moi, lieutenant. Vous savez ce que c'est, quand on a des frères et sœurs… On a envie de les protéger.

— Non, en fait, je l'ignore. Je suis fille unique. Je vous écoute… Votre sœur et vous deviez jouer au tennis ensemble, c'est ça ?

Elle se cala contre le dossier de bois de sa chaise, croisa les bras et attendit patiemment.

Michelle tripotait sa queue-de-cheval, l'enroulait et la déroulait autour de son cou. Taylor comprit vite que c'était un geste compulsif.

— C'est exact. Nous étions partenaires en double depuis des années. J'ai songé à jouer en simple, à un moment, mais Corinne n'a pas voulu en entendre parler. Nous formons… Nous formions une super-équipe. Sur un court, il se passait vraiment quelque chose entre nous, chacune arrivait à anticiper les gestes de l'autre. En ce moment, nous participions au tournoi de Richland…

— Et votre sœur jouait alors qu'elle était enceinte ?

— Oui. Elle a joué jusqu'à la dernière semaine avant la naissance d'Hayden, vous savez. Cette fois encore, sa grossesse se passait si bien qu'elle disait qu'elle serait capable de jouer un match juste avant d'accoucher. Et c'est ce qu'elle aurait fait, je pense. Corinne est toujours parvenue à plier son corps à ses volontés. En cas d'entorse ou de foulure, elle parvenait à se rétablir d'un match à l'autre. C'était une femme extraordinaire.

— Le bébé devait naître quand ?

La voix de Michelle se fit plus rauque.

— Dans huit semaines.

— Ça alors ! Elle n'était pourtant pas très grosse, pour une femme enceinte de sept mois !

— Elle n'avait pas non plus beaucoup grossi, quand elle attendait Hayden. Elle n'avait pris que quatre kilos. Et son corps avait aussitôt retrouvé sa ligne. Tout indiquait que ça allait se passer de la même manière cette fois encore. Pauvre bébé... Qu'est-ce qui va arriver, pour lui ?

Des larmes se mirent à couler sur ses joues. Taylor détourna les yeux tandis que la jeune femme s'efforçait de reprendre contenance. Elle ne voulait pas spécialement amener la conversation sur le sujet des certificats de décès pour les fœtus.

— On en reparlera plus tard. Concentrons-nous sur les faits. Donc, vous êtes allée la chercher en voiture chez elle et...

— Oui et, en arrivant, je me suis étonnée qu'elle n'ait pas éteint les lampes extérieures. Corinne était très... méticuleuse, dans certains domaines. Elle éteignait tous les jours ces lampes, dès qu'elle se levait, généralement à 5 h 30 du matin. C'était un peu pour contrarier Todd, aussi... Ils s'étaient accrochés sur le genre de lanternes qu'il fallait installer. Mais, ça, ce n'est pas important, excusez-moi... Bref, tous les matins, elle se levait, éteignait les lanternes, allumait la cafetière, faisait une demi-heure de vélo d'appartement et réveillait Todd. Les jours où il était là.

— Quand est-ce qu'elle allumait la lumière, le soir ?

— Comment ça ?

— Les lanternes extérieures… A quelle heure les allumait-elle ?

— Ah…

Michelle pinça les lèvres et réfléchit un instant.

— Je n'en sais rien, en fait. A la tombée de la nuit, j'imagine…

— D'accord. Donc, les lanternes étaient allumées quand vous êtes arrivée. Vous n'avez rien remarqué d'autre ?

— Je suis sortie de la voiture et je me suis avancée jusqu'à la porte d'entrée. Elle n'était pas verrouillée, mais ça, c'est normal. Personne ne s'enferme, dans ce quartier. Les gens du coin ont l'impression de vivre en sécurité. Je pense qu'ils vont se mettre à verrouiller leur porte, désormais.

Elle prit un air détaché, presque rêveur, pour poursuivre son récit.

— Je suis entrée dans la maison, j'ai vu le sang, je suis montée à l'étage, j'ai vu Corinne, j'ai vu Hayden, j'ai eu très peur, j'ai pris la petite dans mes bras et je me suis enfuie.

— Et vous avez appelé le 911…

— Oui. Excusez-moi, lieutenant, je suis encore sous le choc. Tout ce sang… Et la pauvre Hayden…

Sa voix se perdit dans un murmure, tandis que ses yeux se gonflaient de larmes.

— Je crois que je ne pourrai jamais effacer cette vision de ma mémoire. Ça vous est déjà arrivé d'avoir cette impression ? Avec tous les cadavres que vous avez dû voir, j'imagine que vous parvenez à ne pas y penser. Moi, je vais me souvenir de ce spectacle atroce pendant longtemps…

— Vous allez surmonter le choc, mademoiselle Harris, j'en suis sûre. Encore quelques questions, si vous voulez bien… Parlez-moi de Todd.

— Qu'en dire ? Todd est…

— Qu'en dire ? répéta Matthew Harris, en faisant irruption dans la cuisine. Justement, parlons-en ! Todd n'est pas là et ma Corinne est morte. Il aurait pu tout aussi bien la frapper à mort lui-même ! Lui et tous ses voyages, ce besoin forcené de se faire un nom ! S'il avait été chez lui, protégeant Corinne comme c'était son devoir de mari et de père, cette tragédie ne serait pas arrivée. Ma fille et mon petit-fils ne seraient pas morts…

5

— Je ne veux rien entendre d'autre dans votre bouche que : « Je vais coincer ce salaud pour qu'il paie cher ce qu'il a fait. » Je ne veux rien entendre d'autre, vous avez saisi !

Matthew Harris avait fait un pas en direction de Taylor, pointant vers sa poitrine un index menaçant, comme s'il la mettait en cause dans la tragédie qui venait de frapper sa famille.

La jeune femme se leva, étira son mètre quatre-vingts, deux ou trois centimètres de moins à peine que l'homme qui se trouvait en face d'elle.

— Papa ! Qu'est-ce qui te prend ?

Michelle retint son père par le bras, le tira en arrière et le força à s'asseoir.

— Je suis désolée, lieutenant, dit-elle. Ce genre d'attitude ne lui ressemble pas.

Taylor eut alors une brève vision de son propre père la regardant d'un air incrédule au travers d'une vitre de voiture de patrouille, mais elle secoua bien vite la tête pour chasser cette image.

Matthew Harris s'assit lourdement à la table de la cuisine, et, la tête plongée dans ses bras repliés, il se mit à pleurer.

Taylor croisa le regard de Fitz, sur la terrasse, et lui

adressa un signe discret. Il vint les rejoindre, suivi du jeune Derek. Le garçon s'assit, en posant la main sur le dos courbé de son père.

Taylor fit signe à son second de la suivre, laissant les deux enfants s'occuper du père, et tous deux passèrent dans le jardin en refermant la porte-fenêtre derrière eux.

Taylor chaussa ses lunettes de soleil.

— Quoi de neuf ? demanda Fitz.

— Pas grand-chose. Michelle Harris m'a fait le même récit deux fois. Avec des détails identiques. D'après moi, rien de ce qu'elle m'a dit n'a été répété à l'avance. Ce qui nous donne au moins une chronologie. Les lanternes extérieures sont restées allumées pendant tout le week-end et la voisine a vu Corinne vendredi après-midi. Michelle Harris nous a dit que sa sœur avait pour habitude d'allumer ces lanternes à la tombée de la nuit… On peut donc en déduire que le meurtre n'a pas eu lieu avant vendredi soir. Les sœurs sont sous le choc, le père est en train de craquer.

— Ça peut se comprendre.

— Bien sûr. La mère a refusé de prendre un tranquillisant. J'aimerais la voir avant qu'elle ne change d'avis. Et j'ai hâte de rencontrer le mari…

— Le frère m'a suggéré de suivre cette piste.

— Ah bon ? C'est prometteur ! J'aimerais l'entendre, lui aussi. Le père vient de sous-entendre qu'il tenait son gendre pour responsable, lui aussi. Mais je n'ai pas eu le sentiment qu'il pensait que c'était Wolff le meurtrier. Il lui reproche de ne pas avoir été là pour protéger sa femme.

— Derek, lui, semble penser que Wolff est parfaitement capable d'avoir fait le coup. Il m'a dit qu'ils se disputaient tout le temps, que Corinne parlait de le quitter.

Taylor regarda par-dessus la haie. Mme Manchini bénéficiait incontestablement d'une vue imprenable sur le jardin de ses voisins.

— La sœur n'a pas du tout parlé de mésentente au sein du couple. Allons interroger la mère, si elle est en état de répondre, ensuite on ira recueillir la déposition du frère.

— Madame Harris, j'aimerais que vous me parliez de votre fille…

Elles étaient dans la cuisine aux rideaux de chintz, attablées devant une tasse de thé bien chaud et odorant. La mère de Corinne allait un peu mieux. Le père Ross était assis à ses côtés et lui tenait la main.

Elle renifla, en s'essuyant le nez avec un mouchoir jetable.

— Que voulez-vous savoir ?

— Est-ce que votre fille avait des ennemis ? Se disputait-elle avec son mari ? Quel genre de femme était-ce ? Il est important que je me familiarise avec elle, que j'apprenne qui elle était, pour avoir une chance d'arrêter son meurtrier.

— C'était une gamine merveilleuse. Très douée.

— Douée, dans quel sens ?

— C'était une sportive accomplie. Une excellente joueuse de tennis… Elle a été classée dans les dix premières de son groupe d'âge pendant toute sa carrière. Elle voulait participer aux Jeux olympiques. Mais tout a changé quand elle est entrée en terminale…

— D'après vous, qu'est-ce qui a motivé ce changement ?

Julianne Harris réprima un sourire.

— Elle a découvert les garçons… Elle a arrêté de s'entraîner et a décidé de mener une vie normale. C'était un énorme gaspillage de talent, à mon avis… Elle avait tout ce qu'il fallait pour intégrer le circuit professionnel. Rendez-vous compte : elle a été finaliste à Wimbledon, en junior, contre la joueuse numéro un ! Une Russe. Corinne a failli l'emporter. Perdre ce match a été difficile, pour elle.

Au ton de sa voix, Taylor jugea que cette défaite avait été très pénible pour Mme Harris aussi.

— Ensuite, qu'a-t-elle fait ?

— Elle a eu de très bonnes notes au bac et elle est entrée à l'université Vanderbilt. Elle a continué à jouer au tennis, mais sans la ferveur de ses années d'enfance. Puis elle a rencontré Todd. Ils ont obtenu leur diplôme en même temps. Elle a travaillé un peu, au début, et elle est tombée enceinte d'Hayden. Ils étaient si heureux. Vous auriez dû voir son regard quand elle me l'a annoncé ! Et sa grossesse s'est très bien passée. La deuxième a été moins simple, mais Corinne avait du répondant.

— Comment qualifieriez-vous sa relation avec Todd ?

Julianne Harris se mit à triturer subitement le mouchoir en papier effiloché qu'elle tenait à la main. Taylor en déduisit qu'elle s'efforçait de réfléchir à une réponse convenable. Pour protéger le mari ou pour préserver la mémoire de sa fille ? Elle n'était pas impartiale dans cette affaire. Elle avait une petite-fille à l'avenir de laquelle elle devait songer.

— Oh, lieutenant, que voulez-vous que je vous dise ? C'était une famille comme les autres. Ils avaient parfois des différends, mais qui me semblaient superficiels. Quand un problème survenait, Corinne m'appelait pour s'en plaindre. Mais, pour autant que je sache, Todd n'est jamais allé trop loin. C'est un homme qui a la tête sur les épaules et de bons revenus. Il travaille trop, c'est vrai, mais enfin il est le seul à subvenir aux besoins du ménage. Corinne ne voulait pas avoir d'enfants élevés par des nounous. Elle tenait absolument à rester à la maison avec Hayden. Et Dalton… On vous a dit qu'ils allaient l'appeler Dalton ?

De mon temps, ça portait malheur de nommer les enfants avant leur naissance… La preuve, dit-elle sombrement.

Ses larmes se remirent à couler.

— C'est un joli prénom, madame Harris. Je compatis de tout cœur avec vous. Merci pour votre franchise. Vous pouvez rejoindre votre famille, maintenant.

Quand ce fut le tour de Derek, Taylor l'emmena à l'extérieur pour causer un peu avec lui. Ils s'assirent sur les fauteuils de la terrasse. Fitz et elle lui faisaient face. Il ne se priva pas de dire du mal de son beau-frère.

— Ça faisait un bout de temps qu'ils ne s'entendaient plus. Corinne m'avait fait jurer le secret. Elle savait qu'elle pouvait compter sur moi. Elle ne souhaitait pas en parler à Michelle. Michelle est un peu vive… Si elle avait appris que le couple battait de l'aile, elle aurait harcelé Corinne pour qu'elle quitte Todd…

— Dites-nous ce qui s'est passé.

— Corinne ne m'a pas donné de raisons précises. Elle m'a seulement dit qu'il y avait eu une scène de ménage terrible. Je me souviens qu'elle est venue chez nos parents, ce soir-là, et qu'elle avait l'air d'avoir beaucoup pleuré. En tout cas, on s'est mis à bavarder après le dîner et elle m'a confié que Todd était entré dans une colère terrible et l'avait accablée de reproches. Elle ne l'avait pas vu depuis cinq jours et ne savait pas où il pouvait bien être. En fait, il est rentré au bercail le lendemain. Je suis passé chez eux après mes cours, pour vérifier que tout allait bien. Corinne était assise dans le salon, elle buvait une bière. Elle avait l'air de bonne humeur et semblait contente de son retour. Vous pensez qu'il l'a tuée ?

Taylor esquiva la question.

— Quel est le métier de Todd ?

— Il est promoteur immobilier. Il construit des lotissements dans des quartiers vraiment riches comme The Trace, Harpeth on the Walk. Il fait également construire hors de l'Etat… C'est pour ça qu'il voyage tout le temps. Il est souvent en déplacement pendant le week-end pour visiter des chantiers dans les Etats voisins.

— Il s'agit de Wolff Construction ? C'est lui qui dirige cette boîte ? demanda Fitz.

— Oui. Vous en avez entendu parler ?

— J'ai visité une de leurs maisons modèles à Harpeth on the Walk. C'était très chouette, je dois dire…

— Todd est un bon professionnel. Il a beaucoup d'énergie. Il est toujours en quête d'un nouveau contrat. C'est un type honnête. Avant que Corinne ne me parle de cette dispute, je ne me doutais pas qu'il y avait des problèmes entre eux. Je sais que ça arrive à tout le monde, mais moi, je ne connais que mes parents et ils sont toujours amoureux l'un de l'autre. Les scènes de ménage, on ne connaît pas dans notre famille…

Ça devait être agréable, en effet. Bien sûr, les parents de Taylor ne se disputaient pas comme des sauvages, ils se contentaient d'être d'une politesse glaciale l'un envers l'autre. Un manque de passion, pourrait-on dire.

— Pensez-vous que votre beau-frère aurait pu faire du mal à votre sœur ?

Derek avait de grands yeux. Il était jeune, mais pas au point de ne pas comprendre l'insinuation.

— J'ai du mal à l'imaginer en train de la tuer. Mais tout est possible, n'est-ce pas ?

C'était exactement ce qu'elle voulait entendre.

— Merci, Derek. Si vous vous souvenez d'un détail, même qui vous paraîtrait insignifiant, faites-le-moi savoir.

Elle lui tendit sa carte. Il la prit et rentra dans la maison.

Taylor et Fitz commencèrent alors à comparer leurs notes, puis le téléphone portable de Taylor sonna. Elle le détacha de sa ceinture et consulta le numéro de son correspondant. C'était Tim Davis.

— Quoi de neuf ? demanda-t-elle en décrochant.

Tim avait l'air tout excité.

— Il faut que vous reveniez ici. Je crois que j'ai retrouvé l'arme du crime !

6

— Je jetais un coup d'œil à ce placard quand j'ai repéré un peu de sang séché, là, au coin du tiroir…

Taylor et Tim se trouvaient à présent dans la vaste garde-robe de Corinne Wolff, où flottait un entêtant parfum de cèdre.

— J'ai ouvert le tiroir et je l'ai trouvée dedans, parmi les vêtements… Elle était dissimulée par une écharpe, mais son contour était reconnaissable et il y avait du sang sur l'étoffe. A croire que la personne qui l'a cachée là ne s'attendait pas à ce qu'on fouille…

Il rejoua la scène, ouvrant en grand le tiroir étiqueté « écharpes ». Nichée dans la soie se trouvait une raquette de tennis. Elle était déformée, cabossée et son cadre était maculé de sang et de matière cervicale.

Taylor songea aux blessures que présentait le corps de la victime. Il faudrait bien sûr que Sam le confirme avec l'autopsie, mais une raquette de tennis avait fort bien pu causer les plaies qu'elle avait vues. Manié avec la force nécessaire, n'importe quel objet contondant pouvait devenir une arme.

— Vous pensez que cette raquette a pu faire autant de dégâts ? demanda-t-elle tout de même à Tim, qui en avait vu d'autres.

— Sans aucun doute. C'est un objet dense et solide.

Une tête, vous savez, c'est un peu comme un melon mûr. Si vous tapez assez fort dessus, elle va se fendre et s'ouvrir. Les blessures à la tête saignent abondamment. Celle de Corinne Wolff était couverte d'entailles, c'est de là qu'est venu tout ce sang que la petite fille a ensuite répandu partout. Quelqu'un en voulait vraiment à cette malheureuse…

Taylor jeta un coup d'œil dans la chambre, vers la grosse tache qui souillait la moquette à l'endroit où la jeune femme avait été retrouvée morte. Elle n'aurait pas aimé finir comme ça.

— Bien joué, Tim. Cette découverte va nous aider énormément. Faites-la photographier et voyez s'il y a des empreintes digitales dessus.

— Je vais l'examiner soigneusement, lieutenant. Mais je m'étonne que le meurtrier ait été assez stupide pour laisser un tel indice derrière lui.

— Cette raquette semble avoir été une arme improvisée. Le sac de gym était sur le lit, la raquette devait y être aussi, à portée de main de l'agresseur. Il a peut-être été interrompu et l'a dissimulée en vitesse, parce qu'il était pressé de quitter les lieux.

— Possible… Ou alors il a pensé qu'on ne chercherait pas là. Vous savez comment sont les gens. Ils nous prennent souvent pour des imbéciles.

— Rien n'est plus vrai, mon vieux. Si vous trouvez du nouveau, prévenez-moi.

Taylor fit mentalement le tour des éléments qu'ils avaient : une victime, une arme et des témoignages indiquant que le couple battait de l'aile.

A présent, il ne leur manquait que le mari. Avec un peu de chance, l'enquête serait bouclée assez vite.

*
* *

Un 4x4 noir s'engagea dans Jocelyn Hollow Court et s'arrêta juste devant le ruban jaune délimitant la scène de crime et qui barrait l'accès à l'allée privée. Taylor, qui sortait de la maison, entendit croître le murmure des voisins et crépiter les appareils photo. Les médias étaient arrivés un peu plus tôt et se tenaient à bonne distance. Mais la puissance de leurs téléobjectifs leur permettait d'être malgré tout aux premières loges.

Elle regarda Todd Wolff sortir de sa Lincoln Navigator, tout tremblant d'inquiétude. Il laissa la portière ouverte et la clé sur le contact. Le puissant moteur V-8 continua de ronronner comme un lion repu. Il fit le tour de sa voiture, les épaules courbées, le nez rouge et enflé. Il regardait sa maison comme s'il ne l'avait jamais vue auparavant. Cela faisait six heures maintenant qu'on lui avait appris la tragédie.

Fitz rejoignit Taylor dehors.

— Wolff a dû conduire comme un dingue pour arriver si tôt. Je ne pensais pas le voir arriver avant 18 heures.

Il tendit à la jeune femme une bouteille d'eau qu'elle accepta volontiers. Elle dévissa le bouchon et but une grande gorgée, pour se débarrasser de ce goût de meurtre dont l'âpreté lui imprégnait le gosier. Elle reboucha la bouteille et dit à voix basse :

— Il n'a pas l'air dans son assiette.

— Ce mec a l'air complètement paumé, tu veux dire !

Wolff fixa la maison encore quelques instants avant de s'avancer à pas chancelants vers la porte d'entrée. Taylor se hâta d'aller à sa rencontre et posa une main sur son avant-bras. L'homme s'immobilisa, se tourna vers elle et la regarda d'un air éperdu.

— Qui êtes-vous ? demanda-t-il d'une voix monocorde.

— Je suis le lieutenant Taylor Jackson, de la brigade des homicides. Voici le sergent Peter Fitzgerald. Je voudrais vous parler, monsieur Wolff…

Elle voulut l'entraîner à l'écart, mais il résista, se dégagea.

— Non, je veux entrer. Je veux voir Corinne. Je veux voir Hayden…

— Monsieur Wolff, votre femme n'est plus là. Elle a été transportée à l'institut médico-légal. Venez par ici, s'il vous plaît.

Elle leva la tête et constata que plusieurs voisins s'étaient attroupés sur l'autre trottoir, l'oreille tendue. Les journalistes, quant à eux, pointaient caméras et appareils photo sur le mari écrasé de chagrin.

Elle regarda autour d'elle. Ils avaient besoin de davantage d'intimité mais, tant que les techniciens de scène de crime étaient encore à l'œuvre, il était hors de question d'entrer dans la maison.

— Allons chez votre voisine.

— Mme Manchini ? Elle ne m'aime pas beaucoup, celle-là…

Il se dirigea cependant tout droit vers chez elle, sans autre objection. Taylor lui emboîta le pas, après avoir échangé un regard avec Fitz, qui l'attendait près du 4x4. Il en profita pour inspecter l'intérieur, par la portière restée ouverte. Il secoua la tête, signifiant qu'il n'avait rien repéré de suspect dans la Lincoln, du moins pas encore, et Taylor poursuivit son chemin.

Les membres de la famille Harris étaient rentrés chez eux vers 15 h 30, laissant leurs coordonnées : leur adresse dans le quartier de Sylvan Park et leurs numéros de téléphones fixes et portables, afin qu'on puisse les joindre à tout moment. Ils avaient emmené la petite Hayden. Taylor n'avait vu aucune raison de s'y opposer : quelle meilleure place pour l'enfant qu'au milieu des siens…

Todd Wolff s'arrêta au bord de sa pelouse, la respiration soudain précipitée.

— Où est ma fille ?

Il fit mine de rebrousser chemin pour se diriger vers la maison. Taylor lui agrippa une nouvelle fois le bras.

— Attendez un peu, monsieur Wolff. Votre fille est avec vos beaux-parents. Ses grands-parents. Elle va bien. Elle était seulement fatiguée et affamée. Mais elle est en bonne santé. Ne vous inquiétez pas pour elle.

— Je veux la voir ! Je veux la voir tout de suite ! dit-il d'une voix suraiguë. Je veux voir ma fille…

Cette dernière phrase avait été gémie plus qu'articulée. Taylor entendit le cliquetis des obturateurs, tandis que Wolff s'effondrait à genoux sur le gazon qui séparait les deux maisons, sanglotant face aux téléobjectifs. Les caméras de télévision filmaient goulûment cette scène poignante, qui ferait une croustillante ouverture pour le prochain journal télévisé.

Taylor vint s'accroupir près de lui.

— Monsieur Wolff, dit-elle avec le plus de bienveillance possible. Il faut que vous vous leviez et veniez avec moi. Laissez-moi vous accompagner chez la voisine pour que nous puissions parler. Plus tôt on y sera, plus tôt vous pourrez retrouver Hayden…

Fitz vint les rejoindre. La jeune femme croisa son regard et lui fit un signe de la main. Toute cette dramaturgie retardait leur boulot… Ils attrapèrent Wolff chacun sous un bras et le soulevèrent. Il pleurait comme un enfant. La morve et les larmes se mêlaient sur ses joues et coulaient sur son menton. Ils parvinrent à le conduire sans autre incident à la porte d'entrée de la maison de Mme Manchini et à l'y faire entrer. Fitz le mena vers le canapé et l'invita à s'y asseoir. Carla Manchini se tenait au milieu du salon, les yeux luisant derrière ses verres épais. Jamais elle n'avait assisté à un spectacle aussi excitant. Et jamais à une aussi bonne place.

Le téléphone de Taylor sonna. Le numéro qui s'affichait sur son écran ne lui était pas familier, aussi décida-t-elle de le transférer directement sur sa messagerie, puis elle alla rejoindre les autres au salon. Un journaliste en quête de détails sensationnels, sans doute…

— Madame Manchini, pouvez-vous nous laisser seuls quelques instants, s'il vous plaît ? Nous devons nous entretenir en privé avec M. Wolff.

La déception vint voiler le regard de la femme, mais elle acquiesça.

— C'est bientôt l'heure de mon club du livre, de toute façon. Et il me faut une bonne demi-heure pour arriver là-bas. Il y a une théière pleine et encore chaude dans la cuisine. N'oubliez pas de verrouiller la porte en partant, lieutenant. D'habitude, je ne m'inquiète pas, mais là…

— Bien sûr, madame. Et un grand merci encore pour l'aide que vous nous avez apportée aujourd'hui. Je ne sais pas comment nous aurions fait sans vous.

Flattée, Carla Manchini prit son sac à main, un exemplaire tout écorné du roman de Tasha Alexander, *Une valse fatale*, et sortit de la maison.

Todd Wolff était recroquevillé sur le canapé. Il avait cessé de pleurer, mais il reniflait bruyamment et s'essuyait le nez du revers de la main.

Taylor s'assit sur un fauteuil à côté du canapé. Elle attendit qu'il ait repris contenance, attrapa un mouchoir en papier dans une boîte posée sur la table basse et le lui tendit. Il s'essuya les yeux et se racla la gorge.

— Monsieur Wolff, puis-je vous demander où vous étiez ?

En attendant la réponse, qui tardait, elle l'observa un peu. C'était un bel homme brun, grand et bien bâti, aux cheveux noirs et au regard doux. Une barbe de trois jours couvrait son menton creusé d'une fossette. En le dévisageant, Taylor songea à la blonde Hayden et s'interrogea un instant sur la dissemblance. Deux parents très bruns aux yeux bruns, qui avaient engendré une enfant blonde aux yeux bleus. Intéressant mystère de la génétique.

— Je fais construire un lotissement à Savannah, en Géorgie, qui doit bientôt être inauguré. Je suis allé là-bas pour m'occuper de la dernière tranche de travaux. Il y a toutes sortes de petits détails pratiques à régler et je suis celui qui signe les chèques.

— Vous êtes promoteur ? Votre société s'appelle Wolff Construction ?

— Oui.

— Quand avez-vous quitté Nashville ?

— Vendredi, vers midi. J'y vais tous les quinze jours depuis que le projet est en voie d'achèvement.

— Vous y allez toujours en voiture ?

— Oui. Ma société est plutôt prospère, mais l'argent ne coule pas à flots. C'est plus économique d'y aller en voiture que de prendre l'avion.

— Ça fait pas mal de route, fit observer Fitz.

— J'aime conduire.

— Vous passez le week-end entier en Géorgie, quand vous y allez ?

— Oui. Et je rentre habituellement le lundi après-midi.

— Quand avez-vous parlé à votre femme au téléphone pour la dernière fois ?

Wolff resta silencieux un instant avant de répondre :

— Samedi matin.

— C'était la dernière fois ?

— Oui.

— Avez-vous essayé de l'appeler depuis ?

— Oui, samedi soir. Je voulais lire une histoire à Hayden. C'était devenu une tradition…

— Et elle n'a pas répondu ?

— Non, dit-il d'une voix chancelante.

Il semblait à bout, mais parvenait à contenir ses larmes.

— Et ça ne vous a pas inquiété, de ne pas pouvoir joindre Corinne ?

Todd tressaillit en entendant prononcer le nom de sa femme.

— Sur le moment, non… Oh, mon Dieu, si j'avais su… J'étais tellement plongé dans les problèmes du chantier que j'ai juste laissé un message. J'ai pensé qu'elle avait dû sortir avec ses sœurs. Quand je partais comme ça, elle s'accordait souvent une sortie entre filles avec des amies, ou elle allait au cinéma avec Michelle et Nicole. Elle faisait venir un baby-sitter pour Hayden. J'ai rappelé vers 22 heures, mais je suis tombé sur le répondeur une fois encore et j'ai raccroché. J'ai essayé de l'appeler sur son portable, puis je suis allé me coucher. Elle n'aimait pas beaucoup que je m'inquiète comme ça. Elle avait l'impression que je la surveillais.

— Et vous avez réessayé le lendemain ?

— J'ai appelé dimanche en fin de matinée et ça ne répondait toujours pas. Mais je ne me suis pas inquiété, là non plus. Corinne était très indépendante, elle n'avait pas besoin de moi pour se distraire. Comme je m'absente souvent, elle en avait pris l'habitude. Qui a fait ça, lieutenant ? J'aimais ma femme. On s'entendait à merveille, on avait une adorable petite fille, on attendait un petit garçon. On était heureux…

« Les braves gens n'ont pas d'histoires ; il n'y a qu'aux

méchants qu'il arrive des malheurs… Refrain connu, songea Taylor. Si seulement c'était aussi simple que ça… »

— Malheureusement, je ne peux pas encore répondre à cette question, monsieur Wolff. Parlez-moi de vos affaires à Savannah. Où dormiez-vous, quand vous y alliez ?

— Il y a un hôtel Hampton Inn dans la même rue que le lotissement. Ma secrétaire pourra vous fournir tous les détails.

— Et c'est là que vous êtes descendu, ce week-end ?

— Oui. C'est pratique, très propre et pas trop cher. Il faut que je surveille mes notes de frais, vous savez.

— Votre entreprise s'est fait un nom. Comment êtes-vous devenu promoteur ?

— Je travaillais pendant l'été pour mon père, qui était grutier à Ashland City. J'ai eu l'occasion d'apprendre un peu tous les corps de métier de la construction. J'adore la charpenterie, j'adore voir surgir des maisons du néant. Je suis assez doué en comptabilité aussi. Mais en quoi mon parcours professionnel a-t-il de l'importance ?

Taylor croisa les jambes.

— Nous ne faisons que causer, monsieur Wolff… Et votre entreprise, elle marche bien ?

— Mieux que je ne le mérite.

— Pas de problèmes financiers ?

— Lieutenant, je ne vois pas le rapport avec…

Il s'interrompit, réalisant tout à coup ce que pouvait impliquer la question que venait de lui poser la policière.

— Vous croyez que je suis le coupable ! s'exclama-t-il.

— J'essaie seulement de me faire une idée de votre vie, monsieur Wolff, je n'insinue rien du tout. Parlez-moi de votre situation financière. Vous nous avez indiqué que vous préfériez conduire plutôt que prendre l'avion, parce que c'est plus économique. Votre entreprise connaît-elle des difficultés ?

Il se raidit.

— Lieutenant, qu'est-ce qui s'est passé exactement, ici ? Personne ne veut me le dire !

Taylor consulta Fitz du regard. Soit ce type était un acteur chevronné, soit il ignorait vraiment de quelle manière atroce sa femme avait trouvé la mort.

— Monsieur Wolff, insista-t-elle. Vous vous disputiez souvent avec votre femme ?

Il la regarda droit dans les yeux, sans ciller, avec une infinie tristesse.

— Bien sûr que nous nous disputions, comme tous les couples mariés du monde. De temps en temps… Si vous êtes en train de me demander si j'ai tué ma femme, la réponse est non.

Taylor l'examina encore un instant. Il était toujours utile de juger la réaction d'un témoin face à la réalité. Elle décida de tenter sa chance. Il y avait quelque chose dans l'attitude de Wolff qui l'incitait à le croire.

— Pour le moment, nous manquons d'éléments pour poursuivre cet entretien. Les indices sont en train d'être relevés, l'enquête ne fait que commencer. Ce que je peux vous dire, c'est que votre belle-sœur Michelle est venue chercher Corinne pour une partie de tennis, ce matin. Votre femme a été retrouvée morte dans votre chambre à coucher. Elle a été très brutalement battue. Mais votre fille n'a pas subi de violences.

— Et le bébé ?

Sa voix se brisa et des larmes se mirent à ruisseler en silence sur ses joues. C'était la voix d'un homme accablé par le sort, un homme qui connaissait la réponse à sa question, mais se forçait à la poser quand même.

— Votre fils n'a pas survécu à l'agression, monsieur Wolff.

Votre épouse était décédée depuis un certain temps quand votre belle-sœur est arrivée. Je suis vraiment désolée.

Wolff lâcha un hoquet, se leva précipitamment et fila dans la salle de bains. Taylor l'entendit vomir, puis il fit couler de l'eau pour couvrir le son.

Fitz était resté silencieux pendant toute la conversation.

— Tu crois qu'il faut qu'on l'embarque ? demanda-t-il calmement.

L'eau coulait encore dans la salle de bains. Taylor secoua la tête et répondit à voix basse :

— Ce genre de réaction viscérale aurait été assez difficile à simuler s'il avait su à l'avance comment sa femme était morte, à mon avis. Il peut feindre, mais j'ai tendance à penser qu'il nous dit la vérité. Soit c'est un criminel accompli — qui s'est arrangé pour s'absenter et a loué les services d'un tueur pour liquider sa femme —, soit il ne savait sincèrement pas ce qui s'est passé. Laissons-le passer une nuit avec sa fille. On l'interrogera de nouveau demain matin. On a beaucoup d'éléments à vérifier d'ici là. Il faut voir l'état de ses finances, passer en revue tous les indices que Tim a trouvés. Je propose de mettre par écrit nos constatations et de nous en tenir là pour aujourd'hui, en ce qui le concerne.

— Je suis d'accord. Je vais le conduire chez les Harris.

— Bonne idée. Moi, je retourne au bureau rédiger mon rapport et le présenter au capitaine. On se retrouve là-bas.

Elle entendit la chasse d'eau se déclencher et l'eau du robinet cesser de couler. Wolff revint dans la pièce, les yeux injectés de sang, confus.

— Je suis désolé…

— Ce n'est pas grave. Nous comprenons votre réaction.

Je crois qu'il est temps de nous séparer, pour aujourd'hui. Le corps de votre femme doit être autopsié demain matin. Ensuite, nous devrons poursuivre cet entretien. Mais, pour l'heure, nous allons vous conduire auprès d'Hayden.

En quittant les lieux, Taylor ne put s'empêcher de jeter un dernier regard à la maison des Wolff. Que s'était-il donc passé entre ces murs ? Une intrusion de cambrioleurs qui avait mal tourné ? Elle n'avait pourtant constaté aucune trace d'effraction et rien ne semblait avoir été dérobé. Non, cette affaire avait tout du drame familial et Todd était le suspect tout désigné.

Il y avait tout de même quelque chose de singulier au sujet de cet homme. Ses réactions correspondaient parfaitement à celles qu'on pouvait attendre d'un mari éploré, mais Taylor ne cessait de penser à ce que lui avaient dit le frère et le père de Corinne, qui, chacun à sa manière, avaient suggéré qu'il pourrait ne pas être étranger au meurtre.

Ce ne serait pas la première fois qu'on lui aurait joué la parfaite comédie de l'innocence.

7

Taylor prit son temps pour revenir dans le centre de Nashville. Elle songeait à l'après-midi qui venait de s'écouler. L'arme du crime, cachée dans le placard, la douleur apparemment sincère de Todd Wolff… Il était pourtant beaucoup trop tôt pour l'innocenter. Un acte d'une telle violence, perpétré au domicile de la victime, survenait le plus souvent à la suite d'une querelle conjugale qui tournait mal. Tant de maris meurtriers de leurs épouses avaient réussi à abuser les meilleurs enquêteurs…

Le cas de Mark Hacking lui revint à l'esprit. Il était passé à la télévision, avait pleuré, imploré, supplié devant les caméras pour que justice soit faite après le meurtre de sa femme enceinte. En réalité, c'était lui-même qui l'avait abattue et avait abandonné son corps dans une décharge. Il avait bien vite remplacé le matelas ensanglanté du lit conjugal et failli s'en tirer. Scott Peterson était un autre exemple célèbre de mari meurtrier, qui avait nié avec beaucoup d'aplomb. Certaines statistiques étaient particulièrement attristantes : la première cause de décès des femmes enceintes, par exemple, était l'homicide conjugal.

L'horloge du tableau de bord affichait 18 h 10 et Taylor se dirigeait en voiture au sommet Nine Mile Hill. Elle avait fait un petit détour par Bellevue, où elle s'était arrêtée au drive-in du McDonald's, avant de repartir vers le centre-ville. Elle avait passé la journée sur la scène de crime et n'avait pas trouvé le temps de manger. A présent, elle mastiquait un sandwich au poulet tout en conduisant, se félicitant d'avoir résisté à la portion de frites.

Nine Mile Hill portait ce nom si poétique parce que l'endroit était situé à neuf miles exactement du cœur de la ville, sur les berges de la Cumberland River. De son sommet, on jouissait d'une vue imprenable sur la totalité de Nashville. Les rayons flamboyants du soleil couchant se reflétaient sur les vitres de l'entrepôt Lifeway. Les gratte-ciel et le Capitol, qui se dessinaient majestueusement sur la ligne d'horizon, baignaient dans une pâle lueur cuivrée, semblables à des mirages urbains. Taylor avait vécu ici toute sa vie, mais elle n'avait encore jamais admiré ce panorama au couchant. Ce spectacle splendide la comblait, l'exaltait. Elle fut tentée de se garer pour mieux le contempler, mais le soleil disparut d'un seul coup. Le mirage se dissipa et la ville, plus morne — celle que Taylor connaissait si bien — le remplaça.

La jeune femme avait toujours eu le don de trouver de la beauté dans les endroits les plus improbables. Quand des petits moments de ce genre survenaient spontanément, elle les prenait comme une bénédiction.

En traversant le quartier huppé de Belle Meade, elle songea à Corinne Wolff. Ce meurtre allait faire du bruit dans Nashville. De tout temps fascinée par les crimes qui endeuillaient ses zones résidentielles, la cité, unanimement épouvantée, rallierait la cause d'une future mère atrocement fauchée dans la fleur de l'âge. Taylor se promit de s'entretenir avec Dan Franklin, le porte-parole de la police locale, afin de choisir les mots à utiliser pour ne pas semer la panique. Si elle ne mettait pas au plus vite la main sur un suspect plausible, une affaire comme celle-ci pouvait engendrer bien des controverses. Elle ne tenait pas à ce que les journalistes la suivent partout. Elle avait eu sa dose de harcèlement médiatique lors de sa dernière affaire d'importance.

Les potins, les rumeurs, les insinuations malveillantes… Rien n'était plus délicat à démêler, pour un enquêteur de la police criminelle, que les bruits qui couraient, les changements d'allégeance, les secrets qu'on dévoilait, les calomnies qu'on répandait. Il fallait un talent rare pour débusquer le vrai parmi tant de mensonges et d'élucubrations. Or Taylor avait toujours eu le sens de l'exactitude. Elle savait garder les pieds sur terre. Mais, quand les médias se mêlaient de la partie, le sacro-saint taux d'audience justifiait toutes les supercheries, les approximations.

Elle n'avait eu de problèmes sérieux avec les médias qu'à deux reprises. Plusieurs années s'étaient écoulées depuis la première fois, la deuxième avait eu lieu un mois auparavant. Un tueur en série, dénommé Blanche-Neige et resté longtemps inactif à Nashville, était réapparu et s'était remis à tuer. Taylor n'avait toujours pas digéré la façon dont les médias avaient traité cette affaire, la facilité avec laquelle ils avaient pu les couvrir de boue, elle et toute la police de Nashville. Deux mois après le dénouement, elle pouvait encore assister à la télévision à des reportages répétitifs ou à des commentaires intarissables sur cette affaire, et elle se demandait quand donc cesserait cet intérêt morbide. Les équipes de journalistes des grands réseaux de télévision étaient venues camper dans les rues de Nashville. Elles s'y étaient disputé les restes pathétiques du chagrin qu'éprouvaient les familles des victimes et avaient jeté des hauts cris à la moindre initiative de la police.

Quant à ses premiers démêlés avec eux, elle préférait ne pas y songer.

Les pensées se bousculaient dans son esprit. Ce tueur en série, ce Blanche-Neige… Et son émule, le Prétendant, ainsi qu'il s'était baptisé… Un homme sans nom et sans scrupule, lorsqu'il s'agissait d'ôter la vie à autrui. Il était toujours en liberté.

Grâce à ses fonctions provisoires, Baldwin allait avoir accès directement aux éléments nouveaux de ce dossier qui était loin d'être clos. Il avait promis à Taylor de regarder où en était le FBI au sujet de cette enquête, lorsqu'il serait à Quantico.

La jeune femme espérait de tout cœur que son fiancé trouverait quelque chose de concret. Quelque chose de plus que le frisson qui lui glaçait la nuque, chaque fois qu'elle pensait à ce monstre. Elle se fiait à son instinct, à ses intuitions et, ces derniers temps, un picotement lui parcourait l'épiderme : elle se sentait surveillée. Il était tout à fait possible que le Prétendant, sachant que la police n'avait pas renoncé à le localiser, se tienne au courant de l'enquête et même qu'il la suive et épie ses faits et gestes. Elle pouvait presque le sentir rôder autour d'elle. Même si elle n'avait jamais eu l'occasion de voir ce sinistre individu d'assez près pour le reconnaître, une sorte de sixième sens lui permettait de détecter sa présence.

Mais il fallait aux enquêteurs des preuves concrètes pour démasquer et mettre hors d'état de nuire cet assassin qui pastichait les pulsions des autres tueurs en série, imitait leurs manies et leurs fantasmes. Or ils n'avaient rien, pas la moindre piste qui aurait permis de retrouver sa trace.

Un appel de phares la ramena brusquement au réel, toute étonnée de constater qu'elle était déjà arrivée au Centre de justice criminelle. Baldwin appelait ces absences au volant des « comas automobiles ». Cela lui arrivait trop souvent : elle se perdait dans ses pensées, puis réalisait qu'elle était arrivée à destination, sans avoir vraiment vu la route. Trop distraite. Il fallait qu'elle se concentre davantage sur son activité. Son long congé à l'étranger n'avait fait qu'accroître sa tendance à oublier les chausse-trapes de la vie dans une ville comme Nashville et les risques de son métier, alors qu'il était vital qu'elle soit sans cesse aux aguets.

Elle se gara, traversa le parking souterrain et gravit quatre à quatre les marches de l'escalier qui menait au rez-de-chaussée. Elle tendit sa carte d'accès vers la borne magnétique installée à l'entrée de service du bâtiment. Elle franchit la porte et s'engagea dans le couloir qui menait aux locaux de la brigade des homicides. L'équipe de nuit était déjà arrivée et elle entendait le bourdonnement des voix dans les bureaux.

Le passage était obstrué par une jeune femme de l'équipe de jour, penchée en avant, le postérieur dressé vers le plafond. Elle fouillait dans une boîte dont elle extrayait des photocopies sur papier vert. Elle se redressa et fit un tas informe des circulaires, des emplois du temps et autres calendriers de réunion — toute cette paperasse commune à toutes les administrations. Il ne lui fallut que quelques instants pour regarnir le tableau d'affichage, y épinglant de nouveaux avis et de nouvelles affectations. Lorsqu'elle eut achevé sa tâche, elle fit un pas en arrière pour s'assurer que tout était bien en ordre, puis elle referma le panneau de Plexiglas et le verrouilla à l'aide d'une minuscule clé. Elle s'aperçut alors de la présence de Taylor et marmonna un « Excusez-moi… », avant de ramasser la boîte pour lui laisser le passage. Puis elle alla jusqu'au tableau suivant, celui où étaient affichés les avis de recherche les plus récents. Elle déverrouilla la vitrine, puisa de nouveau dans sa boîte et en sortit plusieurs affichettes qu'elle épingla par ordre de priorité. La priorité maximale revenait à une affaire plutôt ancienne et tristement célèbre en son temps, à propos de laquelle la police avait longtemps manqué d'indices. Apparemment, de nouveaux éléments venaient d'être découverts et l'enquête se voyait relancée.

L'équipe chargée des affaires en suspens… Taylor n'en enviait pas les membres et n'aurait pas aimé se coltiner leur besogne. Elle se voyait mal passer tout son temps à revivre les souffrances des victimes et de leurs proches. Elle était convaincue que, pour surmonter leur peine, les familles avaient avant tout besoin de savoir ce qui s'était réellement passé. Pour les victimes qu'on n'avait pas retrouvées, pour celles dont les assassins n'avaient jamais été arrêtés, l'attente était insupportable. Nashville ne manquait pas d'affaires de la sorte et il n'y en avait que six ou sept qui faisaient encore l'objet d'une enquête véritablement active.

Elle salua d'un geste furtif deux inspecteurs de l'équipe de nuit, puis entra dans son bureau et referma la porte derrière elle.

C'était vraiment ahurissant ! En regardant sa table de travail, elle se crut au lendemain d'un raz-de-marée. Quand elle avait quitté son bureau, la veille, tout y était bien en place, bien rangé. La boîte destinée aux documents entrants était vide et la table était nue. A présent, elle débordait de paperasse. Au moins quatre rapports d'incident rédigés sur la scène du meurtre de Corinne Wolff, deux ordres d'intervention provenant du bureau du capitaine et même un classeur vide à trois anneaux qu'une âme charitable avait déposé là, sachant que Taylor aurait bientôt à le remplir pour constituer un nouveau dossier, étiqueté « Wolff ». S'y ajoutaient plusieurs Post-it multicolores, une liste bien fournie d'appels téléphoniques, des stylos et des crayons éparpillés… Un rayon de lune filtrait au travers des stores ouverts, illuminant une feuille ornée du schéma du tournoi annuel de basket-ball de la NCAA, sur laquelle était collé un Post-it rose où il lui était instamment rappelé de faire ses choix avant jeudi midi, si elle tenait à placer ses paris.

Elle n'avait quitté son bureau que vingt-quatre heures et l'endroit était déjà envahi par les papiers, tel un forsythia fleurissant à profusion en quelques heures. Avec un soupir, elle se glissa derrière sa table pour y mettre un peu d'ordre. Elle ne pouvait pas travailler dans le fouillis ; elle n'avait jamais su tolérer le moindre désordre autour d'elle.

Le voyant de sa messagerie vocale clignotait. Elle écouta les messages. Seul celui qu'avait laissé Lincoln Ross présentait un réel intérêt professionnel.

Taylor ne pensait jamais que les membres de son équipe pouvaient lui manquer, et pourtant leur absence lui pesait à tous les coups. Ils lui avaient manqué lors de son voyage en Europe avec Baldwin. Quand ils étaient rentrés, elle avait appris que Lincoln Ross avait été chargé d'une mission. Une mission « spéciale »... On ne lui en avait pas dit davantage, mais elle pouvait deviner, non sans appréhension, quel genre d'enquêtes était assez important pour mobiliser à plein temps un inspecteur de la brigade des homicides. Elle avait fait quelques tentatives pour en apprendre davantage de la bouche de son capitaine, Mitchell Price, mais il avait seulement souri en hochant la tête à chaque supposition qu'elle hasardait, sans lui fournir la satisfaction de savoir laquelle était la bonne.

Repoussant une pile de papiers, elle ouvrit son téléphone portable et composa le numéro qu'avait laissé Lincoln. Celui-ci répondit dès la première sonnerie, de sa voix grave et chaude, teintée d'ironie.

— Enfin, lieutenant, c'est vous ! J'ai un sérieux problème...

— Racontez-moi ça. Vous nous manquez, vous savez. Alors, cette mission, quand est-ce qu'elle s'achève ?

— Bientôt, j'espère. Le dénouement est proche, à mon avis. Heureusement, parce que ce crétin d'indic m'a fichu dans le pétrin... J'ai été obligé de fauter. C'est une partie du problème...

— Qu'est-ce qui s'est passé ?

— J'ai dû participer à un acte illégal.

Il avait craché ces mots comme pour se débarrasser d'un mauvais goût dans la bouche.

— Oh, Lincoln… Vous savez que…

— Lieutenant, je suis au courant… On me l'a dit et répété avant que j'accepte cette mission. Mais là, je n'ai pas pu agir autrement. Cette histoire devient un peu risquée. Je n'avais pas trop le choix…

— Qu'avez-vous fait ?

— J'ai fumé du crack… J'étais complètement défoncé après… Vous croyez que je vais me faire virer ?

Taylor éclata de rire.

— Non, sûrement pas ! Enfin, Linc, vous êtes l'un de nos meilleurs officiers. Si vous me dites que vous n'aviez pas le choix, je vous crois… Et Price vous croira aussi. Il montera au créneau pour vous défendre. Comment est-ce que vous vous êtes débrouillé pour vous faire piéger comme ça ?

— L'indic venait me voir dans un hôtel borgne pour me refiler ses tuyaux. Cette fois-là, certains de ses acolytes sont venus avec lui. Du coup, j'ai été obligé de fumer avec eux… Il n'y avait pas moyen d'y échapper sans tout faire foirer. Ils ne m'ont pas grillé… Sinon, ma mission s'arrêtait là et moi, je me retrouvais avec une balle dans la tête. Heureusement, ils étaient déjà bien défoncés en arrivant… Je fournis de la drogue à l'indic pour qu'il leur revende. Ils ont insisté pour goûter la marchandise. J'ai d'abord dit non, mais leur chef a dit oui. Il m'a plaqué un revolver contre la tempe. Je n'avais donc pas le choix. J'ai simulé du mieux que j'ai pu… Mais enfin, tout le monde me regardait et j'ai dû avaler un peu de fumée…

C'était cela, le problème majeur, dans les missions d'infiltration, surtout lorsqu'elles ciblaient le milieu des trafiquants de drogue. L'équilibre entre les devoirs d'un policier et l'efficacité de la mission était alors extrêmement délicat à préserver. Cependant, Lincoln n'était pas un agent secret mais un policier, et Taylor ne voulait pas ajouter à ses tracas en lui confirmant qu'il était en effet susceptible de faire l'objet d'une sanction disciplinaire — une suspension temporaire sans salaire, probablement.

Elle décida d'attendre son retour à la brigade pour lui annoncer cette mauvaise nouvelle.

— Il faut être prudent, l'ami. Faites un rapport détaillé sur cet incident et on tâchera de vous couvrir. D'accord ?

— D'accord. Merci. Il faut que je vous quitte, maintenant. J'ai un rendez-vous dans vingt minutes. A plus…

Il y avait un autre message important sur son répondeur. De Baldwin, celui-là. Juste un petit bonjour, selon lui. Sa voix semblait pourtant tendue. Taylor n'en fut pas trop étonnée. Elle le rappela, mais il ne répondit pas. Elle rangea son téléphone et se mit au travail. Elle avait un suspect à traquer.

Le soleil se couchait sur Quantico.

John Baldwin se leva brusquement, faisant grincer son fauteuil. Il était resté trop longtemps assis sur un siège trop bas pour ses longues jambes.

— Je déteste lui mentir comme ça…

— Je sais, Baldwin, je sais… Je ne vous l'aurais pas demandé si ça n'avait pas été absolument nécessaire, vous le savez bien.

Garrett Woods s'efforçait d'être affable, mais Baldwin n'était pas dupe. Il connaissait le bonhomme depuis trop longtemps pour se fier à un ton aussi conciliant.

— Vous savez que ça va finir par vous porter malheur, ça, Garrett… A force de faire semblant d'avoir des problèmes cardiaques, vous aurez un infarctus… Un vrai !

Garrett sourit, plissant légèrement ses yeux sombres.

— C'est vrai, j'aurais pu choisir le coma diabétique, plutôt. Ça aurait été plus réaliste, vu que diabétique, je le suis vraiment…

— Blague à part, vous devriez faire plus attention à votre santé. Mais je vous préviens, dès qu'on apprend qu'il se dirige vers Nashville, je fonce là-bas. Comment avez-vous pu le laisser passer entre les mailles du filet ?

— On est encore en train de chercher une réponse à cette question. Et ne vous faites pas de souci pour votre dulcinée. Elle sait se protéger. De plus, elle s'est très bien débrouillée sans vous pendant longtemps. Ce n'est pas exactement une petite fille sans défense qui a besoin de votre protection… Vous serez bientôt de retour à Nashville. Mais il y a du boulot à faire ici, avant.

Baldwin se mit à arpenter la pièce exiguë, puis il s'arrêta un moment devant la fenêtre qui donnait sur le terrain d'entraînement de l'immense complexe du FBI. Garrett lui avait donné rendez-vous dans un bâtiment situé hors du Centre national pour l'analyse des crimes violents, qui abritait tant le Service des sciences du comportement du FBI que celui de l'analyse des comportements humains. C'était préférable : cette conversation ne devait en aucun cas avoir de témoins.

Après une année passée à Nashville, Baldwin renouait avec la crainte de voir les murs du SSC se refermer sur lui. Il avait toujours détesté se retrouver coincé dans ces bureaux. Il préférait bien davantage travailler sur le terrain. Il aimait son métier avec passion, mais partager son lieu de travail avec une quarantaine de collègues, non.

Ces derniers temps, Garrett l'avait fait revenir de plus en plus souvent à Quantico. Il savait que la nouvelle qu'il venait d'apprendre allait l'obliger à y demeurer un certain temps encore, hélas ! Et Quantico était le dernier endroit au monde où il voulait être en ce moment.

— Je pourrais au moins l'alerter, sans rentrer dans les détails, proposa-t-il. Du genre : « Si tu remarques quoi que ce soit de bizarre, tu me préviens immédiatement. » Faire en sorte qu'elle ne soit pas complètement inconsciente du danger qui plane sur elle…

Garrett secoua son crâne luisant de sueur.

— Non, pas encore. Il faut d'abord que l'information soit confirmée. Ce ne sera peut-être pas la peine. Il faut éviter de griller notre source en se basant sur de simples suppositions. Les gens de la CIA le prendraient très mal.

8

Quand Taylor était engagée à fond dans une enquête, chaque journée de travail durait un peu plus longtemps que la précédente.

Elle quitta le bureau un peu après 23 heures, prévoyant de fouiller sa cuisine en quête d'un peu de fromage et de vin, d'un quignon de pain peut-être. Il était trop tard pour cuisiner et elle n'aimait plus manger seule, depuis qu'elle vivait avec Baldwin. Elle rentra chez elle vers 23 h 30, décidée finalement à se passer de repas et à aller droit au lit. Elle se rattraperait le lendemain, avec un copieux petit déjeuner.

Il y avait une facture sur le comptoir de la cuisine, laissée par le plombier. Elle avait complètement oublié la fuite d'eau. Il lui semblait irréel à présent que sa journée ait pu commencer par une telle broutille. Elle avait plutôt l'impression qu'une semaine entière s'était écoulée depuis.

Il ne s'agissait que d'un flotteur fêlé qui faisait déborder le réservoir. Le plombier avait remplacé la pièce défaillante, pour 150 dollars, pièces et main-d'œuvre. Mais, grâce à leur assurance, cela ne coûterait que 42,50 dollars. Heureusement. Elle vérifia l'état du plafond dans le salon : il avait déjà séché, sans laisser de tache. Parfait. S'ils avaient connu de nombreux désagréments avec cette maison, rien de grave n'était survenu jusqu'à présent. Elle tapota du revers de la main la surface du buffet — touchant du bois pour que ces petites contrariétés ne deviennent pas de plus gros ennuis.

Elle rappela Baldwin et ils bavardèrent quelques minutes. Elle lui raconta son éprouvante journée et son fiancé lui assura que Garrett allait aussi bien que possible. Au bout du quatrième bâillement qu'il entendit, Baldwin conseilla à la jeune femme de dormir un peu. Ils raccrochèrent, en se promettant de se rappeler le lendemain dans la matinée.

Taylor entendit un chien aboyer, puis hurler à la lune. Elle frissonna et régla son réveil avant de monter à l'étage. Puis elle se lava la figure et se brossa les dents.

Elle s'apprêtait à se coucher lorsqu'elle entendit pour la première fois à la télévision l'enregistrement.

A minuit tous les soirs, Channel Five rediffusait le journal de 22 heures d'une chaîne câblée. Le présentateur était en train de psalmodier un avertissement aux téléspectateurs avec un air horrifié, en en rajoutant juste assez pour être sûr de les river à leurs fauteuils comme à la chaîne qu'ils avaient sélectionnée sur leur télécommande :

« Nous allons vous faire entendre l'enregistrement vocal de l'appel téléphonique qui a conduit la police sur les lieux où Corinne Wolff a été assassinée. Mais attention ! Nous devons vous avertir que c'est un document susceptible de perturber les téléspectateurs les plus jeunes… »

L'écran devint vide un instant, avant que ne s'y affiche un dessin d'un téléphone à l'ancienne avec la mention « APPEL REÇU PAR LE 911 ». La lecture de l'enregistrement démarra, avec quelques grésillements. La chaîne faisait défiler une transcription de l'appel pour accompagner les mots de Michelle Harris :

« Standardiste du 911 : *Ici le 911, de quelle urgence s'agit-il ? Ici le 911, je répète : quel est votre problème ?*

Michelle Harris : *Je crois que ma sœur est morte.*

Standardiste du 911 : *Pouvez-vous répéter, madame ?*

Michelle Harris : *Il y a du sang... Du sang partout. Et des traces de pas... Ma nièce... Ma nièce a disparu... Hayden ? Hayden ?*

Standardiste du 911 : *Madame ? Madame, qui est mort ? Madame ? Répondez ! Si vous voulez de l'aide, répondez !*

Michelle Harris : *Hayden... Hayden... Ma chérie... Viens vite. Viens, mon ange... Comment as-tu fait pour sortir de ton berceau ?*

Standardiste du 911 : *Madame ? Madame, où êtes-vous ?*

Michelle Harris : *Je suis au 4589, Jocelyn Hollow Court. Ma sœur...*

Standardiste du 911 : *Hayden, c'est votre sœur ?*

Michelle Harris : *Non, Hayden, c'est sa fille.*

[Bruit de fond : *Maman, bobo...*]

Standardiste du 911 : *Qui est mort, madame ?*

Michelle Harris : *Ma sœur, Corinne Wolff. Elle... Elle est toute froide...*

[Pleurs, bruits indéfinissables.]

Standardiste du 911 : *On vous envoie la police, madame.* »

Taylor éteignit le téléviseur. Elle n'avait plus sommeil tout à coup. Elle sortit du lit et se rendit dans la salle de jeu. Une partie de billard américain l'aiderait à se clarifier les idées.

Elle alluma la lampe, enleva la housse de la table et sortit une bière du petit réfrigérateur qui était discrètement installé dans un coin de la pièce. Elle ôta la capsule, l'envoya d'une pichenette dans la corbeille à papier et lâcha un juron : elle avait oublié de rapporter ses feuilles de paris pour le tournoi de basket-ball. Bah, elle trouverait bien le temps de s'en occuper le lendemain !

Elle rassembla les boules et entama la partie ; le rythme du jeu l'aida à recouvrer son calme. Se pencher, viser, heurter la boule de l'extrémité de la queue… Elle répéta ces gestes jusqu'à ce que toutes les boules soient rentrées. Elle les fit ensuite revenir sur le tapis de feutre vert et recommença. La bouteille de bière était vide, à présent. Elle alla s'en chercher une autre et se remit à jouer, s'interrompant seulement pour boire une gorgée de temps à autre. Elle se concentrait sur le jeu, essayait de se vider la tête. Elle avait atteint un tel niveau qu'elle aurait pu gagner sa vie en jouant pour de l'argent si, d'aventure, il lui avait fallu se reconvertir dans un autre métier que le sien.

Il était 3 h 30 du matin lorsqu'elle finit par sentir ses paupières peser légèrement, ce qui lui promettait au moins une petite dose de sommeil paradoxal. Elle recouvrit la table de billard, jeta les bouteilles vides dans la poubelle, éteignit la lumière et regagna sa chambre.

Mais, en entrant dans la pièce, elle eut l'impression que quelque chose ne tournait pas rond. Elle s'approcha de la fenêtre, souleva le coin du store et scruta la rue plongée dans l'obscurité. Le syndic des propriétaires avait prohibé l'usage des réverbères sur cette portion de la voie publique, une décision que Taylor jugeait particulièrement stupide, la lumière constituant la meilleure dissuasion à l'égard des cambrioleurs et autres intrus. Tous les riverains ne partageaient pas cet avis, mais certains laissaient leurs lampes extérieures allumées toute la nuit.

Trois perrons étaient illuminés cette nuit-là dans le voisinage immédiat ; au-delà, l'obscurité était à peu près totale. Taylor examina les murs de brique, les arbres qui se dressaient vers les cieux. Dans un ou deux jours, ils seraient en fleurs. Le printemps survenait généralement en une nuit à Nashville.

Elle se mit au lit et contempla les ombres grotesques que projetait dans la pénombre le ventilateur du plafond. Elle songea à Corinne Wolff, battue à mort, seule et incapable de se défendre contre son agresseur. Elle roula sur le flanc et caressa l'oreiller où reposait habituellement la belle tête de Baldwin. Le vide créé par son absence était palpable. Elle tendit le bras droit, le glissa sous l'oreiller. Ses doigts se refermèrent sur la crosse de son Glock. Elle frissonna de nouveau et finit par sombrer dans le sommeil.

Les lumières venaient enfin de s'éteindre. Il se demanda dans quelle position elle dormait. Sur le flanc, le dos ? Ou sur le ventre, dans une position qui l'empêcherait de se défendre en cas d'intrusion. Si seulement c'était le cas… Mais non. Il l'avait vue marcher à grandes enjambées, d'un pas ferme qui dénotait l'absence d'hésitation, de compromis. A coup sûr, elle devait dormir sur le côté, une jambe par-dessus celles de l'homme avec qui elle couchait. Elle ne manquait pas de confiance en elle… Que ne donnerait-il pas pour lui apprendre l'humilité !

Un chien renifla sa présence et se mit à hurler à la lune. Il s'enfonça un peu plus dans le bois, s'éloigna de la maison, de la civilisation. Un moment viendrait forcément. Un moment favorable. Il lui suffisait juste d'être patient.

MARDI

9

Le radioréveil sonna plus de vingt minutes sans que Taylor ne parvienne à se lever. Elle finit par tendre la main pour faire cesser la musique, tout en jetant un coup d'œil à l'appareil. Presque 7 h 30. Flûte ! Il fallait qu'elle soit à l'institut médico-légal à 8 heures, pour assister à l'autopsie de Corinne Wolff.

Elle se débarrassa de l'enchevêtrement de couvertures et de draps qui recouvrait son corps, prit une douche et se brossa les dents en vitesse. Un quart d'heure plus tard, elle sortait du garage au volant de sa voiture, une canette de Diet Coke coincée entre les cuisses. Elle était vêtue d'un jean et d'un T-shirt, et ses cheveux encore humides étaient coiffés en un chignon torsadé. Elle s'était endormie dans une mauvaise position et, depuis son lever, souffrait d'un torticolis que la douche bien chaude n'avait pas suffi à apaiser. Elle avait sauté dans son véhicule pieds nus, les bottes à la main, en se disant qu'elle les mettrait en arrivant à Glass Street. Tout comme le pull qu'elle avait jeté sur le siège passager. C'est qu'il faisait diablement frisquet, ce matin !

Elle éprouvait toujours une forme d'affinité avec les victimes, depuis qu'elle était dans la police. Affinité qui se traduisait par un besoin de connaître leur être intérieur, de savoir comment elles fonctionnaient. Corinne Wolff ne faisait pas exception. Taylor était intriguée, pour le moins, par ce qui l'avait menée à sa mort tragique.

L'autoroute 40 était encombrée de banlieusards qui se rendaient au travail et un accident survenu sur un embranchement rendait le flot des véhicules encore plus lent que d'habitude. L'ouest de la ville, moins touché par les embouteillages, était en général plus facile à traverser que l'est, le nord ou le sud. Mais le moindre problème pouvait changer la donne du tout au tout et imposer aux automobilistes une allure d'escargot. Taylor sirotait son Diet Coke, s'efforçant de rester patiente. Elle allait être en retard. Pas de doute ! Dix minutes passèrent avant qu'elle n'atteigne la sortie la plus proche. Arrivée devant le Cracker Barrel, elle effectua un demi-tour interdit, fonça vers White Bridge et s'engagea dans Briley Parkway, une voie express qui menait au centre-ville.

A la portion de cette route qui était toute neuve succéda vite l'ancienne quatre-voies. La jeune femme constata qu'elle avait rattrapé une partie de son retard lorsqu'elle passa devant la prison d'Etat du Tennessee, désaffectée depuis belle lurette. Le bâtiment avait servi de lieu de tournage au film *Le Dernier Château*, où Robert Redford tient le premier rôle, et il était en tout point identique à la tristement célèbre prison de Folsom, chantée par Johnny Cash. Laissée à l'abandon et livrée aux rats et aux fantômes, elle tombait maintenant en ruine. Taylor s'efforça de ne pas penser à son père, qui avait été brièvement l'hôte de cet établissement cerné de murs crénelés de sept mètres de haut et d'un mètre de large.

A présent, les détenus condamnés par les tribunaux de Nashville étaient enfermés à Riverbend, une prison de haute sécurité équipée pour l'exécution des condamnés à mort. Elle y avait visité le couloir de la mort, avait pénétré dans ces cellules aux portes bleues et aux murs de béton blanc. Elle s'était juré de ne jamais y retourner. Il s'en dégageait une atmosphère maléfique, imprégnée de peur et de haine, qu'elle avait trouvée insupportable. Elle avait envoyé plus d'un de ces hommes dans le couloir de la mort et n'en éprouvait aucun remords. Mais elle ne tenait pas à assister à leurs derniers moments.

L'environnement carcéral de son père, cependant, était beaucoup plus confortable qu'une prison d'Etat. La justice fédérale était clémente avec les criminels en col blanc et les expédiait dans des « quatre étoiles ».

Elle arriva à l'embranchement de l'autoroute 24, après lequel elle roula encore quelques kilomètres jusqu'à la bretelle d'accès à Dickinson Road. Elle avait quitté la nationale et traversait un quartier délabré. Cette partie de la ville suintait la misère. Une prostituée, droguée probablement, agitait les bras avec nervosité, suivie de loin par un homme noir sur le qui-vive. Avaient-ils déjà fait affaire ? Sans doute, car Taylor vit les yeux de la femme briller et elle reconnut le regard caractéristique du junkie qui sait qu'il va bientôt recevoir sa dose.

Elle secoua la tête. Aucune mesure coercitive ne suffirait jamais à empêcher le commerce sexuel dans les rues mal famées de Nashville. Pour les professionnelles, une nuit au poste, c'était avant tout un moment de répit ou un manque à gagner, mais cela ne suffisait pas à les dissuader. Pour les souteneurs, ce n'était qu'une gêne temporaire, un léger accroc dans le tissu de leur respectabilité.

Taylor tourna dans Gass Street et passa devant les locaux du Bureau d'investigation du Tennessee, le TBI. Les collègues du TBI allaient être furieux d'apprendre que Lincoln avait enfreint les règles. Même s'il avait agi de manière à sauver sa vie, ils prendraient des sanctions à son encontre. Elle se demanda si elle ne devrait pas taire cet incident. Elle était experte dans l'art de séparer les différents aspects de son métier et d'affronter les situations délicates une par une. C'était la seule manière pour elle de s'y retrouver et d'être efficace.

L'institut médico-légal apparut enfin sur sa gauche, brillant comme un sou neuf, sous les rayons du soleil matinal. Elle se gara sur un emplacement réservé aux visiteurs. Elle enfila ses bottes, rangea ses lunettes de soleil dans leur étui de cuir rigide, prit le pull et sortit de sa voiture en humant l'air vivifiant du matin. « Des hivers de cornouillers » : c'était ainsi que sa mère nommait ces premières journées, parfois très fraîches, du printemps. Dès que les arbres commençaient à bourgeonner, Nashville était à peu près sûre de connaître un gel aussi tardif qu'intempestif, qui flétrissait impitoyablement les tendres boutons à peine éclos. Seuls les arbres et arbustes les plus vigoureux y résistaient. Les autres étaient renvoyés à leur hibernation pour quelques semaines supplémentaires.

Devant l'entrée de l'institut s'entremêlaient des buissons de forsythias et d'azalées. Les forsythias ne semblaient pas pâtir du coup de froid, bien au contraire : leur floraison jaune vif foisonnait dans la lumière froide. Ce spectacle fit sourire Taylor. La nature rebelle et anarchique de ces buissons fleuris lui réchauffait le cœur. Elle désapprouvait les jardiniers qui les taillaient en sphères ou en rectangles, estimant que cela détruisait leur personnalité. Elle trouvait dommage, en outre, que les fleurs des forsythias se fanent si rapidement. Elle aurait voulu les voir fleurir durant tout l'été.

Elle tendit sa carte d'accès vers la borne magnétique et pénétra à l'intérieur. Quelqu'un — sans doute Kris, la réceptionniste — avait allumé une bougie parfumée à la lavande. Cette senteur était un peu moins agressive que celle de l'encens au patchouli qui flottait parfois dans le hall d'entrée, mais la lavande faisait toujours éternuer Taylor.

Le mélange très varié d'odeurs qui régnait dans l'institut lui causait d'ailleurs invariablement des ravages aux sinus. Par-delà le parfum suave et fleuri, on distinguait des relents d'antiseptique et l'écœurant *profumo della morte*. L'odeur de la mort, aussi pénétrante et déplaisante, même traduite dans la langue chantante de Dante.

Elle traversa le hall d'entrée, faisant résonner les talons de ses santiags sur le parquet. La porte du couloir était verrouillée. Elle tendit de nouveau sa carte d'accès, en fut aussitôt récompensée par un déclic, puis se dirigea vers la salle d'autopsie.

Dans le vestiaire, elle troqua ses bottes pour des chaussons mous et revêtit la blouse réglementaire. Elle consulta sa montre : 8 h 10. Pas trop mal, vu les circonstances. D'un coup d'épaule, elle poussa la porte. Des effluves de formol, mêlées à l'odeur du sang séché et des excréments, lui montèrent aussitôt aux narines.

— Il était temps. J'allais commencer sans toi…

Penchée au-dessus du corps de Corinne Wolff, Sam était prête, munie d'un casque à écouteurs et d'un micro. Elle tenait dans sa main droite un scalpel avec lequel elle tapotait impatiemment contre la table d'opération. Des projecteurs fixés au plafond jetaient des reflets irisés sur sa chevelure brune.

— Désolée. Je me suis couchée tard.

— Pas grave. Je suis prête, on va commencer.

Taylor jeta un coup d'œil à la pièce. Les quatre autres tables d'autopsie, où s'affairaient ordinairement d'autres médecins, étaient vides ce matin-là — preuve de l'importance de l'examen qui allait avoir lieu. Le corps de Corinne Wolff était allongé sur la table couverte d'une alaise, positionné pour la radiographie et l'autopsie. Elle avait l'air plus petite que sur la scène de crime, plus frêle. Ses os semblaient plus minces, ses traits, plus fins. Taylor comprit que cette fille avait été très belle avant d'être battue à mort. Son ventre proéminent lui donna la nausée. Elle n'avait jamais aimé voir des cadavres de femmes enceintes.

— C'est Stuart Charisse qui va m'assister ce matin…

Samantha avait allumé son micro et commença à commenter l'examen. A cet instant, un jeune homme dégingandé, aux cheveux frisés en bataille, fit son apparition à ses côtés. Il adressa un sourire poli à Taylor et se mit à l'ouvrage avec une froideur toute professionnelle.

— Autopsie numéro T-08-8768, affaire numéro T-2008-5389. La personne décédée se nomme Corinne Elizabeth Wolff, de sexe féminin, blanche, vingt-six ans. Bon état de santé général. Le corps est intact. Taille : 1,65 mètre. Poids : 61 kilos. La température corporelle est nulle. La rigidité cadavérique n'est pas détectable. L'hypostase cadavérique est sombre, limitée aux membres antérieurs, à l'abdomen et à la poitrine. Les cheveux sont bruns et mi-longs, les yeux sont bruns, la dentition est naturelle. Pas de poils sur le visage. La personne décédée est vêtue d'un soutien-gorge de sport et d'un panty. La tête, le cou et le soutien-gorge sont tachés de sang. Des sacs en papier se trouvent dans les mains de la victime. La mâchoire est brisée et comporte des traces de traumatismes sévères.

Elle s'interrompit pour reprendre son souffle, avant de poursuivre :

— Avec le corps se trouve une petite enveloppe étiquetée « dents trouvées près du corps de la victime ». Elle contient deux molaires couvertes de sang qui appartiennent à la victime, comme le démontre un placement adéquat dans les cavités correspondantes. Il y a des fragments qui paraissent correspondre aux autres cavités vides. Les dents sont photographiées.

Stuart prit quelques clichés des dents, puis les rangea dans un bocal qu'il ferma et étiqueta. Ces dents seraient rendues à la famille en même temps que le corps de Corinne, pour les obsèques.

— Les sacs en papier sont ôtés des mains. L'examen permet de constater la présence d'un large pansement au poignet droit. Les ongles sont coupés et conservés en tant que preuves.

Stuart et Sam s'accordaient bien dans leur travail. Une fois les ongles coupés, ils se mirent à déshabiller le corps avec mille précautions et à le laver soigneusement. Vingt minutes plus tard, Sam était prête à commencer l'autopsie proprement dite. Corinne était nue, à présent, et paraissait encore plus vulnérable. Taylor eut pitié de cette malheureuse. Qui avait-elle pu exaspérer à ce point, pour être tuée avec une telle sauvagerie ?

La voix de Sam reprit.

— Le corps est celui d'une femme blanche correctement nourrie, qui paraît avoir l'âge indiqué.

Elle passa ensuite à un examen détaillé des blessures au crâne, aux membres postérieurs et au torse. Première blessure causée par un objet contondant. Deuxième blessure causée par un objet contondant. Troisième blessure causée par un objet contondant. Dents arrachées de la mâchoire par la violence du choc, écorchures, déchirures de l'épiderme, hématomes, fracture de la mâchoire inférieure. La liste des blessures était si longue que Sam dut énumérer les moins graves séparément. A la huitième, Taylor se débrancha de cette litanie de l'horreur.

La rage. La rage la plus pure, la plus effrénée. Celui qui avait tué avec une telle fureur devait vouer à Corinne Wolff une haine féroce. Le visage du mari, avec ses yeux rouges et gonflés de larmes, vint spontanément à l'esprit de la policière. Il avait vraiment fait très vite pour revenir de Savannah. Trop vite… Le trajet aurait dû prendre au moins huit heures et il l'avait effectué en six. Peut-être mentait-il.

Mais comment aurait-il pu être assez insensible pour laisser sa fille sur place, affamée et crasseuse, se roulant dans le sang de sa mère ? Et pour assassiner son futur fils ?

Sam se montrait efficace, comme d'habitude. Pendant que Taylor repensait à l'enquête, aux suspects et aux mobiles, elle était passée à l'examen interne : elle avait pesé et décrit tous les organes, enlevé le fœtus et scié la calotte crânienne de Corinne. Le grincement de l'outil fit frissonner Taylor, un peu comme le crissement d'un ongle sur une ardoise ou le contact du papier d'aluminium sur un plombage.

Puis ce bruit insupportable cessa et Sam commenta, avec le plus grand calme :

— L'ouverture du crâne révèle une hémorragie subarachnoïdienne, bilatérale et particulièrement importante à la base du cerveau. Le cerveau…

Elle marqua une pause, émit un petit bruit de succion et reprit :

— Le cerveau est retiré de la boîte crânienne, ce qui permet de découvrir une fracture linéaire courant sur la quasi-totalité de la partie postérieure du crâne…

Certes, le crâne de Corinne avait été fracassé, aucun doute à ce sujet. Le téléphone portable de Taylor se mit à sonner, lui donnant une excuse pour s'éclipser et échapper ainsi à la suite de l'examen. Elle ne tenait pas particulièrement à assister à l'autopsie du fœtus.

Tandis qu'elle s'apprêtait à quitter la pièce, elle entendit Sam s'exclamer :

— Oh, mince !

Elle appuya sur le bouton qui transmettait directement l'appel à sa messagerie et revint à la table.

— Qu'est-ce qu'il y a ?

— Elle a été étranglée.

— Tu veux dire que la fracture du crâne n'est pas la cause de la mort ?

Sam regarda Taylor dans les yeux.

— Non. Je suis presque certaine que ce sont les coups reçus qui l'ont achevée. Mais il y a des lésions plus légères autour du cou. Je dirais que l'assassin a d'abord essayé de l'étrangler, mais il a dû trouver que ça n'allait pas assez vite. Il est plus difficile qu'on ne le croit d'étrangler quelqu'un à mains nues. Si Corinne a résisté et s'est défendue, ce qui paraît plus que probable, ça a dû rendre la strangulation d'autant plus difficile ; elle a pu échapper à l'emprise de son agresseur. Elle était en bonne forme physique, malgré sa grossesse. Elle s'est battue.

— Donc, l'assassin perd le contrôle de la situation et a recours aux coups ?

— Oui. Il s'empare de l'objet le plus adéquat à portée de main et se met à la tabasser de toutes ses forces. La raquette de tennis a laissé une trace distinctive en raison du cordage qui dépasse du cadre. Le boyau est assez rugueux pour causer ces éraflures. Il est aisé d'imaginer le geste du meurtrier, se dressant au-dessus de la victime et portant coup sur coup avec frénésie.

Sam en avait presque fini. Elle remplit des flacons et des enveloppes, qu'elle referma soigneusement, tendit des fragments d'organes à Stuart pour analyse ultérieure.

— Nous allons transmettre au laboratoire de police scientifique tous les résidus trouvés sous les ongles, ainsi que des échantillons du sang qui couvrait l'épiderme. On va activer l'analyse toxicologique. Mais ce qui s'est passé ne fait aucun doute.

— Rien de sexuel dans cette agression ?

Sam secoua la tête.

— Aucune trace d'hématome, de déchirure, de lubrifiant, tant au niveau du vagin que de l'anus. J'ai utilisé un tampon de coton absorbant pour recueillir des traces de sperme, au cas où. Mais je n'en ai pas vu. Rien n'indique qu'il y a eu viol. Non, ce n'était qu'un meurtre, un simple meurtre.

Un simple meurtre…

— Est-ce qu'il y avait des empreintes sur la raquette de tennis ou sur le corps ? demanda Sam.

— La raquette a été essuyée. Il y avait quelques petites taches, mais rien d'exploitable. On va en chercher au niveau du cou, mais tu sais combien il est difficile de relever des empreintes digitales sur la peau.

Taylor sortit de la salle d'autopsie, se débarrassa de sa tenue de protection dans la poubelle installée à cet effet et revint dans le hall d'entrée. L'odeur de lavande y flottait toujours, mais il s'y mêlait à présent la fragrance lourde et sucrée d'un parfum qui lui était familier. Michelle Harris attendait au milieu du hall, entourée de sa famille. Seul Todd Wolff était absent.

Ils causaient entre eux, enveloppés dans un nuage de chagrin aussi palpable qu'une aura pour un parapsychologue. Nul besoin de pouvoirs surnaturels pour sentir qu'ils étaient dans la souffrance : les épaules affaissées, les cernes noirs et les nez rougis parlaient d'eux-mêmes.

Ils se serraient les uns contre les autres, comme en quête de chaleur humaine. Taylor avait déjà assisté à de tels spectacles. Les tragédies poussaient certaines familles à éclater ; d'autres au contraire ne faisaient qu'un pour surmonter le deuil. Les Harris semblaient appartenir à la seconde catégorie.

La policière s'immobilisa, se tripota le chignon tant et si bien que ses cheveux se détachèrent. Agacée, elle les recoiffa promptement. Au contact des familles nombreuses, elle éprouvait toujours un grand désarroi. Elle n'avait jamais su ce que c'était que d'avoir des frères et sœurs pour la soutenir et l'encourager. Sam était comme une sœur pour elle, certes. Mais elles ne partageaient pas le même sang, malgré la tentative maladroite et avortée qu'elles avaient faite, à l'âge de dix ans, pour échanger leur sang en un pacte d'amitié. Ce geste idiot et symbolique, aucune des deux fillettes n'avait eu le courage de l'accomplir jusqu'au bout ni de se couper assez profondément pour que le sang coule vraiment.

Michelle remarqua la première sa présence.

— Bonjour, lieutenant, lui dit-elle.

Des saluts furent murmurés par les autres.

— Bonjour…

Julianne Harris prit la parole :

— Nous sommes venus chercher Corinne. Est-ce que c'est…

Elle se redressa et parvint à achever sa question :

— Est-ce que c'est fini ?

Taylor hocha la tête.

— Le Dr Loughley est en train de procéder aux derniers ajustements. Mais oui, l'autopsie est terminée. Je ne peux rien vous dire au sujet des constatations du médecin légiste, vous le savez.

— Oui… Nous voulions seulement être présents. Auprès d'elle…

Elle renifla, mais n'éclata pas en sanglots, ce dont Taylor lui sut gré.

— C'est difficile, poursuivit Mme Harris, difficile de penser que son enfant est en train de subir un examen aussi intime, une telle intrusion… Si l'âme de Corinne est quelque part en ce moment, elle saura qu'on est venus pour la soutenir dans cette ultime épreuve.

— Todd n'a pas voulu nous accompagner…

Matthew Harris toussa d'un air dégoûté.

— Il a emmené Hayden chez ses parents ce matin.

Il n'a pas voulu rester. Il est parti avec elle. Il se fiche de Corinne. Il ne pense qu'à lui.

— Papa, tu es injuste, dit Michelle en prenant le bras de son père. Todd sait que maman et toi, vous avez trop de chagrin pour vous occuper d'Hayden. Il essayait de vous rendre service.

— N'importe quoi ! s'exclama Derek.

Son épaisse chevelure lui couvrait le front. Il se tourna vers Taylor et ajouta :

— Si j'étais vous, je m'intéresserais de plus près à mon beau-frère, lieutenant. Je sais qu'il a quelque chose à voir dans la mort de ma sœur. Hier, quand on en a parlé, j'avais encore quelques doutes. Mais, là, il se comporte de manière vraiment très étrange.

Intéressant..., pensa Taylor. Le front uni autour de Corinne ne s'étendait apparemment pas à son mari.

— J'examinerai chaque aspect de cette affaire, sans en oublier un seul, dit-elle. Je peux vous l'assurer. Maintenant, je vous prie de m'excuser, mais j'ai une réunion dans le centre-ville et il faut que je file.

— Lieutenant ?

Nicole Harris leva la main comme un élève qui veut attirer l'attention de son professeur.

— Oui ?

— C'est à propos du bébé. Nous aimerions savoir ce qui... ce qui va se passer avec... avec son corps.

— Ah ! Oui, bien sûr. Ce sera à vous de décider. Le personnel de cet institut va vous délivrer un certificat de décès fœtal et vous aurez le choix entre l'enterrer séparément ou avec Corinne. Son corps vous sera rendu en même temps que celui de Corinne.

Le soulagement qu'ils éprouvèrent tous fut évident. Michelle prit la main de sa mère et regarda Taylor.

— Nous avions peur qu'il soit... jeté.

Taylor sentit son estomac se nouer à cette pensée. Il était déjà assez horrible pour elle d'avoir vu ce corps minuscule privé de vie. Elle ne pouvait imaginer sans un haut-le-cœur qu'il soit traité comme un détritus et abandonné dans une décharge publique…

— Cela arrive parfois, mais le plus souvent dans le cas de femmes indigentes, dont la grossesse est récente et qui n'ont pas de famille pour réclamer le corps du fœtus. Après vingt semaines de grossesse, le bébé est traité comme une personne par le médecin légiste. Je vous assure qu'il a été manipulé avec le plus grand soin.

— Vous l'avez vu ? demanda le père, si calmement qu'on aurait dit qu'il lui était indifférent de connaître la réponse.

— Oui, répondit Taylor d'une petite voix. Il faut que j'y aille, maintenant. Je vous prie d'accepter mes plus sincères condoléances. Je vous contacterai bientôt.

Elle les laissa là. En s'éloignant, elle ne se retourna pas.

10

Taylor remonta dans sa Toyota 4Runner. Ce qu'elle avait vu n'était guère réjouissant, mais elle aurait pu annoncer bien pire encore aux Harris.

Elle introduisit son téléphone dans le chargeur, puis tapa sur la touche 1 pour écouter ses messages, espérant chasser de son esprit l'image de leur petit groupe serré, de leurs yeux tristes, de leur mine épuisée.

La voix grave de Baldwin se fit entendre, distante, dans le haut-parleur.

— Juste un petit bonjour, ma chérie. J'espère que ta journée se passe bien. Appelle-moi dès que tu peux. Je t'aime.

Taylor le rappela aussitôt. Il répondit à la première sonnerie.

— J'ai passé une matinée affreuse. Et toi, tout va bien de ton côté ? lui demanda-t-elle.

— Absolument. Tout va bien. Mais je préférerais être avec toi, crois-moi…

— Et Garrett, ça va ?

— Oui, oui, tout à fait. Il va s'en tirer.

— Bonne nouvelle. Salue-le de ma part. Et fais gaffe à toi !

Ils bavardèrent encore pendant quelques minutes, puis

Taylor raccrocha. Une enquête l'attendait. Il était temps pour elle de se remettre au boulot.

De son côté, Baldwin raccrocha en soupirant et se passa la main dans les cheveux. Taylor trouvait sa tête terriblement amusante lorsqu'il était tout ébouriffé. Elle l'appelait alors « mon petit porc-épic ». Il sourit à l'évocation de ce mot doux et regretta de n'être pas à Nashville, auprès d'elle.

Il détestait tellement devoir lui mentir !

Non, tout n'allait pas bien, à Quantico…

Mais il avait toujours excellé dans la maîtrise de ses émotions. Il était capable de rester de marbre face au regard le plus inquisiteur. Il savait analyser n'importe quelle situation sans s'impliquer émotionnellement et pouvait passer d'une enquête à l'autre sans trouble ni regrets. C'était la raison pour laquelle le FBI et la CIA avaient fait appel à lui.

Il appartenait depuis quatre ans au service des profileurs, lorsque Garrett lui avait proposé de collaborer à une enquête hors normes à Washington.

— C'est un service que je rends à un ami, Baldwin, lui avait-il dit. Je veux simplement que vous examiniez la scène de crime, que vous recueilliez quelques indices et que vous me fassiez part de ce que vous en pensez.

Il y était allé bien volontiers. Garrett avait toujours été correct avec lui — Baldwin le considérait comme son mentor. Il regrettait à présent d'avoir donné son accord. Cette matinée lointaine de juin avait changé le cours de sa vie.

Il y avait des embouteillages, comme d'habitude. Garrett n'avait guère ouvert la bouche pendant le trajet vers la capitale. Il leur avait fallu près de deux heures pour atteindre le périphérique de Washington, ce qui était plutôt long. Mais une fois engagés sur la 495, la circulation s'était fluidifiée comme par miracle et ils n'avaient mis que cinq minutes pour atteindre la George Washington Parkway, en direction de McLean.

Après la sortie de Chain Bridge Road, Garrett s'était garé sur une aire de repos pittoresque. Le Potomac coulait à leurs pieds et des bois cernaient l'aire. Les deux hommes s'étaient engagés sur un petit chemin qui les traversait. Baldwin avait trouvé un air familier aux environs, mais il lui avait fallu un moment pour réaliser qu'ils se trouvaient tout près de Fort Marcy Park, où avait eu lieu l'un des plus célèbres suicides de l'histoire politique américaine : celui de Vince Foster, conseiller du président Clinton, en 1993. Une ténébreuse affaire… Un scandale retentissant, à l'époque…

Après avoir marché deux cents mètres dans la végétation, ils étaient parvenus à une petite clairière. Baldwin avait senti l'odeur du sang, avant même d'arriver sur la scène de crime.

L'endroit ressemblait au décor d'un film d'horreur de série B. Plusieurs cordes à linge étaient tendues entre les arbres. Y étaient accrochés des lambeaux de peau, des parties génitales tranchées, une tête coupée aux yeux fixes et laiteux ainsi que d'autres trophées macabres. Il y avait là au moins cinq corps de femmes démembrés, à différents stades de décomposition. Des mouches bourdonnaient bruyamment autour du torse d'un cadavre plus récent que les autres.

— Bon Dieu ! C'est quoi, ça, Garrett ?

Baldwin avait senti la bile lui monter à la gorge, une réaction tout à fait inhabituelle chez lui. Et il avait été immédiatement saisi d'une envie irrépressible de fuir. Le mal rôdait dans ces bois… Il le sentait suinter de chaque buisson pour pénétrer chacun de ses pores.

Garrett avait répondu en soupirant :

— C'est ce que j'aimerais bien que vous m'expliquiez, justement, John…

Plus tard, au cours de cette même journée, le jeune agent du FBI, les traits tendus et le visage blême, s'était assis dans une salle vide au premier étage de chez Mister Henry, un bar bruyant de Washington.

Garrett Woods avait escompté que des réponses surgiraient de ce rendez-vous, mais rien n'en était encore sorti. Baldwin buvait une bière pression, s'efforçant de rincer le goût de la mort et de la terreur qui lui imprégnait le gosier depuis le matin.

Il avait regardé par la fenêtre, observé les passants, en les trouvant heureux d'ignorer la scène d'horreur que lui-même venait de découvrir.

Lorsqu'il avait détourné le regard, il avait vu un grand homme au crâne dégarni assis à côté de lui, qui le jaugeait en silence. Des yeux pétillants de malice, plus bleus que les eaux froides de l'océan, un cou de taureau, des doigts épais. Il se présenta sous le nom d'Atlantic, un pseudonyme qui s'accordait bien à son apparence.

Atlantic lui avait annoncé qu'il serait son contact et son conseiller désormais, dans cette affaire et dans d'autres du même genre, aussi atroces que secrètes. Fasciné par ce regard glacial, Baldwin lui avait prêté une oreille attentive, tout en essayant de deviner quelle était sa nationalité. Il avait fini par déduire que l'homme devait venir de l'un des pays des Balkans, décelant au passage un soupçon d'influence britannique dans sa manière de prononcer certaines voyelles. Pure supposition que rien ni personne n'était venu confirmer.

Atlantic avait parlé avec son drôle d'accent pendant ce qui avait paru des heures à Baldwin. Lorsqu'il s'était tu, Baldwin lui avait demandé :

— Pourquoi moi ?

— Parce que vous êtes le meilleur dans votre partie. Parce que vous parlez plusieurs langues et pouvez vous adapter dans n'importe quel pays. Combien en maîtrisez-vous ? Huit ? Neuf ?

— Treize.

Atlantic avait incliné la tête d'un air respectueux, puis il avait ajouté :

— Parce que vous avez aussi assez de compassion pour vous sentir proche de ces victimes… Et que vous êtes assez intelligent pour vous taire quand il le faut.

Baldwin avait donc accepté d'occuper secrètement le poste de profileur d'un projet qu'Atlantic appelait « opération Angelmaker ».

Sa première mission avait consisté à traquer le tueur de la forêt. Il n'avait mis que quelques jours à démêler cette affaire. Le tueur s'était avéré un attaché juridique auprès de l'ambassade de Zambie. Baldwin était parvenu à l'arrêter avant qu'il ne fasse une sixième victime. L'homme avait été extradé sur-le-champ et son gouvernement, sèchement avisé qu'il ne devait plus jamais remettre un pied aux Etats-Unis. Le sourire éclatant qu'arborait le meurtrier en montant dans l'avion qui le ramenait à Lusaka continuait de hanter les rêves de Baldwin.

Il y eut d'autres missions ensuite. Des missions d'un genre très spécial qui se déroulaient rarement sur le territoire américain. Les affaires sur lesquelles Baldwin travaillait dans le cadre de l'opération Angelmaker ne faisaient jamais de vagues, bien qu'elles fussent complexes et mortellement dangereuses. A chaque tueur en série son mode opératoire spécifique, son propre terrain de chasse et ses poussées de folie meurtrière caractéristiques — toutes choses qu'il fallait tenir secrètes. Il devait donc agir en faisant jouer des ressorts invisibles et recourir à des moyens extralégaux. Ces assassins-là n'étaient pas de ceux que l'on voyait à l'affiche des émissions judiciaires de la télévision, ni même de ceux qui se retrouvaient devant un tribunal. Ces tueurs-là étaient protégés.

C'étaient des assassins professionnels rétribués par les gouvernements de divers pays. Des hommes et des femmes payés pour tuer et entraînés à se comporter comme des psychopathes pour brouiller les pistes... Ils franchissaient parfois les limites que leur assignaient leurs employeurs. A force, il leur était venu un goût insatiable pour le sang, qu'ils ne pouvaient satisfaire en se contentant des cibles politiques indiquées par les gouvernements. Traquer ces monstres, pouvoir les localiser à tout instant, était une nécessité vitale, une tâche qu'on ne pouvait pas confier au premier agent du FBI venu.

L'opération Angelmaker portait un autre nom : « Détachement Conjoint pour une Capacité de Réaction Optimale dans le Traitement des Eléments Potentiellement Dangereux ». Mais le sigle DCCROTEPD ne sonnait pas très bien. Ce fut donc OA qui fut adopté, désignant un groupe clandestin si secret que seuls ses membres en connaissaient l'existence. Il n'y eut aucun feu vert du Congrès, aucune couverture présidentielle. Seuls le patron de la CIA et les membres du détachement étaient au courant, et encore n'en savaient-ils jamais davantage que ce qu'ils avaient besoin de savoir pour remplir leurs missions.

Selon les termes de l'accord qu'Atlantic avait passé avec Garrett, Baldwin était « prêté » occasionnellement par le FBI, afin de superviser des « projets ». Son travail consistait à établir les profils de ces tueurs internationaux, des criminels que le gouvernement des Etats-Unis aurait normalement dû arrêter. Mais ces tueurs étaient précieux aux yeux de certains gouvernements alliés — voire aux yeux de celui des Etats-Unis — qui avaient recours de manière clandestine à leurs services... Des passionnés du meurtre, ces individus-là, comme Atlantic les nommait avec justesse.

Le travail de Baldwin ne consistait pas exactement à les soustraire à la justice, mais plutôt à prévoir où ils s'apprêtaient à frapper. Lorsque l'OA apprenait où l'un de ces tueurs avait l'intention de passer à l'acte, ses membres faisaient en sorte de l'en détourner, en lui trouvant le plus souvent un contrat professionnel. Une façon de préserver des innocents, tout en les suivant de près.

Ce programme clandestin allait à l'encontre de l'éthique de Baldwin, mais il comprenait la nécessité d'accomplir cette sale besogne. Il avait toujours été un brave petit soldat. Il n'avait d'ailleurs accepté de travailler avec l'OA qu'à une seule condition. Le gouvernement des Etats-Unis n'avait pas pour habitude d'utiliser ce genre d'assassins sur son propre territoire. Si la venue de l'un de ces hommes était prévue, il voulait impérativement en être avisé. Il savait de quoi ces maniaques étaient capables. Il insista sur cette condition et Atlantic y consentit.

Cela faisait dix ans maintenant qu'il opérait ainsi des extra pour le compte de l'OA. L'organisation surveillait une cinquantaine d'hommes et de femmes en permanence.

Les problèmes cardiaques de Garrett avaient été inventés de toutes pièces pour donner le change. Baldwin était venu à Quantico pour qu'Atlantic puisse honorer ses engagements. Il avait été averti de la présence d'un de ses plus coriaces adversaires et on lui avait donné tous les moyens de le retrouver.

Ce vieil ennemi personnel de Baldwin avait échappé aux radars de l'OA. Il avait quitté son domicile, emportant tous ses dossiers, tous ses faux papiers, et avait disparu. Il se disait dans les milieux du renseignement qu'il avait un contrat à exécuter aux Etats-Unis. Mais, jusqu'à présent, aucune source fiable n'avait pu leur en apprendre davantage.

L'homme était américain de naissance. Fils prodigue d'un diplomate et promis à une brillante carrière, il avait passé son enfance à voyager dans le monde entier. Il s'était mis à tuer de bonne heure, avec la bénédiction du gouvernement. Ses autres activités meurtrières étaient soigneusement cachées à ses employeurs. Il s'efforçait d'être discret, opérant sous le nom d'Aiden. Le bruit courait qu'il venait de retraverser l'Atlantique.

Baldwin avait eu affaire à lui plus d'une fois. Il aurait été capable de reconnaître sa marque n'importe où. Aiden aimait qu'on le considère comme un assassin de la vieille école, un artiste qui utilisait un garrot en argent massif pour étrangler ses victimes. Il avait au moins quarante meurtres à son actif, du moins pour ce qu'en savait l'OA. Ce chiffre était sans doute plus élevé en réalité. Il connaissait l'existence de l'organisation et savait qu'il constituait une cible pour eux. En matière de meurtre, il n'avait pas de goût particulier. Il n'était pas à la recherche de tel ou tel type de physique chez ses victimes, il ne lui fallait qu'un cou à serrer. C'était en cela qu'il s'avérait si dangereux.

Si les rapports de l'OA étaient exacts, si Aiden se trouvait vraiment aux Etats-Unis, Baldwin allait devoir faire tout son possible pour le surveiller de près. Mais encore fallait-il qu'il parvienne à le localiser.

11

Taylor et Fitz étaient attablés dans le patio du Las Palmas. La salle était pleine : des étudiants de l'université et des travailleurs immigrés venaient y déjeuner tous les jours, ce qui témoignait de la qualité de la nourriture et des tarifs très raisonnables de l'établissement. Taylor grignotait une quesadilla au bœuf, tandis que Fitz engloutissait un plat de tacos et une salade. Ils se partageaient un pichet de thé pour arroser le tout.

— Et alors, qu'a dit Price ? demanda Fitz.

— Il s'est montré compréhensif. Il s'opposera à toute mesure disciplinaire qui pourrait être prise contre Lincoln. Ça devrait remonter le moral de notre pauvre Linc… Il avait l'air vraiment abattu, au téléphone. Tu l'imagines, défoncé à la coke ?

Fitz éclata de rire.

— Pas vraiment, non ! Cet incorrigible dandy m'a toujours fait l'effet d'un type qui se contente d'un whisky à l'apéritif, parce que ça fait classe, plutôt que parce qu'il aime en boire. Il n'est pas du genre à se laisser aller.

— Eh bien, c'est un peu normal, vu le milieu d'où il vient. Il sait où ça peut mener… Ce serait bien s'il revenait vite maintenant pour nous aider dans l'enquête sur le meurtre de Corinne Wolff. On a besoin d'informations financières. Et Marcus, il revient quand ? Demain ?

Marcus Wade, l'inspecteur le plus jeune de la brigade, était absent depuis quatre jours : il était en stage d'entraînement dans le cadre de la formation continue. Sans ces deux brillants inspecteurs, l'équipe se trouvait fort dépourvue.

— Il sera là à la première heure, demain matin. On va lui demander de se pencher sur l'affaire Wolff, d'aller traîner en ville. Les médias s'en donnent à cœur joie avec cet enregistrement du 911.

— Tu m'étonnes. Je l'ai entendu hier soir. Du grand mélo…

— J'aimerais bien que les journalistes s'abstiennent de faire des coups comme ça. Ça ne nous facilite pas le boulot, leurs conneries…

— Sans blague…

Taylor croqua sa quesadilla, puis s'essuya la bouche avec sa serviette en papier.

— Quand on aura fini le repas, j'aimerais qu'on retourne chez les Wolff. Le deuxième entretien avec le mari est prévu pour 14 heures. On a le temps avant. Je t'ai dit que la famille de Corinne au grand complet était venue à l'institut médico-légal ce matin, pendant l'autopsie ?

— Non.

— Ils attendaient dans le hall. Je les ai croisés en partant. Ils m'ont dit que Todd avait emmené Hayden chez ses parents. Tu sais où ils habitent ?

— Non, il faudrait que je me renseigne. Les Harris t'ont dit que c'était loin ?

— Ils n'ont pas précisé. Wolff n'a pas appelé pour décommander notre rendez-vous, je pense donc qu'il viendra. Tu crois qu'il va se pointer avec un avocat ?

— Il aurait intérêt… Mais, avec un peu de chance, il viendra seul.

— On pourra l'interroger tous les deux, en se relayant. On verra bien ce qu'il y a à en tirer. Les conclusions de l'autopsie sont assez simples : quelqu'un a frappé Corinne avec une rage incroyable, à coups de raquette. Il y a des traces de strangulation, aussi. J'aimerais en savoir plus sur l'emploi du temps de ce M. Wolff, ces jours derniers…

Elle reposa sa fourchette sur le bord de son assiette. Elle n'avait plus faim, tout à coup.

— Est-ce que tu sais sur quelle enquête Lincoln travaille ?

Fitz plongea une chips de maïs dans la salsa pimentée et la croqua avant de répondre.

— Non, pas officiellement. Mais ce n'est pas trop dur à deviner. Pendant que tu te baladais en Europe avec le mec du FBI, il a reçu plusieurs appels de cet indic qu'il a déniché depuis peu, tu sais… un jeune qui bosse comme DJ. Tu t'en souviens ?

Taylor hocha la tête.

— Eh bien, cet indic a fait courir le bruit qu'il allait se mettre à dealer de la dope dans le club où il bosse. Mais il avait besoin d'un fournisseur. Lincoln a tiré les ficelles pendant une semaine… Et puis il ne m'a plus donné de nouvelles. Je crois que la brigade des stups a décidé d'utiliser ses services. Heureusement qu'il est malin. Il sait rebondir. Quand on additionne tous ces éléments, je dirais que sa mission a un rapport avec notre ami Terence Norton.

Taylor émit un petit grognement. Terence Norton était dans le collimateur de la police de Nashville depuis plusieurs années. Ce petit caïd de quartier avait gravi les échelons de la pègre à une vitesse météorique. Trafic de drogue, fusillades, agressions… Il en avait déjà assez fait pour alimenter un dossier de police de quatorze pages. Mais il avait le don d'échapper aux poursuites judiciaires et accumulait les non-lieux, les relaxes et les acquittements. Chaque fois qu'il sortait libre du tribunal, il en sortait plus fort… Il était connu comme le principal pourvoyeur d'héroïne et de cocaïne à Nashville. Il ramenait la marchandise d'Atlanta par l'autoroute 24. Mais il n'avait pas les épaules assez larges pour diriger un tel trafic lui-même : il devait prendre ses ordres de plus gros bonnets…

Taylor rêvait de le voir enfin condamné et mis hors d'état de nuire. Deux mois auparavant, elle avait cru tenir l'occasion de se débarrasser de lui. Le TBI avait ouvert une enquête sur le personnage, pour subornation de jurés. Mais, en rentrant d'Italie, la jeune femme avait trouvé sur son bureau le rapport final des enquêteurs, qui n'avaient pu étayer leurs soupçons de corruption. Le TBI refilait ainsi aimablement le cas Norton à la police de Nashville, tout en continuant de collaborer avec elle sur le dossier, au cas où de nouveaux éléments surviendraient.

Terence s'était tenu plutôt tranquille depuis le retour de Taylor et, à sa connaissance, il n'avait tué personne.

Une pensée lui traversa l'esprit.

— Ça ne peut pas concerner Terence… Il a déjà vu Lincoln, il le reconnaîtrait.

— Tu sais, Lincoln a continué à se raser le crâne après ton départ et il s'est laissé pousser la barbe. Un bouc en bataille, bouffé aux mites… Ça lui fait une tête de racaille, tu n'imagines même pas ! Il est loin, le fringant Lincoln, avec ses costards… Et puis Terence n'a eu directement affaire qu'à toi ou moi, pour l'instant. Ça pourrait très bien être Terence que Linc essaie de piéger.

— Je m'inquiète pour lui. Je ne me le pardonnerais jamais, s'il lui arrivait quelque chose. Il avait l'air de dire que le dénouement était proche. J'espère qu'il va nous revenir bientôt.

— Et moi donc…

Taylor repoussa son assiette, laissant un silence complice s'installer entre eux. Elle détestait mêler ses collègues à ses accès de paranoïa, mais elle savait aussi qu'elle avait besoin de protection.

— Tu sais… Je crois que quelqu'un me surveille, en ce moment…

Fitz la regarda dans les yeux. Il ne secoua pas la tête, ne lui prit pas le bras d'un air compatissant, ne s'affligea pas de ce qui aurait aisément pu passer pour une lubie. Il la connaissait suffisamment pour estimer que, si elle se sentait épiée, c'est qu'elle l'était vraiment.

— Tu crois que c'est l'imitateur de Blanche-Neige ? Le « Prétendant » ?

Il mima des guillemets avec les doigts et ajouta :

— Je me demande pourquoi il se fait appeler comme ça… C'est dévalorisant, non ?

— Je crois qu'il faut comprendre qu'il aspire au trône… Il estime qu'il devrait en être le possesseur légitime, mais qu'il en a été évincé par de malencontreuses circonstances. C'est une manière de s'autoproclamer roi des tueurs en série.

Elle but une gorgée de thé et remua sur son siège en regardant autour d'elle, avant de se caler contre le dossier.

— Non, je ne crois pas que ce soit lui. Je ne sais pas pourquoi, mais, cette fois, ça m'a l'air différent. Quand le duvet de ma nuque se hérisse, c'est qu'il y a du danger dans les parages. Un peu comme quand il y a de l'électricité dans l'air. C'est étrange, non ?

Elle lui sourit.

— J'ai conscience d'être surveillée et je suis sur mes gardes. Le problème est donc déjà à moitié réglé. Tu veux venir chez les Wolff avec moi ? On pourra faire un dernier point avant l'interrogatoire.

— Pourquoi pas…

***

Le quartier de Hillwood était tranquille ce mardi. Beaucoup moins agité que la veille. Le ruban qui délimitait la scène de crime interdisait toujours l'accès à l'allée des Wolff. Un agent de police en uniforme était assis dans sa voiture de patrouille, garée devant la boîte aux lettres. Son rôle consistait à empêcher d'éventuels badauds à la recherche de sensations fortes de pénétrer dans les lieux et de chambouler la scène de crime.

Elle devait être gardée jusqu'à ce que les autorités judiciaires lèvent les scellés. Taylor espérait que cela arriverait dès aujourd'hui — nul besoin, à son sens, de gaspiller des ressources qui pourraient être employées à meilleur escient ailleurs.

Elle se gara juste derrière la voiture de patrouille. L'agent sortit pour les accueillir. Ils étaient venus dans l'Impala. Pour des raisons administratives, il était obligatoire d'utiliser un véhicule officiel pour se rendre sur les scènes de crime. Mais Taylor n'avait jamais été emballée par les Impala. Cependant, comment faire autrement ? Il aurait été difficile de demander au nouveau chef de la police d'équiper ses troupes en Porsche ! D'ailleurs l'Impala en avait sous le capot, on pouvait la pousser si nécessaire, contrairement à la Mercury poussive qu'on l'avait obligée à conduire, quand elle n'était encore que simple inspecteur. Elle se sentait trop repérable dans cette modeste berline blanche, sans doute pour avoir conduit pendant tant d'années un 4x4 dans une ville où sévit le culte du toujours-plus-grand et où des mastodontes du genre GMC sont de rigueur au sein de toutes les classes sociales.

La maison des Wolff était une maison de style colonial à un étage, bâtie en briques fauves, avec un porche blanc, des volets bleus, quatre fenêtres disposées symétriquement de part et d'autre de la porte d'entrée, sur les deux niveaux. Un conduit dépassait sur le côté gauche du toit, au-dessus de la cheminée du salon.

Bien des personnes convertissaient maintenant leurs cheminées en inserts à gaz et il devenait de plus en plus difficile de trouver à Nashville des maisons neuves équipées de bonnes vieilles cheminées traditionnelles. Taylor avait prévenu Baldwin qu'en aucun cas elle n'accepterait de vivre dans une maison sans âtre digne de ce nom dans lequel faire brûler un feu de bois. L'odeur de l'érable ou du chêne, le plaisir de disposer le petit bois puis les bûches... Elle préférait consacrer du temps et quelques menus efforts à faire un vrai feu que de regarder du faux charbon se consumer en de fausses flammes.

Un examen plus attentif de la façade lui permit de découvrir une légère différence de coloris entre les briques du rez-de-chaussée et celles de l'étage. Cela ne se voyait qu'à la lumière du soleil. L'explication était simple. Ce secteur de l'agglomération de Nashville, avec ses charmants jardins arborés de plusieurs milliers de mètres carrés, était en pleine renaissance. Le comté de Davidson attirait depuis peu des gens fortunés, alléchés par la perspective de posséder un bout de terrain. Or la plupart des maisons construites initialement dans cette banlieue résidentielle étaient de modestes pavillons sans étage, comme celui de Mme Manchini, minuscules, comparés aux nouvelles demeures qui se construisaient dans les parages.

Une armée d'architectes avait envahi Hillwood au cours des années précédentes, mandatés pour agrandir les logis. Beaucoup de propriétaires se contentaient d'une simple rénovation : ils convertissaient le garage ou la remise en pièce de vie supplémentaire, construisaient des portiques plus vastes, créaient des puits de lumière. D'autres, aux visées plus grandioses, ajoutaient carrément un étage à leur maison. C'est ce qu'avaient dû faire les Wolff.

A présent qu'elle avait compris, Taylor distinguait mieux la ligne où le mur avait été repris. C'était du bon boulot, mais elle pouvait quand même discerner la structure originelle du bâtiment, sa modeste carcasse sous les oripeaux du faste.

Ces travaux d'agrandissement étaient aussi coûteux que l'achat d'une maison neuve dans certains autres quartiers, mais la bonne réputation des écoles, les agréments d'un grand jardin et la proximité du country club présentaient de nombreux attraits pour un jeune ménage comme les Wolff. Taylor se demanda pourquoi ils n'habitaient pas dans l'un des lotissements que Todd faisait construire. Sans doute pour les mêmes raisons qui les avaient conduits, Baldwin et elle, à les éviter… Pas d'arbres, peu d'intimité. Les maisons étaient certes spacieuses et bien équipées, mais les parcelles, minuscules et collées les unes aux autres. Les terrains avaient été entièrement défrichés avant d'être bâtis, et les seuls arbres présents étaient des arbrisseaux squelettiques, fraîchement plantés par les paysagistes. Alors que ce quartier-ci exhalait un parfum d'authenticité et l'ambiance y était simple et familiale. Il permettait de vivre à l'abri des regards et des commérages.

Elle fit signe à Fitz qui prit congé de l'agent et la rejoignit dans l'allée.

— Excuse-moi d'avoir causé un peu avec ce jeunot. Mais figure-toi qu'il confond le concours du Memphis Bake avec celui du Huntsville Social Club. Il a bien fallu que j'éclaire sa lanterne…

— C'est très sympa de ta part. Tu penses sans doute qu'il ne ferait pas le poids dans un concours ?

— Ce gamin ? Il ne fait pas la différence entre le poivre

et le paprika ! Il n'aurait aucune chance contre un vieux de la vieille comme moi !

Il se frappa le torse et ajouta :

— Moi, je suis un expert, tu peux me croire. J'ai trouvé sur internet une de ces noix de muscade… D'une finesse… Elle vient d'une petite boutique de Bombay et elle a un goût… Un régal… Le jury va être bluffé.

Fitz était un fanatique des concours de barbecue de classe mondiale. Il les remportait tous grâce à son extraordinaire marinade et son échine de porc cuite à petit feu. Il consacrait la plupart de ses week-ends à écumer les compétitions culinaires, raflant tous les trophées au passage. Il ramenait assez de restes succulents le lundi pour que cela tienne lieu de déjeuner à ses collègues de la brigade.

— Tu mets de la noix de muscade dans ta marinade ? Je croyais que c'était illégal…

Là, ce fut au tour de Fitz de s'esclaffer.

— Au Texas, ma poule. Seulement au Texas…

Ils se dirigèrent vers la maison. Le scellé apposé sur la porte d'entrée était intact. Fitz le fit sauter avec son canif et ils entrèrent.

L'odeur de la mort était encore prégnante, suintant de la moquette ensanglantée et des murs maculés. Taylor se demanda si Todd allait vendre son logis ou s'il continuerait d'y habiter. Même s'il n'avait pas reçu le même choc que Michelle Harris, qui avait vu Corinne baigner dans son sang, tout, dans cette maison, rappelait qu'un meurtre y avait été commis. Le souvenir de la violence qui l'avait ensanglantée demeurerait, malgré toute l'efficacité des professionnels du nettoyage. On pouvait effacer les traces en surface, mais on n'effacerait jamais le mal qui s'y était déchaîné.

Ils se déplacèrent d'une pièce à l'autre dans le même ordre que la veille, traversant la salle à manger pour atteindre la cuisine, avant de faire le tour du salon décoré avec tant de goût. Des numéros du magazine *Architectural Digest* étaient soigneusement empilés sur la table basse. Trois pendules en cristal indiquaient toutes la même heure et une bougie d'un blanc virginal, parfumée au chèvrefeuille, était fichée dans un chandelier de marbre rose. Le manteau de cheminée était orné de trois vases bistre de différentes tailles, remplis chacun d'une orchidée laiteuse. Les murs étaient recouverts d'un plâtre vénitien écru, le canapé et les fauteuils, d'un cuir sombre. Un écran plat d'un bon mètre de diamètre était accroché sur le mur qui faisait face au canapé. Tout ici indiquait que les Wolff n'avaient pas de problèmes financiers.

Les seuls indices de la présence d'une fillette de dix-huit mois, sous ce toit, étaient la chambre d'enfant, d'une élégance discrète, la barrière de sûreté en haut de l'escalier et les placards de cuisine équipés de dispositifs de sécurité. C'était frappant de sobriété. Certes, Taylor avait déjà vu des foyers comme celui-ci, elle connaissait des gens qui ne devenaient pas complètement gagas de leurs enfants, qui ne leur achetaient pas tous les jouets du monde et ne transformaient pas leur salon en nursery. Elle-même avait grandi dans une maison où l'enfant n'était pas roi et elle s'en était très bien sortie.

— C'est quoi, ça ? demanda Fitz.

Il était devant un fauteuil surmonté d'une tapisserie qui mesurait au moins deux mètres de long. Elle représentait une licorne assaillie par un groupe de chasseurs qui la perçaient de leurs lances. Il effleura la tenture du bout des doigts.

Taylor vint le rejoindre.

— C'est une reproduction d'une des fameuses tapisseries de la série *La Chasse à la licorne. La Licorne bondit par-dessus le ruisseau*, si je me souviens bien.

— Tu es sûre que ce n'est pas l'original ? Ça pèse lourd, ce machin…

— Non, ce n'est qu'une bonne reproduction. L'original se trouve au Musée métropolitain d'art de New York. C'est français ou flamand, XVe siècle, ou dans ces eaux-là… Je crois que cette série a été confectionnée pour le roi Louis XII. Les Wolff l'ont probablement achetée à la boutique du musée, ou sur catalogue. Pourquoi, tu as remarqué quelque chose de spécial ?

Au lieu de répondre, Fitz esquissa un demi-sourire et lui lança un regard pétillant. Puis il retourna à sa besogne. Il arrivait parfois qu'il fasse cette tête-là, mi-fier, mi-amusé, en la regardant droit dans les yeux. Dans ces moments-là, Taylor tripotait nerveusement sa queue-de-cheval, un peu gênée. Ce n'était quand même pas sa faute si ses parents l'avaient traînée dans tous les principaux musées du monde et qu'elle avait une excellente mémoire.

— Je sens comme un courant d'air qui vient du mur.

Il entreprit de palper la tapisserie. Taylor eut soudain une réminiscence.

— Soulève-la, je crois qu'il y a quelque chose derrière… Tu te souviens du salon de Mme Manchini ? J'ai vu une porte au même endroit, chez elle. Ça doit être une cave.

Fitz décolla la tenture du mur, jeta un coup d'œil derrière et s'écria :

— Bingo !

Il y avait une porte, en effet. Le courant d'air provenait du trou où aurait dû être fixée la poignée. Mais pour que la tapisserie soit bien plaquée contre le mur, les Wolff l'avaient ôtée.

Au lieu de se glisser entre la porte et la lourde tapisserie, Taylor et Fitz la décrochèrent doucement et la posèrent sur un des fauteuils. La porte, qui s'ouvrait vers l'intérieur, donnait sur un escalier qui plongeait dans l'obscurité. Il paraissait bien mener à une cave.

— Personne n'a remarqué cet escalier, hier ? demanda Taylor.

— Pas que je sache.

Fitz descendit les trois premières marches avant de remonter précipitamment, en s'essuyant le visage.

— Argh !

— Quoi ?

— Une toile d'araignée !

Taylor en rit si fort qu'elle perdit l'équilibre et faillit dégringoler.

— Ce n'est pas une toile d'araignée, c'est le fil de l'interrupteur !

Elle tendit la main et tira sur la cordelette en question. Une ampoule de 100 watts, nue, illumina aussitôt la cage d'escalier. Tandis que Fitz grommelait derrière elle, elle ouvrit l'étui de son Glock et dégaina. L'arme pointée vers le bas, elle descendit lentement les marches. Elle parvint à un petit palier où elle marqua prudemment une pause. Mais elle ne vit rien d'alarmant, rangea l'arme dans son étui et acheva sa descente. Il y avait un autre interrupteur en bas. Taylor le pressa et un néon s'alluma au plafond.

C'était à première vue une cave des plus ordinaire. Le sol était en béton. Seul un mur était peint — d'une couche de noir —, comme si les propriétaires avaient suspendu les travaux. Un léger relent de moisissure flottait dans l'air. Sur le sol s'entassaient des cartons, des vieux vélos, des luges. Tout un bric-à-brac qui aurait fait tache dans l'élégant garage avait été déposé là au petit bonheur. Ce local souterrain servait à remiser tout un tas de vieilleries. Il devait mesurer dans les trente-cinq mètres carrés — six mètres de large sur six mètres de long à peu près.

Ils inspectèrent rapidement l'endroit, regardant derrière les cartons.

— On demandera à Tim de venir fouiller cette cave de fond en comble, au cas où…

— Bonne idée, acquiesça Fitz.

Puis il se figea subitement, avant d'ajouter à voix basse :

— Tu as entendu ?

Taylor s'immobilisa à son tour et tendit l'oreille. Oui, elle entendait quelque chose. Des bruits de pas. Il y avait quelqu'un d'autre dans la maison.

Retenant son souffle, elle dégaina de nouveau et pointa son Glock vers l'escalier. Fitz avait sorti son arme, lui aussi. Sans prononcer un mot, Taylor lui indiqua d'un geste de la main qu'elle allait remonter et lui fit signe de la suivre.

Les marches grincèrent sur leur passage et les bruits de pas cessèrent brusquement au-dessus de leurs têtes.

— Merde, chuchota Taylor.

Adieu l'effet de surprise… Elle changea alors de tactique et gravit les dernières marches quatre à quatre. L'arme au poing, elle balaya le salon du regard et n'y décela rien de menaçant. Fitz était derrière elle. Elle lui fit un signe de la tête et quitta la pièce en trois longues enjambées, prenant à gauche vers l'entrée, tandis qu'il pénétrait dans la cuisine, sur sa droite.

Rien.

Ils se retrouvèrent dans la salle à manger et l'intrus, à l'étage.

Taylor gravit la première marche et vit une ombre projetée dans l'entrée. Retenant son souffle, elle pointa son arme vers la rampe. Elle fit un pas, un deuxième, un troisième… Personne en vue. Un quatrième pas, un cinquième… L'ombre se rapprocha… La jeune femme s'arrêta sur la sixième marche.

— Police, ne bougez plus ! Restez où vous êtes ! cria-t-elle.

L'ombre sursauta et poussa un cri. Taylor colla son index contre la détente du Glock, prête à faire feu, et avança encore d'un pas.

— Lieutenant, ne tirez pas !

Taylor reconnut la voix et relâcha son index. Une jeune femme fit son apparition au sommet de l'escalier, les mains en l'air.

Taylor abaissa son arme.

— Putain Page ! Qu'est-ce que tu fous ici ? Tu veux te prendre une balle, ou quoi ? J'ai failli te tirer dessus...

Fitz se mit à rire nerveusement, évacuant la tension des instants précédents. Taylor et lui s'assirent en même temps au bas de l'escalier, tandis que Julia Page, substitut du procureur de Nashville, se penchait vers eux sur la rambarde. Ses cheveux châtains et bouclés étaient dressés en tous sens, comme sous l'effet de la peur.

Elle leur retourna la question :

— Et vous, qu'est-ce que vous foutez ici, l'arme au poing et prêts à tirer sur tout ce qui bouge ?

— Tu aurais dû me prévenir de ta visite !

— Mais je t'ai appelée, ma chère. Et comme tu ne répondais pas, je t'ai laissé un message pour te dire que je te rejoignais ici.

Elle descendit les marches, encore livide. Taylor lui tourna le dos et partit dans la cuisine. Ses mains tremblaient. Elle les enfonça dans les poches de son jean pour dissimuler cette réaction émotive. Les deux autres la rejoignirent.

— Tu l'as échappé belle, Page. Tu aurais dû m'appeler au moment d'entrer.

Cette fois-ci, l'interpellée baissa la tête, l'air penaud.

— Je sais. Désolée... Comme je ne vous voyais ni l'un ni l'autre, j'ai pensé que vous étiez dans le jardin. J'ai voulu jeter un coup d'œil en vous attendant, histoire de me faire une idée. Désolée, répéta-t-elle.

— Ce n'est pas grave. Mais tu sauras maintenant pourquoi nous demandons aux personnes non essentielles de se faire connaître avant d'accéder à une scène de crime. L'agent en faction ne t'a pas dit de t'annoncer ?

Le menton pointu de la substitut se redressa d'un ou deux centimètres.

— Je ne suis pas exactement « non essentielle », Taylor…

— Mais tu as failli y passer ! Alors la prochaine fois…

Ses mains avaient cessé de trembler, la montée d'adrénaline était terminée.

Page hocha la tête.

— D'accord, d'accord… Je voulais juste inspecter les lieux. Je n'ai pas parlé à l'agent de faction, c'est vrai… Je lui ai fait un signe et il m'a laissée passer. Où en est l'enquête ?

— On n'a pas grand-chose à se mettre sous la dent, pour l'instant. On doit interroger le mari à 14 heures.

— Eh bien, il est 13 h 45… Vous devriez y aller si vous voulez être ponctuels.

Taylor consulta sa montre et laissa échapper un juron.

— Oui, on ferait mieux d'y aller. On reparlera de tout ça un peu plus tard On se retrouve dans mon bureau à 15 heures. Ça te va ?

Page hocha la tête.

— OK. A tout à l'heure.

Ils sortirent tous trois de la maison. Fitz apposa un scellé neuf sur la porte, puis il se sépara des deux femmes pour aller parler à l'agent. Taylor sut qu'il allait lui remonter les bretelles. Le jeune flic n'aurait jamais dû laisser la substitut pénétrer dans la maison sans les prévenir. Il avait commis une faute professionnelle. Même si la situation n'avait pas dégénéré, il s'en était fallu de peu.

Une bavure de cet acabit aurait certainement fait les gros titres de la presse nationale — un procureur abattu par une enquêtrice ! Taylor secoua la tête d'un air consterné. En outre, elle aimait bien Page. Elle s'en serait voulu de l'avoir abattue.

Todd Wolff attendait Fitz et Taylor dans le hall d'entrée du Centre de justice criminelle. Il était seul. Taylor en fut soulagée. L'absence d'un avocat leur permettrait plus de souplesse dans leurs questions. D'un autre côté, Wolff leur faisait savoir ainsi qu'il était sûr de n'avoir rien à se reprocher. Venir sans avocat, c'était jouer les innocents.

Ils l'avaient installé dans une salle d'interrogatoire aux murs bleus, meublée en tout et pour tout d'une table et de quatre chaises, deux de chaque côté de la table. Fitz mit l'enregistrement audiovisuel en marche, fit passer des sodas et procéda à la déclaration rituelle :

— Monsieur Wolff, vous savez que vous avez le droit de vous faire assister par un avocat…

— Je ne croyais pas être en état d'arrestation, dit Wolff.

— Cc n'cst pas lc cas. Cc n'cst qu'unc conversation. Mais il est de mon devoir de vous avertir. Vous connaissez les règles de procédure ? Alors, si vous êtes d'accord pour être interrogé sans avocat, commençons par votre nom, s'il vous plaît.

— Theodore Amadeus Wolff. Mais tout le monde m'appelle Todd.

— Votre date de naissance ?

— Le 4 août 1979.

— Lieu de naissance ?

— Clarcksville, Tennessee.

— Numéro de Sécurité sociale ?

— 413-00-8897.

— Votre adresse ?

— 4589, Jocelyn Hollow Court, Nashville, 37205.

Taylor fit un signe de la tête à Fitz et il se cala contre son dossier, lui passant le relais.

— Très bien, Todd. Merci pour ces renseignements. Je vais vous poser quelques questions. Vous avez tout ce qu'il vous faut ?

— Tout à fait. Finissons-en vite. J'ai hâte de retrouver ma fille.

— Nous avons appris que vous aviez emmené Hayden chez vos parents. Où habitent-ils ?

— A Clarcksville.

— Y a-t-il une raison particulière pour n'avoir pas laissé votre fille sous la garde de vos beaux-parents ? Ils habitent plus près. Ça n'aurait pas été plus pratique, pour vous ?

— Je suis obligé de répondre ?

Taylor ne dit rien, se contentant de hausser un sourcil. Au bout d'un instant, Todd fournit l'explication demandée :

— Je ne voudrais surtout pas dire du mal de mes beaux-parents, mais j'ai pensé que, dans les circonstances actuelles, mes parents pourraient s'occuper d'Hayden mieux qu'eux. Corinne était leur préférée. Et Hayden est leur petite-fille adorée. Ils sont en deuil et je ne veux pas qu'elle leur rappelle sans cesse leur fille, vous voyez ce que je veux dire ?

Il avait l'air si abattu que Taylor le crut. Elle se détendit sur sa chaise, adoptant une position plus décontractée.

— Ça partait certainement d'une bonne intention… Parlez-moi de votre femme, Todd.

Il hocha la tête, s'efforçant de conserver son calme.

— Corinne était une force de la nature. On s'est

rencontrés à la fac et je suis tombé aussitôt amoureux d'elle. Elle était pom-pom girl et je faisais partie de l'équipe de basket-ball, toujours sur le banc des remplaçants… C'était une fille parfaite, à la fois pétillante et douce. Son sourire me faisait chavirer. Tout le monde l'adorait. Elle était présidente de l'association des étudiantes, capitaine de l'équipe de tennis… Et c'était une élève brillante qui réussissait tous ses examens haut la main. Ça faisait une semaine qu'on se fréquentait quand je lui ai annoncé que je voulais l'épouser. Elle a dit oui.

Il esquissa un sourire. Son regard se fit vague à l'évocation de ce souvenir.

— On était assis à la terrasse du San Antonio Taco Company, en train de boire de la bière et de manger des tacos… L'alcool m'a donné du courage et je me suis penché vers elle pour lui dire dans le creux de l'oreille : « Je vais t'épouser, tu sais ? » Elle a souri et elle m'a répondu : « Quand tu me le proposeras, ma réponse sera oui. » C'était vraiment le bonheur. Elle… elle était incroyable ! Je n'arrive pas à me faire à l'idée que je ne la reverrai plus jamais me sourire…

Taylor lui accorda un instant pour se reprendre, tout en l'observant se débattre avec son passé. C'était un homme séduisant, aux cheveux ondulés, noirs comme le jais. Ses yeux étaient si bruns qu'ils en paraissaient presque noirs eux aussi. Sa bouche, bien dessinée, laissait deviner fermeté et volonté. Les muscles noueux de ses avant-bras offraient un avant-goût de sa force physique. Taylor pouvait fort bien imaginer que des cohortes d'étudiantes aient été toutes disposées à dire oui à un beau gosse comme lui.

— Bien… Maintenant, dites-moi comment vous avez fait pour rentrer si vite de Savannah, hier après-midi ?

Il sursauta, comme si elle venait de le frapper.

— Je… Je vous l'ai déjà dit. J'ai commis toutes les infractions routières possibles et imaginables.

— Et vous avez pu franchir en six heures une distance qui demande normalement huit heures de conduite ?

— Oui.

— Je ne vous crois pas.

Un silence accusateur s'ensuivit. Todd ne disait rien, il serrait les lèvres en secouant la tête.

— Votre femme était-elle assurée sur la vie ?

Il renifla à plusieurs reprises, sans répondre. Taylor devinait ses pensées : il se rendait compte qu'il avait été trop confiant et regrettait de n'être pas venu avec un avocat.

— Todd, je vous ai posé une question. Votre femme était-elle assurée sur la vie ?

— Oui, bien sûr. Nous avions un enfant. Chacun d'entre nous était assuré au bénéfice de l'autre, en cas de coup dur.

— Quel est le montant de la prime ?

Il marmonna un chiffre.

— Répétez, je n'ai pas bien entendu…

— Chacune de ces assurances vie se montait à trois millions de dollars. Je crois que j'aimerais m'entretenir avec un avocat, maintenant.

— Avez-vous tué votre femme ?

Il se leva brusquement, faisant grincer sa chaise.

— Non, cent fois non ! Mais vous allez essayer de me coller son meurtre sur le dos, je le vois bien. Et je n'ai pas l'intention de me laisser faire, lieutenant ! Je n'ai pas tué ma femme. Suis-je en état d'arrestation ?

La tension était palpable. Taylor le regarda droit dans les yeux et vit chez lui les premiers signes de la peur.

— Non. Vous n'êtes pas en état d'arrestation. Pas encore…

12

17 heures et la journée était encore loin d'être terminée ! Il restait à Taylor plusieurs heures de travail avant d'envisager de rentrer chez elle.

Elle passait en revue les événements de l'après-midi lorsque son téléphone sonna. Elle reconnut sur l'écran le numéro de l'institut médico-légal, suivi de l'indicatif du poste de Sam. Elle se demanda pour quelle raison son amie l'appelait, étant donné qu'il était trop tôt pour les résultats des analyses toxicologiques.

— Tu as de la chance, tu sais, commença Sam, sans préambule.

Taylor repoussa sa chaise vers le mur pour pouvoir étendre ses jambes sur son bureau.

— Et pourquoi donc ?

— Parce que tu vas rentrer chez toi, prendre une douche, mettre ta plus belle robe et me rejoindre : on sort ensemble ce soir.

— Oh non ! Pas ce soir ! J'ai un paquet de boulot à terminer et je ne suis vraiment pas d'humeur…

— Tu ne sais même pas de quoi il s'agit et tu refuses ?

— Oui.

— J'insiste. L'homme qui devait m'accompagner est indisponible. Il est tombé fou amoureux d'une espèce de microbe qu'il élève au fond d'une boîte de Petri, dans son bureau. Or j'ai besoin d'être accompagnée. Alors, referme tes dossiers, rentre chez toi et mets quelque chose d'élégant.

— Quelque chose d'élégant ? Mais où diable veux-tu me traîner ?

— Au dîner de gala de la Société américaine de cancérologie. Je dois y faire un discours et je suis même l'orateur principal…

— Bravo, mais désolée, c'est non quand même.

— Parfait ! Je passerai te prendre à 18 h 45, alors… Si tu mettais cette robe rouge que je t'ai rapportée de la Barbade ?

— Si je mets cette robe, je ne pourrai pas être armée…

— Je ne crois pas que tu aies besoin de tirer sur qui que ce soit, au Frist Center, si ça peut te rassurer…

— La dernière fois que tu m'as dit que je n'aurais pas besoin d'un pistolet, j'ai fini par me faire enlever.

— D'accord, un point pour toi. Mais là, personne ne va se livrer à ce genre de passe-temps… Promis, juré. Il y aura des petits-fours et du champagne en veux-tu en voilà. Tu as besoin de faire une pause, Taylor. Alors c'est entendu ? A ce soir…

Elle raccrocha. Taylor replaça le téléphone sur son support et reposa les pieds sur le sol. Deux options s'offraient donc à elle : rester ici à remplir des dossiers, au milieu des inspecteurs de l'équipe de nuit qui attendaient, oisifs, qu'on fasse appel à eux et dont l'humour était du plus mauvais goût ; ou bien se mettre sur son trente et un, c'est-à-dire s'engoncer dans un vêtement des plus inconfortables, pour aller faire la potiche toute la soirée avec les notables de la ville. Elle n'aurait su dire laquelle de ces deux options lui semblait la plus rebutante.

*
* *

La robe rouge était étalée sur le lit et Taylor la regardait d'un œil perplexe. Elle s'était déjà affublée d'un soutien-gorge sans bretelles, de bas de soie noire et d'escarpins à hauts talons, mais elle n'était pas certaine d'avoir arrêté son choix, d'autant que cette robe, elle ne l'avait encore jamais portée. Sam et Simon la lui avaient rapportée des Antilles. Sam avait flashé sur sa forme fourreau et décrété qu'elle épouserait à merveille les formes harmonieuses de Taylor. Taylor l'avait remerciée et avait rangé la robe. Ce n'était à ses yeux qu'un souvenir, au même titre qu'un coquillage ou qu'un objet artisanal.

Bon… Au point où elle en était à présent, autant faire le test jusqu'au bout… Elle se tortilla en enfilant le vêtement, étonnée de son peu de poids, puis elle tira sur l'ourlet pour dérouler la robe sur ses hanches, le long de ses cuisses. Et voilà qu'elle était en place, fluide et moulante à la fois, mettant en valeur ses courbes.

Taylor détailla dans la psyché cette jeune femme inconnue. Sam avait vu juste. La robe était jolie et lui allait bien. De longues et fines bretelles laissaient deviner la naissance de ses seins, offrant aux regards un décolleté impeccable. La coupe, évasée à partir de la taille, permettait à l'étoffe légère de flotter autour des genoux. La jeune femme regretta que Baldwin ne soit pas là pour la voir, mais elle se promit de remettre la robe pour lui une autre fois : il allait adorer !

Elle laissa ses cheveux flotter sur ses épaules, souligna ses yeux d'un trait d'ombre à paupières et se mit un peu de mascara sur les cils. Elle appliqua enfin sur ses lèvres un rouge cramoisi qu'elle couvrit d'une couche de baume. Cette métamorphose en créature fatale l'amusait beaucoup : autant la parfaire jusqu'au moindre détail.

Un coup de klaxon retentit dans la rue. Elle éteignit la

lumière, attrapa sa pochette et une écharpe au passage et dévala les escaliers. Elle détestait s'encombrer d'un sac à main, habituellement. Cet accessoire ne convenait pas à son style de vie. Elle se servait des poches de son blouson pour y fourrer l'indispensable et son étui à revolver était fixé à sa taille par une ceinture spéciale.

Mais cette robe moulante n'offrait aucune poche pour y dissimuler une arme. Elle aurait pu porter un couteau dans une jarretière ou glisser un pistolet à un coup dans son décolleté, mais il n'y avait que dans les films d'espionnage que c'était pratique et confortable. Elle avait donc opté pour une pochette de satin noir, juste assez grande pour y loger un Taurus 22 long rifle, muni d'un canon court de cinq centimètres, l'une des nombreuses armes à feu « d'agrément » qu'elle conservait dans son coffre-fort. Il lui arrivait parfois de glisser un Beretta du même calibre que le Taurus dans sa santiag droite, spécialement équipée d'un étui intérieur en cuir. Mais le Beretta était trop lourd pour être porté toute une soirée dans une pochette en satin.

Installée au volant de sa BMW décapotable, Sam laissa échapper un long sifflement admiratif.

Taylor verrouilla sa porte et marcha gauchement jusqu'à la voiture, peu accoutumée qu'elle était aux talons aiguilles.

— Tu es ravissante, commenta Sam en la regardant s'avancer.

— Toi aussi.

Sam portait une robe qui évoquait la toge grecque et avait opté pour des sandales de gladiateur. Sa chevelure était nouée sur le haut de son crâne en une pelote négligée, et sa frange lui balayait le front. Elle avait l'air à la fois chic et sérieuse, comme à son accoutumée. Pendant qu'elle manœuvrait la voiture pour ressortir de l'allée, Taylor baissa le pare-soleil pour se regarder dans le miroir.

— J'ai un peu trop forcé sur le rouge, on dirait. Qu'est-ce que tu en penses ?

— N'y touche surtout pas ! s'écria Sam. Tu es magnifique !

Taylor replia le pare-soleil et lui sourit.

— Merci…

Elles bavardèrent pendant les quinze minutes que dura le trajet, échangeant des informations professionnelles. La circulation était très fluide et, lorsqu'elles s'arrêtèrent devant les voituriers du Frist, Taylor se sentait parfaitement détendue. Elle avait eu le temps d'apprivoiser son image.

Elles abandonnèrent la BMW aux voituriers et pénétrèrent sous le barnum dressé devant l'entrée du musée. La soirée avait déjà commencé. Des hommes en smoking et des dames en grande toilette parcouraient la salle, une flûte de champagne dans une main, un petit-four dans l'autre. Sam et Taylor acceptèrent chacune la flûte que leur proposait un serveur chargé d'un plateau d'argent et trinquèrent en entrechoquant doucement leurs verres.

— *Salute !* dit Taylor en italien, avec un petit pincement au cœur — Baldwin lui manquait.

Elles déambulèrent ensuite dans la grande salle, saluant au passage les gens qu'elles connaissaient, c'est-à-dire presque toute l'assistance. Taylor croisa plusieurs amies de sa mère, Kitty Jackson, qui la complimentèrent pour sa robe et s'enquirent de l'absente. Il y en eut très peu en revanche pour demander des nouvelles de Win, son père.

La plupart d'entre elles ignoraient les faits qui s'étaient déroulés en coulisse, dans l'affaire Win Jackson. Les agents du FBI avaient réussi à garder secret son rôle exact au sein d'une organisation mafieuse de blanchiment d'argent et de trafic d'êtres humains. Win n'allait d'ailleurs pas avoir à témoigner contre son ancien patron, un homme qui se faisait appeler L'Uomo et se trouvait pour l'heure dans une geôle brésilienne.

La jeune femme arborait un sourire crispé, parfaitement artificiel. Ce genre de mondanités avait depuis longtemps perdu de son charme à ses yeux. A la demande de ses parents, elle avait été jadis une assidue de ces réceptions en tous genres et de ces galas organisés au profit de fondations caritatives qui rythment l'existence sociale de la caste dirigeante de Nashville. Elle y avait même fait ses débuts officiels, à dix-huit ans, en paraissant au très recherché bal des débutantes, où les prétendants avaient défilé en cravate blanche.

Son amitié pour Sam l'avait aidée à résister aux grands projets d'avenir que ses parents avaient pensé pour elle. Car Sam, pas plus que Taylor, ne désirait mener la vie confortable mais captive d'une femme au foyer de la bonne bourgeoisie. Elles savaient à l'époque qu'elles n'avaient plus longtemps à attendre avant de voler de leurs propres ailes en entrant à l'université de Knoxville, loin de ce monde artificiel et guindé dont on leur avait cependant inculqué les codes.

Elles payèrent toutes deux leur dette à ce monde, à leur manière. Taylor fit de son mieux pour protéger les siens. Sam découvrit les plus sombres secrets de ses propres parents. Leur liberté avait un prix, qu'elles payaient de temps en temps.

Et en cette soirée du début du printemps, c'était exactement ce qu'elles faisaient. La bonne société de Nashville, d'une politesse teintée d'hypocrisie, se montrait heureuse de voir les deux jeunes femmes jouer le jeu, le temps d'un gala. Le grand sujet de conversation était bien sûr le meurtre de Corinne Wolff. Les commérages abondaient, tout comme les hypothèses les plus hasardeuses. Les Harris n'étaient pas des inconnus. En tant que sportive de haut niveau, Corinne fréquentait certains membres du country club.

L'opinion la plus répandue voulait qu'un toxicomane en manque ait fait intrusion dans la maison des Wolff pour y dérober de l'argent. Taylor n'eut pas le courage de leur expliquer que la plupart des junkies étaient des gens pacifiques, davantage susceptibles de voler un sac que de frapper à mort une femme enceinte. Mais à quoi bon ? A chacun ses peurs bien ancrées dans l'inconscient.

La presse de Nashville avait pris de nombreux clichés de la soirée, sur lesquels figuraient Sam et Taylor. Elles savaient qu'elles se feraient chambrer par leurs collègues le lendemain. Taylor échangea quelques propos aimables avec Amy Hendricks, une journaliste du *Tennessean* avec qui elle était au lycée catholique. Au bout du compte, c'était une réception typique, où l'ambiance affable et de bon ton avait quelque chose de soporifique.

Au bout d'une demi-heure de propos frivoles, Linda Whaley, qui présidait la soirée, vint chercher Sam, laissant Taylor parcourir la grande salle, seule. Elle ne le resta pas très longtemps. En une poignée de minutes, trois hommes lui demandèrent successivement s'ils pouvaient lui offrir un verre. Elle les éconduisit poliment et même avec une certaine élégance, sirotant son champagne de la main gauche pour bien montrer sa bague à l'annulaire. Ce qui ne découragea pas pour autant ses interlocuteurs. Deux d'entre eux portaient d'ailleurs une alliance qu'ils ne cherchaient pas à dissimuler.

Elle consulta sa montre. Le dîner était censé commencer bientôt. Elle entendit d'ailleurs le tintement d'une cloche, appelant les convives à s'attabler. Elle vida sa flûte, la tendit à l'un des serveurs et se dirigea vers les tables du banquet. Linda Whaley lui avait dit qu'elle serait assise à la table d'honneur, avec Sam. Super ! Elle qui ne supportait pas d'être au centre de l'attention…

Un monsieur en tenue de soirée, cravate blanche et revers de satin noir, lui tint la porte de la salle à manger. Elle le gratifia d'un signe de tête en guise de remerciement et pénétra dans la grande pièce. Elle s'arrêta un instant pour repérer sa place et entendit une voix derrière elle qui chuchotait dans son oreille. Elle sursauta et serra sa pochette.

— Salut, Tawny…

Elle se retourna et dévisagea le personnage qui avait parlé. C'était un homme corpulent aux tempes grisonnantes et aux bajoues flasques, qui approchait de la cinquantaine. Les boutons de sa chemise semblaient sur le point de craquer, comme si l'homme qui la portait avait été trop souvent au buffet. Il la lorgnait d'un air vicieux.

— Excusez-moi… Nous nous connaissons ? lui demanda-t-elle.

L'homme regarda par-dessus son épaule et se pencha vers elle, suggérant entre eux une intimité qui n'existait pas.

— Tawny, Tawny, Tawny… Je n'aurais jamais cru que je te verrais en chair et en os… Et pourtant, te voilà… Mon petit ange tout de rouge vêtu. Ou plutôt, mon petit démon… Ça te dirait de venir avec moi faire la fête en privé ?

Taylor dut se contenir pour ne pas lui éclater de rire au nez. Il était aussi délicat dragueur qu'il était séduisant ! Elle faillit lui proposer d'aller se regarder dans un miroir, mais préféra passer son chemin sans répondre. Elle fit un pas en avant, mais il la retint par le bras et l'attira vers lui, collant son corps adipeux contre la robe de Taylor d'une manière familière et dégoûtante.

— Hé, fillette, je te cause !

La plaisanterie avait assez duré…

— Lâchez-moi tout de suite ou je vous pète le bras, lui

dit-elle froidement, adoptant le même registre de langage que lui pour être certaine de bien se faire comprendre.

Il relâcha son étreinte et elle en profita pour tourner les talons. Mais il la suivit.

— Où tu crois que tu vas comme ça, salope ?

Taylor s'arrêta net, ouvrit sa pochette et lui fit voir son arme.

— Ah, ah ! C'est une vraie tigresse ! Il faudra que j'en parle à certains de mes amis. Tu devrais me donner ce flingue, petite fille. Tu risques de te blesser avec.

Il voulut s'emparer du Taurus, mais Taylor referma la pochette brusquement, agrippa le bras de l'homme et le lui tordit de toutes ses forces. Il recula, l'air effaré, et elle en profita pour le pousser vers la porte. Puis elle le propulsa brutalement contre un mur et l'y tint plaqué du plat d'une main. De l'autre, elle attrapa son badge.

Les yeux exorbités, l'homme fixa le blason doré de la police de Nashville.

— Ecoutez..., commença-t-il en changeant de ton.

Mais elle l'interrompit aussitôt.

— C'est vous qui allez m'écouter. Je suis le lieutenant Taylor Jackson, de la brigade des homicides. Et vous, qui êtes-vous ?

Les yeux porcins de l'homme se plissèrent.

— Tony Gorman.

— Pourquoi m'avez-vous appelée Tawny ?

Elle le sentait qui réfléchissait à toute vitesse pour inventer quelque chose.

— C'est à cause de vos cheveux[1], finit-il par lâcher.

— Vous êtes un menteur, monsieur Gorman... Ecoutez bien ce que je vais vous dire, parce que je ne le répéterai

1 Tawny signifie mordoré, comme le porto brun roux du même nom (NdT).

pas… Soit vous vous cassez d'ici tout de suite et je ne veux plus entendre parler de vous, soit je vous arrête pour tentative d'agression sur un policier.

Il choisit la première solution et elle l'entendit la traiter une fois encore de salope, mais tout bas, en s'éloignant. Elle se frotta le bras. Elle avait récolté un bleu dans l'algarade.

En revenant dans la salle à manger, elle eut l'impression que tous les regards étaient tournés vers elle. On servait les entrées. Elle s'assit à côté de Sam, laquelle lui adressa un regard inquiet. Elle secoua la tête pour la rassurer, en murmurant :

— Plus tard…

Elle mangea et fit poliment la conversation avec le couple placé à sa gauche. Elle but un verre d'excellent bordeaux. Elle applaudit bien fort à la fin du discours de Sam et se sentit soulagée lorsque la soirée se termina. Elle avait mal aux pieds. Elle ne voulait qu'une chose : se déshabiller et se mettre au lit.

Sur le chemin du retour, elle raconta à Sam ce qui s'était passé avec ce Tony Gorman. Lorsque son amie la déposa devant chez elle, elles en riaient encore toutes les deux.

Taylor verrouilla la porte d'entrée derrière elle et activa son système d'alarme. Elle jeta ses escarpins sur le parquet avec un grand ouf de soulagement, en se disant qu'elle les rangerait le lendemain. Il était 23 h 30. Trop tard pour appeler Baldwin — il était une heure plus tard en Virginie et son fiancé devait déjà être dans les bras de Morphée. Elle enviait sa capacité à s'endormir dès qu'il avait posé la tête sur l'oreiller. Elle se versa un verre de chianti et monta à l'étage, dans son bureau.

Elle alluma son ordinateur et, en attendant qu'il se mette en route, elle passa dans sa chambre pour se changer. Elle ôta la robe, les bas de soie et tout le reste, et se sentit tout de suite plus à l'aise, toute nue. Elle revint dans son bureau, posa son verre et entra *Tawny* dans le moteur de recherche de son ordinateur.

Certains noms ont leur mystère. Tawny semblait être l'un des pseudonymes favoris des starlettes de porno. Tawny Frogmouth était le nom anglais d'un oiseau australien, le podarge gris. Tawny était également le nom d'un lapin — un personnage de la littérature enfantine à qui était consacré un site pour les petits. Nombre d'appellations communes de végétaux et d'animaux comportaient l'épithète « tawny », de même qu'un vin de Porto, à la robe ambrée. Rien là-dedans qui puisse, a priori, avoir un rapport avec elle. Elle entra ensuite *Tawny Nashville* et tomba sur un restaurant grec ainsi que sur un site porno. Mais toujours rien qui ait à voir avec elle. Il s'agissait à l'évidence d'une méprise sur la personne. Gorman l'avait confondue avec quelqu'un d'autre.

Elle n'en était pas moins troublée par l'incident. Elle n'arrivait pas à oublier le regard lubrique de cet homme. Il avait immédiatement pensé au sexe en la voyant et cela la mettait mal à l'aise. Si elle avait été plus faible, si elle n'avait pas su mettre le holà aux grossières avances du personnage, la situation aurait pu mal tourner.

Elle remplaça *Tawny* par *Tony Gorman* dans le moteur de recherche. Mais le nom était très courant et le nombre de résultats, trop important pour s'y retrouver. Elle essaya quelques variantes : *Anthony Gorman, Tony Gorman Nashville, Anthony Gorman Tennessee*... Mais là encore, il y avait énormément de résultats. Comme elle était épuisée, elle remit sa recherche au lendemain, en se disant qu'elle aurait peut-être plus de chance en consultant les fichiers de police, auxquels elle avait accès ès qualités.

Elle éteignit son ordinateur et se cala dans son siège. Elle avait découvert le désir à un âge assez précoce. Ses parents, malgré toutes leurs défaillances, l'avaient traitée en adulte dès qu'elle avait été en âge de se faire une idée de la question. Lorsque son corps avait commencé à se former et que, de grande perche aux allures de garçon manqué, elle s'était muée à quinze ans en jeune fille désirable, elle avait pu constater qu'elle attirait nombre de regards libidineux et d'attentions inopportunes d'hommes plus âgés, la plupart du temps. En quelques semaines, elle était passée du statut de gamine à celui de jeune nymphe. Dès lors, ses camarades garçons, qui l'avaient toujours traitée comme un des leurs, s'étaient mis à l'éviter. Elle avait trouvé cela injuste et avait commencé à sortir avec des garçons plus âgés qu'elle.

Elle avait perdu sa virginité à dix-sept ans, dans les bras d'un ami de son père avec qui elle vivait une histoire d'amour. Il était professeur de lettres classiques à Vanderbilt. James Morley… Un homme séduisant et raffiné. Il était mort d'une crise cardiaque quelques années plus tard et elle en avait éprouvé un vif chagrin.

Au cours des années qui suivirent, elle avait eu de brèves liaisons — tantôt avec des amants de son âge à qui son appétit sexuel faisait peur, tantôt avec des hommes plus mûrs qui voulaient la protéger et l'accaparer. Mais jamais aucune attache sérieuse, de son côté du moins.

Baldwin était le premier homme qu'elle aimait sincèrement. Elle l'aimait comme elle n'aurait jamais cru qu'elle pourrait aimer un homme. Elle qui avait longtemps raillé les grands sentiments, elle aimait soudain de tout son cœur. C'était une sensation nouvelle, merveilleuse et vertigineuse à la fois. Baldwin possédait bien des points communs avec son premier amant : la culture, l'ouverture sur le monde, l'intelligence, la beauté. Mais il différait de Morley en ce qu'il n'était pas un homme marié. Il était honnête et sincère. Avec lui, pas d'infidélité à redouter, de cachotteries. Elle n'aurait jamais besoin de fouiller sournoisement dans ses courriels ou dans son portefeuille, elle n'aurait qu'à poser franchement la question, sachant qu'il ne lui mentirait pas.

Sans doute cette certitude quant à la sincérité de Baldwin, cette confiance absolue était-elle à la base de l'amour qu'elle éprouvait pour lui et la raison pour laquelle elle s'offrait si totalement à lui.

Elle vida son verre de chianti, éteignit la lumière et quitta son bureau.

Elle avala par précaution deux Advil et but cinq tasses d'eau froide, dans l'espoir d'éviter les maux de tête que ses petits excès de boisson de la soirée pouvaient lui valoir. Elle ne consommait le vin qu'avec modération, mais il lui arrivait quand même de souffrir de fortes migraines après certains repas plus copieux que d'habitude et plus arrosés.

Elle se coucha. Son lit était chaud et moelleux et elle sentit le sommeil la gagner sur-le-champ. Quelques images de la soirée défilèrent encore dans sa tête — le sourire lubrique de ce Tony Gorman, les serveurs qui papillonnaient avec leurs plateaux chargés, les vieilles coquettes qui arboraient toutes le même lifting. Il ne lui fallut qu'une ou deux minutes pour sombrer dans le sommeil.

Ce fut la sonnerie du téléphone qui la réveilla. Il faisait encore nuit. D'instinct, elle tendit la main vers le Glock sous l'oreiller de Baldwin et décrocha.

— Allô ?

Pas de réponse. Un silence pesant au bout du fil, au point qu'elle se demanda si elle n'avait pas rêvé cette sonnerie. Puis elle entendit quelqu'un respirer dans le récepteur.

Elle raccrocha brusquement. Le téléphone se remit aussitôt à sonner. Sur l'écran s'affichait la mention « NOM INCONNU — NUMÉRO INCONNU » en caractères verts spectraux. Elle décrocha de nouveau, cette fois, un peu mieux réveillée.

— Oui ?

Un rire masculin se fit entendre. Ce n'était pas Tony Gorman, de cela elle était certaine ; c'était un tout autre timbre de voix. Puis la communication s'interrompit.

Taylor garda le téléphone plaqué contre son oreille pendant un petit moment, comme fascinée par la faible tonalité de la ligne. Puis elle le reposa soigneusement sur son support et se redressa, glissant un coussin derrière son dos. Elle savait qu'il ne fallait pas allumer la lumière : si l'homme était dans les parages, il la verrait et ne la lâcherait plus de la nuit. Il ne fallait pas qu'elle s'endorme non plus. Elle caressa la crosse du Glock pour se rassurer, en se disant qu'il n'y avait sans doute pas grand-chose à craindre. Un petit plaisantin qui s'amusait à appeler la nuit au hasard pour faire peur aux gens.

Elle aurait quand même bien voulu savoir de qui il s'agissait.

13

Il était tard. Extrêmement tard… Un coup d'œil à sa montre indiqua à Baldwin 2 heures du matin. Il se demanda si Taylor dormait ou jouait au billard. C'était pour elle l'heure du loup, le moment de la nuit où elle pouvait se réveiller en sursaut et se mettre à tourner en rond, mentalement comme physiquement. Elle réfléchissait trop.

Il fut tenté de l'appeler, mais préféra ne pas prendre le risque de la réveiller. Il décida plutôt de boire un café.

Dans le bureau d'à côté, Garrett était au téléphone, essayant d'obtenir auprès de tel ou tel service secret des renseignements pouvant leur servir à localiser le tueur en série nommé Aiden.

L'entrée exiguë donnait sur une cuisine à peine plus grande. Deux cafetières étaient pleines et Baldwin se servit une tasse qu'il sirota en revenant dans son bureau.

Il s'était promis de retrouver l'homme au plus vite. Le chasseur était devenu gibier et Baldwin menait la meute. Même si ses yeux commençaient à fatiguer à force de lire des milliers de lignes de données minuscules, il sentait qu'il était près du but et repoussait d'heure en heure le moment d'aller se coucher.

Son instinct lui disait qu'Aiden allait suivre un itinéraire bien précis. Il lui fallait donc apprendre avant tout d'où il était parti. Après vérifications, l'Italie, l'Allemagne et l'Angleterre avaient été écartées de la liste des lieux d'embarquement possibles. Les pays d'Amérique latine constituaient également des points de départ non pertinents : Aiden aurait pu être engagé au Venezuela ou au Chili, bien sûr, mais cela semblait peu probable car, un mois auparavant, il se trouvait encore en Europe. De plus, il ne travaillait guère dans cette partie du globe, ayant plus de mal à se fondre dans la population locale que dans les pays européens.

C'était un drôle d'oiseau. Cela faisait six ans qu'il avait été repéré par l'OA. Après une enfance solitaire, au cours de laquelle il avait parcouru le monde avec son père diplomate, il s'était irrémédiablement brouillé avec ce dernier et engagé dans l'armée. Il s'y était d'abord distingué et avait reçu une formation de tireur d'élite. Puis il avait commencé à faire des siennes. Après trois ans passés sous les drapeaux, il avait été rendu à la vie civile pour conduite inadmissible.

Il avait disparu pendant un certain laps de temps avant de refaire surface comme tueur à gages. Certains de ses camarades de régiment parmi les moins recommandables l'avaient introduit dans le circuit très fermé des assassins d'Etat. Il n'avait pas tardé à prendre de l'envergure et il était devenu un spécialiste sur qui l'on pouvait compter pour abattre un homme à longue distance. Un talent précieux pour des employeurs très spéciaux.

Bien vite cependant, il s'était lassé de travailler pour les services secrets du monde entier et avait accepté des contrats privés, se mettant au service de commanditaires mafieux qui faisaient exécuter les gêneurs, dans le but d'envoyer des messages à leurs concurrents. Grâce au garrot en argent si caractéristique, la signature était lisible et le message, plus que limpide.

Pour finir, pris au piège du sang qui appelle toujours

plus de sang, il s'était mis à tuer pour le plaisir. De tueur à gages, il était devenu tueur en série. L'OA le surveillait du mieux qu'elle le pouvait, comptant sur ses correspondants dans le monde entier pour la seconder.

Baldwin savait combien l'homme était dangereux. Il savait aussi que, à cause de cela, il devait être localisé à tout prix, et vite... Car sinon des innocents allaient encore mourir.

Il avait établi une liste de pseudonymes et d'alias utilisés par Aiden et l'avait transmise à l'Association internationale du transport aérien, l'IATA. Celle-ci procédait à son tour très obligeamment à un contrôle de ces noms sur leurs bases informatiques et transmettait au FBI les données personnelles qui correspondaient aux paramètres indiqués.

Baldwin posa sa tasse encore à moitié pleine sur le bureau et se remit à passer au peigne fin les centaines de pages qu'il avait sous les yeux, parcourant les listes de noms des passagers, vérifiant les provenances des vols, les dates de départ, le nombre de voyageurs par réservation. Il cherchait un homme qui voyageait seul, n'achetait que des billets aller simple ou des billets à date de retour modifiable. Il pensait que, quitte à commencer par quelque chose, autant que ce soit par la plus simple, il serait toujours temps de se compliquer la tâche.

Il était 4 heures lorsqu'il finit par repérer ce qu'il cherchait. Il ouvrit le dossier qui contenait le huitième rapport et le nom lui sauta aux yeux.

— Je te tiens ! murmura-t-il satisfait.

MERCREDI

14

Taylor avait fini par s'endormir au milieu de la nuit, malgré sa ferme intention de rester éveillée jusqu'au matin. La mauvaise impression laissée par les appels téléphoniques qu'elle avait reçus s'était dissipée dans la douce chaleur que venaient lui prodiguer les rayons du soleil, à peine filtrés par ses stores entrouverts. Elle se demanda brièvement si elle n'avait pas rêvé… Mais non : elle enserrait toujours la crosse de son revolver.

Le poste de télévision installé dans sa chambre s'alluma, déversant bruyamment dans ses oreilles les premières nouvelles du jour. Elle baissa le volume, s'enroula dans ses draps, en proie à son sempiternel débat matinal : se lever tout de suite ou traîner encore un peu au lit. Mais avait-elle vraiment le choix, ce matin ?

Elle reposa l'arme sous l'oreiller, s'étira et enfila un pantalon de yoga. Elle partait en direction de la salle de bains, quand elle entendit ces mots, à présent familiers :

« 911, je répète : quel est votre problème ?

— Je crois que ma sœur est morte !»

La voix brisée de Michelle Harris s'échappait en sourdine du téléviseur.

Taylor revint s'asseoir sur son lit et écouta le reste de l'enregistrement, lisant le texte qui défilait sur l'écran au fur et à mesure. Elle ferma les yeux et se frotta les paupières. Les médias allaient faire leurs choux gras de cette affaire, tant qu'ils n'auraient pas trouvé quelque chose de plus croustillant.

Puis la voix se fit de nouveau entendre, différente. Taylor se redressa. Il s'agissait cette fois d'une interview. La jeune femme s'empara de la télécommande et augmenta le volume sonore.

Michelle Harris apparut sur l'écran vêtue d'un chemisier blanc qui lui donnait l'air encore plus pâle. Ses pommettes saillantes accentuaient les cernes sombres qui bordaient ses yeux. Ses lèvres étaient exsangues et ses cheveux, coiffés en une queue-de-cheval si tendue qu'on aurait dit qu'ils allaient se détacher de leurs racines. Elle avait l'air totalement ravagée par le chagrin.

— Mademoiselle Harris, quand avez-vous vu votre sœur pour la dernière fois ?

— Vendredi dernier. Nous avons bu un café au Starbucks après notre entraînement de tennis.

— Et vous ne l'avez jamais revue en vie depuis ?

— Non. Quand je l'ai revue, elle était… elle était morte.

La voix de Michelle se brisa sous l'émotion, mais ses yeux demeurèrent secs.

— Et vous…

Michelle interrompit la journaliste.

— Nous vous traquerons partout, s'écria-t-elle tout à coup face à la caméra, s'adressant à l'assassin. Nous vous tuerons à notre tour, s'il le faut ! Vous ne vous en sortirez pas…

Puis elle se mit à pleurer. La journaliste fit un signe discret et un clip publicitaire succéda aussitôt à l'interview.

Taylor appuya rageusement sur la télécommande et le téléviseur s'éteignit. Ils avaient bien besoin de ça ! Michelle Harris sur une chaîne de télé nationale…

Contrariée, elle descendit dans la cuisine, en frottant ses yeux encore ensommeillés. Elle était affamée et se versa un plein bol de céréales, auxquelles elle ajouta du lait.

Elle déposa un sachet de thé et une cuillerée de miel au fond d'une tasse, y ajouta là aussi une goutte de lait et noya le tout dans l'eau bouillante. Elle resta un moment près de l'évier, regardant son jardin par la fenêtre.

Un gros lapin de garenne se trouvait sur sa pelouse, grignotant du trèfle. Taylor en vit un autre non loin, posté dans un fourré, en alerte, sans doute le mâle faisant le guet pour la femelle ou l'inverse. La perspective de voir bientôt apparaître une flopée de lapereaux la fit sourire. Elle observa l'animal, tandis qu'il se rapprochait lentement de son congénère par petits bonds, plongeant le nez dans l'herbe au passage. Soudain il se figea et dressa les oreilles, tous les sens en alerte. Puis il détala, effrayé, avec une précipitation qui fit battre plus fort le cœur de Taylor. Qu'est-ce qu'il avait senti ? Un chien ? Elle entendait de lointains aboiements rompre le silence. Elle regarda plus attentivement l'endroit de la pelouse qu'avait déserté le lapin et y aperçut une masse sombre.

Elle posa son bol dans l'évier, alla jusqu'à la porte de derrière et fit un pas sur la terrasse. Elle entendit aussitôt l'alarme se déclencher. Zut ! Elle avait oublié de la désactiver ! Elle revint précipitamment dans la maison et composa le code sur le boîtier de commande. L'appareil émit un son rauque et plusieurs voyants passèrent au vert. Le vacarme cessa. Le système était désactivé.

Taylor ressortit dans son jardin et foula pieds nus le gazon trempé de rosée. La chose se trouvait à une dizaine de mètres sur sa droite, face à la fenêtre de sa cuisine.

Elle s'en approcha, reconnut aussitôt l'odeur de la décomposition, entendit le bourdonnement des mouches. C'était une boule de poils fauves ensanglantés. Elle reconnut la queue ronde d'un lapin, vit que la pauvre bête avait été écorchée : sa peau était retournée comme un gant. Un mince fil de fer lui enserrait le cou, pénétrant bien profondément la chair. Les extrémités de ce collet étaient nouées l'une à l'autre, comme un lien scellant un paquet de pain de mie.

Elle se mit à grelotter. Son T-shirt était trop fin pour la protéger du froid et elle se frotta les bras pour se réchauffer un peu. Ce lapin mort était un message. Peu importait, dans l'immédiat, de savoir qui la menaçait ainsi — probablement celui qui l'avait appelée pendant la nuit. Non, ce qu'il importait de savoir, c'était *pourquoi*. Le « Prétendant » lui semblait trop raffiné pour une si grossière mise en scène, mais il se pouvait aussi que les profileurs l'aient surestimé.

Elle ne toucha pas la carcasse. Il fallait au contraire la protéger. Faire en sorte qu'elle demeure intacte et à l'abri des chiens ou des chats du quartier qui seraient tentés de venir jouer les charognards. Il fallait préserver l'intégrité du message, afin que les techniciens du laboratoire de police scientifique puissent y prélever des indices.

Elle fit le tour de la maison, en quête d'un objet adéquat. Le couvercle de la poubelle était trop plat. Elle repéra un pot de fleur où un hortensia avait fané et qui semblait assez large. Parfait… Elle le vida et revint au lapin mort. Elle disposa soigneusement le pot par-dessus et estima que cela ferait l'affaire pendant une heure.

S'imaginant que des yeux la guettaient de l'orée de la forêt, elle laissa la sépulture improvisée et rentra. Sa quiétude matinale était gâchée. Elle abandonna la tasse de thé sur le comptoir de la cuisine, s'habilla en vitesse et fonça au bureau.

*
* *

Elle trouva un nombre inimaginable de camionnettes des chaînes de télévision devant le CJC, leurs antennes satellites pointées vers les cieux.

Elle préféra donc se garer un peu avant, dans un autre parking, afin de ne pas se faire remarquer. Elle descendit dans la rue par la rampe d'accès tournante, faisant claquer les talons de ses santiags sur le béton. L'écho régulier de ses pas résonnait dans sa tête, apaisant.

Elle parvint à se glisser dans le bâtiment par la porte de service, sans être aperçue de quiconque. Les entrailles du CJC bourdonnaient de murmures et d'éclats de voix. Elle s'arrêta au distributeur de boissons pour prendre un Diet Coke, introduisit sa pièce d'un dollar dans la fente et attendit. La canette chuta dans le réceptacle avec un claquement sec. D'ordinaire, ce bruit résonnait dans le couloir. Ce jour-là, on l'entendait à peine.

Elle entra dans le bureau central et vit Lincoln Ross appuyé d'une fesse contre son bureau, entouré de sa cour. On aurait dit que la moitié des policiers du CJC étaient venus s'entasser dans les locaux de la brigade des homicides.

Son entrée fut saluée d'une cascade de « Bonjour, lieutenant ». Elle rendit les saluts d'un hochement de tête et croisa le regard de Lincoln qui s'illumina, lorsqu'il l'aperçut. Il se décolla de son bureau pour aller la serrer dans ses bras. Elle lui rendit son accolade, ravie de le voir sain et sauf. Son nouveau look le faisait ressembler à un pirate, avec son crâne lisse, sa barbe crépue et ses yeux pétillants de malice. Il ne lui manquait plus qu'un sabre d'abordage.

— Vous avez l'air en pleine forme, lieutenant. Vous avez fait bon voyage, avec le gars du FBI ?

— Oui, merci… Ça fait du bien de vous revoir, Linc ! Mais qu'est-ce qui nous vaut votre présence ici ?

Il lui adressa un grand sourire satisfait.

— Je vous ramène Terence Norton sur un plateau, pieds et poings liés !

— Pas possible ! Eh bien ça, c'est une bonne nouvelle, Lincoln ! Mais ça n'explique pas vraiment pourquoi tous les journaleux de la ville sont venus camper sur notre perron.

— C'est que j'ai arrêté son chef, aussi…

Il avait prononcé ces paroles avec une telle nonchalance que Taylor comprit tout de suite qu'il s'agissait d'une personnalité locale complètement inattendue.

— Allez, je donne ma langue au chat. Dites-moi tout… Qui est-ce qui tirait les ficelles ?

— Sidney Edgar.

Elle sursauta de surprise.

— King-Kong ?

— Lui-même.

— L'ailier des Tennessee Titans ? Vous vous moquez de moi…

Sidney Edgar, surnommé King-Kong, était un prodige du football américain, tout en force brute. Originaire d'Atlanta, ce joueur, qui officiait au poste de receveur écarté, avait propulsé l'équipe de Nashville vers le haut du classement du championnat. Du haut de son mètre quatre-vingt-seize, ce colosse aux muscles d'acier s'avérait dangereux dès qu'on le laissait approcher à moins de deux mètres du ballon. Hors des stades, c'était une autre affaire… Depuis qu'il avait rejoint les Titans, il avait couru plus de mille yards, ballon en main, et il avait eu huit fois maille à partir avec la police, toujours à la limite du délit caractérisé. Il fréquentait une bande de voyous qui passaient leur temps entre Atlanta et Nashville et se faisaient régulièrement arrêter en possession de drogue ou d'armes à feu.

Cependant, Taylor ignorait jusqu'à ce jour qu'ils étaient

en relation avec la bande de Terence Norton. C'est ce qu'elle dit à Lincoln.

— Nous ne le savions pas non plus, jusqu'à hier soir, répondit ce dernier. Sans me vanter, je crois avoir fait du bon boulot. Après le fameux dimanche soir…

Il adressa à Taylor un regard plein de sous-entendus et elle comprit aussitôt à quoi il faisait allusion : après la partie de crack, Lincoln avait été accepté par la bande.

— Bref, mon indic m'a appelé pour me dire que le boss allait arriver. Il a laissé son portable allumé pour que je puisse les entendre faire affaire et j'ai aussitôt appelé la cavalerie à la rescousse. Vous auriez vu ça ! Un flag' comme vous en avez tous rêvé ! King-Kong et Terence Norton les mains dans le crack…

Il était visiblement encore en pleine montée d'adrénaline, et Taylor trouvait qu'il en rajoutait dans la fausse modestie. Il avait pris bien des risques et affronté de grands dangers.

Le destin de Sidney Edgar était typique de celui des enfants qui grandissent dans la rue et connaissent dès leur plus jeune âge la violence… Fort heureusement, nombre de jeunes issus des quartiers défavorisés finissaient par s'en tirer à la force du poignet, par se ranger et donner un sens positif à leurs existences. D'autres se laissaient trop facilement séduire par les mirages du pouvoir et de l'argent.

Taylor pressa le bras de Lincoln.

— Vous avez fait votre rapport au capitaine ?

Il hocha la tête, alors elle ajouta :

— Bien… Dans ce cas, prenez votre après-midi. Allez vous reposer. Vous devez être complètement épuisé.

— Vous êtes sûre que vous n'avez pas besoin de moi, lieutenant ? Je me suis laissé dire que vous aviez du pain sur la planche.

— Sûre et certaine, Lincoln. C'est vrai que je vais

avoir bientôt besoin de vous, mais il n'y a pas à ce point d'urgence. Revenez-nous quand vous vous serez reposé. Détendez-vous, passez une bonne soirée… On se retrouve demain, ici… Ça vous va ?

— Ça me va. Merci !

Elle l'abandonna à la petite foule de ses admirateurs et se rendit dans son bureau. Marcus Wade l'y rejoignit quelques minutes plus tard.

— Bonjour, Marcus. Votre stage de formation continue s'est bien passé ?

— Il faut croire, puisqu'ils m'ont laissé mon badge et mon flingue ! Mon cinquième jour est prévu pour juin.

La semaine que tous devaient consacrer à la formation continue était, au sein des forces de police, unanimement considérée comme la plus fastidieuse de l'année. Il fallait retourner à l'école de police pour y refaire des gestes connus par cœur pour être pratiqués tous les jours. Inexplicablement, la vérification de l'aptitude au maniement des armes à feu n'avait lieu que quelques mois plus tard et consistait en une unique journée passée au stand de tir, qui suffisait en principe à renouveler le port d'arme.

— Le mien aussi, je crois, dit Taylor. On sera sans doute ensemble. Fitz vous a mis au courant pour l'affaire Corinne Wolff ?

Il acquiesça.

— Parfait… Mais avant toute autre chose, je voudrais que vous me rendiez un petit service…

Elle se pencha vers lui et continua à voix basse.

— J'ai rencontré quelqu'un qui m'a paru louche, hier soir. J'aimerais que vous vous renseigniez sur lui. Tout ce que vous trouverez à son sujet m'intéresse, compris ?

— Pas de souci, lieutenant. Qui c'est ?

— Tony Gorman. Son prénom à l'état civil est peut-être Anthony. Je n'en sais guère plus… C'est un nom très courant. Mais si vous piochez dans les fichiers des cartes grises, je pourrai l'identifier avec la photo. Ensuite, vous n'aurez plus qu'à voir s'il a des antécédents.

— Je suppose que je dois agir discrètement…

— Tout juste, Auguste ! Ce type était invité à un dîner de gala. Ça veut dire qu'il doit avoir de l'argent et des relations. Je suis parfaitement sûre de ne l'avoir jamais vu, mais, lui, il avait l'air de me connaître. Sauf qu'il m'a appelée Tawny. Et quand je l'ai envoyé paître, il a réagi comme si je jouais les saintes-nitouches…

— Tawny ? Ça fait nom de pute…

— Exactement. Et c'est bien ce qui me dérange… En plus, regardez…

Elle ôta son pull en coton et tendit le bras droit pour lui montrer l'intérieur de son biceps. Quatre bleus biens distincts y marquaient sa peau laiteuse.

— Pourquoi ne l'avez-vous pas arrêté ?

— J'y ai pensé… Mais s'il m'a pris, de bonne foi, pour quelqu'un d'autre, je n'avais pas vraiment de motif valable pour le boucler. Il s'est comporté comme un crétin arrogant, c'est tout. Et ce n'est pas encore un crime d'être con et lubrique. Mais il n'oubliera pas de sitôt notre rencontre… Je lui ai fait une clé à l'avant-bras. Quelques secondes de plus et je le lui cassais en deux… Je pense qu'il doit avoir un beau bleu, lui aussi.

Elle remit son pull.

— Vous pouvez compter sur moi, lieutenant. Je vais me renseigner discrètement sur ce loustic.

— Merci Marcus. Dès que vous aurez trouvé quelque chose, faites-le-moi savoir. Il s'agit sans doute juste d'une méprise de sa part… Mais j'aimerais en avoir le cœur net.

Elle n'était pas tout à fait sincère avec le jeune Wade. Gorman l'avait dévisagée comme s'il la connaissait intimement. Et son instinct lui disait que le sobriquet qu'il avait utilisé avait une signification particulière. Soit elle avait vraiment un sosie qui faisait commerce de sa personne, soit quelque chose de plus grave se tramait. Surtout si on y ajoutait le lapin mort sur sa pelouse…

— Encore une chose, Marcus…

Il avait déjà fait quelques pas vers la porte et se retourna.

— A votre service…

— Demandez à Tim Davis de filer chez moi. Quelqu'un m'a laissé un petit cadeau, ce matin, sur la pelouse… Un lapin mort. Il a été garrotté. J'ai recouvert sa carcasse d'un pot de fleur. Demandez-lui de faire un relevé d'indices…

Le jeune homme revint vers elle, le visage assombri.

— Quelqu'un a tué un lapin et l'a déposé dans votre jardin ? Vous êtes sûre ? Il aurait pu être pris dans un piège et avoir réussi à se traîner jusque-là…

Taylor revit la pauvre créature martyrisée, dépecée, le garrot serré autour de son cou. Un frisson lui parcourut le dos.

— Oui, j'en suis sûre.

Marcus la dévisagea d'un œil inquiet. Il referma la porte et s'assit face à elle.

— Tout va bien, en ce moment, chef? Vous avez l'air un peu…

D'un geste impatient, elle tira sur l'élastique qui retenait ses cheveux et le remit en place en le faisant claquer.

— Je vais très bien, Marcus… Vraiment. Les deux dernières journées ont été un peu chargées. Et quelqu'un m'a fait une mauvaise blague. C'est tout. Il n'y a pas de quoi s'inquiéter plus que ça…

Elle lui adressa un sourire qu'il ne lui rendit pas. Il se contenta de hocher la tête et se leva, sans la quitter du regard, avec une préoccupation visible.

— Je vous tiens au courant, finit-il par dire.

— Merci, Marcus.

Elle hésita avant d'ajouter :

— Pendant que vous y êtes, mettez ma ligne sur écoute. J'ai aussi reçu deux coups de téléphone suspects. Sans doute un mauvais plaisantin…

— Ça fait beaucoup de mauvaises blagues en bien peu de temps, lieutenant…

Dès qu'il fut parti, l'écran du téléphone s'illumina et Taylor reconnut le numéro de l'institut médico-légal.

Elle décrocha :

— Lieutenant Jackson à l'appareil.

— Taylor, c'est Sam. J'ai trouvé quelque chose qui devrait t'intéresser, au sujet de Corinne Wolff.

15

A première vue, la nouvelle n'était pas déterminante. Mais, étant donné la grossesse de la victime, elle n'était pas à négliger non plus. Taylor prit donc scrupuleusement en note les indications de Sam, pour être sûre d'avoir les conclusions de son rapport sous les yeux, puis elle raccrocha. Cela faisait d'autres questions à poser à Todd Wolff…

Elle consulta sa montre. 10 h 35.

Elle se leva précipitamment et fila, emportant avec elle le bloc-notes sur lequel elle venait de griffonner. Elle devait interroger l'homme pour la troisième fois et elle avait déjà cinq minutes de retard.

Elle retrouva Fitz à l'entrée de la salle d'interrogatoire n° 1. Il lui fit signe de la suivre dans la salle de photocopie où était centralisé le système vidéo qui permettait d'enregistrer tous les interrogatoires. L'antique moniteur était allumé, les caméras activées, captant les mouvements des deux hommes déjà installés. Todd Wolff était venu avec un avocat, cette fois. Ils étaient assis côte à côte, les bras croisés, sans échanger un mot. Ils avaient l'air impatients, légèrement agacés et inquiets. Parfait…

— Wolff a l'air nerveux, tu ne trouves pas ? dit-elle.

— C'est sûr qu'il n'a pas l'air de se marrer.

Taylor se dénoua les cheveux et entreprit de refaire sa queue-de-cheval.

— Je viens d'avoir Sam au téléphone. Il y a de nouveaux éléments, fort intéressants, qui méritent d'être discutés avec lui.

— Pour commencer, la direction de l'hôtel où il prétend avoir passé la nuit a déclaré qu'il n'était pas venu ce week-end. Ça fait déjà un premier bobard…

— Ah bon ? Bien… Est-ce qu'il y a moyen de savoir où il était, en retraçant ses appels avec l'aide de son opérateur de téléphonie mobile ?

— Le juge est en train de nous préparer le mandat nécessaire.

Il regarda le moniteur et ajouta :

— Tu crois que c'est lui, le coupable ?

— Je ne sais pas. Je veux d'abord jauger ses réactions quand je lui annoncerai ce que Sam vient de m'apprendre. On va voir ce que ça donne…

— Bon, alors allons-y…

Taylor hocha la tête et frappa contre le bois de la porte voisine avant d'entrer dans la pièce.

L'avocat se leva aussitôt, main tendue et large sourire aux lèvres. Sa peau était basanée, ses cheveux, poivre et sel clairsemés. Son gros nez épaté supportait sans peine le poids de ses fines lunettes cerclées de corne. Ses yeux légèrement exorbités étaient bleus, mais le blanc de l'œil était injecté de sang. Taylor ne put dire si c'était en raison d'un excès de boisson ou d'une allergie. Il lui serra la main, lui demanda si elle allait bien, fit de même avec Fitz, puis il éternua dans un mouchoir blanc brodé.

— Miles Rose. Ravi de vous rencontrer.

Todd Wolff resta sur son quant-à-soi. Taylor l'étudia. Etait-il trop accablé par son chagrin pour se forcer à avoir l'air cordial ? Ou bien était-il furieux d'être traité en suspect ? Il s'était fermé comme une huître depuis leur dernière conversation.

Chacun s'installa ; Fitz et Taylor s'assirent du même côté de la table, tandis que Rose reprit sa place derrière le coin de table qu'il avait aménagé en bureau de fortune, près de Todd qui scrutait le plafond d'un air absent.

Taylor regarda Rose vider sa serviette, attendit patiemment qu'il ait choisi un feutre très fin dans sa collection de stylos. Il posa le feutre sur un bloc-notes jaune et sourit.

— Je suis prêt, dit-il.

Amusée par toute cette mise en scène, Taylor lui demanda :

— Vous en êtes bien sûr ?

— Oh, oui ! J'ai tout ce qu'il faut là-dedans.

Il tapota avec son stylo sur son bloc-notes, avant de s'en frapper la tempe.

— Monsieur Wolff, commença la policière, j'aimerais reprendre notre discussion là où nous l'avons laissée hier. Nous nous interrogeons sur votre emploi du temps le jour de la mort de votre femme. Vous avez appris son décès alors que vous étiez à Savannah. C'est exact ?

Todd la regarda comme s'il la voyait pour la première fois.

— Je ne vois pas quelle importance ça peut avoir ! Est-ce que vous avez une piste dans l'enquête sur le meurtre de ma femme, oui ou non ?

— Nous essayons de cerner tous les aspects de cette affaire, monsieur Wolff. Faites-moi confiance. Vous étiez à Savannah quand vous avez reçu l'appel vous avisant du décès de votre femme, est-ce exact, oui ou non ?

Wolff détourna les yeux.

— Oui, c'est exact.

— Et vous avez mis un peu moins de six heures pour

faire un trajet qui en prend huit, normalement… Vous confirmez ?

— Oui.

— Pourquoi n'avez-vous pas pris l'avion ? Le trajet aurait été plus bref…

— Vous m'avez déjà demandé ça, dit Wolff en croisant les bras.

Rose se pencha sur la table et intervint :

— Mon client a appelé les compagnies aériennes, mais il n'a trouvé aucun vol disponible sans escale à Atlanta. Je ne sais pas, lieutenant, si vous avez déjà transité par l'aéroport d'Atlanta, mais je suis sûr que vous comprendrez que mon client ne voulait pas qu'un contretemps puisse compromettre son retour à Nashville au plus vite.

Taylor lui adressa un semblant de sourire, avant de se tourner de nouveau vers Wolff.

— Et vous n'avez pas été contrôlé par la police de la route ? Vous n'avez rien qui puisse prouver que vous étiez à telle heure à tel endroit ? J'ai déjà fait le trajet par la route de Savannah à Nashville. Et je maintiens qu'il faut huit bonnes heures, même en conduisant à 130 kilomètres/heure.

Todd secoua la tête et consulta Rose du regard avant de répondre.

— Non, je n'ai pas eu de contravention. Et je roulais bien plus vite qu'à 130, je peux vous l'assurer. J'ai failli avoir plusieurs accidents…

— Un ticket de caisse de station-service ? Avec une voiture comme la vôtre, il est impossible que vous ne vous soyez pas arrêté pour remplir votre réservoir sur une telle distance.

— Oui, bien sûr… J'ai effectivement fait le plein en route, mais je ne conserve jamais les tickets de caisse. Je me fie à mes relevés bancaires pour comptabiliser mes dépenses. J'ai une carte de paiement spéciale pour l'essence.

Comme ça, j'ai droit à des réductions d'impôt… Bref, je me suis arrêté dans un petit bled… Je ne me souviens plus de son nom, mais je pourrai vous fournir cette information quand j'aurai reçu mon relevé.

Il sourit pour la première fois, apparemment satisfait de sa réponse.

— C'est très bien, monsieur Wolff. Parce qu'on a déjà votre dossier bancaire… Ce ne sera donc pas difficile d'obtenir cette réponse sur-le-champ.

Elle se tourna vers le coin de la pièce où se trouvait une petite table garnie d'un téléphone. Elle appuya sur un bouton et activa le haut-parleur. La voix de Marcus se fit entendre dans la pièce :

— Qu'est-ce que je peux faire pour vous, lieutenant ?

— Je voudrais que vous examiniez les états des comptes bancaires de M. Wolff. Nous cherchons des débits effectués lundi sur sa carte essence, afin d'identifier les lieux où il s'est arrêté. Il nous a déclaré qu'il s'était arrêté dans une petite ville, mais ne se souvient pas de son nom…

— Pas de problème, lieutenant. Je vous rappelle dans deux minutes.

Elle raccrocha et regarda Wolff. Il était devenu blême.

— J'ai dit quelque chose qu'il ne fallait pas ? demanda-t-elle.

— C'est que… Je ne savais pas que…

Sa voix se perdit dans un murmure.

Rose intervint aussitôt.

— Tout ceci est parfaitement irrégulier, lieutenant ! Je ne crois pas avoir déjà vu un tel…

— C'est tout à fait régulier, au contraire. M. Wolff nous raconte des mensonges et j'aimerais bien comprendre pourquoi.

— Quand avez-vous eu des rapports sexuels avec votre épouse pour la dernière fois ?

Todd Wolff écarquilla les yeux.

— Quel rapport ça peut avoir avec sa mort ?

Il s'interrompit et se raidit sur sa chaise.

— Vous êtes en train de me dire qu'elle a été violée ?

Taylor ne répondit pas. Elle se cala sur son siège et consulta Fitz du regard. Ce dernier lui adressa un hochement de tête presque imperceptible.

— Monsieur Wolff, tout ce que je vous demande, c'est la date des dernières relations sexuelles que vous avez eues avec votre femme.

Miles Rose leva la main vivement.

— J'aimerais pouvoir m'entretenir en particulier avec mon client, s'il vous plaît.

— Il devrait vous être facile de répondre à cette question, dit encore Taylor. Je ne comprends pas votre silence.

Rose se leva.

— Ne répondez pas, Todd. Lieutenant, laissez-nous seuls, s'il vous plaît.

Elle attendit un instant, avant de hocher la tête. Elle coupa l'enregistrement audiovisuel. Fitz et elle se levèrent ensuite et sortirent dans le couloir. Rose referma la porte doucement derrière eux.

— On va suivre sur les moniteurs ? proposa Fitz.

— Oui…

Ils se rendirent dans l'autre salle et s'assirent l'un à côté de l'autre pour assister au spectacle, bien qu'ils n'aient pas le droit de brancher le son.

— Pourquoi refuse-t-il de répondre à cette question, à ton avis ? demanda Fitz.

— C'est bien ce qui m'intrigue… Ça ne devrait pas être un problème… C'est vrai que le frère nous a raconté qu'ils avaient eu une grosse dispute, mais c'était il y a un mois. Ils ont très bien pu se réconcilier entre-temps. A moins que…

Taylor voyait sur le moniteur qu'il n'y avait que Rose qui parlait. Todd ne réagissait pas, la tête plongée dans ses mains et les épaules courbées. Au bout de quelques instants, Rose leva les bras, visiblement exaspéré, puis il se tourna vers la caméra et leur fit signe de revenir.

Taylor haussa un sourcil, un tantinet surprise. L'avocat connaissait la musique.

Ils revinrent dans la salle d'interrogatoire, se rassirent et Taylor réenclencha l'enregistrement.

— J'ai conseillé à mon client de ne plus participer à cet interrogatoire, sauf si vous décidez sa mise en arrestation. Mais mon client n'est pas d'accord. Il souhaite continuer à répondre à vos questions. Je l'ai prévenu que ce n'était pas une bonne idée, mais il insiste. Je m'incline donc…

Les yeux de Todd étaient rougis, ses traits, creusés. Il regarda Taylor droit dans les yeux.

— Je n'ai pas tué ma femme, déclara-t-il.

— Ce n'était pas la question, monsieur Wolff. Je vous ai demandé la date de votre dernier rapport sexuel avec elle.

Elle croisa les bras et attendit. Todd était en proie à un douloureux débat intérieur.

— Corinne et moi n'avons pas eu de relations sexuelles pendant au moins une semaine avant mon départ pour Savannah.

— Vous seriez prêt à vous soumettre à une analyse ADN pour confirmer votre déclaration, monsieur Wolff ?

— Pourquoi auriez-vous besoin de mon ADN ? Je viens de vous dire que je n'ai pas fait l'amour avec elle récemment.

Taylor échangea un regard avec Fitz. Il lut ce qu'elle

voulait dans ses yeux et griffonna quelques mots sur son bloc-notes.

— Parce que vous ne nous dites peut-être pas la vérité, alors que les tests, eux, ne mentent jamais. L'autopsie, voyez-vous, a montré que Corinne avait eu un rapport sexuel peu avant sa mort.

Todd la fixa avec intensité, la mâchoire frémissante, les dents serrées. Il s'efforçait de masquer son émotion, mais n'y parvenait guère. Taylor jugea cette réaction physique plus intéressante que tous ses mensonges et toutes ses dénégations. Et s'il avait effectivement tué sa femme ? Un mensonge concernant leurs relations sexuelles constituerait un excellent point de départ pour leur enquête.

Elle décida d'enfoncer le clou, pour voir jusqu'où elle pouvait le pousser.

— Votre femme avait-elle une liaison extraconjugale ?

Wolff tressaillit.

— Non. Bien sûr que non. Vous avez dû vous tromper... En fait, nous avons fait l'amour juste avant mon départ...

— Vous venez de nous dire le contraire...

— Je me suis trompé. C'était la nuit précédant mon départ. Je suis extrêmement perturbé, lieutenant. Vous devez le comprendre, je pense. Les petits détails ne sont pas très clairs, dans mon esprit.

— Parfait, monsieur Wolff. Comme vous voudrez. Nous allons prélever un échantillon de votre ADN dès la fin de cet entretien. Parlons d'autre chose, maintenant. Est-ce que votre femme prenait des médicaments ?

Le changement de sujet le prit au dépourvu. Il s'enfonça dans son siège, les yeux plissés par la méfiance. Puis il répondit :

— A ma connaissance, elle prenait des vitamines prénatales et un peu d'acide folique. Il lui arrivait de prendre du

Tylenol quand elle avait mal à la tête ou qu'elle se foulait un muscle au tennis. Sinon, elle était extrêmement saine. Elle faisait attention à ce qu'elle mangeait, même quand elle n'était pas enceinte. Mais si vous avez fouillé la maison, vous avez dû vous en rendre compte par vous-même.

Le pack de lait bio sur le comptoir de la cuisine revint à l'esprit de Taylor. Ça, au moins, c'était cohérent.

— Sachez cependant qu'on a trouvé une quantité importante de benzodiazépine dans son organisme.

— De quoi ?

— Une benzodiazépine nommée lorazépam. C'est un anxiolytique qui ne se délivre que sur ordonnance. Ce produit est vendu sous la marque Ativan. On en a retrouvé une dose thérapeutique dans son système sanguin.

Todd secouait la tête avec dédain.

— C'est impossible !

— Malheureusement, si. Elle en prenait depuis plusieurs semaines, selon le médecin légiste. Vous êtes sûr de n'avoir rien remarqué ? Elle ne vous a jamais confié qu'elle se sentait nerveuse ou qu'elle allait consulter un psychiatre ? Elle ne vous a jamais parlé de cette ordonnance ?

— Non. Elle ne prenait pas de médicament de ce genre, je l'aurais su. Tenez, elle ne buvait même plus de café depuis qu'elle était enceinte. Il est inconcevable qu'elle ait pris consciemment un produit aussi puissant sans m'en parler d'abord.

— Comment s'appelle l'obstétricien qui suivait sa grossesse ?

— Katie Walberg. A l'hôpital baptiste. Elle la suivait, comme gynécologue, depuis des années. Elles s'entendaient très bien. Vous pouvez lui demander, elle vous confirmera ce que je vous dis. Non, c'est impossible… Si elle avait été angoissée, elle m'en aurait parlé. Vous pouvez me croire.

Il croisa les bras en serrant les dents. Taylor reconnut

ces signes. Il se mettait sur la défensive et cela signifiait qu'il leur cachait quelque chose.

— Nous ne manquerons pas de contacter le Dr Walberg. Il semble, monsieur Wolff, que votre épouse faisait plus d'une chose dont vous n'étiez pas informé. Avez-vous quelque chose à ajouter avant que nous ne nous mettions à fouiller dans tous les recoins de votre vie ? Parce que, croyez-moi, plus vous nous mentez, plus vous vous enfoncez. Si vous nous dites la vérité, je prendrai votre défense. Mais si vous cherchez à nous tromper, je ne vous laisserai pas une seconde chance. Vous comprenez ce que je vous dis ?

Todd la regarda dans les yeux et hocha la tête.

— L'hôtel dans lequel vous êtes censé avoir passé la nuit n'a conservé aucune trace de votre passage.

Todd consulta d'un œil hagard son avocat. Rose frappa la table du plat de la main.

— Bon, c'est terminé, lieutenant ! Inculpez-le si vous voulez, mais si vous ne le faites pas, nous nous retirons.

Taylor laissa le silence s'installer dans la pièce avant de répondre :

— Très bien. Restez assis où vous êtes. Un technicien de la police scientifique va venir effectuer un prélèvement d'ADN sur M. Wolff. Pendant ce temps, je vais appeler le Dr Walberg.

Fitz et Taylor se levèrent d'un même mouvement et laissèrent les deux hommes seuls dans la salle.

— Bien joué, dit Fitz. Il en a pris plein la gueule.

— Il a déjà modifié sa version. Donnons-lui un peu de temps, pour voir s'il n'en changera pas encore.

Ils se séparèrent dans l'entrée, Fitz pour s'occuper du prélèvement d'ADN et Taylor pour téléphoner au médecin de Corinne. Marcus était installé à son bureau, le téléphone plaqué contre l'oreille. Elle s'assit sur la chaise qui faisait face au bureau et attendit qu'il ait terminé sa conversation.

Il marmonnait, griffonnant à toute vitesse sur une feuille de papier. Au bout de quelques instants, il remercia son interlocuteur et raccrocha. Puis il adressa un bref regard à Taylor, avant de lui tendre la feuille de papier.

— Il faut qu'on arrête Todd Wolff, dit-il simplement.

16

Taylor lut et relut le feuillet que Marcus venait de lui tendre. Il avait raison : elle devait arrêter Todd Wolff. Il n'était pas rare que des suspects nient des évidences ou dissimulent les détails les plus insignifiants — et dans le genre, Wolff leur avait déjà débité son lot de mensonges ! S'il n'y avait pas encore de preuve flagrante qu'il avait tué Corinne, Taylor disposait cependant là d'un élément qu'elle pouvait utiliser pour demander sa mise en examen et son arrestation.

— Qui a trouvé ça ?

— Tim Davis. Il vient de nous faxer son rapport. Je l'ai appelé pour vérifier. Il se trouve chez les Wolff en ce moment même. Il est en train de repasser la maison au peigne fin. Il m'a dit qu'il rappellerait s'il trouvait du nouveau.

Taylor lut le rapport une troisième fois, s'arrêtant sur le passage que Marcus avait surligné en rose.

Des traces de sang ont été trouvées à deux endroits du véhicule de l'époux de la victime. Le premier ensemble de gouttes de 2 millimètres de diamètre a été prélevé sur le levier de vitesse de la Lincoln Navigator 2006, carrosserie noire, immatriculée au nom de Theodore Wolff. Un deuxième ensemble de gouttes de 5 millimètres de diamètre a été trouvé sur le coin intérieur gauche de la boîte à outils intégrée à l'arrière du véhicule. Ces deux ensembles ont été prélevés afin d'être soumis à une analyse ADN. Un test initial montre qu'ils appartiennent au groupe sanguin A positif, le même que celui de la victime, Corinne Wolff.

Tiens, tiens… Le sang de Corinne dans la voiture de son mari… En fait, il fallait attendre les résultats des analyses ADN pour déterminer avec certitude qu'il s'agissait bien du sien. Et, même dans ce cas, il y avait toujours la possibilité que ces traces soient anciennes et n'aient aucun rapport avec le meurtre. Mais enfin, cet indice tombait à pic. A lui seul, il suffisait amplement pour que le parquet délivre un mandat d'arrêt et qu'un grand jury se réunisse pour examiner la mise en accusation de Todd Wolff. La découverte d'une preuve matérielle constituait le premier pas d'une procédure solide, mettant souvent un terme aux mensonges dans lesquels s'enferraient les suspects.

— Qu'allez-vous faire, maintenant ? demanda Marcus en s'enfonçant dans son fauteuil.

Il avait de l'allure, installé comme cela derrière le bureau du chef !

Taylor tapota sur le rebord de bois usé. Cela faisait un bout de temps qu'elle ne voyait plus que rarement son bureau sous cet angle, même si elle s'était assise sur ce siège pendant des années lorsqu'elle venait, simple inspecteur, faire son rapport à son supérieur du moment. Le bois était fendu à deux endroits et les plus récents dégâts semblaient provenir du frottement d'une chaise contre le bord. Elle passa le doigt sur la zone endommagée. Elle appréciait le changement de perspective : cette position inversée lui donnait l'impression d'être revenue au bon vieux temps de ses débuts dans la police.

— Eh bien, Todd se trouve déjà dans nos locaux. Fitz s'occupe du prélèvement ADN. Il faudra demander au labo de procéder à une empreinte sanguine accélérée, afin de s'assurer que son groupe sanguin n'est pas aussi A positif. Ensuite nous pourrons demander à ce qu'un mandat d'arrestation soit délivré. Julia Page pourra alors convoquer le grand jury. Avant cela, il nous faut davantage de renseignements sur les traces de médicament retrouvées dans l'organisme de Corinne. Vous dites que Tim et toujours sur place ?

— Oui. Il voulait procéder à une nouvelle perquisition avant que nous n'ôtions les scellés, pour s'assurer qu'il n'a rien raté pendant la première.

Le téléphone se mit à sonner. Marcus jeta un coup d'œil sur l'écran.

— Quand on parle du loup… C'est Tim Davis. Tenez…

Il décrocha le récepteur et le tendit à Taylor.

— Lieutenant Jackson à l'appareil, dit-elle.

— Salut, lieutenant. Tim… Je suis chez les Wolff et j'ai trouvé quelque chose que je voudrais vous montrer.

— Marcus vient de me remettre votre rapport sur les indices biologiques que vous avez trouvés dans la voiture du mari. Il y en a d'autres du même genre dans la maison ?

— Non. J'ai déjà prélevé tous les indices biologiques susceptibles d'être utiles à l'enquête. C'est quelque chose d'autre… En fait, il faudrait que vous veniez voir ça par vous-même. C'est au sous-sol.

Tim n'était pas du genre fantaisiste. S'il estimait que Taylor devait le rejoindre sur la scène de crime, c'est qu'il avait une bonne raison de le faire.

— J'arrive, Tim. Attendez-moi là-bas.

Elle raccrocha, se leva et s'étira.

— Bon, Marcus, j'aimerais que vous me rendiez un service. Je voudrais que vous appeliez le Dr Katie Walberg pendant que je file chez les Wolff. Essayez de me prendre un rendez-vous avec elle pour aujourd'hui. Je vous dirai pourquoi plus tard.

Elle grimpa dans la première Impala banalisée qu'elle trouva et fonça vers l'ouest de Nashville. Elle traversa le fleuve par le pont de Woodland Street et s'engagea sur la nationale. Ce serait plus rapide par cet itinéraire. Tout en roulant, elle vit le soleil disparaître derrière de gros nuages noirs qui peuplaient l'horizon.

La circulation était fluide. Son portable sonna. C'était Marcus.

— J'ai deux choses à vous dire, lieutenant. D'abord, j'ai appelé le Dr Walberg, mais elle n'a pas pu rester longtemps en ligne : elle était en plein accouchement. Elle m'a confirmé que Corinne Wolff était bien une de ses patientes. Mais elle ne peut rien nous communiquer sans un ordre écrit du tribunal. Elle était très aimable, mais il faut qu'elle agisse dans les règles pour ne pas avoir d'ennuis. J'ai déjà déposé une demande de mandat à cet effet. Elle m'a dit qu'elle rappellerait après l'accouchement et que, tant que la procédure légale était respectée, elle serait heureuse de vous rencontrer.

— Parfait. Je passerai la voir sur le chemin du retour, quand j'en aurais fini chez les Wolff.

— Je peux m'en charger à votre place, vous savez. Ça vous évitera de cavaler à droite et à gauche pour un simple travail de routine.

Elle sourit. Marcus savait la prendre par les sentiments.

— Je sais tout ça, Marcus, et je vous remercie de votre proposition. Mais ça me fait du bien de bouger…

— Je vous comprends. Ce n'est pas tous les jours facile d'être chef, hein chef ? Je m'occupe du mandat et je préviens le parquet. Ensuite, je me remets aux recherches sur votre gars d'hier soir. De ce côté-là, je n'ai rien trouvé pour l'instant, mais je viens seulement de commencer. J'ai dû passer une bonne partie de la matinée à m'occuper de l'affaire Wolff. Ah, il y a autre chose… Le lapin…

— Ah oui… Tim ira s'en occuper plus tard.

— Il a envoyé Keri McGee. Elle vient d'appeler. Il n'y a pas de lapin.

— Bien sûr qu'il y en a un ! Je l'ai vu. Je l'ai recouvert d'un pot de fleur. Vous êtes sûr qu'elle est allée à la bonne maison ?

— Oui, oui, c'était la bonne maison. Le pot de fleur a été déplacé et le lapin n'y était plus. C'est peut-être un voisin qui l'a jeté, croyant bien faire.

L'explication était plausible, en effet. Mais alors pourquoi le duvet se hérissait-il soudain sur sa nuque ?

— Vous avez probablement raison, Marcus. Ça doit être ça. Je demanderai quand je rentrerai. Les gens d'à côté ont deux chiens qui ont dû faire du tapage en sentant l'odeur d'une carcasse. Remerciez Keri de ma part, pour le déplacement.

Elle raccrocha, prit la sortie qui donnait dans Charlotte Avenue et traversa Hillwood en direction du quartier où habitaient les Wolff. Elle s'engagea dans l'impasse et se gara derrière la camionnette de la police scientifique avec laquelle Tim était venu.

Le jeune agent était assis sur la balançoire du porche, immobile. Il se leva dès qu'il la vit sortir de son véhicule.

— Salut, dit-elle.

— Salut. Désolé de vous faire revenir ici, mais il faut que vous voyiez ça par vous-même, avant que je me mette à tout démonter.

— Démonter quoi, Tim ?

Il rougit et détourna les yeux.

« Oh, bon sang… Ces hommes du Sud, élevés dans les traditions… Ils ne parlent pas de tout devant les dames. »

Sa curiosité l'emporta sur son envie de le taquiner.

— Bon… Allez, montrez-moi votre découverte, si ça vous gêne d'en parler.

Il hocha la tête, tourna les talons et pénétra dans la maison. Il alla tout droit à l'escalier qui menait à la cave et descendit sans dire un mot. Comme la veille, l'air était frais et humide, avec des relents de moisi. Arrivée en bas des marches, Taylor vit le projecteur que Tim avait installé, l'ampoule de cinq cents watts pointée vers l'un des murs.

Il se remit à parler, avec un débit plus rapide :

— J'étais en train de déplacer ces cartons, pour voir si je n'avais rien raté. L'un d'eux est tombé de cette pile… là…

Il désigna un carton dont le contenu était renversé sur la chape en béton. Des boîtiers en plastique transparents, du genre de ceux dans lesquels sont conditionnés les CD, jonchaient le sol.

— Ils faisaient du trafic de CD piratés ? Laissez-moi deviner… Il y a des cartouches de cigarettes, aussi.

Elle sourit pour faire comprendre à son collègue qu'elle plaisantait. Ce pauvre garçon était trop sérieux.

— C'est pire, lieutenant.

Il contourna le carton renversé et se dirigea vers le mur peint en noir. Il frappa sur la cloison. Elle sonna creux. Il poussa des deux mains et le mur tout entier pivota comme une porte et s'ouvrit sur une pièce obscure.

— Une chambre secrète. Super !

Tim haussa les épaules et s'engouffra dans la pièce, où l'air était sec. Ça ne sentait pas le moisi mais l'eau de

Javel. Il alluma la lumière et Taylor retint son souffle. Sa première impression fut de se trouver dans un studio de cinéma. Tim, silencieux, lui laissait le temps de bien comprendre.

Au centre de la pièce, qui mesurait sept mètres sur sept environ, se trouvait un lit double, avec des draps blancs et une couette écrue. De gros coussins venaient compléter le tableau. A droite, une étagère remplie de divers « accessoires » : des jouets sexuels, des fouets, une cagoule de dominatrice, un corset en latex, des bâillons à balle, des godemichés, des vibromasseurs…

Il y avait là de quoi garnir les rayons de tout un sex-shop — un repaire du vice dissimulé dans la cave d'un pavillon de banlieue. Taylor avait déjà eu l'occasion de voir ce genre d'attirail sur diverses scènes de crime. Ce qu'elle n'avait pas encore vu, c'était une salle complète, équipée de deux caméras vidéo professionnelles, d'une perche de preneur de son, de quatre micros directionnels et de projecteurs disposés aux quatre coins de la pièce.

— Vous croyez qu'ils faisaient du porno ? demanda Tim, d'une voix légèrement tremblante qui dénotait avec son flegme habituel.

Taylor fit le tour de la pièce.

— L'un des deux, en tout cas. Quoiqu'un endroit aussi bien aménagé soit difficile à dissimuler à son conjoint. J'aimerais inspecter ces cartons une nouvelle fois. Vous avez relevé les empreintes, ici ?

— Non. Je suis remonté dès que j'ai découvert la chambre secrète et je vous ai appelée.

— Il y a des étiquettes ?

— Oui, mais elles n'indiquent que des dates, qui remontent à quelques années, pour les plus anciennes.

Taylor soupira.

— Bon, eh bien dans ce cas, il va falloir qu'on relève

les empreintes sur tous ces objets. En attendant, je vais piocher un ou deux CD, les plus récents possible.

Elle jeta un coup d'œil circulaire autour d'elle avant d'ajouter :

— Je suis à peu près certaine que vous trouverez les empreintes de Todd et Corinne, dans cette cave. Mais j'aimerais savoir si vous en trouvez d'autres.

Elle fouilla dans les disques à l'aide d'un crayon, en choisit au hasard quelques-uns qui étaient datés de 2005 et 2008, puis attendit que Tim ait prélevé les empreintes sur leurs boîtiers. Elle partit ensuite pour l'hôpital baptiste, laissant Tim s'occuper d'obtenir du renfort. Il allait falloir un après-midi entier pour examiner dans son détail cet antre du péché. Combien d'autres secrets allait-on dénicher encore dans la vie, si lisse et parfaite en apparence, des Wolff ?

17

Le bureau du Dr Walberg était situé au sixième étage de l'hôpital. Taylor appuya sur le bouton « monter », à gauche d'une rangée de portes d'ascenseurs, et l'une d'elles s'ouvrit aussitôt en coulissant. Une fois dans la cabine, la jeune femme se regarda dans la cloison réfléchissante et laissa échapper un juron. L'humidité de la cave des Wolff, ajoutée à la menace d'orage qui planait dans l'air, avait fait friser ses cheveux. D'innombrables bouclettes ondulaient autour de son visage et le reste de sa chevelure n'était qu'une masse informe et hérissée. Elle défit sa queue-de-cheval et secoua la tête puis entreprit de se peigner avec les doigts. Elle se pencha en arrière, rassembla sa tignasse de la main gauche et remit son élastique en place. Lorsque les portes de l'ascenseur s'ouvrirent, elle était en train de se passer du baume sur les lèvres.

Une femme enceinte jusqu'aux yeux s'engouffra dans la cabine en se dandinant et gratifia Taylor d'un sourire las. Son ventre était si gros qu'il était difficile de remarquer autre chose chez elle. Taylor bloqua la porte de l'ascenseur pour lui laisser le passage. Au moins, elle ne s'était pas trompée de service…

— Je croyais que cette fois, c'était la bonne…, bougonna la femme. Ces fausses contractions, quelle plaie !

Taylor s'efforça de lui adresser un regard compatissant

tandis que les portes se refermaient, mais au fond, cette question ne l'intéressait pas. Elle n'avait jamais ressenti le désir d'être mère. Et, comme elle approchait des trente-six ans, il allait falloir qu'elle se pose sérieusement la question. Elle avait eu une fausse alerte, quelques mois auparavant, et ses réactions avaient suffi à la convaincre qu'elle n'était pas du tout prête.

Au sixième étage, elle longea un couloir sur quelques mètres et pénétra dans la suite 702. De l'autre côté de la porte se trouvait une grande pièce abritant de nombreux fauteuils confortables et des magazines pour jeunes mamans. Les deux hôtesses d'accueil levèrent les yeux en même temps vers elle.

Avant qu'elle ait prononcé le moindre mot, la femme de droite se leva et lui désigna une porte sur laquelle figurait la mention « PRIVÉ ». Taylor traversa la salle d'attente, ignorant les regards intrigués des patientes.

— Vous devez être la policière que le Dr Walberg attend…

— Comment avez-vous deviné ? lui demanda Taylor, en lui serrant la main et en lui tendant sa carte.

— Je connais toutes nos patientes et aucune nouvelle ne devait venir aujourd'hui ; le Dr Walberg est débordé et ne peut plus accepter de nouvelles patientes pour l'instant. Et puis, votre pistolet parle de lui-même… Elle vous attend. Allez-y.

L'hôtesse frappa à la porte avant de l'ouvrir. Une petite bonne femme aux cheveux gris, portant des lunettes sans monture, était assise derrière un imposant bureau en acajou.

— Docteur Walberg ? Le lieutenant Jackson est là.

Katie Walberg se leva de son siège avec une souplesse étonnante pour son âge, marcha jusqu'à la porte et serra la main de Taylor.

— Merci, Darlene.

Elle hocha la tête pour la congédier, puis referma la porte derrière elle.

— Bonjour, lieutenant. Je suis désolée de vous rencontrer dans des circonstances aussi tristes. En général, mon travail concerne le bonheur et la vie, pas la mort. Vous voulez boire quelque chose ?

— Non merci.

— Bien. Asseyez-vous. J'ai le dossier de Corinne Wolff. Votre collègue m'a faxé le mandat. Je suis donc libre de vous parler pour vous aider dans votre enquête.

— C'est très aimable à vous, docteur.

Taylor s'assit, croisa les jambes, posa les mains sur ses cuisses et entra dans le vif du sujet :

— Voici ma première question : avez-vous prescrit du lorazépam à Corinne ? Nous en avons retrouvé une dose thérapeutique dans son système sanguin.

— Oui, en effet.

Taylor fut prise au dépourvu.

— Ah bon ? Je croyais que les anxiolytiques n'étaient pas recommandés pour les femmes enceintes.

— Comparé à d'autres médicaments aux effets similaires, le lorazépam constitue le meilleur choix pendant une grossesse. Surtout au cours des trois derniers mois. Corinne souffrait de crises de panique. Elle m'a demandé de lui prescrire quelque chose qui ne soit pas trop fort pour l'aider à lutter contre. Je lui ai également indiqué une excellente psychologue. Elle suivait avec elle une thérapie du comportement.

— Personne n'était au courant ? Pas même son mari ?

— J'en doute. Corinne était terriblement embarrassée par ces… pertes de contrôle sur elle-même, comme elle nommait ses bouffées d'angoisse. Elle a toujours été une battante. C'était une sportive. Elle a même été une joueuse de tennis de classe internationale dans son adolescence. Dès cette époque, elle avait une présence d'esprit exceptionnelle, que je trouve rarement même chez des femmes deux fois plus âgées. Elle réussissait tout ce qu'elle entreprenait. Elle excellait. Examens, sport, garçons, tout lui souriait. Ces crises de panique la déstabilisaient complètement. Evidemment, je ne pense pas qu'elle prévoyait de se faire assassiner.

Le regard du médecin se fit triste.

— Vous la suivez depuis qu'elle est adolescente ?

— Oui. Même si sa mère ne le sait sans doute pas. Elle a commencé à me consulter juste après son seizième anniversaire, avant de passer à l'acte avec son petit ami du moment. Elle voulait que je lui prescrive la pilule et que je lui explique comment se servir correctement d'un préservatif. J'ai failli en rire, la première fois. Elle était si pragmatique dans ses propos… Mais on pouvait deviner qu'elle avait peur. Elle était ainsi, Corinne. Elle se refusait à montrer autre chose que son côté calme, rationnel, efficace.

— Sauf à vous…

Le Dr Walberg hocha la tête.

— J'ai été franche avec elle, ce jour-là. Je lui ai conseillé de ne pas coucher avec ce garçon. J'ai ajouté qu'elle aurait tout le temps de goûter aux plaisirs physiques. Le week-end suivant, elle perdait sa virginité…

Les traits du visage de Katie Walberg s'adoucirent. Elle esquissa un sourire et reprit :

— Cette fille était têtue comme une mule. Si vous lui disiez de ne pas faire une chose, vous pouviez être sûre qu'elle s'empresserait de la faire, par défi.

— Vous l'aimiez bien ?

— Oui. J'aimais à penser que nous étions amies en dehors de notre relation de médecin à patient. Elle était très amusante. Une fille comme elle, si active, si posée…

Elle me rappelait celle que j'étais au même âge, quand j'étais à la faculté de médecine et que j'y allais au culot. Corinne aurait pu faire beaucoup de choses, au lieu de se marier. Je n'ai rien contre, mais je la voyais faire mieux. Quel dommage qu'elle se soit casée !

— Et le lorazépam ? Quelle était la cause de ses crises de panique ?

Le médecin regarda par la fenêtre.

— Elle n'a pas voulu me le dire. Elle m'a juste décrit les symptômes. Elle n'arrivait plus à faire face. Elle m'a demandé si je connaissais un médicament qui pourrait l'aider. Mais elle ne m'a rien dit de ses problèmes, de ce qui n'allait pas dans sa vie. Et maintenant, on ne le saura jamais…

Katie Walberg ôta ses lunettes pour s'essuyer les yeux.

— Et la psychologue ? demanda Taylor.

L'obstétricienne rechaussa ses lunettes et haussa les sourcils.

— C'est le Dr Ellen Ricard. Son cabinet est sur Broadway, près du restaurant Arby's. Dans le même immeuble que la célèbre clinique Lasik du Dr Wang.

Elle griffonna un numéro au dos d'une carte de visite et la lui tendit.

— Tenez. Appelez-la. Ellen travaille généralement pendant toute la semaine. Il faudra que vous preniez un rendez-vous en dehors de ses heures de travail. Dites-lui que vous venez de ma part.

— Entendu. Merci.

Katie Walberg semblait tendue, un peu fébrile dans son fauteuil. Elle avait visiblement hâte de retourner à ses patientes. Taylor resta silencieuse un instant avant de lui demander :

— Docteur, vous m'avez dit que Corinne a commencé

à vous consulter à l'âge de seize ans. Après ce premier partenaire, vous a-t-elle parlé des autres ?

Katie Walberg fixa longuement la jeune policière, le front plissé comme si elle hésitait à prendre une grande décision. Taylor attendit sa réponse patiemment. Le médecin finit par sourire — des lèvres seulement, car son regard resta froid.

— Voici ce que je peux vous dire à ce sujet, lieutenant : Corinne aimait le sexe. C'est l'autre raison, en dehors de ses grandes aptitudes, pour laquelle son mariage, si jeune, m'a surprise. De la terminale à la fin de ses études universitaires, elle a toujours été hyperactive aussi sur le plan sexuel. Elle ne se donnait pas au premier venu, cependant. Elle pratiquait, d'une manière excessive peut-être, ce qu'on appelle la monogamie en série. Avant d'épouser Todd Wolff, elle a eu des dizaines de partenaires sexuels. Mais, à l'en croire, son mariage avec Todd a mis fin à cet appétit. Elle ne le trompait pas. Elle disait que ce serait vulgaire. Moi, j'espérais que ces bonnes résolutions indiquaient qu'elle avait acquis plus de maturité.

— Merci, docteur, votre aide a été précieuse. Je suis désolée que vous ayez perdu une amie…

Taylor se leva et lui tendit la main. Celle de Katie Walberg était sèche et froide au toucher.

— Revenez quand vous voulez, lieutenant. Si vous avez d'autres questions à me poser, vous savez où me trouver.

Taylor appela la psychologue dès qu'elle fut dans l'ascenseur. Si elle parvenait à la joindre, elle pourrait faire un saut à son cabinet sur-le-champ, car il se trouvait à deux pas du CJC. Au bout de quatre sonneries, un répondeur se mit en marche, l'invitant à laisser un message. Ce que fit la jeune femme, demandant à Ellen Ricard de la rappeler dès que possible.

Si Katie Walberg ne s'était pas trompée, Ellen Ricard ne la rappellerait pas avant 17 ou 18 heures, à la fin de sa journée de travail. Il était 16 heures. Elle avait donc le temps de regagner son bureau, d'y faire le point sur ce qu'elle avait appris, de vérifier que les techniciens de scène de crime en avaient fini avec la maison des Wolff et de se procurer un mandat pour accéder aux dossiers du Dr Ricard. Ensuite, elle pourrait se mettre à visionner les films qu'elle avait rapportés de chez les Wolff…

Le soleil était revenu et les nuages s'étaient dissipés. Il avait plu pendant qu'elle était à l'hôpital, assez fort à en juger par le ruissellement dans les caniveaux. L'air s'était rafraîchi : il devait faire cinq degrés de moins depuis la fin de l'orage. Elle grelotta en montant dans l'Impala.

Elle avait laissé l'autoradio réglé sur JACK FM et, lorsqu'elle mit le contact, elle put entendre l'une de ses chansons favorites, *Hungry Like The Wolf*, de Duran Duran. En reprenant à haute voix le refrain, elle tourna à droite dans Charlotte Avenue, passa sous l'autoroute 40 et déboucha sur la James Robertson Parkway. La chaussée était encore trempée. Il y aurait sans doute de nombreux accidents sur les nationales, ce soir.

Lorsqu'elle pénétra dans le parking du CJC, elle croisa des cohortes de fonctionnaires qui étaient en train de quitter les lieux, après leur journée de travail. Les locaux de la brigade allaient donc être calmes pendant la prochaine heure. Elle aurait peut-être même le temps d'appeler Baldwin, pour qu'ils parlent un moment tous les deux tranquillement. Elle aurait parié que la journée qu'il avait passée n'avait pas été aussi bien remplie que la sienne.

Elle emprunta l'escalier de service en souriant, glissa sa carte d'accès devant la borne magnétique et tira la porte dès qu'elle entendit le déclic du verrou. Elle s'arrêta devant le distributeur pour y faire l'emplette d'un Diet Coke, avant de franchir les vingt mètres qui la séparaient du local de la brigade des homicides.

Marcus et Lincoln étaient assis en silence à son bureau. Ils avaient la tête penchée l'un vers l'autre, comme des conspirateurs. Ils ne l'entendirent pas entrer. Leurs yeux étaient rivés sur l'écran d'un ordinateur portable posé sur la table de travail.

— Me voici, me voilà ! fit-elle.

Les deux hommes sursautèrent. Taylor leur adressa un large sourire. Ils ne le lui rendirent pas. Elle ne les avait jamais vus aussi sérieux. Et si lugubres.

— Il y a un problème, les gars ? Lincoln, qu'est-ce que vous fichez là ? Je croyais vous avoir dit de prendre votre après-midi…

Lincoln inspira très profondément et marmonna :

— Dis-lui, toi…

— Me dire quoi ? Je me suis fait licencier, ou quoi ?

Marcus tourna l'ordinateur portable vers elle. Avant de sortir du bureau, il chuchota :

— Je suis désolé…

Lincoln contourna la table de travail et posa la main sur l'épaule de Taylor.

— C'est mon ordinateur personnel, je l'ai rapporté de chez moi… Appuyez sur « PLAY ». N'augmentez surtout pas le volume. Quand vous aurez fini, rejoignez-nous dans la pièce à côté.

Il sortit à son tour et referma la porte derrière lui.

Le regard de Taylor demeura figé vers la porte pendant quelques instants, puis elle s'affaissa sur son siège. Elle posa l'ordinateur portable sur ses cuisses. L'écran était noir et inanimé. Dans une fenêtre blanche qui occupait le centre de l'écran, une flèche noire pointait le mot « PLAY ». Elle cliqua dessus.

Le téléchargement dura quelques secondes. Quinze pour cent, quarante-cinq pour cent, soixante-dix pour cent… cent pour cent. Le cœur de Taylor battait la chamade. Qu'est-ce que c'était encore que ça ?

L'écran resta noir encore un bref instant. L'image apparut enfin, en noir et blanc, et de très mauvaise qualité. Elle était sombre, floue et granuleuse. Mais elle put facilement distinguer deux personnes. Une femme et un homme. Nus. En train de faire l'amour. L'homme était sur le dos, chevauché par la femme. L'angle de prise de vue était légèrement plongeant, de vingt degrés environ. Une masse de cheveux blonds dissimulait le visage des deux personnages. Ils se balançaient en cadence, harmonieusement, sans frénésie — en une danse de la séduction aussi vieille que l'humanité elle-même. Puis le rythme de leurs ébats s'accéléra progressivement. La femme se cambra et s'arrêta de remuer. Les bras de l'homme glissèrent le long de son corps. Taylor distingua ce qui ressemblait à un tatouage sur l'avant-bras de l'homme. Un tatouage qui lui disait quelque chose.

La femme bougea légèrement vers la gauche. L'homme apparut de profil. Taylor le reconnut alors : c'était son ancien équipier et amant, David Martin.

— Oh, mon Dieu, murmura-t-elle, effarée.

La femme au-dessus de lui n'était autre que Taylor elle-même.

18

Les pensées se bousculaient dans la tête de Taylor, en un tourbillon de déni. Il était impensable que la femme du film puisse être elle ! Mais pourtant si, c'était bien elle. En regardant de plus près l'écran, elle reconnut ses draps, sa lampe de chevet et l'appui de fenêtre. Il s'agissait de son ancienne chambre, dans la petite maison où elle habitait avant d'emménager avec Baldwin.

Qu'est-ce que ça voulait dire ? Elle se força à regarder la vidéo une deuxième fois, puis une troisième. Le spectacle se terminait par un gros plan sur son visage et ses seins nus, tandis qu'elle passait devant la caméra après s'être levée. Elle reconnut le chemin qu'elle prenait : elle se dirigeait vers la salle de bains. A l'époque, la première chose qu'elle faisait, après avoir fait l'amour avec David Martin, était de prendre une douche. Tout au fond d'elle, elle n'était pas vraiment satisfaite de leur relation et elle ressentait alors le besoin impérieux de se laver le plus vite possible, de se purifier.

Elle aspira une énorme bouffée d'air, tout en réalisant qu'elle retenait son souffle depuis si longtemps qu'elle en avait la tête qui lui tournait. Lincoln et Marcus avaient vu ce film ! D'où venait cet enregistrement ? Et comment s'était-il retrouvé sur internet ?

Elle se leva brusquement, faisant chuter l'ordinateur

portable sur le sol. Elle pivota et alla ouvrir la porte. Elle fit signe d'entrer à Lincoln et Marcus, qui l'attendaient, assis à leurs bureaux respectifs. Ils pénétrèrent dans la pièce sans prononcer un mot. Lincoln referma soigneusement la porte derrière lui.

Taylor s'efforçait de conserver son sang-froid.

— Asseyez-vous, tous les deux.

Ils s'exécutèrent.

— Comment avez-vous trouvé cette vidéo ?

— En cherchant des renseignements sur le type avec qui vous vous êtes accrochée, hier soir, dit Marcus. J'ai surfé presque tout l'après-midi sur internet, en essayant plusieurs noms accolés à « Tawny ». Je suis tombé sur un site, dans les tréfonds d'une liste de résultats de recherche. J'ai cliqué sur le lien, mais je ne pouvais pas y accéder. Alors, j'ai appelé Lincoln à la rescousse. On a très vite vu qu'il fallait s'inscrire comme membre pour y accéder.

— C'est d'une rare complexité, intervint Lincoln. J'ai eu un mal fou à percer les défenses de ce site. Mais j'y suis arrivé. Et on a pu activer le lien.

Il la regarda et ajouta :

— Vous devriez vous asseoir.

— Pourquoi ?

Lincoln déglutit.

— Quoi donc ? insista-t-elle.

Lincoln la regarda dans les yeux.

— Il y a huit autres vidéos, toutes avec David Martin et vous. Des gens paient pour les télécharger, cent dollars chaque fois… Ce site s'appelle Selectnet.com.

Taylor crut que le monde basculait autour d'elle. Sa poitrine se contracta au point qu'elle se sentit suffoquer. Elle ferma les yeux, cherchant à remettre son corps en état de marche. Elle n'allait quand même pas s'évanouir devant eux ! Il fallut un petit moment pour que son vertige cesse. Elle ouvrit les yeux.

Ses deux coéquipiers la regardaient attentivement, comme s'ils se préparaient à se protéger au cas où elle dégaine son arme et se mette à leur tirer dessus. Elle posa lentement ses deux mains sur le bureau, afin qu'ils puissent bien les voir. Ils se détendirent tous deux instantanément.

— Qui d'autre est au courant ?

« Pas d'hystérie, ma fille. Reste calme, ne montre pas tes émotions. Maîtrise-toi… »

Lincoln échangea un regard avec Marcus avant de se tourner vers elle.

— Personne, en dehors de nous deux. On a envisagé de désactiver la vidéo, mais ça leur aurait fait savoir qu'on avait pénétré leur système. Ils pourraient alors fermer leur site et disparaître dans la nature. On s'est dit qu'il valait mieux attendre, vous montrer ça et mettre au point un plan d'attaque. Naturellement, vous ne saviez pas que vous étiez filmée…

Il prononça cette dernière phrase d'un ton si détaché que Taylor eut envie de l'embrasser. Ils croyaient en elle, au moins.

— Non, bien sûr. Je…

La fureur et la frustration l'empêchaient de penser clairement. Elle éprouvait une irrésistible envie de hurler. De frapper quelqu'un. Elle aurait voulu que David Martin ressuscite pour qu'elle puisse l'étrangler. Elle se racla la gorge et fit une nouvelle tentative :

— S'il y a quelqu'un que je préfère oublier, c'est bien David Martin…

Elle tenta de sourire et prit aussitôt conscience qu'elle n'avait pu former sur ses lèvres qu'un pauvre rictus. Une affaire comme celle-ci pouvait ruiner sa vie. « Réfléchis, ma fille. Réfléchis… » Son esprit lui semblait embourbé, pollué par cette vision d'elle-même sortant de son lit et du regard suffisant et inexpressif de David Martin la regardant s'éloigner.

— On a enquêté sur ce site. Je crois qu'on a trouvé le nom de la société qui le gère, même si ces gens-là se planquent, en utilisant toutes sortes de subterfuges… C'est une société domiciliée en Californie.

Taylor sentit sa lucidité revenir petit à petit.

— D'accord. Et le rapport avec Tony Gorman ?

Marcus prit la relève.

— C'est un membre du site. D'après ce qu'on a pu apprendre, les membres paient une cotisation avant que leur adhésion soit approuvée. Une fois membres, ils peuvent envoyer des vidéos et en télécharger, se rincer l'œil à volonté. Il y a cinq niveaux d'adhésion, qui correspondent chacun à une offre d'archives différente. Plus on paie, plus on peut visionner de films. Les vidéos où l'on vous voit appartiennent au troisième niveau. On en a visionné, très rapidement, quelques autres… Les deux premiers niveaux ne donnent accès qu'à des films de mauvaise qualité, faits par des amateurs exhibitionnistes. Le troisième permet de regarder des films de meilleure qualité, sans être d'une grande netteté. La qualité des images accessibles, tout comme le degré de perversité, dépend donc du montant de la cotisation.

Taylor se cala contre le dossier de son siège et demanda :

— Et toutes ces vidéos mentionnent le nom de Taylor Jackson ?

— Non, ça, c'est la bonne nouvelle. Ce n'est pas votre vrai nom qui est indiqué. Vous êtes Tawny de Nashville. C'est dans un de ces films que Gorman vous a vue, aucun doute là-dessus.

— Et vous avez retrouvé ce fils de pute ?

Marcus lui adressa enfin un sourire.

— Oui.

Le téléphone portable de Taylor sonna à ce moment-là, la faisant sursauter. Elle vérifia le numéro de son correspondant, vit que c'était la psychologue qui avait suivi Corinne Wolff. Elle leva le doigt pour signifier à Marcus de suspendre son récit, puis elle répondit. Une voix à l'accent britannique prononcé se fit entendre dans le récepteur.

— Ellen Ricard à l'appareil. Je crois que vous cherchez des informations sur Corinne Wolff.

Cette façon on ne peut plus simple de se présenter aida Taylor à dissimuler ses émotions.

— C'est exact. Accepteriez-vous de vous entretenir avec moi ?

— Tout à fait. Mais je ne peux pas vous recevoir avant après-demain matin. Venez à mon cabinet vendredi à 8 heures.

Taylor jeta un coup d'œil à sa montre.

— Vous êtes sûre qu'on ne peut pas se voir ce soir ?

— Sûre et certaine, lieutenant. J'ai une conférence et je dois prendre l'avion juste après. Je serai de retour trop tard demain pour vous rencontrer. Mais je peux vous recevoir vendredi matin. Vous connaissez l'adresse de mon cabinet, je suppose ?

— Oui. Merci. J'essaierai d'être brève…

— Eh bien, à vendredi, lieutenant.

Elle raccrocha.

— Un témoin dans l'affaire Wolff, précisa-t-elle aux deux autres. Il faudra que je vous mette au courant, d'ailleurs…

Elle se frotta le front, tout en réfléchissant à voix haute.

— Bon. Commençons par le commencement. Où est Tony Gorman ?

— Il habite à Antioch, sur Blue Hole Road. Si vous voulez, on peut aller le ramasser.

— Je pense que plus on en saura sur ce milieu, mieux on se portera. Ça me touche vraiment que vous essayiez de me protéger, comme ça… Je ne sais pas si ça va pouvoir durer longtemps. Il faut qu'on apprenne au plus vite comment ces vidéos sont filmées, qui les télécharge, tout ça… Je ne sais pas si on va pouvoir agir en toute discrétion, parce que ça va demander du boulot. Je vous couvrirai autant que possible, et Price aussi. Fitz les a vues ?

— Non.

— Bon, c'est déjà ça… Je ne sais pas si je pourrais le regarder en face, sinon. C'est déjà assez gênant de savoir que vous m'avez vue… en train de…

Elle se leva et leur tourna le dos.

— On ne les a pas regardés, ces films, Taylor. Dès qu'on a compris que c'était vous, on a arrêté et on s'est mis à enquêter…

Lincoln la prit dans ses bras pour la réconforter.

— Eh bien, vous n'avez rien manqué car, si je me souviens bien, ce n'était pas du grand spectacle. Vous êtes super, les gars.

Elle se détacha de Lincoln et tapota sur l'épaule de Marcus.

— Allez me chercher ce gros connard de Gorman. J'ai deux mots à lui dire.

19

Taylor resta debout après le départ des deux hommes, prise d'un irrésistible besoin d'arpenter son bureau. Puis elle dut se forcer à ne pas appeler Baldwin pour le mettre au courant. Malgré le besoin qu'elle éprouvait de se sentir rassurée par la voix de son homme, elle préférait éviter d'avoir avec lui ce genre de conversation : « Bonjour mon chéri, tu as passé une bonne journée ? Au fait, on trouve sur internet des vidéos de moi en train de faire l'amour avec mon ancien équipier. » Elle ne pensait pas qu'il en serait très content. Elle ne lui avait jamais relaté les détails de la mort de David Martin, ni ne lui avait dit qu'elle avait eu une liaison avec lui. Maudit David ! C'était bien son genre, à celui-là, de lui nuire de manière posthume. Quel salaud !

Elle téléchargea une nouvelle fois la vidéo. Comment David avait-il réussi à filmer leurs ébats ?

Sa relation avec lui n'avait été qu'une série d'erreurs. La première : ils étaient collègues et coéquipiers. La deuxième : c'était un flic ripou, mais elle ne s'en était rendu compte qu'une fois engagée dans cette liaison. C'était un séducteur à la mode sudiste qui lui donnait des petits noms qui l'agaçaient comme « culotte en sucre » ou « sassafras ». Il n'avait pas été à l'université : c'était un ancien militaire comme tant d'autres policiers. Il n'appelait pas sa mère le dimanche, buvait sans modération et, Taylor s'en rendit compte plus tard, ne crachait pas sur les drogues récréatives. Elle se demanda pour la millième fois comment elle avait pu coucher avec lui. Même Sam, si peu regardante d'ordinaire, n'avait pas caché son étonnement lorsqu'elle lui avait appris cette liaison.

Une liaison vouée à l'échec dès le début. C'était bien pour cela d'ailleurs qu'elle s'y était laissé entraîner. Elle ne voulait pas de mari, pas d'engagement sérieux. Et David était séduisant, aucun doute à ce sujet. Dès le début, ils avaient été physiquement attirés l'un vers l'autre. Leur liaison avait commencé après une nuit d'enfer au cours de laquelle ils s'étaient fait tirer dessus, échappant de peu aux balles qui les visaient. Ils s'étaient retrouvés ensemble, terrés dans un bunker improvisé, complètement coincés, dans une position indéfendable, derrière une rangée de poubelles métalliques, essuyant le feu de ceux qu'ils avaient pour mission d'arrêter. Ils avaient bien failli ne pas en réchapper.

Leurs premières étreintes avaient donc eu lieu en pleine montée d'adrénaline. Elles résultaient du fait qu'ils avaient frôlé la mort ensemble, du besoin, consécutif, de chaleur humaine, de chair. La chose était assez courante au sein de la police.

Puis David avait entrepris de la séduire. Il avait mimé les rituels du romantisme : les bouquets de fleurs, les boîtes de chocolats, les bons restaurants. Elle avait consenti à tout, parce qu'elle s'ennuyait à l'époque. Lorsqu'elle s'aperçut qu'il commençait à être vraiment amoureux d'elle, elle rompit immédiatement. Peu après, elle fut promue au grade de sergent et, presque aussi rapidement, à celui de lieutenant, alors que David demeurait simple inspecteur. Le ressentiment qu'il nourrissait à son égard ne fit que croître et ne cessa, dès lors, de s'aggraver.

Lorsqu'elle découvrit qu'il était le complice de deux inspecteurs de la brigade des stupéfiants qui écoulaient de la méthamphétamine en ville, elle était tout à fait disposée à l'arrêter. Il le sut et vint chez elle pour l'agresser. Elle avait été contrainte de l'abattre pour sauver sa peau.

Et voilà qu'il avait trouvé un nouveau moyen de lui nuire. Cela faisait plus d'un an qu'il était mort. Comment avait-il fait pour fournir ces bandes au site internet ?

Elle cliqua sur « PLAY ». Cette fois, elle augmenta légèrement le volume, mais n'entendit aucun son sortir des haut-parleurs de l'ordinateur portable. Elle mit la vidéo sur pause et réfléchit un instant. Il fallait qu'elle puisse entendre la bande sonore. Pour ce faire, elle aurait pu rentrer chez elle mais il lui fallait rester au CJC pour l'instant. Elle essaya avec son iPod. Mais avant, elle se leva et fit quelque chose qu'elle n'avait jamais fait auparavant : elle verrouilla la porte de son bureau.

A peu près sûre de ne pas être dérangée, elle se rassit, coiffa les écouteurs et cliqua sur « PLAY ».

Une heure plus tard, épuisée, furieuse, elle avait regardé les neuf films dont elle était la vedette involontaire. La seule pensée que d'autres gens puissent violer ainsi son intimité la remplissait de dégoût.

En regardant les vidéos, elle avait compris qu'il y avait deux caméras installée dans la pièce. L'une d'elles était braquée sur le lit. L'autre se trouvait aussi dans la chambre mais pointée vers la pièce où était installée la table de billard. Cette caméra-là n'avait pas trop servi : on voyait brièvement les deux amants jouer au billard avant de passer dans la chambre. A en juger par les angles de la prise de vue, elle supposa que les caméras étaient dissimulées dans les conduits d'aération.

Ce fils de pute... Elle se creusa la tête pour déterminer à quel moment il aurait eu le temps d'installer les caméras.

Elle ne le laissait jamais seul dans la maison et il n'y avait passé que quelques nuits complètes. Faire l'amour avec lui était une chose, mais dormir avec lui en était une autre, bien différente, à laquelle elle n'avait que rarement consenti.

Tandis qu'elle enrageait ainsi et fouillait ses souvenirs, elle n'envisagea pas une seconde que David n'était peut-être pas responsable de ces enregistrements indiscrets.

— Je n'ai commis aucune infraction ! Vous n'avez aucun droit de m'arrêter !

Tony Gorman, bouclé dans la salle d'interrogatoire, déversait sa bile, seul face à la caméra fixée au mur. Taylor, Marcus et Lincoln se trouvaient dans la salle de photocopie. Taylor regardait le moniteur pendant que les deux hommes la mettaient au courant. Gorman poursuivit ses imprécations, mais Taylor coupa le son. Le silence se fit dans la petite pièce.

— Comment voulez-vous procéder, lieutenant ? demanda Lincoln. Vous voulez qu'on lui cause d'abord ? Il est très virulent, depuis qu'on l'a amené ici.

Il mourait visiblement d'envie de lui rentrer dans le lard. Les semaines qu'il avait passées à s'occuper de l'affaire Terence Norton avaient laissé des traces. Son comportement, d'ordinaire affable, s'était modifié et il ne maîtrisait plus aussi bien les émotions qui bouillonnaient en lui.

— Non, je veux l'interroger toute seule.

— Je ne suis pas sûr que ce soit une bonne idée…, fit Marcus en tapotant l'écran du moniteur. On ne sait pas de quoi il est capable.

Taylor observa Gorman, qui vitupérait toujours.

— Je tiens à l'interroger seule.

Le ton de sa voix les dissuada d'insister. Elle sentit qu'ils prenaient sur eux et essayaient à contrecœur de respecter son souhait. Elle se tourna et leur adressa un regard cordial.

— Ne le prenez pas mal. Pendant que je lui parlerai, je veux que vous guettiez ses réactions sur l'écran. Essayez de deviner ce qu'il ne me dit pas. Il ne va pas se mettre à table bien gentiment, juste parce que je le lui demande. Vous pouvez faire ça pour moi ?

— Bien sûr, dit Marcus.

Lincoln acquiesça d'un hochement de tête.

— Parfait. Allons-y, alors.

Taylor sortit de la pièce et se rendit dans la salle d'interrogatoire. Il fallait qu'elle découvre le fin mot de cette histoire, et au plus vite. Les médias n'allaient pas tarder à apprendre l'arrestation de Todd Wolff. Il ne fallait surtout pas que ce bouffon de Gorman lui fasse perdre un temps précieux, alors qu'une enquête aussi importante était en cours. Mais il fallait qu'elle sache la vérité.

Lorsqu'elle ouvrit la porte, Gorman se mit à rugir :

— Mais qu'est-ce que vous foutiez, bordel ?

Elle l'ignora royalement, s'installa sur un siège face à lui, séparée par une table étroite.

— Je vous ai demandé ce que vous foutiez ! J'ai pas que ça à faire, moi. Et puis enlevez-moi ces menottes ! Je n'ai commis aucun crime. Je ne sais même pas pourquoi je suis là. Je veux mon avocat, tout de suite !

— Arrêtez vos jérémiades et écoutez-moi, mon vieux. Vous êtes ici pour répondre à quelques questions. Si vous arrêtez de la ramener comme ça, vous serez sorti dans quelques minutes. En supposant, bien sûr, que vous ne vous soyez pas rendu coupable d'un délit…

Le visage de Gorman ruisselait de sueur. Ses yeux porcins lançaient des éclairs. Physiquement, il avait tout du goujat — les petits yeux chafouins, le nez retroussé, le teint rougeaud, les lèvres minces et cruelles. Il n'y avait qu'à le revêtir d'un marcel et d'une casquette de base-ball pour qu'il ressemble au premier beauf à bedaine venu. Elle se demandait souvent quels gènes pouvaient reproduire cet aspect, de génération en génération. Il y avait aussi de la cruauté sur son visage. Elle l'observa tandis qu'il prenait la mesure du dilemme. Elle hocha la tête lorsqu'il parut s'assagir, se contentant de la fusiller du regard.

— Bien… Dites-moi, monsieur Gorman, vous aimez regarder des inconnus en train de faire l'amour ?

Il ne répondit pas, mais ses yeux se mirent à luire étrangement. Ce type était encore plus répugnant qu'au premier abord.

— Je vais prendre cette charmante mimique pour une réponse positive, dit-elle. J'aimerais que vous me fournissiez quelques informations sur le club auquel vous appartenez, vous savez, ce site internet, Selectnet.com… C'est bien comme ça qu'il s'appelle ?

Tony Gorman regarda Taylor droit dans les yeux et lui raconta, la main sur le cœur, tout ce qu'il savait de Selectnet. Il ne détourna jamais les yeux, ne cilla pas. Son langage corporel à lui seul aurait pu lui valoir un oscar. Il parlait et parlait encore. Ce qu'il ne savait pas, c'est que, tandis qu'il parlait ainsi, ses pupilles se dilataient et se contractaient au fur et à mesure qu'il inventait ses mensonges.

Mais à ce petit jeu, Taylor était encore meilleure que lui. Elle avait connu des hommes comme lui toute sa vie. Des hommes qui estimaient que la place d'une femme était dans la cuisine, et dont l'existence devait se résumer à mitonner des petits plats pour son seigneur et maître, à lui préparer des martinis et, plus généralement, à s'assurer qu'il avait tout ce qu'il désirait.

Elle le laissa donc parler. Elle ne prêta guère attention à ce qu'il lui disait. Elle se demanda cependant pourquoi il se sentait obligé d'échafauder un récit d'une telle complexité pour couvrir ses véritables intentions. Au bout d'un quart d'heure de ces balivernes, elle bâilla et s'étira.

— Eh bien, ce que vous me dites là est vraiment fascinant, monsieur Gorman…

— Je vous ai dit tout ce que je savais.

— Et ce n'était qu'un ramassis de mensonges. Si vous voulez qu'on vous enlève ces menottes et qu'on vous laisse sortir rapidement, je vous conseille de me dire la vérité, maintenant.

Il se mit à bredouiller et elle le laissa protester de sa bonne foi, en examinant ses ongles et en hochant la tête d'un air sceptique. Puis elle se décida à faire une nouvelle tentative.

— Dites-moi la vérité, monsieur Gorman. Comme vous avez dû le remarquer, vous n'avez pas été placé officiellement en garde à vue. Vous avez simplement été amené ici pour être entendu comme témoin, d'une façon très informelle. Personne ne sait que vous êtes ici. Je n'ai pas activé l'enregistrement vidéo. Je peux vous faire ce que je veux et personne n'en saura rien.

Tout en parlant, elle se servit de sa main droite pour dégainer son Glock et le poser sur la table. Gorman écarquilla les yeux.

— Vous me menacez ?

— Non. Je vous donne le choix. Vous pouvez vous mettre à table. Ou je peux vous emmener où je veux, sans que personne n'en sache rien.

Elle caressa la crosse de son arme et ajouta :

— Je n'aimerais pas que vous soyez victime d'un accident, vous savez… Il faudra qu'on explique aux journalistes votre rôle dans l'affaire qui nous occupe aujourd'hui… Et qu'on leur dise qu'on est tombés sur vous en enquêtant sur un réseau de pornographie pédophile. Ça, ça sonne bien…

Elle haussa un sourcil et lui adressa un grand sourire.

— Vous avez tout du type qui pourrait avoir ce genre de penchants. Vous commencez à me comprendre, monsieur Gorman ? C'est moi qui décide, ici. Vous me dites la vérité sur votre petit club ou ça pourrait se passer très mal pour vous, cet après-midi. Pigé ?

Il avait pigé. A l'instar de tous les butors qui se trouvaient confrontés à une force supérieure à la leur, il se dégonfla comme une baudruche. Et le récit qu'il fit à Taylor lui retourna l'estomac, une fois de plus.

20

Malgré le rideau sombre qui obturait les fenêtres, les rayons du soleil de l'après-midi réchauffaient la salle de réunion. Baldwin était assis à la table rectangulaire, Garrett Woods à ses côtés. La grosse tête ronde d'Atlantic apparaissait en surimposition sur le grand écran plasma qu'ils utilisaient pour conférer avec lui, par liaison satellite directe avec Berlin, où l'agent secret était alors basé.

Baldwin manquait de sommeil. Il avait vraiment besoin de repos. Il se passa les mains dans les cheveux et bâilla, puis se frotta les yeux.

— Excusez-moi…, dit-il. Je suis un peu crevé. Je n'ai pas réussi à reconstruire toute l'histoire avant l'heure du petit déjeuner.

— Ce n'est pas grave, le rassura Atlantic.

— Ali Fatima est le premier nom que j'ai repéré. Il a voyagé de Lisbonne à Paris il y a trois semaines. Il est resté à Paris une semaine. Il est descendu à l'hôtel sous le nom d'André Guigernon. Il s'est servi de ce pseudonyme pour prendre l'avion de Paris à Montréal, où il est également resté une semaine. Il va falloir étendre les recherches pour déterminer ce qu'il a bien pu faire dans ces deux villes. Vous devriez vous renseigner auprès des autorités françaises et canadiennes pour savoir s'il n'y a pas eu, lors de son séjour, des meurtres non éclaircis et susceptibles de lui être attribués.

— Je m'en occupe, dit Garrett.

— Parfait. A Montréal, il devient Alexandre Cadoc et s'envole pour Seattle. On a eu un peu de chance, là. L'aéroport dispose d'un couloir séparé pour les passagers des vols internationaux, qui leur permet de franchir la douane plus rapidement. La caméra qui est installée dans ce couloir a saisi des images très distinctes de son visage. Il est sorti après avoir récupéré ses bagages, a quitté l'aéroport et y est revenu deux heures plus tard. Il s'est présenté à l'enregistrement sous le nom d'Arthur Bleheris et a pris un avion pour Denver. Dans cette ville, on sait qu'il a loué une voiture et puis c'est tout… Des avis de recherche ont été émis dans tout le pays pour retrouver ce véhicule, mais on a perdu sa trace depuis qu'il a quitté Denver. Les voitures de l'agence de location de Denver sont équipées de GPS, normalement, mais il a insisté pour obtenir un véhicule sans GPS. L'employé se souvient de l'avoir entendu dire qu'il préférait se perdre un peu dans la nature, que c'était la meilleure manière de découvrir une région. C'est tout. On n'en sait pas davantage. J'ignore où il se trouve en ce moment, j'ignore tout de ses projets. On n'a aucune information sur les contrats en cours sur le marché des tueurs à gages, ici, aux Etats-Unis.

Il s'affaissa dans son fauteuil, regarda les yeux bleus et froids d'Atlantic.

— Où se trouvait l'agent chargé de le surveiller en Europe ? Comment Aiden a-t-il pu organiser un tel périple sans qu'on soit tenu au courant ?

— Cet agent est mort.

Baldwin plissa les yeux.

— Quand ça ? demanda-t-il.

— Il y a quatre semaines, à Florence.

Florence ? C'est justement là qu'il se trouvait avec Taylor quatre semaines auparavant. Il lui avait acheté une nouvelle bague dans cette ville, ils y avaient minaudé comme des adolescents qui se content fleurette. Et soudain, il comprit. Aiden. Taylor. Tous les deux dans la même ville, Baldwin étant le dénominateur commun.

Il bondit hors de sa chaise, furieux.

— Vous saviez ! s'exclama-t-il. Vous étiez au courant ! Pourquoi ne m'avez-vous pas prévenu ?

— Nous ne connaissons pas ses projets, dit Atlantic de façon sibylline.

— On ne les connaît pas ? s'indigna Baldwin. Il est peut-être venu pour exécuter quelqu'un pour le compte de je ne sais quel commanditaire. Un contrat dont personne n'a entendu parler parmi nos informateurs habituels… Mais il y a quelques semaines, il séjournait dans la ville où je me trouvais avec ma fiancée. Et le type chargé de le surveiller dans cette même ville y perd la vie. Comme par hasard, Aiden part ensuite aux Etats-Unis et vous ne devinez pas ses intentions ? Il est venu pour se venger de moi ! Il a juré de le faire après cet épisode désastreux où sa femme a perdu la vie. Et voilà que je me retrouve à Quantico, isolé de tout, alors que je devrais déjà être à Nashville, en train de tout faire pour qu'il ne ruine pas ma vie comme j'ai ruiné la sienne !

— Il faut que vous le localisiez d'abord, Baldwin.

Il était trop fatigué pour lutter. Discuter avec Atlantic ne servait à rien, il était payé pour le savoir. Il se tourna vers Garrett.

— Je n'arrive pas à croire que vous ayez pu me dissimuler une information pareille ! Vous saviez que j'avais besoin de tous les éléments disponibles pour retrouver ce dingue. Et vous m'avez caché le fait le plus important. Merde, Garrett ! Je croyais pouvoir vous faire confiance !

— Garrett obéissait à mes instructions, dit Atlantic. Nous ne voulions pas que votre jugement soit biaisé. Si vous aviez pensé qu'il vous ciblait, vous n'auriez plus été d'aucune utilité.

— Bien sûr. C'est tout ce qui importe, à vos yeux, hein ? Que je vous fournisse ce dont vous avez besoin. Allez vous faire foutre !

Il sortit rageusement de la pièce pour retourner dans son bureau improvisé. A cause d'eux, des innocents allaient mourir. Et pourquoi ? Pour continuer à couvrir leurs activités clandestines. Baldwin trouva soudain que ça n'en valait pas le coup.

Mais il surmonta son ressentiment. Quelque part, dans ce pays, Aiden se trouvait au volant d'une voiture, en route pour une destination inconnue et lui n'avait plus qu'à prier pour le localiser à temps.

21

Gorman avait été relâché. Marcus l'avait raccompagné jusqu'à la porte du CJC et lui avait trouvé un taxi. Il ne leur restait plus maintenant qu'à vérifier tous les éléments de son récit. Il y avait là matière à engager des poursuites fédérales. Mais Taylor savait aussi qu'elle ne disposait pas de beaucoup de temps pour agir.

Gorman n'était pas un personnage central dans cette association criminelle ; il n'était qu'un voyeur. Tant que les acteurs étaient majeurs, il n'y avait rien d'illégal, en principe, à les regarder s'envoyer en l'air. Taylor pensait que l'homme se le tiendrait pour dit et qu'il ne ferait pas de vagues. En le menaçant de divulguer son implication dans un réseau pédophile, Taylor avait le sentiment d'avoir visé juste. Il y avait de fortes chances pour qu'il ait couru chez lui effacer sans plus tarder son disque dur. Elle se flattait d'avoir su lire en lui.

En tapotant sur son bureau, elle songea à ses prochaines initiatives. Il fallait qu'elle trouve le temps de passer là où elle logeait auparavant. La scène de son humiliation… C'était une toute petite maison dont elle était restée propriétaire — à aucun prix elle n'aurait consenti à vendre sa première maison à un inconnu — et qu'elle louait à deux étudiantes de l'université de Belmont. Ce qui voulait dire que l'une d'entre elles avait une caméra pointée sur son lit.

Baldwin... Elle devait se décider à lui raconter par le menu ce qui se passait. Sachant au fond d'elle-même qu'elle ne faisait que gagner du temps, elle s'était promis de l'appeler dès qu'elle en aurait le loisir. A la vérité, elle ne trouvait tout simplement pas le courage de l'appeler au beau milieu de ce qui avait commencé comme la pire journée qu'elle ait jamais vécue. Cette situation lui semblait pire que la blessure à la gorge récoltée dans l'exercice de ses fonctions. Pire que d'avoir été enlevée le jour de son mariage. Pire, même, que d'avoir eu à arrêter son propre père...

« Arrête tout de suite », s'ordonna-t-elle, mettant le couvercle sur ses émotions. Elle avait du travail et il fallait qu'elle s'y remette. L'affaire Wolff restait sa priorité. Or, il lui semblait qu'elle avait cessé de s'en préoccuper depuis un siècle.

Peu désireuse de se rendre au guichet d'enregistrement des gardes à vue, elle appela Fitz sur son téléphone portable.

— Salut, toi..., lui dit-il.

Heureux homme qui ignorait tout de ses malheurs.

— Salut ! Le prélèvement s'est bien passé ?

— Wolff n'est pas à la fête. Mais, ça, il fallait s'y attendre. C'est Miles Rose qui m'inquiète pour l'instant. Il est sorti d'ici il y a dix minutes, en jurant qu'il allait convoquer une conférence de presse pour faire savoir au monde entier que son client fait l'objet d'une arrestation arbitraire.

— C'est drôle... Miles ne m'a pas paru être du genre conférence de presse.

— A moi non plus. Mais ils ont eu le temps de causer ensemble après le prélèvement d'ADN. Quand ils sont sortis de la pièce, on aurait dit des chats qui venaient de se partager un canari.

— Il ne sait pas encore qu'on a trouvé des traces de sang dans sa voiture. Il fera moins le malin quand on va lui annoncer ça. Il n'a rien dit d'autre ?

— Pas vraiment. Et il n'a pas fourni de nouvel alibi. Il proteste contre son arrestation, bien sûr. J'ai l'impression qu'il prépare quelque chose.

— Cette conférence de presse, elle est censée avoir lieu quand ?

— Je ne sais pas.

— Tant pis. Merci de t'en être occupé. Il faudra que je te dise un mot, plus tard. S'il y a du nouveau d'ici là, tu me préviens, et vice versa.

— Pas de problème. A plus.

Elle avait à peine raccroché que son téléphone sonnait. Le bureau du procureur. Hum…

— Lieutenant Jackson à l'appareil.

— Salut, c'est Julia Page. J'ai vu qu'une procédure a été engagée contre Todd Wolff. Le mandat de placement en garde à vue a déjà été délivré et le juge va fixer la date de l'audition préliminaire au cours de laquelle il sera décidé s'il y a suffisamment de charges pour convoquer le grand jury. On va demander que la date de l'audition soit fixée le plus tôt possible. Tu as d'autres éléments à charge ?

Taylor eut envie de se gifler : elle avait complètement oublié les DVD trouvés chez les Wolff…

— Ça se pourrait bien… On a déniché de nouveaux indices, qu'il reste à examiner. Mais il nous manque pas mal d'éléments pour boucler ce dossier. Il s'en faut de beaucoup qu'il soit prêt à être soumis à un grand jury.

— Mais pas du tout ! C'est du gâteau. Il est accusé d'avoir assassiné sa femme enceinte. Tu sais bien combien le seuil est bas, en matière d'incrimination, lors de ces auditions préliminaires. Ils vont l'expédier devant un grand jury en moins de deux.

— Tu ne préférerais pas être sûre de tes arrières, avant de précipiter les choses comme ça ?

— C'est un coup gagnant, lieutenant. On ne peut pas se

planter. On va le mettre en examen et tu pourras présenter tes nouvelles preuves en cours d'instruction, au fur et à mesure qu'elles apparaîtront.

— Il pourra sortir sous caution ?

— Peut-être. Je ne sais pas quel est le juge qui siège aujourd'hui. Si c'est le juge Harrison, c'est plus qu'improbable. Mais si c'est cette nouvelle, Bottelli... Elle pourrait bien lui accorder la liberté provisoire. Dans ce cas, étant donné les charges qui pèsent sur lui, ça va lui coûter un œil.

— Parfait. Comme tu veux. C'est toi la juriste, pas moi. Fais simplement en sorte que ça tienne la route. Je ne veux avoir à expliquer aux journalistes comment on a foiré ce coup. Je te préviens, si c'est le cas, je me défausserai sur toi !

Page s'esclaffa.

— Ça, je le sais bien. Je n'en ai jamais douté un instant. Au revoir.

Cette satanée Page jubilait comme une tigresse qui vient de trouver un gros bifteck bien saignant. Taylor avait perçu dans le son de sa voix l'exaltation farouche d'une bête féroce qui délimite son territoire. Procureurs ou avocats, les juristes les plus blasés ne savent pas résister à l'appel de la renommée qui accompagne les affaires de meurtres médiatisées.

Tant de choses à faire et si peu de temps ! La maison où elle avait été filmée à son insu, ses émotions mises à rude épreuve, l'impression de viol qu'elle éprouvait en se disant que son corps dénudé était visible par tout inconnu prêt à en payer le prix — tout cela devrait attendre encore un peu. Il y avait les DVD à analyser.

— Marcus !

Le jeune homme apparut sur le pas de la porte. Ses cheveux noirs étaient décoiffés et Taylor ne put s'empêcher de songer à Baldwin.

— Rien de nouveau, lieutenant… On est en train de…

— C'est pour autre chose. J'ai rapporté cinq DVD de la scène de crime. Il faudrait les visionner. Vous êtes d'humeur pour une petite projection ?

La surprise de Marcus était telle que Taylor ne put s'empêcher d'éclater de rire. Elle rit à gorge déployée et ça lui fit du bien. Elle vécut alors un bref moment de paix intérieure et se dit que tout allait forcément s'arranger. Elle ne savait pas comment, mais elle y arriverait.

— Ne vous en faites pas, je ne joue pas dans ces films-là ! Du moins, j'espère. Les Wolff avaient dans leur cave un petit studio de cinéma clandestin et je pense que ces DVD sont un produit dérivé de leurs activités artistiques. Puisque c'est le jour des obscénités, voyons ce qu'il y a là-dedans…

Marcus eut le tact de prendre un air accablé.

— D'accord, dit-il.

— Rendez-moi un service, s'il vous plaît… Commandez-moi une pizza ou un sandwich, je meurs de faim.

— Pas de problème. Une pizza, vous dites… Je vous retrouve dans la salle de réunion dans quelques instants.

Taylor se rendit dans la salle et glissa le premier DVD dans le lecteur. Elle se servit de la télécommande pour aller directement à la première scène du film et mit l'appareil en pause. Marcus la rejoignit, s'assit et hocha la tête. Elle appuya alors sur « PLAY ».

A cent lieues de l'image granuleuse des films du site porno, ce fut une lumière douce et chaude qui emplit l'écran du téléviseur. La caméra était pointée vers un lit. Taylor reconnut le décor : il s'agissait du sous-sol des Wolff, sans le moindre doute. Le film était à l'évidence fait maison, mais la qualité de l'image était correcte et le cameraman semblait à son affaire. On entendait en fond sonore du jazz new age.

Un travelling avant sur le lit permit de voir plus distinctement deux femmes qui s'embrassaient passionnément. Elles étaient à peu près nues. L'une d'elles portait un soutien-gorge sans bonnets qui laissait pointer ses seins tout entiers. L'autre n'était vêtue que de la ceinture en strass qui ornait sa taille. Taylor allait détourner les yeux lorsqu'un homme fit son apparition sur l'écran. C'était Todd Wolff qui se dirigeait vers le lit. Les femmes le saluèrent, le déshabillèrent et le supplièrent de se joindre à elles.

— C'est du pur porno maison, commenta Marcus en secouant la tête.

Wolff tournait le dos à la caméra et avait entrepris de fesser du plat de la main l'une des femmes, en faisant bien claquer la chair rougie. Taylor mit l'appareil sur pause, dégoûtée. Elle n'était pas prude, mais elle commençait à en avoir marre de toutes ces vidéos.

Marcus lui prit la télécommande des mains et appuya sur le défilement rapide. Wolff devint un personnage comique qui parodiait l'acte d'amour à toute vitesse, roulant sur le lit avec les deux femmes. Marcus laissa le lecteur en marche et se tourna vers Taylor.

— C'est un film de bonne qualité, dit-il. Il faudrait savoir s'ils commercialisaient leurs DVD ou s'ils tournaient ces films à leur seul usage personnel.

— Vous croyez qu'on peut les poursuivre en justice, s'ils les commercialisaient ?

— Ça dépend. Si ces films sont tournés et distribués à l'insu des personnes filmées, c'est évidemment illégal. Mais, là, ils ont l'air consentants et, d'après la description que vous avez faite du studio, ce serait assez difficile pour les filles qu'on a vues de prétendre qu'elles ne se savaient pas filmées. Non, on dirait qu'ils tournaient des films licites.

Il rougit et baissa la tête avant d'ajouter :

— Vous connaissez le sex-shop Hustler ? C'est dans Church Street…

Elle lui adressa un sourire ironique.

— Vous avez l'air de connaître, vous…

Il lui rendit le même sourire et rétorqua :

— Vous voulez dire que vous n'y êtes jamais allée ?

Taylor secoua la tête.

— Non, je suis passée devant des centaines de fois, bien sûr, mais je n'ai jamais eu l'occasion d'y entrer.

— Eh bien, je pense qu'une petite visite s'impose. On y trouve un rayon entier de films tournés par des amateurs, abondamment garni en œuvres de ce genre. *Je baise ma voisine… Ma femme est une salope…* Ce genre de titres… Apparemment, il y a un gros marché.

— Je crois que je vais vous laisser vous occuper de cet aspect de l'enquête.

Elle regarda l'écran de nouveau.

— Ce n'est peut-être qu'un pervers qui aime se faire filmer avec d'autres femmes que sa légitime. Pas étonnant qu'elle ait eu des crises de panique… Moi aussi, j'en aurais eu, à sa place.

Elle se tourna vers le téléviseur. Marcus s'apprêtait à lui tendre la télécommande, lorsqu'il remarqua quelque chose sur l'écran. Il arrêta le défilement rapide et remit la vitesse normale.

— Nom de Dieu ! s'écria-t-il.

— Qu'est-ce qu'il y a ?

— Je crois qu'on sait qui est derrière la caméra…

Taylor se cala tout au fond de son siège et regarda. Marcus revint en arrière, au moment du film qui avait retenu son attention.

Corinne Wolff était en train de danser devant l'objectif. Elle avait des nattes et portait une jupe écossaise d'écolière catholique et un soutien-gorge en dentelle rose, qui laissait voir ses tétons. Elle lapait de façon très suggestive une sucette et se déhanchait sous l'œil approbateur de son mari et de ses nymphes. Puis elle exécuta un lent strip-tease, faisant glisser sa jupe le long de ses jambes, avant de dégrafer son soutien-gorge. Une fois nue, elle avança jusqu'au bord du lit. Todd lui tendit les bras, l'attira vers le centre du matelas, où elle fut aussitôt assaillie par des mains et des bouches avides qui finirent par l'envelopper complètement. Il y eut alors un fondu au noir, la musique cessa et les gémissements de plaisir de Corinne persistèrent jusqu'au générique. Après un moment sans image, une nouvelle scène s'ensuivit, similaire à la précédente.

— Elle n'avait pas de crises de panique, là !

Taylor ne savait pas que déduire de cette nouvelle donnée du problème. Corinne Wolff n'avait pas l'air d'être enceinte dans le film, il y avait donc des chances pour qu'il ait été tourné plusieurs mois auparavant.

Ils entendirent frapper à la porte et Marcus se leva pour ouvrir. Leurs pizzas étaient arrivées. Il gratifia d'un sourire la jeune femme qui avait eu la gentillesse de les leur apporter. Elle rougit en reculant et Taylor se rendit compte que le lecteur était toujours en marche. Des râles de plaisir se faisaient entendre dans la pièce. Elle se promit de lui expliquer, plus tard…

Marcus referma la porte et posa les tranches de pizza sur la table. Ils mangèrent, tout en réfléchissant.

— Vous vous rendez compte, dit Marcus, la bouche pleine de fromage fondu, qu'à part les traces de sang dans la voiture, on n'a pas grand-chose contre notre suspect ?

— Oui. Il va falloir retrouver toutes les personnes que les Wolff accueillaient dans leur cave. Certainement des filles de Nashville. Ce n'était pas une blague, cette proposition d'aller jeter un coup d'œil au rayon amateur du sex-shop Hustler ?

— Non, pas du tout. Il y a un vaste choix de films de ce genre, là-bas. Je pense que ce serait une bonne chose de vérifier si Wolff y diffusait ses films ou s'il les tournait pour son usage personnel.

— Cette journée est décidément pleine de surprises, Marcus. Voilà ce qu'on va faire… Vous, vous finissez de visionner ces DVD et vous voyez ce que vous pouvez en déduire. Il y a d'autres cartons chez les Wolff. Tim était en train de relever les empreintes dans la cave quand je l'ai quitté. Il va falloir qu'on visionne tous ces DVD. On va bien s'amuser… Je vais voir si je ne peux pas interroger Todd Wolff de nouveau.

— Pas de problème. Je m'occupe d'appeler Tim pour lui demander de me mettre de côté les autres DVD.

Puis il la regarda dans les yeux, soudain cramoisi.

— Et… Qu'est-ce que vous comptez faire au sujet des… euh, de *vos* vidéos ?

— Je ne sais pas trop. D'après ce que m'a dit Gorman, ce réseau dépasse nos capacités d'intervention. Il va falloir mettre le TBI sur l'affaire, pour le moins.

Elle croqua dans la croûte de sa pizza.

— Et Baldwin ?

— Quoi, Baldwin ?

— Pourquoi ne pas lui demander de s'en occuper ?

— Le FBI plutôt que le TBI ?

— Oui.

Elle remit les derniers bouts de croûte dans le carton.

— Toute considération juridique sur les conflits d'intérêts mis à part, je ne crois qu'il s'y prendrait de manière subtile. Il se mettrait à traquer les gens qui ont fait ça et leur ferait payer cher ce viol de ma vie privée. Ou peut-être qu'il me collerait une balle dans la peau. Bref, je préférerais que tout ça reste le plus discret possible.

Elle termina sa phrase en lui adressant un regard lourd de sous-entendus.

— Vous ne lui avez encore rien dit, c'est ça ?

— C'est ça. Je préférerais avaler du verre pilé plutôt. Ce n'est pas le genre de conversation que j'envisage avec impatience, si vous voyez ce que je veux dire. Il va pourtant falloir que j'en parle à Price.

— C'est exactement pour cette raison que vous devriez en parler d'abord à Baldwin. Il pourrait vous éviter certaines conséquences fâcheuses.

— Non, je ne crois pas.

22

Taylor se rendit dans le bureau du shérif, qui gérait les gardes à vue, afin de fixer les modalités d'un nouvel interrogatoire de Todd Wolff.

Les policiers qui s'y trouvaient avaient l'air épuisé. Elle supposa que, tout comme elle, ils n'avaient pas chômé, durant l'après-midi : les arrestations simultanées d'un homme soupçonné du meurtre de sa femme et d'une vedette de football américain avec quinze de ses acolytes suffisaient amplement à mettre leurs maigres forces à l'épreuve.

Moins de dix minutes plus tard, Todd sortait de sa cellule et était conduit dans une salle d'interrogatoire, menotté et vêtu d'une combinaison brune sur laquelle on pouvait lire : « PROPRIÉTÉ DU BUREAU DU SHÉRIF ». Taylor avait fait signe à l'agent de lui ôter les bracelets. Pas besoin de lui faire subir cet outrage inutile.

Elle serra la main de Miles Rose et salua Wolff d'un hochement de tête.

— Asseyez-vous, je vous en prie. Il y a du nouveau, monsieur Wolff... La situation évolue très rapidement. J'ai donc quelques questions supplémentaires à vous poser. Ensuite vous pourrez regagner votre cellule.

— J'ai conseillé à mon client de ne pas vous répondre, lieutenant. Vous avez fabriqué de nouvelles preuves ?

— J'apprécie votre coopération, monsieur Miles. Vraiment…

Le rituel des sarcasmes. Elle avait l'habitude de cet aspect de la procédure. Tout ce que l'avocat allait dire serait teinté d'ironie et elle réagirait avec dédain. Ensuite, chacun rentrerait chez soi. Ils jouaient ainsi leurs rôles respectifs dans le grand drame judiciaire quotidien, fidèles à leurs personnages, dans ces représentations qui se donnaient en matinée comme en soirée sur les planches de la justice des hommes.

Ces amabilités expédiées, Taylor ouvrit un dossier ocre sur lequel était agrafée la photo de Todd Wolff, puis elle observa l'homme. Son teint avait viré au gris et ses yeux étaient injectés de sang. Il esquissait un pauvre sourire, ce qui n'était pas le cas sur la photo, où on le voyait montrer les dents comme un chien agacé. Le gendre idéal, tout frais émoulu de la fac, avait fait place à un ouvrier du bâtiment las des épreuves de la vie. Les menottes opéraient systématiquement ce changement. L'argent pouvait transformer l'apparence d'un individu, mais son âme demeurait toujours la même, malgré tout le vernis que la prospérité pouvait lui apporter.

Elle sortit deux photographies du dossier. Sans les montrer, elle dit :

— Nous avons fait quelques découvertes, monsieur Wolff. J'aimerais que vous nous parliez de votre petit studio de cinéma…

Il leva la main pour se gratter les sourcils, puis il laissa glisser son doigt sur le côté, et Taylor le vit se masser lentement la tempe.

— Vous avez la migraine ?

— Vous en auriez une, à ma place…

— Sans doute. Répondez à mes questions et je ferai en sorte qu'on vous donne de l'aspirine avant ce soir.

— Comme vous voudrez.

Il détourna le regard, déjà ailleurs.

Elle posa les photos sur la table. Wolff leur accorda à peine un coup d'œil. Miles, quant à lui, en laissa tomber son stylo par terre. C'étaient des photogrammes tirés du DVD qu'elle avait visionné et qui représentaient Todd et les deux inconnues en pleine action. Elle garda une autre photo par-devers elle.

— J'aimerais savoir qui sont ces charmantes jeunes filles, monsieur Wolff.

Il lui sourit subitement, d'un sourire carnassier qui faisait oublier le sympathique entrepreneur et lui donnait un air dangereux.

— Impossible…

Taylor croisa le regard de Miles, qui était penché sur les photos. Il se rinçait l'œil, peut-être. Son visage rayonnait d'une sorte de joie. Les hommes et le porno… Qu'est-ce qui les attirait tant dans ces représentations artificielles et laborieuses de l'acte d'amour ?

Elle fit une nouvelle tentative.

— Monsieur Wolff, nous avons besoin d'interroger les femmes que vous avez filmées. Il faut, au moins, que nous sachions si elles l'ont été de leur plein gré. Vous devez sûrement comprendre cela.

— Elles étaient consentantes et savaient qu'elles étaient filmées, ça, vous pouvez me croire…

Son ton était ouvertement railleur, à présent.

— Alors dites-moi leurs noms, pour qu'elles puissent nous le confirmer.

— Non. Je voudrais retourner dans ma cellule, maintenant.

Il appuya légèrement sur le mot « cellule ». Cet homme venait d'admettre qu'il allait être emprisonné, mais Taylor ne savait toujours pas pourquoi. Elle n'était pas entièrement convaincue qu'il ait tué sa femme. Les indices étaient plutôt accablants, pourtant elle avait le sentiment qu'il n'en était pas capable. En y ajoutant la salle des plaisirs dans la cave, le fait que Corinne participait aux tournages et l'orgueil un peu acerbe de Wolff, la perplexité de la policière était à son comble.

— Nous avons trouvé des traces de sang de votre femme dans votre voiture. Je crois qu'il est temps que vous nous disiez la vérité sur ce qui s'est passé.

Elle posa sur la table la troisième photo. C'était une des photos prises sur la scène de crime, juste après la découverte du cadavre. Todd la fixa pendant un instant avant de fondre en larmes. L'avocat leva les deux mains d'un geste impatient.

Taylor le prit alors par le bras et ils sortirent de la salle d'interrogatoire.

— Parlez-lui, Miles. Tout ira mieux s'il coopère. Vous le savez bien. Qu'il nous donne le nom de ces femmes et qu'on n'en parle plus... Demandez-lui de nous expliquer la présence des traces de sang dans son véhicule. S'il n'a pas commis ce crime, il s'en tirera.

Miles Rose hocha la tête.

— Je ferai ce que je peux. Vous savez qu'il faut que vous me transmettiez des copies de ces DVD...

Le ton sur lequel il prononça ces paroles ne plut pas à Taylor. Ni le fin sourire qui accompagnait ses paroles.

— Vous verrez ça avec le procureur, lui répondit-elle sèchement.

Elle revint dans son bureau et alluma son ordinateur. Des noms, des noms... Où donc allait-elle pouvoir trouver les noms que Wolff refusait de lui fournir ?

Jasmine.

Taylor ouvrit son téléphone portable et chercha dans son répertoire électronique un numéro au nom du Castle Salon and Day Spa.

23

— Taylor Jackson, ça fait un bail !

— Salut, Jasmine…

Taylor adressa un grand sourire à la jeune femme qui la serra dans ses bras au parfum de lilas, puis elle se rendit aussitôt dans une pièce sombre pour se déshabiller. Elle s'allongea ensuite sur le ventre, recouverte d'un drap léger de satin, la tête plongée dans un coussin en peau de mouton retournée, percé en son centre. Son nez pointait hors du coussin et, dans cette position, elle se sentait exposée et vulnérable. Il flottait dans l'air un mélange indéfinissable de senteurs florales et d'arôme de beurre de noix de coco, avec une touche d'antiseptique.

A l'instar de son prénom oriental, Jasmine Allons ne manquait pas d'exotisme. Cette femme à la peau mate respirait la sensualité par tous les pores, comme si elle était constamment en extase sexuelle. En sa présence, Taylor se sentait gauche, mal fagotée et pudibonde, toutes choses qu'elle n'était certainement pas.

Elle était l'une des rares personnes à savoir que Jasmine Allons s'était appelée Jazz dans une autre vie, et qu'elle passait alors ses jours et ses nuits à se trémousser lascivement autour d'un poteau argenté pour gagner sa vie. Elle était mineure quand elle avait commencé à travailler pour un patron de boîte de nuit sans scrupule. En un rien de temps, elle était devenue la vedette de l'établissement.

Taylor l'avait arrêtée pour racolage alors qu'elle n'avait que quinze ans. Jasmine avait à l'époque entrepris de mettre en pratique, sur le siège arrière d'une voiture, les cours de danse à la dure qu'elle avait suivis sur la scène de la discothèque. C'était hélas chose courante à Nashville. Mais l'histoire de la jeune femme avait ses singularités.

Ses parents étaient des immigrés qui avaient vu leur boutique du centre-ville partir en fumée à la suite d'un attentat raciste. D'autres magasins, ainsi que leur appartement, avaient été dévastés par l'explosion. Après avoir vécu au-dessus de leur boutique de la Deuxième Avenue, ils s'étaient retrouvés à la rue et étaient devenus des cibles vulnérables pour la haine des racistes et le mépris des riches.

La mère de Jasmine, iranienne, avait pourtant un diplôme de biologie moléculaire, délivré par l'Université américaine de Bagdad. Son père était irakien : cet expert en physique nucléaire avait demandé et obtenu l'asile politique aux Etats-Unis à la suite de la première guerre du Golfe, au tout début des années 1990. Mais, malgré leur haut niveau de qualification, l'un avait dû se mettre à conduire un taxi dans les rues de Nashville et l'autre tenait un petit magasin de posters. Tous deux suivaient les cours du soir nécessaires pour devenir citoyens américains lorsqu'ils avaient perdu leur gagne-pain et leur logis. Ce coup du sort fit déraper l'adolescente influençable et déracinée qu'était alors Jasmine, perturbée par les aléas de l'existence.

Elle avait toujours été trop extrême, trop exigeante avec son pays d'accueil. Elle ne supportait pas le fait que ses parents n'aient pas la possibilité d'obtenir un emploi correspondant à leur niveau d'études respectives. Elle vivait mal cette déchéance et était en conflit permanent avec eux. Elle abandonna leur nom de famille et adopta le pseudonyme d'Allons. Ses amies américaines, se fiant à ce nom aux consonances françaises, la croyaient vraiment originaire de la patrie de Molière, comme elle le prétendait. Dans le sud profond des Etats-Unis, tous les étrangers se ressemblaient, surtout ceux d'origine européenne.

Après la destruction de la boutique et la ruine de ses parents, Jasmine était tombée amoureuse d'un garçon avec lequel elle s'était enfuie ; il eut tôt fait de l'initier à des activités qu'elle aurait mieux fait d'éviter : le sexe et la drogue notamment. Elle devint accro au crack et il arriva un moment où elle dut faire commerce de ses charmes pour se pourvoir en drogues. C'est une histoire vieille comme le monde. Elle obtint un « entretien d'embauche » dans un club de strip-tease. Elle mentit sur son âge et parvint à cacher son addiction. C'est ainsi qu'elle fut engagée à quinze ans comme danseuse de charme au Déjà Vu, une discothèque de Demonbreun Street. Cinq nuits par semaine et le week-end en matinée, elle s'agitait sur scène, à quelques pas du taudis où ses parents tâchaient de faire face à l'adversité.

La mauvaise pente, précoce et rapide, sur laquelle elle était engagée se termina lorsque Taylor la prit en flagrant délit à l'arrière d'une voiture.

Il y avait dans les yeux de Jasmine quelque chose d'indéfinissable qui hantait la policière. Elle avait fini par se porter garante en personne devant le tribunal pour la jeune fille et lui avait obtenu une mise en liberté conditionnelle. Puis elle l'avait aidée à retourner à l'école, lui avait trouvé un emploi de plongeuse dans un restaurant. Jasmine avait réussi à décrocher du crack et Taylor avait applaudi des deux mains lorsque sa protégée avait obtenu son diplôme de kinésithérapie. Jasmine, c'était une des victoires de Taylor. Elles n'étaient pas si nombreuses.

Jazz gagnait trois mille dollars chaque nuit en se trémoussant sur la scène, vêtue de ses seules sandales en plastique. Jasmine prenait cent cinquante dollars pour une heure de massage thérapeutique. Mais pour Taylor, c'était gratuit.

Même si elle était tirée d'affaire, la jeune kiné n'avait pas oublié pour autant son passé. Elle travaillait très discrètement comme bénévole pour venir en aide à des filles ayant des problèmes similaires à ceux qu'elle avait connus. Elle essayait de les sortir de la marginalité et de leur montrer un meilleur chemin. Ses parents, désormais citoyens américains, avaient trouvé une nouvelle maison, ainsi qu'une nouvelle vocation : ils dirigeaient un centre de réinsertion pour les filles que Jasmine jugeait réceptives à ses conseils.

Taylor ne s'adressait que très rarement à elle pour obtenir des informations. Elle respectait les changements que la jeune femme avait apportés à sa vie sans jamais se poser en victime. Jasmine ne reniait pas celle qu'elle avait été : elle assumait son passé.

Somnolente, Taylor n'entendit pas Jasmine entrer dans la pièce et elle sursauta légèrement lorsque celle-ci passa la main sur son dos nu. Il n'y avait rien de sexuel dans cet effleurement. Ce n'était qu'une masseuse qui accordait ses gestes au rythme de sa cliente, mais il fallait toujours un moment à Taylor avant de se détendre. Jasmine le savait et ne se précipitait pas.

Lorsque les muscles de sa patiente se furent relâchés, Jasmine s'attaqua aux trapèzes, enfonçant ses pouces dans la nuque trop raide de Taylor. Celle-ci soupira d'aise. Que ça faisait du bien !

— Alors ? finit par demander la jeune femme au bout d'une quinzaine de minutes.

Taylor ne voulut pas insulter son intelligence en prétendant être venue uniquement pour se faire masser.

— J'ai besoin d'informations.

— Quel genre d'informations ?

— Je cherche deux filles... On les voit apparaître dans un film qui a été saisi sur une scène de crime. Du fait maison, mais de bonne qualité.

— Baise ou strip-tease ?

— Baise. Triolisme bisexuel. Elles n'avaient pas l'air de faire ça contre leur gré. Mais elles sont jeunes. Pas beaucoup plus de dix-huit ans, je dirais, peut-être moins.

— Tu vas les arrêter ?

— Non. Je veux juste leur dire un mot. J'ai besoin de réponses. Je voudrais savoir si elles connaissent les gens qui produisaient ces films. J'ai un suspect qui va passer en jugement pour meurtre et je ne suis pas sûre que ce soit lui le coupable...

Il y eut un silence, puis Jasmine dit :

— Retourne-toi.

Elle souleva l'un des bords du drap et Taylor se mit sur le dos en grognant. Jasmine commença alors à lui pétrir le fléchisseur de la hanche droite.

Taylor attendit. Son interlocutrice savait quelque chose ; c'était évident. Même dans l'obscurité, son corps dégageait des ondes qui étaient aussi perceptibles que des signaux de fumée.

Elles ne prononcèrent pas un mot avant que Jasmine se soit assise sur le bord de la table de massage pour poser les deux mains sous les omoplates de Taylor et lui masser les muscles de la nuque.

— Il y a un rapport avec Todd Wolff ?

Surprise, Taylor faillit tomber de la table et Jasmine éclata de rire.

— Détends-toi. Je crois que je peux t'être utile. D'après moi, il est inoffensif.

— J'ai du mal à penser qu'un homme comme lui, un homme qui se filme lui-même pendant qu'il fait l'amour avec d'autres femmes que son épouse, puisse être inoffensif…

— Et le fait que sa femme ait été assassinée peut faire penser le contraire, c'est clair. Mais je suis sûre qu'il ne ferait pas de mal à une mouche. A ma connaissance, il paie bien ses actrices et ne leur demande rien de trop pervers. Elles ont toutes plus de seize ans. Ce qu'il filme, ce n'est pas l'amour à la papa, OK, mais ce n'est pas non plus des trucs malsains.

— A usage personnel seulement ?

— Là, je ne peux pas t'aider. Je n'en sais rien. Mais je peux m'arranger pour que tu rencontres une des filles. Je crois que je connais un des « mannequins » qui ont posé pour lui.

— C'est comme ça qu'on les appelle, de nos jours ?

— Oh, Taylor, mais d'où tu sors, enfin ?

Jasmine avait terminé son massage à présent, et elle l'indiqua à Taylor en lui tapotant doucement l'épaule. La policière se redressa, enveloppa son torse dans le drap et fit craquer sa nuque.

— Comment ça, d'où je sors ?

Jasmine augmenta légèrement l'intensité de l'éclairage variable. La pénombre fit place à une lumière douce et tamisée, relaxante. L'ampoule était enrobée d'huile de freesia aromathérapeutique, qui diffusait en chauffant son parfum dans la pièce. Elle déplaça son tabouret et s'y assit, face à Taylor.

— Le sexe est à la mode. Ces filles tournent dans ce genre de films parce qu'elles en ont envie, pas parce qu'elles se font exploiter. C'est la classe maintenant, d'avoir tourné dans un porno.

— La classe ?

— Eh oui. Quand tu avais cet âge-là, les filles qui faisaient l'amour avec leur petit ami étaient considérées comme des salopes.

— Plus précisément, celles qui passaient pour des salopes, c'étaient celles qui le criaient sur tous les toits. Les autres, moi la première, se gardaient bien d'en parler, mais ne se privaient pas de le faire.

Jasmine sourit.

— De nos jours, ces filles sont la risée de leurs camarades, si elles n'ont pas au moins trois ou quatre partenaires sexuels à la fois. Tu as entendu parler de l'« amitié améliorée » ? C'est comme ça, figure-toi, qu'on appelle les rapports entre adolescents qui font l'amour, mais sans sortir ensemble et sans tomber amoureux, tout en restant bons amis… C'est la grande tendance du jour. J'ai entendu parler d'un club, une sorte de société secrète, qui fait le tour des écoles privées, fréquentées par les jeunes filles de bonne famille. Les membres de ce club gagnent des points en fonction des actes qu'ils pratiquent devant la caméra — avec un homme ou avec une femme, fellation ou sodomie, et ainsi de suite. Le but est de vendre la vidéo sous le manteau et de la faire passer sur internet. L'un de ces films d'amateurs a même été acheté par un diffuseur qui a pignon sur rue, mais il l'a retiré de la vente dès qu'il a réalisé que les acteurs étaient mineurs. La demande pour les films porno d'amateurs est assez forte pour susciter des vocations aussi débiles. C'est la triste vérité.

Elle marqua une pause avant de poursuivre :

— Et ces pauvres filles, qui voient les vidéos intimes de Paris Hilton, se disent qu'elles vont devenir célèbres grâce à YouTube… Elles ne se rendent pas compte que cette activité peut les happer complètement et les détruire. Elles ne savent pas que ça peut être très dangereux, en plus. Je te parie que la plupart ne se rendent même pas compte que leurs parents pourraient acheter leurs vidéos sur internet !

Taylor secoua la tête, incapable d'imaginer qu'une mineure puisse se livrer à de telles activités de son plein gré.

— Je ne savais pas. Pourquoi ne m'en as-tu jamais parlé ?

— Sans vouloir te vexer, je m'en moque. Moi, je me focalise sur des filles qui ont vraiment besoin d'aide. Je me fous de ces enfants gâtées qui prennent la BMW de papa, le vendredi soir, pour aller se faire filmer au lit avec Todd Wolff, afin d'être admises dans le club.

— J'hallucine…

Taylor eut un bref accès de nausée. Le monde de la jeunesse qui s'ouvrait devant elle était vraiment trop déprimant.

— Bon, je vais te chercher le numéro de cette fille… Je pense qu'elle acceptera de te parler. Elle a été mise à l'écart de la bande et elle est décidée à changer complètement de vie. Elle te racontera peut-être quelques anecdotes, mais je ne peux rien te promettre.

— Merci, Jasmine. C'est vraiment sympa de ta part.

Jasmine la laissa seule dans la pièce et Taylor s'habilla en vitesse. Elle enfilait ses bottes lorsque la jeune femme revint en lui tendant un bout de papier sur lequel étaient inscrits un numéro de téléphone et un nom : Thalia Abbott.

— Comment je lui dis que je l'ai trouvée ?

— Tu peux lui dire que tu viens de ma part. C'est une brave fille. Elle est rentrée dans le droit chemin.

— Quel âge a-t-elle ?

— Dix-sept ans.

— Ahurissant ! Et dire que je n'en savais rien…

Il en fallait beaucoup pour la choquer d'ordinaire. Elle voyait de tout dans son métier. Mais là, ça dépassait son imagination…

— Eh bien, maintenant, tu es au courant. Bon, j'ai un client qui m'attend. Tu as besoin d'autre chose ?

— Non. Merci beaucoup, Jasmine.

— Pas de quoi.

Taylor la serra brièvement dans ses bras, mit son blouson et sortit de la pièce. Elle consulta sa montre. La journée s'écoulait à toute vitesse. Or il lui fallait encore se rendre à son ancienne maison pour voir s'il n'y avait pas de caméras cachées dans le conduit d'aération.

Elle avait faim. Les quelques bouchées de pizza qu'elle avait avalées au bureau ne l'avaient pas rassasiée. Et puis Baldwin lui manquait.

Elle se retrouva dans le parking et monta dans sa voiture. Elle mit la clé dans le contact, puis décida de se coiffer d'une casquette de base-ball et d'aller faire un saut au Jonathan's, un café fréquenté par des routiers, pour y manger un morceau. De là, elle appellerait ses locataires pour leur demander si cela ne les dérangerait pas qu'elle leur rende une petite visite. Elles n'avaient guère le choix, d'ailleurs, puisque Taylor était leur propriétaire et qu'elle disposait d'une clé. Le bail prévoyait qu'elle pouvait y accéder à tout moment, même si elle n'abusait pas de cette clause et respectait leur intimité.

Elle prit son téléphone portable et appela Sam, qui accepta de la retrouver au Jonathan's pour boire un verre et manger quelque chose. Elle fit démarrer la voiture ; elle n'était pas très loin.

24

Baldwin s'éveilla en sursaut, complètement désorienté. Il regarda autour de lui et il lui fallut quelques instants pour se souvenir de l'endroit où il s'était endormi. Il était dans son bureau, à Quantico, allongé sur un lit de camp. Il se leva d'un bond, se rappela sa dernière conversation avec Garrett et Atlantic et la colère le reprit, aussi bouillonnante que quelques heures auparavant. Il savait pourtant que la manière d'agir de l'OA était souvent contraire à toutes les règles de la logique et qu'il ne servait à rien de se hérisser et de contester ses méthodes, si absurdes qu'elles puissent être.

Il s'étira, se rendit dans la salle de bains et se lava les dents. Puis il alla retrouver son patron.

Garrett était debout au beau milieu de son bureau, un téléphone fixe plaqué contre l'oreille, débitant des monosyllabes dans l'émetteur. Il le salua d'un hochement de tête et désigna le canapé. Baldwin s'y assit. Garrett raccrocha un instant plus tard.

— Bon, voilà enfin de bonnes nouvelles. La voiture louée dans le Colorado a été déposée dans une agence du même réseau dans le Missouri. On dirait que notre ami a passé la nuit à Saint-Louis. Le problème, c'est qu'on a perdu sa trace depuis. Aucun des noms que nous avons dans nos fichiers n'est apparu dans un rayon de deux cents kilomètres autour de la ville. On a diffusé sa photo à tous les flics de la région, mais, pour l'instant, il est sorti de notre champ de vision.

Saint-Louis se trouvait à moins d'une journée de route de Nashville, à une heure d'avion. Une preuve supplémentaire, s'il en était besoin, qu'Aiden se rapprochait de Taylor.

— Vous m'avez dit qu'il était en Europe lorsqu'on l'a vu pour la dernière fois, et l'agent chargé de le surveiller a été tué en Italie. Etes-vous sûr qu'il m'a vu là-bas ? Qu'il nous a vus, avec Taylor ? A-t-il communiqué avec quelqu'un ?

— Atlantic n'a rien trouvé de substantiel sur place à ce sujet. Il n'a pu déterminer que la chronologie de ses déplacements. Sans les informations que nous communiquait notre agent, on est dans le brouillard. Mais ce serait assez logique qu'il vous ait repéré à Florence pendant que vous y passiez vos vacances, vous ne croyez pas ?

— Si…

Baldwin resta silencieux un instant, avant d'ajouter :

— Il faut que je rentre à Nashville, Garrett. Je ne peux pas le laisser s'approcher davantage d'elle. Il est trop imprévisible, trop dangereux. Je ne sais pas ce qu'il a prévu de faire aux Etats-Unis, mais il se peut très bien qu'il soit venu se venger de moi, en s'en prenant à Taylor… Je ne peux pas le laisser faire, je ne peux pas rester passif. Je ne veux pas la perdre.

— Donnez-nous encore un peu de temps, Baldwin. Nous allons le retrouver. Si ce n'est pas fait d'ici demain matin, je vous rends votre liberté. Ça vous va ?

— Je ne vois pas ce que je peux faire de plus. Je ne sais pas où il est.

— Il reste plusieurs sources fiables qui ne se sont pas encore manifestées. Et peut-être que nous nous faisons des idées, qu'il est venu tout simplement remplir un contrat, à la demande d'un commanditaire. Donnez-nous encore quelques heures... Il y aura peut-être du nouveau cette nuit... D'accord ?

Etait-ce une vraie demande ? Baldwin avait plutôt l'impression qu'il était coincé à Quantico, cherchant à localiser à distance un assassin qui se dirigeait sans doute tout droit vers la femme de sa vie, et qui était peut-être déjà à Nashville.

— D'accord, finit-il par lâcher d'une voix égale.

25

La journée s'achevait. Enfin… Elle avait été sans aucun doute la pire que Taylor ait vécue depuis longtemps. Elle était à présent assise sur sa terrasse, à l'arrière de sa maison, et elle contemplait le ballet des lucioles. C'était le moment qu'elle préférait, entre chien et loup.

Sam et elle avaient partagé un plat de *quesadillas* servi avec des chips, puis Sam était partie chercher ses jumeaux à la sortie de l'école et Taylor avait appelé ses jeunes locataires, lesquelles lui répondirent qu'elles ne seraient pas rentrées avant deux bonnes heures. Elles étaient donc convenues de se retrouver sur place à 21 heures.

Taylor avait mis à profit ce laps de temps pour rentrer chez elle prendre une douche et réfléchir tranquillement aux pistes qui venaient de s'ouvrir dans l'enquête.

Il fallait qu'elle parle avec Thalia Abbott de ce club d'adolescents. Il était impératif de déterminer si Todd Wolff n'était qu'un accro du sexe ou s'il avait dépassé les bornes et tué sa femme.

Le surlendemain matin, elle devait s'entretenir avec la psy de Corinne Wolff, afin d'en savoir plus sur ce qui pouvait conduire une femme en parfaite santé mentale et physique à la pornographie amateur, à une médication psycholeptique lourde et à une psychothérapie pour crises de panique. La personnalité plurielle de Corinne la fascinait, d'une certaine manière.

Et puis il fallait qu'elle prenne des décisions concernant les vidéos où on la voyait, elle. Elle était épuisée, ce soir… Le massage lui avait fait le plus grand bien, mais pas seulement : il l'avait laissée seule face à elle-même. Dans les moments où Jasmine ne disait rien, elle avait eu tout loisir de repenser à ce qu'elle avait fait avec Tony Gorman. Une fois l'adrénaline retombée en fin d'après-midi, elle ne s'était pas sentie très fière de sa conduite. Gorman ne lui avait pas vraiment laissé le choix, mais jamais auparavant elle n'avait menacé un suspect. Et ce gars n'était même pas un suspect ! Juste un témoin, auprès de qui elle cherchait des réponses. Et s'il se manifestait pour l'accuser publiquement d'avoir abusé de sa qualité d'officier de police ?

Non, il n'oserait pas. C'était un minable. De ça, elle était sûre. Le vrai problème, c'est qu'elle ne pourrait pas continuer longtemps à cacher l'existence du site et des vidéos à Price ou à Baldwin.

Lincoln avait retrouvé les coordonnées de la société californienne dont le nom figurait sur les factures de Selectnet. Mais la piste s'arrêtait là. Malgré les compétences peu communes du policier en matière de piratage informatique, il s'était retrouvé dans une impasse. Les informations fournies ne suffisaient pas ; il fallait des ressources supplémentaires pour enquêter sur ce réseau.

Taylor était tentée de demander tout simplement à Lincoln d'effacer les vidéos compromettantes où on la voyait. Plus que tentée, même. Cela la mettrait au moins à l'abri du scandale. Mais combien d'autres femmes avaient-elles été piégées par ces caméras cachées ? Pouvait-elle, en toute conscience, laisser cette situation perdurer ?

A cette dernière question, elle connaissait la réponse. Elle n'avait pas le choix. Elle but une gorgée de bière, posa la bouteille sur la rambarde, la disposant méticuleusement sur le cercle humide que la condensation du breuvage glacé avait laissée à la surface du bois. La soirée conservait un peu de chaleur résiduelle après le coucher du soleil, ce qui faisait un agréable contraste avec le début glacial de la journée.

Elle appela Baldwin qui répondit à la première sonnerie.

— Salut, chérie. Comment ça va ?

Elle inspira profondément.

— Ça pourrait aller mieux. Tu as une minute ?

— Oui, tout à fait. Il y a un problème ?

— J'ai besoin de l'avis d'un professionnel.

Elle exposa les faits avec autant de calme que possible. Lorsqu'elle eut achevé son récit, elle put entendre Baldwin respirer profondément dans le récepteur, puis elle l'entendit marmonner :

— Fils de pute…

Il reprit, d'une voix lasse :

— Merde, Taylor, ça tombe vraiment mal…

— Crois-moi, je suis un peu perturbée moi-même. Mais ce n'est pas le pire. Ma honte mise à part, je ne sais pas combien de vidéos de ce genre sont accessibles. D'après ce qu'on a pu voir en bidouillant leur système, la grande majorité de celles qu'on peut télécharger sur ce site sont du même type. Sombres, granuleuses, de qualité médiocre. Des caméras cachées qui filment des couples à leur insu… Lincoln n'est pas encore parvenu à accéder aux niveaux supérieurs, qui proposent sans doute des images de meilleure qualité.

Baldwin resta silencieux.

— Pour l'amour de Dieu, dis-moi quelque chose ! reprit-elle.

— Qu'est-ce que tu veux que je dise, Taylor ? C'est un

peu extravagant, cette histoire. Tu es sûre qu'il n'y en a pas d'autres de toi ?

— Non, je n'en suis pas sûre. Je ne suis sûre de rien. Tout ce que je sais, c'est qu'il y a toute une série de vidéos où on me voit en train de baiser un type que je déteste. Un mec que j'ai buté, putain !

Elle ne pouvait s'empêcher de hausser le ton.

— Tu es jaloux d'un fantôme ?

— Ne commence pas à t'en prendre à moi, Taylor, je n'y suis pour rien…

— Tu n'as aucune idée de l'humiliation que je ressens ! Lincoln et Marcus m'ont vue à poil, en train de faire l'amour. Et Dieu sait combien d'autres personnes ! Alors, oui, tu m'excuseras, mais je suis un peu sur les nerfs. Et tu n'as pas l'air de vouloir faire quoi que ce soit pour m'aider…

Il ne prononça pas un mot pendant un long moment. Puis il répondit :

— Je ne suis pas complètement enchanté d'apprendre qu'on peut voir ma fiancée sur internet, en train de faire l'amour avec un autre homme que moi, si tu veux le savoir…

— Ce n'est quand même pas comme si j'avais donné mon consentement ! Oh, Baldwin, qu'est-ce que tu me fais, là ?

Elle avait bien envie de lui raccrocher au nez.

— Excuse-moi. Tu as raison. Ma réaction est complètement stupide.

— Je ne te le fais pas dire, rétorqua-t-elle sèchement. Et maintenant, faut que je trouve une manière d'annoncer ça au capitaine.

— Garde-t'en bien, pour l'instant ! Cette histoire me rappelle une affaire sur laquelle j'enquêtais il y a quelques années. On était tombés sur un réseau de porno amateur, une bande de motards qui mettaient en ligne des vidéos de femmes filmées à leur insu, pendant qu'elles prenaient leur douche, chez elle. Je vais donner quelques coups de fil pour voir si je ne trouve pas des infos.

Elle discerna dans sa voix une étrange intonation, quelque chose de contraint. Malgré sa proposition d'aide, il avait visiblement du mal à digérer l'information et elle trouvait cela injuste. Sa vie présente allait-elle être fichue en l'air, à cause de ce salaud de David Martin ?

Elle tendit la main vers sa bouteille de bière.

— Ecoute, dit Baldwin, laisse-moi me renseigner sur cette affaire. Je… je te rappellerai plus tard…

Son brusque souhait de mettre un terme à la conversation vexa Taylor plus encore que la froideur de son ton. Elle lui dit au revoir sèchement et coupa la communication, en regrettant de ne pas avoir un téléphone à l'ancienne avec lequel elle aurait pu raccrocher violemment, de façon qu'il perçoive bien sa mauvaise humeur.

La nuit était tombée. Elle consulta sa montre. Il n'était pas loin de 21 heures. Il ne lui restait que quelques minutes avant de se mettre en route.

Elle rentra, prit bien garde à fermer la porte au verrou derrière elle. La bière la rendait somnolente. Elle s'assit sur le canapé, alluma le téléviseur.

Baldwin ne lui avait pas dit qu'il l'aimait avant de raccrocher. Elle ne s'était jamais disputée avec lui auparavant et cette prise de bec la contrariait et l'attristait en même temps.

Un calme inhabituel régnait dans la maison et elle luttait contre le sommeil. Il y avait tant à faire.

Une douce chaleur envahissait la pièce et Taylor se sentait bien, détendue. Son esprit voulait veiller encore, mais son corps, privé de repos depuis plusieurs jours, finit par l'emporter.

*
* *

Il la voyait très bien, au travers du store entrouvert. De la terrasse où il se tenait à l'affût, la perspective était parfaite. Elle dormait profondément, un bras sur la tête, une santiag posée sur la table basse. Il mourait d'envie d'entrer. Mais il n'était pas encore temps. Plus tard… Pour l'heure, il se contentait de la regarder dormir. Il admirait sa poitrine qui se soulevait légèrement au rythme de sa respiration, observait avec délectation le pendentif au creux de son cou, qui scintillait à chaque battement de cœur.

Elle était belle.

Parfaite.

A lui.

JEUDI

26

Taylor fut réveillée en sursaut par les premiers rayons de soleil qui illuminaient le salon, au travers des portes-fenêtres. Elle regarda sa montre : 6 heures du matin. Mais comment diable... Elle n'était guère accoutumée au sommeil profond, encore moins à dormir toute une soirée et toute une nuit à la suite. Elle se sentait un peu molle, mais, lorsqu'elle se redressa, elle comprit qu'au moins elle était reposée.

Elle se leva, enleva ses bottes et alla boire un verre d'eau dans la cuisine. En regardant par la fenêtre, elle vit son voisin qui traversait la pelouse, derrière la maison. Sachant qu'il se dirigeait vers sa porte de derrière, elle alla au-devant de lui pour le saluer. Elle avait oublié de mettre en marche le signal d'alarme, la veille au soir.

Don Holmes frappa à la porte quelques instants plus tard en faisant trembler le store. Elle lui ouvrit, en se préparant mentalement à l'inévitable flot verbal qui allait suivre.

— Bonjour, Don, comment allez-vous ? demanda-t-elle poliment.

— Très bien, Taylor. Belle matinée, n'est-ce pas ? Je voulais juste vous dire qu'hier, il y avait un lapin mort sur votre gazon. Je m'en suis occupé. Quelqu'un l'avait zigouillé et puis recouvert d'un pot de fleur. C'est dingue, non ? Les chiens n'arrêtaient pas d'aboyer en tournant autour, alors j'ai tout enlevé. Et j'ai jeté la carcasse. Ça doit être des garnements qui rôdaient dans les bois. Bon, enfin, je voulais juste que vous le sachiez… Je suis un peu pressé, ce matin, je vous laisse. Au revoir !

Il disparut. Bien, voilà au moins un mystère de résolu, se dit-elle. Relever des empreintes sur cette pauvre bête n'aurait pas été chose aisée, de toute façon. Au moins, elle était sûre à présent de n'avoir pas rêvé.

Elle monta à l'étage pour se doucher. Lavée, vêtue d'un jean propre et d'un T-shirt noir, chaussée de ses santiags, elle revint dans la cuisine, fixa son arme à sa ceinture et se fit une tasse de thé. Don devait être sur le départ. Elle brava la fraîcheur matinale et sortit boire son thé sur la terrasse. Elle emporta son téléphone. Elle avait l'intention de rappeler Baldwin pour s'assurer qu'il n'était pas fâché.

Assise dans son fauteuil de bois favori, elle salua Don d'un geste de la main, tandis qu'il manœuvrait sa voiture hors de son garage. Lui parti, elle appela Baldwin.

— Bonjour, dit-elle d'un ton neutre, car n'étant pas sûre de la tournure qu'allait prendre cette conversation.

— Salut ! répondit-il, tout aussi laconique.

— Tu n'es quand même plus en colère contre moi…

— Qui a dit que j'étais en colère ?

— On dirait que tu m'en veux… Tu sais, je n'y suis pour rien.

Elle l'entendit soupirer dans le récepteur.

— On fait la paix, d'accord ? J'ai mal réagi. Je voulais voler à ton secours et je ne pouvais pas…

Elle réfléchit à ce qu'il venait de lui dire. Il avait voulu la rejoindre pour l'aider.

— Je suis désolée. Je n'aurais pas dû m'énerver…

— Et tu m'as raccroché au nez ! J'espère que tu le regrettes…

— Oui, je regrette… Ça va comme ça ?

Il mit une seconde à répondre, mais elle sut qu'il lui avait pardonné.

— Ça me va. Dis donc, tu m'as l'air de meilleur poil, aujourd'hui…

— Tu ne vas pas me croire… Je viens de me réveiller. Je me suis écroulée comme une masse, hier soir ! Et malgré tous ces problèmes, je me sens en pleine forme. Ce moulin à paroles de Don vient de passer…

Sa voix se perdit dans un murmure. Elle n'avait pas parlé à Baldwin du lapin, ni des coups de téléphones nocturnes. Elle ne lui avait pas dit non plus qu'elle avait l'impression d'être épiée depuis quelques jours.

Elle but une gorgée de thé.

— Et toi, ça avance, de ton côté ? lui demanda-t-elle.

— Oui. On a…

Elle n'entendit pas sa réponse. Elle venait de remarquer un homme à l'orée du bois qui bordait son jardin. Son cœur s'arrêta de battre une seconde avant de s'emballer, stimulé par une brusque montée d'adrénaline. Son regard se concentra lui, visualisant sa taille, sa coupe de cheveux, son accoutrement. Elle comprit immédiatement et sans l'ombre d'un doute que c'était *lui*.

Lui qui avait déposé le lapin mort sur le gazon, lui qui l'appelait la nuit, qui hantait ses rêves.

Il vit qu'elle l'avait remarqué et sourit, puis il lui tourna le dos et disparut dans la forêt.

Elle lança un regard éperdu vers l'est. Don était sorti de son champ de vision. Il était sorti de son allée et roulait dans le quartier en route vers son labeur. Le portail automatique de son garage venait de se refermer. Elle était seule.

— Baldwin… Je… Je te rappelle plus tard…

— Qu'est-ce qu'il y a ? Qu'est-ce qu'il se passe ?

A l'évidence, elle n'avait pas su dissimuler son inquiétude : Baldwin était en alerte.

— Ce n'est rien. Il y a un barjo qui rôde dans le coin. Il m'appelle en pleine nuit pour me haleter dans les oreilles. Tu vois le genre… Là, je suis presque sûre de l'avoir vu en bordure du jardin. Il me regardait fixement. Je vais…

— Tu es armée ?

Le ton de Baldwin était terriblement tendu. Elle reconnaissait à peine sa voix. Elle en eut froid dans le dos. Elle se figea, laissa glisser sa main vers sa taille, dégrafa le holster du Glock et empoigna sa crosse. Elle la sortit lentement de l'étui en cuir et posa l'index sur la détente.

— Oui, chuchota-t-elle.

— Ecoute-moi bien, maintenant. Je veux que tu rentres dans la maison et que tu déclenches le signal d'alarme… Ensuite, tu prends ton téléphone portable et tu appelles du renfort. Ne raccroche surtout pas, Taylor, c'est compris ?

Elle ne discuta pas. Elle rentra, verrouilla la porte, fonça dans la cuisine. Elle alla directement au boîtier de commande du système d'alarme et appuya sur le bouton qui permettait d'envoyer un signal silencieux à une centrale de sécurité. Ce signal avertissait les vigiles de cette société de gardiennage qu'elle était en danger, qu'il fallait prévenir la police en urgence et que celle-ci devait se déplacer en force, avec sirènes et gyrophares.

Elle n'avait jamais eu à s'en servir et le simple fait d'appuyer sur ce bouton lui donna la chair de poule. Lorsqu'ils avaient fait installer ce système, Baldwin avait insisté pour prendre cette option. Elle se demandait à présent s'il ne s'attendait pas à quelque chose de ce genre. Il en savait peut-être plus long qu'il ne lui en avait dit.

— Baldwin… Ça y est. J'ai déclenché l'alarme silencieuse. Explique-moi ce qui se passe…

— Je ne peux pas tout te raconter. Décris-moi la personne que tu as vue…

— Hé ! Je t'ai demandé de me dire ce qui se passe !

— S'il te plaît, Taylor. Fais-moi confiance. Dis-moi simplement à quoi il ressemble.

Elle se concentra sur la vision furtive qu'elle avait de l'homme. Son cœur s'emballa de nouveau à cette évocation mentale.

— Grand. Au moins un mètre quatre-vingt-dix. Cheveux bruns mi-longs, une mèche sur l'œil droit… Pantalon brun, pull écru sous un anorak bleu. Je n'ai pas pu en voir plus.

— Je vais te faxer une photo… Tu pourrais l'identifier ?

— Tu sais de qui il s'agit ? Mais, comment…

— Va récupérer le fax. Je te l'envoie en ce moment même. Oui, je crois que je sais qui c'est. Et si c'est bien l'homme auquel je pense, tu es en danger.

— Je sais me défendre toute seule, Baldwin. Sauf si ce mec arrête les balles…

— Pas contre lui, Taylor. Tout le monde est vulnérable face à lui. Va prendre ce fax, maintenant.

Sa voix avait des intonations qu'elle n'avait encore jamais entendues dans sa bouche. Celles que fait naître la peur. Et la peur de Baldwin effrayait Taylor. Elle grimpa les marches quatre à quatre pour se rendre dans le bureau. Le télécopieur était en train d'imprimer une feuille. Elle la sortit de la machine et l'examina.

— Oui, c'est bien le même type.

— Oh, mon Dieu…

Baldwin se mit à respirer bruyamment dans le récepteur.

— Mais ils foutent quoi, les flics ? Ils devraient être là, maintenant !

— Je te rappelle, mon chéri, que je suis moi-même un flic.

Elle entendit sonner à la porte d'entrée et ajouta :

— Tu as entendu ? Les voilà !

— Regarde bien qui c'est avant d'ouvrir.

Elle descendit les marches en écoutant dans le récepteur Baldwin parler à une tierce personne. Elle ne l'avait jamais entendu s'énerver de la sorte. Le type du fax devait vraiment être un sinistre personnage.

La sonnerie de la porte retentit de nouveau et elle vit une forme bouger de l'autre côté de la vitre. Elle posa la main sur la poignée, qui lui parut tiède, mais elle comprit que son imagination lui jouait des tours. Elle tourna le verrou et ouvrit en grand.

Elle retint à grand-peine un hurlement d'horreur : deux gros costauds, l'un blond et l'autre roux, baignaient dans leur sang sur son perron. Elle aperçut une Ford Taurus grise garée juste devant la maison. Elle comprit aussitôt qu'il s'agissait des vigiles que la société de gardiennage avait envoyés. Leurs gorges avaient été tranchées par une lame effilée et le sang coulait à flots de leurs plaies béantes. Le rouquin vivait encore. Elle pouvait l'entendre répéter d'une voix sourde le mot « désolé ». Son regard était de plus en plus glauque et inexpressif. Il finit par se figer.

C'est alors qu'à la périphérie de son champ de vision, elle remarqua l'homme qui l'avait épiée un peu plus tôt. Il se tenait tranquillement sur la pelouse séparant la maison de la rue, les mains dans les poches. Elle leva les yeux et le temps suspendit son cours. Ils se dévisagèrent, sans ciller ni l'un ni l'autre. Il ne fit pas un pas vers elle, n'effectua aucun geste menaçant. Puis il hocha la tête et lui envoya un baiser. N'en croyant pas ses yeux, Taylor ferma ses paupières et les rouvrit aussitôt : l'homme avait disparu. Il ne s'était pas écoulé plus de deux secondes.

Elle claqua la porte et ferma le verrou. Elle aurait pu l'abattre facilement. Elle n'avait pas même levé son arme vers lui ! Mais pourquoi donc ? Pourquoi ce blocage ?

Etait-ce encore un tour que lui jouait son imagination ? L'avait-elle vraiment vu ? Entraînée comme elle l'était, elle aurait dû avoir le réflexe de tirer. Pourquoi ne l'avait-elle pas fait ? Elle nageait en pleine confusion. Elle reprit ses esprits, en entendant hurler dans le téléphone.

— Qu'est-ce qui se passe ? Taylor… Réponds !

Baldwin lui rugissait dans les oreilles. Elle l'ignora un instant, courut à l'étage se munir de deux autres chargeurs pour son pistolet. Elle revint sur le palier, s'assit au sommet de l'escalier. Elle posa le Glock sur ses cuisses, ouvrit son téléphone portable et appela le standard du CJC. Deux téléphones et un pistolet, face à un suspect qui lui jouait de très vilains tours. Elle n'aimait pas ça du tout.

— Ne quitte pas, dit-elle à Baldwin, tandis que le standard décrochait.

— Vous êtes au standard du Centre de justice criminelle de Nashville.

— Allô, je suis le lieutenant Jackson. Code trois, 10-51, 10-54 ! Je répète : 10-51, 10-54 ! Policier en détresse, je demande qu'on me porte assistance. J'ai besoin de renforts sur place, à mon adresse personnelle, immédiatement. Un suspect se trouve sur ma propriété, armé et dangereux, je répète, armé et dangereux. Il vient de tuer deux vigiles sur mon perron. Il est sorti de mon champ de vision actuellement. Je me suis enfermée chez moi. J'ai besoin de renforts !

— Oh, nom de Dieu de nom de Dieu ! criait Baldwin dans le récepteur du téléphone fixe, accablé d'impuissance.

La standardiste du CJC reprenait, incrédule, dans l'autre téléphone :

— Lieutenant, pouvez-vous confirmer ? Vous voulez le code trois, 10-51, 10-54, et il y a deux morts. On arrive, avec sirènes et gyrophares. Dans trois minutes. Vous allez bien ?

— Confirmé… Deux vigiles sont morts. Je ne suis pas blessée, mais je me sentirai mieux quand les collègues arriveront. Dites-leur que le suspect mesure un mètre quatre-vingt-dix, yeux bruns, cheveux bruns et qu'il est vêtu d'un pantalon brun, d'un pull écru et d'un anorak bleu.

— Entendu, lieutenant. Prenez garde à vous.

Elle raccrocha. Elle pouvait déjà entendre les sirènes hurler au loin. Elle savait qu'elle s'en sortirait, mais ses mains tremblaient. Elle rangea le téléphone portable dans son étui, à la ceinture, empoigna son Glock. Ce type n'avait pas eu le temps de forcer la porte et d'entrer dans la maison. Et même s'il en était capable, elle braquait son arme sur la cage d'escalier, visant la porte d'entrée au bas des marches. La sueur dégoulinait sur son front, dans le creux de ses reins, entre ses seins. Elle inspira profondément à plusieurs reprises, s'efforçant de faire refluer l'adrénaline. La tension physique fit place à la colère.

Elle cria dans l'écouteur :

— Et maintenant, tu peux me dire ce qui se passe ? Comment ça se fait que tu connaisses ce type ? Dépêche-toi, la cavalerie va bientôt arriver.

— Je suis vraiment désolé, Taylor. J'aurais dû me fier à mon propre jugement. Je savais que tu étais en danger. Je n'ai simplement pas prévu qu'il puisse agir si vite. Là, je m'apprête à prendre l'avion. Le pilote a déjà fait le plein et mis les moteurs en marche. Dans un quart d'heure, on aura décollé. Dès que les flics auront sécurisé la scène, quitte les lieux. Va au bureau, assure-toi que tu es bien gardée. Si ça peut te consoler, c'est après moi qu'il en a.

— Qui en a après toi ? Baldwin, je ne pige rien à ce que tu racontes !

Elle entendit frapper à la porte. Elle regarda par la fenêtre, vit quatre voitures de patrouille et plusieurs policiers qui piétinaient sa pelouse.

— Ils sont là, reprit-elle. Je vais les accueillir. Tu viens, alors ?

— Je serai à Nashville dans une heure.

— C'est qui, ce mec, Baldwin ?

Elle se rassit sur la dernière marche, l'entendit hésiter à l'autre bout du fil. Savoir qu'il revenait lui donna le courage d'aller ouvrir la porte, de revoir le spectacle atroce des deux cadavres. Les armes étaient sorties, partout, noires et dangereuses, étincelantes de colère contenue. Des agents en uniforme entouraient la maison, d'autres s'égaillaient comme de la volaille dans le jardin de derrière et dans la forêt mitoyenne. L'odeur du sang commençait à imprégner l'air ambiant et les chiens du voisin s'étaient mis à aboyer.

— Alors, c'est qui ? répéta-t-elle.

— Il s'appelle Aiden. Mais il pourrait aussi bien s'appeler Trépas…

27

Taylor était assise dans la salle de repos du CJC, une tasse de café à la main. Elle jeta un coup d'œil à la grosse pendule pour la énième fois. Il était presque midi… Quand est-ce qu'ils allaient se décider à venir lui parler ? Et où donc était Baldwin ? Il avait dit qu'il ne lui faudrait qu'une heure pour arriver à Nashville.

Cette sensation d'abandon et d'impuissance était pour elle une véritable torture. Elle n'était pas d'un naturel très patient et ne s'était pas engagée dans la police pour être confinée dans une pièce sous haute protection, ni pour se tourner les pouces pendant des heures. C'était elle qui était censée protéger les autres.

Au lieu de cela, elle attendait dans cette pièce trop éclairée, sans être informée de ce qui se passait autour d'elle. On ne l'avait même pas laissée prendre sa voiture pour venir… Baldwin avait dû prévenir Price, car un agent en uniforme, un costaud prénommé Bud, l'avait traînée hors de chez elle sans ménagement et littéralement jetée dans sa voiture de patrouille. Il avait foncé, le pied au plancher, vers le CJC, elle sur le siège du passager, hébétée par la rudesse de ce drôle d'ange gardien. Elle n'avait guère l'habitude d'être bousculée ainsi.

Lorsque Price l'avait accueillie à l'entrée du CJC, elle lui avait trouvé la moustache en berne, signe pour lui de fatigue, de colère et de faim. Elle avait appris depuis longtemps à deviner les émotions de son supérieur, en se fiant à la position de ses lèvres, avant même de scruter son regard. Il semblait effectivement épuisé et, lorsqu'elle le regarda dans les yeux, ce qu'elle y lut la troubla. On lui cachait des choses. La retenue gênée de Price en était un aveu.

Elle lui avait fait un compte rendu oral des événements du matin, puis il l'avait conduite dans la salle de repos. Là, il lui avait offert une tasse de café en lui demandant de patienter. Il avait refermé la porte derrière lui et les minutes avaient commencé à s'écouler lentement, très lentement : dix, quinze, trente, quarante-cinq, cinquante-cinq… Au bout d'une heure, elle était toujours seule dans la pièce ; personne n'était encore venu lui parler. Elle décida alors que c'en était assez.

Elle se leva, jeta la tasse en plastique dans la poubelle et posa la main sur la poignée de la porte. Lorsqu'elle l'ouvrit, elle tomba nez à nez avec Baldwin. Ses yeux étaient cernés, mais il souriait, soulagé de la retrouver saine et sauve.

Taylor lui en voulait encore un peu depuis leur dispute au téléphone, mais quand il posa ses lèvres sur les siennes, elle oublia tout en un éclair. Elle s'abandonna à son baiser, se délectant de sa présence. Elle se blottit dans ses bras, refusant d'être la première à interrompre leur étreinte.

Lorsqu'il se détacha doucement d'elle, elle demanda :

— Tu as mis plus d'une heure. Qu'est-ce qui s'est passé ?

— Attends une seconde, répondit-il, Price est…

La porte de la salle de repos s'ouvrit de nouveau et Price entra dans la pièce. Il ne parla pas, mais prit une tasse de café froid qui était posée sur la table. Il s'assit et en avala une gorgée en grimaçant.

— Putain qu'il est mauvais, ce jus… Il doit dater d'hier.

Il tendit le bras, vida sa tasse dans l'évier, la reposa sur la table et lâcha un profond soupir.

— Capitaine, dites-moi ce qui se passe…

Taylor s'efforçait de conserver son calme, mais elle commençait à être sérieusement agacée par la situation.

Les deux hommes échangèrent un regard hésitant. Price hocha la tête de manière presque imperceptible. Baldwin désigna une chaise à sa fiancée, lui indiquant par là qu'elle ferait mieux de s'asseoir. Elle obtempéra, subitement inquiète.

— Alors ? demanda-t-elle.

— Eh bien…, commença Baldwin en s'asseyant à son tour. Il se passe deux choses en ce moment… Des équipes du FBI sont en train de ratisser la forêt derrière chez nous, à la recherche d'Aiden. Cet homme est exceptionnellement dangereux… Et il m'en veut à mort, ce qui le rend encore plus terrifiant.

— C'est qui, exactement, ce type ?

Baldwin se frotta le crâne.

— C'est une longue, longue histoire… Il est recherché par le FBI. Il est basé à l'étranger, ce qui explique pourquoi on connaît mal ses habitudes. Nous ne connaissons pas la raison pour laquelle il est venu aux Etats-Unis. Mais il y a autre chose, Taylor…

— Quoi donc ? demanda-t-elle brusquement, impatientée par toutes ces précautions, ces circonvolutions oratoires.

Les deux hommes restèrent silencieux un moment encore.

— Je vous en prie, messieurs ! Je suis assez grande pour encaisser. Mon père s'est évadé de prison ? Ma mère est morte ?

— Non, répondit Baldwin.

— Alors ce n'est pas la fin du monde. Dites-moi tout. Je déteste ce genre de charades !

Baldwin se décida enfin :

— Les médias diffusent tes vidéos, Taylor, celles de Selectnet…

La jeune femme ne broncha pas, mais elle eut l'impression que son cœur allait cesser de battre. Elle avait parlé trop vite : c'était bien la fin du monde…

— Non ! cria-t-elle.

Price se racla la gorge, puis ajouta :

— Il y a pire… Les médias diffusent aussi une bande où l'on assiste en direct à la mort de David Martin. On vous y voit lui tirer dessus.

— Je sais bien que je lui ai tiré dessus ! J'y étais, figurez-vous… Il voulait me tuer. Il a fallu que je l'abatte. C'était un cas de légitime défense.

Sa voix s'était faite plus faible. Elle se redressa sur son siège.

— C'était lui ou moi, dit-elle plus fermement. Tout le monde le sait.

Baldwin hocha la tête.

— Nous, on le sait. Mais l'enregistrement qui circule ne montre pas tout à fait les choses comme ça.

— Qu'est-ce que tu racontes ? Si ça vient des caméras avec lesquelles on nous a filmés au lit, on doit voir ce qui s'est réellement passé. Elles étaient placées à un angle parfait pour filmer la scène.

— L'angle était parfait, dit Price. Mais ça ne ressemble pas à de la légitime défense. On l'entend vous supplier de ne pas lui tirer dessus, pendant que vous avancez vers lui, avant de lui loger une balle dans la tête.

Elle s'apprêtait à l'interrompre, mais il l'en dissuada d'un geste.

— Je sais que ça ne s'est pas passé comme ça. Votre version des faits a été examinée par un tribunal, et je sais aussi que vous ne mentiriez pas à la justice. Mais manifestement, quelqu'un a réussi à trafiquer la bande-son pour faire croire à une autre version, et il a envoyé l'enregistrement aux médias. Ce qui nous pose un sacré problème, comme vous pouvez l'imaginer.

— Je ne vois pas où est le problème ! Je passerai à la télé et je dirai ce qui s'est vraiment passé. Cet enregistrement est bidon, c'est tout.

Baldwin et Price échangèrent un nouveau regard.

— Taylor, reprit Price, je ne peux rien faire pour l'instant. Il faut d'abord qu'on comparaisse devant l'Office de contrôle des aptitudes professionnelles…

— Tout de suite ?

— Oui.

Elle regarda Baldwin.

— Ne t'en fais pas, ma chérie. Tout va bien se passer. Je te laisse avec Price. Je dois passer quelques appels. On va s'en sortir, je te le promets…

Taylor le dévisagea et comprit à son regard qu'il n'était guère convaincu par ses propres paroles. Les choses devaient être encore pires qu'elle ne le pensait. Elle lui adressa un pâle sourire.

— D'accord, fit-elle.

Elle se tourna vers Price et ajouta :

— Capitaine, dites-moi quand même comment cet enregistrement est parvenu aux médias…

— J'ai reçu un coup de téléphone anonyme, vers 7 h 30, ce matin, qui m'avertissait que vous aviez été filmée dans une situation compromettante. Le type m'a assuré que ça allait passer aux infos de la mi-journée. Ceux qui sont responsables de cet envoi ont bien coordonné leur attaque, Taylor… Les vidéos n'ont pas encore été diffusées dans la région, mais elles sont déjà sur certaines télés nationales et sur les chaînes câblées. Les journalistes n'ont même pas pris la peine de vérifier leur source ! Elles ont été diffusées avant que je puisse m'y opposer. J'ai pourtant tout fait pour les en empêcher, Taylor. On pourrait exiger des médias qu'ils arrêtent la diffusion, mais ça ne ferait que jeter de l'huile sur le feu… C'est une machination parfaitement orchestrée contre vous. Mais nous allons trouver un moyen de contrer les salauds qui vous en veulent, je vous le jure !

Dieu que ça sentait mauvais était un doux euphémisme… Taylor ferma les yeux, essayant de se souvenir de la dernière fois où elle était passée devant l'office de contrôle. On l'appelait encore l'Inspection des services, à l'époque. Ça ne s'était pas très bien passé. Mais la composition de la commission avait changé depuis. Les choses seraient peut-être différentes…

Son estomac déjà noué se transforma en une boule de douleur.

28

Il régnait un froid de canard dans les locaux de l'Office de contrôle des aptitudes professionnelles de la police de Nashville. Quelqu'un avait eu la mauvaise idée de pousser la climatisation à fond, alors que la température, printanière ce jour-là mais encore basse, ne le justifiait nullement.

Il fallut que Taylor rassemble tout son self-control pour ne pas grelotter. Elle ne voulait pas donner l'impression au capitaine Delores Norris qu'elle tremblait de peur. Elle songea un instant que la fraîcheur excessive causée par l'air conditionné était peut-être une ruse destinée à accroître la sensation de puissance de cette police des polices. Price n'avait pas l'air de s'en faire : il avait croisé les jambes et était assis silencieusement, perdu dans ses pensées.

Taylor n'avait pas eu beaucoup de contacts avec l'Office de contrôle depuis la mort tragique de David Martin. Les collègues qui officiaient à la commission n'étaient pas très populaires parmi les hommes du rang. Ils ne pouvaient se permettre la moindre camaraderie avec ces derniers et se faisaient un devoir de les éviter, afin d'être eux-mêmes au-dessus de tout reproche. Aucune fraternisation n'était possible.

Lorsque l'Inspection des services était devenue l'Office de contrôle des aptitudes professionnelles, dont l'acronyme en anglais était OPA, Fitz avait rebaptisé ses membres les Oompa Loompas, en référence aux petites créatures grotesques imaginées par Roald Dahl[1]. Les collègues de la brigade des homicides en avaient tout de suite fait des gorges chaudes et le terme avait été adopté par tous les policiers de Nashville qui ne désignaient plus qu'ainsi les membres de la commission. Derrière leur dos, évidemment.

Lorsqu'un nouveau capitaine avait été nommé à la tête de la commission de contrôle, trois mois auparavant, il sembla à tous que le sobriquet n'avait jamais été aussi justifié et Taylor était allée jusqu'à se demander si le grand patron n'avait pas, finalement, un sacré sens de l'humour. Delores Norris ne devait pas mesurer beaucoup plus d'un mètre cinquante. Elle n'avait pas la taille requise pour entrer dans la police, mais elle avait obtenu une dérogation, en tant que Noire et que femme. Elle s'était rapidement hissée hors du rang pour se retrouver, au moment de notre récit, à la tête du service le plus mal vu de la police. Sa stature minuscule convenait donc à merveille au surnom par lequel l'office qu'elle dirigeait était désigné. En outre, ses jambes un peu arquées lui donnaient une démarche de canard. Quand elle évoluait en se dandinant dans les couloirs du CJC, on pouvait entendre éclore en sourdine toute une série de *Oompa, Oompa* sur son passage. Taylor avait peine à imaginer comment cette femme pouvait supporter d'être raillée ainsi.

Sauf que cette fois-ci, c'était elle qui était exposée aux feux de l'Oompa et elle n'avait aucune envie de rire.

Delores Norris siégeait, le dos raide comme un piquet, sans que son uniforme amidonné ne frôle le dossier de sa chaise. Ses cheveux étaient coupés court, grisonnant aux tempes. Elle lisait le rapport qu'elle avait sous les yeux, en

1 Voir *Charlie et la Chocolaterie* et *Charlie et le Grand Ascenseur de verre* (NdT).

tapotant la table avec son stylo. Toutes les trois secondes, elle levait les yeux vers Taylor, par-dessus ses lunettes en demi-lunes, à monture de plastique rouge, et hochait gravement la tête.

Après cet examen minutieux, qui parut interminable à Taylor, elle referma le rapport et posa son stylo.

— Lieutenant, je ne vous cacherai pas ma déception de vous voir dans mon bureau aujourd'hui. Vous aviez effectué jusqu'à présent un parcours exemplaire dans les rangs de la police de Nashville. Une bien belle carrière, qui mérite d'être suivie de près…

Elle parlait avec une intonation particulière, non pas étrangère mais spéciale, comme si elle s'efforçait de surmonter un zézaiement ou quelque autre défaut de prononciation. Elle accentuait les mots bizarrement, ce qui rendait son débit verbal assez désagréable.

Face à cette femme sèche, Taylor avait l'impression d'être une collégienne convoquée chez le proviseur, pour avoir fait l'école buissonnière. Il était facile de se moquer de l'Oompa, quand on n'avait pas à subir son regard inquisiteur. Elle se contenta de hocher la tête, ne sachant pas trop ce que Norris attendait d'elle.

L'autre la dévisagea encore un petit moment et Taylor aurait pu jurer avoir vu ses lèvres frétiller. Maudite bonne femme… Elle prenait visiblement plaisir au spectacle de son embarras, ce qui ne fit qu'accroître sa mauvaise humeur. Elle se redressa sur sa chaise et regarda Delores Norris droit dans les yeux. Elle n'avait commis aucune faute grave et rien ni personne ne pouvait lui donner mauvaise conscience.

— Vous vous rendez compte, lieutenant, que vous êtes dans une situation fort délicate. Les vidéos où l'on vous voit en train de…

Elle s'interrompit, renifla comme si une mauvaise odeur avait soudain envahit la pièce, et reprit :

— En train d'avoir des… relations avec votre collègue… Ces vidéos sont déjà assez scabreuses… Il faudra qu'on examine cela séparément. Notre priorité aujourd'hui, c'est la vidéo où l'on vous voit abattre ce même collègue. De sang-froid, pourrais-je ajouter.

— Nous savons tous très bien, capitaine, que cette vidéo a été trafiquée et que j'ai abattu David Martin en situation de légitime défense. Il essayait de me tuer. Puis-je ajouter que le grand jury a validé cette version des faits, ainsi que votre propre service ?

— Taylor…, murmura Price, pour la mettre en garde.

La jeune policière se tut et serra les dents.

— Il n'en reste pas moins, lieutenant, que cette vidéo est extrêmement accablante…

— Mais puisque l'enregistrement a été trafiqué ! s'agaça Taylor entre ses dents.

— C'est ce que vous dites, lieutenant, c'est ce que vous dites… Mais il y a un problème, vous ne trouvez pas ? Passer avant vos collègues, au moment des promotions, ça ne vous a pas suffi ?

— Comment ça ?

Taylor regarda Price, qui trépignait d'indignation.

— Capitaine Norris, dit-il avec un calme étudié, je proteste contre vos insinuations. Les états de service du lieutenant Jackson sont irréprochables. Elle a atteint son grade de manière loyale, par son seul mérite. Vous allez trop loin !

— Vous trouvez ? Ça fait des années que vous couvrez les initiatives discutables de cette fille, Mitchell. Il est temps qu'elle se défende toute seule et qu'elle déploie ses ailes pour qu'on voie si elle sait voler.

— Je ne crois pas que ce soit le moment de filer des

métaphores, Delores. Nous sommes en train d'évoquer la carrière d'un des officiers de police le plus décorés de Nashville, une femme qui a su se gagner le respect de ses subordonnés *comme* de ses supérieurs.

Le sous-entendu était transparent et Taylor dut réprimer un sourire, tandis que l'Oompa commençait à montrer des signes de déstabilisation. Son élocution se fit plus hasardeuse et le zézaiement reprit un instant le dessus.

— Comment osez-vous insinuer que ze ne mérite pas le respect de mes subordonnés ? Sachez que z'ai été citée en exemple plus de quatre fois pour mon dévouement envers les forces de police de Nashville !

— Delores, dit Price en se penchant vers elle, je n'insinue rien du tout… Je tiens juste à dire que non seulement le lieutenant Jackson est une excellente policière, extrêmement bien notée, mais qu'elle est également respectée par ses collègues pour son travail de terrain exemplaire, aussi bien que pour son expérience d'enquêtrice chevronnée. Elle constitue un atout pour nos services. Elle m'assure que la vidéo a été retouchée, qu'elle n'a pas abattu de sang-froid l'inspecteur David Martin, et je la crois. Je vous combattrai de toutes mes forces pour la défendre, Delores, croyez-moi !

Il avait du mal à présent à contenir sa colère. Il frotta son crâne chauve d'une main, essuyant la sueur qui y perlait.

Taylor était stupéfaite. Elle n'avait encore jamais entendu Price envoyer paître l'un de ses supérieurs — c'est ce qu'il venait pourtant de faire. L'Oompa en avait conscience. Son visage s'assombrit et elle rechaussa ses lunettes pour masquer son dépit. Elle finit par se racler la gorge en regardant Taylor.

— Eh bien, quelle plaidoirie en votre faveur ! Maintenant, racontez-nous ce qui s'est vraiment passé cette nuit-là…

Elle mit en marche un magnétophone posé sur la table.

— Nous allons enregistrer votre version des faits.

Taylor consulta Price du regard. Celui-ci fronçait les sourcils. Il hocha la tête et enroula un doigt dans sa moustache.

— Allez-y Taylor, dit-il, racontez-nous exactement ce qui s'est passé, sans rien omettre.

La jeune femme se cala sur son siège avec un long soupir. Elle aurait aimé dire ses quatre vérités à Delores Norris, mais elle ravala sa bile. Il aurait été absurde de hasarder une prise de bec avec cette femme — une gradée acariâtre qui avait son mot à dire dans une décision concernant la suite de sa carrière.

— Croyez-moi, dit-elle, chaque détail de cette nuit est gravé et bien gravé dans ma mémoire. Vous devez vous douter que n'est pas le genre d'événement qu'on oublie facilement…

Elle rassembla ses souvenirs et les relata, le plus précisément et le plus sobrement possible.

— Je cherchais un moyen d'informer le capitaine Price de ce que j'avais découvert. Ce soir-là, j'ai dû décrocher le téléphone dix fois en dix minutes, sans me décider à composer son numéro. Je savais que c'était une sale affaire, je savais que la carrière de certains policiers allait être ruinée. Mais il fallait mettre un terme à ces trafics…

Elle appuya sur la touche de recomposition automatique, entendit le déclic dans le récepteur puis la sonnerie, coupa aussitôt la communication et reposa le téléphone sur ses cuisses. Si elle passait cet appel, il n'y aurait pas de retour en arrière possible et avoir raison ne ferait de toute façon pas d'elle une blanche colombe. Et si elle se trompait… Elle préférait ne pas penser aux conséquences d'une telle erreur. Perdre son emploi était le cadet de ses soucis, à cet égard.

Elle posa le téléphone sur la table de billard et descendit au rez-de-chaussée de sa petite maison. Elle alla dans la cuisine, ouvrit le réfrigérateur et en sortit un Diet Coke. Elle se dit qu'elle devrait plutôt boire un whisky pour se donner le courage de continuer.

Elle tira d'un coup sec sur la languette de la canette et resta un instant debout, regardant par la fenêtre de la cuisine. Cela faisait des heures que la nuit était tombée : la lune avait disparu et l'obscurité semblait impénétrable. Dans une heure ce serait l'aube, déjà, et il lui faudrait bien, alors, prendre une décision. Les yeux dans le vague, elle réfléchissait… Non, il n'y avait pas d'autre solution…

Un bruit inhabituel la ramena à l'instant présent. Un bourdonnement sourd qui semblait provenir du transformateur électrique à l'entrée de son allée. Une fraction de seconde plus tard, elle entendit un craquement sonore et toutes les lumières s'éteignirent dans la maison.

Dans cette partie du quartier de Bellevue, les pannes d'électricité étaient monnaie courante. La compagnie qui gérait la distribution électrique à Nashville maintenait en alerte permanente une équipe d'intervention. Il semblait donc qu'une simple saute de courant ait provoqué la panne.

« Pas besoin de s'affoler. Tu es une grande fille, tu n'as pas peur du noir », se dit-elle, un peu inquiète tout de même.

Elle fouilla dans son tiroir à bric-à-brac et en sortit une lampe de poche. Elle appuya sur l'interrupteur et lâcha un juron lorsqu'elle constata que la lampe ne fonctionnait pas. Les piles, où étaient les piles ?

Un nouveau bruit, plus étouffé, se fit entendre. Ses sens se mirent en alerte maximale. Elle tendit l'oreille. C'était comme une sorte de raclement, du côté de la porte de derrière. Elle inspira profondément et sortit à pas de loup de la cuisine, rasant le mur. Elle porta une main à sa hanche et ne trouva rien : elle avait laissé son pistolet à l'étage.

Le fracas du verre brisé la fit sursauter. Les carreaux de la porte-fenêtre qui donnait sur le jardin venaient d'être cassés. Il était trop tard pour foncer à l'étage et y prendre son arme. Il aurait fallu qu'elle traverse le salon pour atteindre l'escalier. L'intrus qui venait de pénétrer chez elle n'allait pas la laisser circuler à son gré. Elle commença à reculer précautionneusement vers la cuisine, retenant son souffle, comme si ça pouvait l'aider à ne pas faire de bruit.

Elle ne vit pas surgir le poing de son agresseur, elle sentit seulement la violence de l'impact sur sa mâchoire. Les larmes lui montèrent aux yeux et, avant qu'elle n'ait eu le temps de réagir, un second coup de poing vint la cueillir un peu plus haut. Cette fois, elle sentit le sang couler de ses lèvres. Elle perdit l'équilibre et heurta le mur la tête la première. La rudesse du choc lui coupa le souffle. Elle se sentit agrippée sans ménagement.

Il était rapide comme l'éclair. Elle voulut se retourner pour se baisser, mais une main lui plaqua l'épaule et la projeta contre le mur de nouveau. Ça aussi, ça faisait mal !

Elle résista tant qu'elle put. Elle savait que c'était un homme, non pas seulement en raison de sa force, mais aussi à cause de la bosse éloquente qu'il lui collait contre les fesses. Bon, il n'avait pas seulement l'intention de lui casser la figure, apparemment, il allait la violer, par-dessus le marché.

Elle ne se laisserait pas faire.

Elle se contorsionna pour se retrouver face à lui et lui balança un coup de poing. Mais il lui bloqua la main, la forçant à se retourner de nouveau contre le mur. Il enserra son cou. Elle se débattit avec l'énergie du désespoir, comprenant soudain qu'il était venu pour la tuer.

Puisqu'il était plus fort qu'elle et qu'il la maîtrisait, elle n'eut d'autre échappatoire que de relâcher tous les muscles de son corps. Elle se laissa choir mollement, surprenant l'homme par la brusque différence de poids entre un corps actif et une masse inerte. Elle profita de cet instant de répit pour appuyer son pied droit contre le mur et pousser de toutes ses forces. Le peu d'espace ainsi créé entre eux lui permit d'échapper à son étreinte. Elle bondit et tomba, heurtant le coin de la table basse et s'ouvrit le menton au passage.

L'intrus revint sur elle immédiatement. Elle s'appuya alors sur la robuste table pour se redresser et lui asséner un direct du droit, dans les règles du noble art, visant juste au-dessous du menton. Son poing s'écrasa contre la glotte de l'homme et elle l'entendit grogner de douleur. Crachant le sang qui lui emplissait la bouche, elle le gratifia d'un deuxième coup de poing en plein estomac et entendit ses poumons qui se vidaient d'une traite. Il chuta contre le mur. Elle en profita pour bondir vers l'escalier. Il se releva pour la rattraper, mais elle se montra plus rapide que lui. Elle escalada les marches aussi vite qu'elle le put et parvint dans la salle de billard, au moment où son agresseur atteignait le palier. A cet instant, la lumière revint, aveuglant la jeune femme pendant un bref instant.

Le pistolet se trouvait sur le rebord de la table de billard, juste à côté du téléphone, là où elle l'avait laissé lorsqu'elle était descendue se chercher un soda. Elle devenait imprudente. Avec tout ce qui se passait, elle n'aurait pas dû se croire en sécurité chez elle.

Sa main se referma sur la crosse du Glock. Elle l'empoigna et fit volte-face à l'instant même où l'homme fonçait vers elle en hurlant. Elle ne prit pas le temps de songer aux conséquences de son acte : elle réagit, tout simplement. Tirant d'instinct plutôt que visant, elle lui logea une balle entre les deux yeux. Entraîné par son élan, il fit quelques pas supplémentaires. Puis il s'écroula à moins de deux mètres d'elle.

Elle entendit sa propre respiration, sonore et hachée. Elle sentit le goût du sang dans sa bouche et posa une main enflée sur sa mâchoire pour tâter délicatement ses dents et ses lèvres. Elle évalua à deux le nombre de ses molaires cassées. La montée d'adrénaline cessa subitement. Elle s'écroula sur le sol à son tour, à côté du corps sans vie.

Les élancements qui provenaient de sa mâchoire lui firent reprendre connaissance. Le ciel, au-dehors, était en train de s'éclaircir. La lumière de l'aube venait éclairer le triste tableau qui s'offrait à ses yeux. Elle avait dû rester évanouie un bon bout de temps. En se levant, elle examina la scène. L'homme était effondré sur le sol et son sang s'écoulait encore lentement sur la moquette.

Elle secoua la tête pour se remettre les idées en place. Pendant combien de temps avait-elle lutté avec son agresseur? Cinq minutes? Une demi-heure? Elle avait l'impression de s'être battue pendant des heures. Son corps était tout endolori, vidé de son énergie. Sans parler de la croûte de sang qui lui cernait la bouche et la plaie béante qui barrait son menton. Elle posa sa main sur son nez. Il était cassé, une fois de plus…

Elle regarda le cadavre. Il était à plat ventre, légèrement incliné vers la droite. Elle glissa ses orteils sous son bras droit et retourna le corps avec le pied. Il devait rester un peu d'adrénaline dans son système sanguin, car son cœur se remit à battre la chamade. Elle ne l'avait pas raté : un trou sanglant et minuscule lui perçait le front. Elle tendit le bras pour palper son pouls au niveau de la carotide, mais ne perçut aucun signe de vie. Il était mort. Bien mort.

— Oh, David, murmura-t-elle…

*
* *

Taylor retenait avec peine les larmes qui lui gonflaient les yeux. Elle bougea un peu, revenant lentement au présent, refoulant le passé loin dans sa mémoire, puis fixa Delores droit dans les yeux.

— Le grand jury a entendu ma déposition, en tout point identique à ce que je viens de vous raconter. Les jurés ont estimé que j'avais agi en état de légitime défense. Quant à votre service, il a établi que je n'avais commis aucune faute professionnelle. Ce que vous avez vu sur cette vidéo, c'est un trucage. L'électricité a été coupée pendant l'agression. Ça a dû interrompre le fonctionnement de la caméra… Je ne crois pas qu'il faille accomplir des prouesses techniques pour trafiquer ce moment de l'enregistrement.

L'Oompa se leva en se tortillant. Debout, elle mesurait la même taille que Taylor assise. Elle la toisa d'un regard sévère.

— Ça, c'est à nous, et à nous seuls, d'en décider, lieutenant. Il y a eu aussi une plainte de déposée contre vous pour harcèlement et détention arbitraire. Il semble que vous ayez eu une conversation déplaisante avec un témoin potentiel. Il prétend que vous avez sorti votre arme devant lui. C'est vrai ?

Zut… Ce salaud de Tony Gorman. Elle l'avait sous-estimé, celui-là.

— Ce n'est pas tout à fait comme ça que ça s'est passé, hasarda-t-elle.

— C'est vous qui le dites… Je crois que vous avez franchi un peu trop de lignes rouges. Je suis désolée, mais pendant que nous enquêterons sur votre cas, il va falloir que vous nous rendiez votre badge et votre arme de service. Je tiens à ce que nous nous conformions aux règles. A dater d'aujourd'hui, vous êtes suspendue sans traitement, en attendant les conclusions de notre enquête. Nous déterminerons ce qui s'est *vraiment* passé la nuit où vous avez tiré sur votre collègue. Malgré tout ce qu'on dit à ce propos à la télévision, il n'est pas si facile de trafiquer des bandes vidéo, vous savez… Et puis nous allons nous pencher également sur les allégations de détention arbitraire qui ont été formulées à votre encontre.

— Comment ça ? demanda Taylor.

— Vous ne pouvez pas la suspendre pour de tels motifs, protesta Price. Elle n'a commis aucune faute !

L'Oompa leur adressa à tous deux un sourire cruel et leva la main.

— Ah bon ? Je crois, quant à moi, que le meurtre d'un collègue, perpétré de sang-froid, peut être qualifié de faute. De même que menacer un témoin avec son arme de service. J'ai le pouvoir de suspendre le lieutenant et c'est exactement ce que je viens de faire. L'opinion publique réclamerait ma tête, si elle avait l'impression que nous couvrions de tels agissements. Votre arme et votre badge, lieutenant…

Taylor dut se faire violence pour ne pas protester. Elle savait qu'un esclandre ne ferait qu'aggraver son cas. Delores Norris l'avait de toute évidence dans le collimateur. Et une telle inimitié pouvait s'avérer fatale pour sa carrière. Elle se leva. Elle surplomba la femme de sa haute stature, ne cilla pas et porta seulement la main à sa hanche.

Elle dégagea le Glock de son étui et le posa dans les mains minuscules de Norris. Puis elle ôta son badge de sa ceinture et le posa doucement sur l'arme de service. Puis elle tourna vivement les talons et sortit du bureau de l'Office de contrôle sans se retourner.

29

Taylor ignora les appels de Price et sortit tout droit des services administratifs du CJC. Le soleil s'apprêtait à se coucher ; le ciel se marbrait déjà des teintes sombres du crépuscule.

Suspendue ! Elle venait d'être suspendue !

Et dire qu'elle s'était inquiétée pour Lincoln… Elle n'avait plus qu'une envie maintenant, c'était de s'en aller loin des sarcasmes de l'Oompa, de l'indignation de Price qui avait chaleureusement pris sa défense et, surtout, de ses propres souvenirs. Elle accéléra le pas, dès qu'elle fut à l'air libre, faisant résonner ses santiags sur le trottoir. Elle traversa le parking, alla à grandes enjambées jusqu'à la première voiture disponible, une Caprice crème. La portière n'était pas verrouillée, les clés, glissées dans la fente du pare-soleil. Elle se posa lourdement sur le siège du conducteur, enfonça la clé dans le contact, démarra et sortit en trombe du parking.

Elle bouillonnait de rage. Elle n'avait aucune idée de sa destination. Elle roulait, c'est tout. Vers le nord ou le sud — peu lui importait. Son téléphone sonna. Elle plongea la main dans sa poche et le déconnecta, sans même regarder qui l'appelait.

Le centre-ville était loin derrière elle, à présent. Le vacarme et la crasse cessèrent de l'environner et ses souvenirs se firent moins vifs, moins amers. Elle roulait et roulait, seule au monde.

Le soleil s'était couché, remplacé dans le ciel par une lune ronde et pleine. Elle s'engagea vers l'ouest sur une petite route sinueuse à deux voies. Elle connaissait suffisamment la région pour reconnaître qu'elle était au sud de Franklin, quelque part dans les parages de Leiper Fork. Elle savait comment rentrer chez elle : il lui suffisait de conduire dans la même direction jusqu'à ce qu'elle atteigne la Natchez Trace où elle n'aurait qu'à bifurquer vers le nord. Ce détour lui convenait parfaitement : elle avait toujours avancé au petit bonheur dans la vie, elle n'avait jamais su aller par les voies directes et jalonnées, aisées à pratiquer, mais elle avait toujours fini par retrouver son chemin.

Le ciel nocturne ne cessait de s'obscurcir. Les rayons de la lune n'éclairaient que faiblement les arbres qui bordaient la route, leur donnant l'aspect de spectres géants surgis des ténèbres. Les fantômes étaient légion dans la région, elle le savait bien. Il y avait eu ici tant de batailles… Ces arbres étaient comme des soldats silencieux, des sentinelles qui veillaient sur son périple.

Elle parvint à un passage à niveau et ralentit pour s'assurer qu'un train n'arrivait pas. La voie ferrée était déserte et, en traversant les rails, elle regarda à gauche puis à droite. Il y avait un chien sur la voie. Un beagle, à première vue, qui s'éloignait en trottant, éclairé par la lune. Ce spectacle la toucha. Elle se gara sur le bas-côté, sortit, parcourut quelques mètres pour atteindre le passage à niveau et se mit à marcher dans les pas du chien.

— Hé, chien ! Arrête-toi. Tu vas te faire écraser…

Au son de sa voix, l'animal s'arrêta net. Il se tourna vers elle en penchant la tête de côté et on aurait dit qu'il lui souriait, comme pour lui renvoyer sa mise en garde :

« Hé, petite dame, qu'est-ce que tu fais sur cette voie ? C'est toi qui pourrais bien te faire écraser ! »

Elle claqua des doigts et siffla doucement. Il agita la queue et jappa, mais il ne vint pas à elle. Il restait immobile, la regardant s'approcher. Il ne portait pas de collier. Il n'était pas famélique, mais il n'était pas gras non plus, comme s'il venait de s'échapper du jardin de son maître. Il ressemblait à un vagabond, de ceux qui connaissent les raccourcis et les chemins de traverse. Un chien errant.

Il attendit qu'elle soit assez près de lui pour effleurer de son museau sa main tendue, puis se retourna et reprit son trottinement sur la voie. Il atteignit un virage et Taylor vit sa queue frétillante disparaître dans le tournant. Il ne voulait pas qu'on l'aide. Il savait où il allait et ce qu'il avait à faire. Contrairement à elle.

Ce n'est que lorsqu'il fut sorti de son champ de vision qu'elle se rendit compte qu'elle pleurait.

Baldwin était rongé d'angoisse. Cela faisait des heures que le téléphone portable de Taylor ne répondait pas, alors qu'Aiden rôdait toujours dans les parages et que toutes les chaînes de télévision diffusaient sur la jeune femme les rumeurs et les insinuations les plus malveillantes.

Il était près de minuit lorsque le téléphone sonna enfin. C'était elle.

— Où étais-tu passée ? Tu m'as flanqué une de ces frousses…

Il entendit le son de sa voix, chargée d'émotion, comme si elle venait de pleurer, et cette faiblesse, si peu ordinaire chez elle, lui fendit le cœur.

— Ne crie pas, veux-tu ? dit-elle doucement. Je vais très bien. Je suis en route vers la maison. J'ai besoin de dormir.

Il faut que je pense à ce que je vais faire, maintenant. Je suis crevée. Tu es toujours là ?

— Oui, répondit-il d'une voix radoucie. Tu as mangé quelque chose ?

— Non, mais je n'ai pas faim. En revanche, je me fumerais bien une petite clope…

Il parvint à rire.

— D'accord. Je dois pouvoir arranger ça. Je sais que tu as un paquet caché quelque part. Fais bien attention sur la route. A tout à l'heure.

— A tout à l'heure…

Il vida ses poumons d'une traite. Il avait fallu qu'il entende qu'il ne lui était rien arrivé de grave pour prendre la mesure de l'inquiétude qui l'avait tenaillé ces dernières heures.

Comment la situation avait-elle pu dégénérer aussi vite ? Cela faisait à peine vingt-quatre heures qu'elle lui avait parlé au téléphone des vidéos scabreuses. A présent, elles passaient en boucle aux informations — en plus de celle où on la voyait abattre Martin. Celle-là, il se faisait fort de la discréditer rapidement : il avait déjà donné des instructions pour ce faire. Tout indiquait que la bande sonore avait été modifiée pour que l'on entende David Martin l'implorer de lui laisser la vie sauve. C'était facile à prouver. Mais il faudrait plus longtemps pour que Taylor surmonte l'humiliation d'avoir été contrainte de rendre son badge.

Il vit des phares apparaître au-dehors. Il éteignit le téléviseur, se rendit au garage pour ouvrir le portail. Il sourit quand il la vit entrer dans la pièce. Ses cheveux étaient dressés sur sa tête, son nez, tout rouge. Son regard gris orageux laissait deviner la fureur de la tempête qui faisait rage dans son esprit.

— Alors, petit porc-épic ? la salua-t-il en la prenant dans ses bras.

Elle soupira, sans se prêter à la taquinerie. Son dos était raide comme un piquet, ses muscles, contractés. Il en fut touché au plus profond de son âme, se demandant s'il valait mieux lui parler ou l'emmener droit au lit. La réponse vint de l'estomac de la jeune femme, sous forme d'un gargouillement…

— Je vais te faire quelque chose à manger, lui proposa-t-il.

— Non, pas la peine, je n'ai pas faim.

Elle semblait totalement absente, sans plus de cœur à rien. Il relâcha son étreinte. Ignorant ses protestations, il alla dans la cuisine et ouvrit une boîte de soupe. Il mit le four en chauffe pour y tiédir du pain. Taylor resta de marbre, debout près de l'évier, fixant le jardin obscur au travers de la fenêtre.

La soupe fut vite réchauffée. Il lui en versa une tasse et la posa sur la table avec une demi-baguette de pain, puis l'incita doucement à s'asseoir.

Quelques instants passèrent. Il laissa le silence s'installer, puis se versa une tasse de soupe et s'assit en face de sa fiancée.

— Je n'arrête pas d'essayer de me bâtir un avenir et le passé ne me laisse aucun répit, dit-elle au bout d'un moment. Martin, L'Uomo, mes parents… Chaque fois que je fais un pas en avant, il m'arrive un problème grave et je dois reculer…

Son ton était celui de la résignation tranquille. Enumérer tous les succès qui avaient émaillé sa carrière n'aurait été d'aucune utilité en l'occurrence, et Baldwin ne l'ignorait pas. Il décida de s'y prendre autrement.

— Tu veux que je te mette au courant de ce qui se passe, ou tu ne préfères pas ?

Elle le regarda d'un œil moins terne, dans lequel il

perçut un soupçon de curiosité. « Ah, je te reconnais enfin », se dit-il.

Elle lâcha un profond soupir, trempa son pain dans sa soupe et se mit à manger.

— Oh, c'est chaud !

Elle lâcha le pain sur l'assiette, posa sa cuillère et ajouta :

— J'aime autant que tu me le dises. Les faits sont là, que je le veuille ou non…

— Je crois que je peux t'aider, Taylor.

— Ça, je n'en suis pas sûre, mon chéri. Je crois que cette fois, je suis vraiment mal partie…

Un tel accès de fragilité était inhabituel chez elle et Baldwin se fit un devoir de la réconforter.

— Pas tant que ça. Une de mes amies est en train d'analyser l'enregistrement vidéo de la mort de Martin. Elle a déjà trouvé plusieurs traces de doublage. Dès demain matin, on sera déjà en mesure de discréditer ces accusations-là. Quant à l'autre problème, j'ai passé pas mal de temps avec Lincoln après ton départ… D'ailleurs, il veut que tu le rappelles…

Il désigna le téléphone, mais elle secoua la tête.

— Plus tard.

— Comme ça t'arrange. Il m'a fourni toutes les données et je les ai transmises à un autre ami, celui dont je t'ai dit qu'il travaillait sur des affaires du même genre. Il a déjà retrouvé les propriétaires du site internet et l'a déconnecté du réseau. Ils ne peuvent plus diffuser leurs vidéos.

— Flûte ! Les filles…

— Hein ?

— Mes deux locataires. J'étais censée leur rendre visite pour voir s'il n'y a pas de caméras cachées dans la maison. Je me suis endormie hier soir et, ce matin, avec toutes ces histoires, j'ai complètement oublié.

— Elles ont appelé. Elles ont fouillé la maison de fond en comble et sont tombées sur deux mini-caméras de surveillance dans le conduit d'aération, là où tu leur avais conseillé de chercher. Ton collègue, Tim Davis, les a déjà récupérées pour les analyser. Ensuite, je les enverrai à Sherry Alexander. C'est l'amie dont je t'ai parlé, celle qui travaille sur l'enregistrement de la mort de Martin. Si quelqu'un peut remonter jusqu'à leurs propriétaires, c'est bien elle.

Taylor hocha la tête et ses cheveux vinrent lui masquer les yeux. D'un geste impatient, elle les tira en arrière dans l'intention de se les attacher en queue-de-cheval, puis renonça. Elle laissa pendre ses bras, se sentant subitement totalement épuisée.

— Tu veux encore fumer cette cigarette ? lui demanda Baldwin.

Taylor secoua la tête.

— Non, je préfère aller me coucher. Tu me portes ?

— Bien sûr.

Il se leva, l'aida à se lever à son tour. Il avait eu l'intention d'être tendre, de la soulever doucement, de déposer sur ses lèvres un petit baiser, mais la proximité de son corps, associée à cette fragilité inédite, lui fit perdre son sang-froid. Il l'embrassa avec fougue. Elle enroula ses bras autour de lui, le serrant comme dans un étau, et il se demanda s'ils allaient avoir la patience de monter dans la chambre. Le baiser se fit plus lascif. Taylor le prit par la main et l'entraîna hors de la cuisine. Il éteignit la lumière sur leur passage.

VENDREDI

30

Taylor se réveilla une première fois vers 5 heures du matin. Une faible lumière, filtrée par les stores, tentait de percer jusque dans la chambre. Elle regarda Baldwin. Il était allongé sur le dos, nu, les bras posés sur la tête. Elle roula vers lui et se blottit contre son torse. Il l'attrapa dans son sommeil et la serra contre lui. Sa chaleur et la douce sensation de sécurité incitèrent la jeune femme à fermer les yeux de nouveau.

Elle s'était rendormie lorsque le téléphone sonna. Ils sursautèrent tous les deux. Elle jeta un coup d'œil au réveil : le temps était passé bien plus vite qu'elle n'en l'avait eu l'impression. Il était à présent 6 h 30.

— Décroche, toi. Moi, je ne veux parler à personne, dit elle.

Baldwin grogna, desserra son étreinte et tendit la main vers le téléphone. Elle se pelotonna de son côté du lit, étonnamment heureuse. Après tout ce qui s'était passé la veille, le fait de le savoir à ses côtés rendait ses malheurs moins graves.

Baldwin bafouilla un allô rauque dans le téléphone. Quelques secondes plus tard, il se redressa, tirant le drap à lui. Il tendit le bras pour prendre la télécommande, alluma le téléviseur et sélectionna la chaîne d'informations MSNBC.

Il donna un petit coup de coude à Taylor. Elle se colla contre lui, tandis qu'il lui montrait l'écran du doigt.

Une femme blonde, vêtue d'un tailleur crème de bonne coupe, les cheveux coupés court à la mode des présentatrices new-yorkaises, se partageait l'écran avec Michelle Harris. L'inquiétude se lisait sur son front plissé.

— Mademoiselle Harris, vous pensez donc que la police de Nashville a mal engagé l'enquête sur le meurtre de votre sœur ? Nous avons appris qu'un suspect a été arrêté : votre beau-frère… C'est exact ?

— Tout à fait. Ils ont arrêté Todd… Mais, après ce qui s'est passé hier, je ne suis plus du tout sûre que ce soit lui le coupable. Si on ne peut pas se fier à la police, si les policiers se tuent entre eux, comment peut-on être certain qu'ils aient arrêté le véritable auteur du meurtre ?

— Oh, mon Dieu ! s'écria Taylor.

La blonde fit la moue, se tapotant les lèvres du bout de son stylo, affichant un air pensif.

— Mademoiselle Harris, avez-vous découvert un élément qui puisse remettre en question selon vous le bien-fondé de cette arrestation ?

Michelle Harris eut l'air troublé et Taylor se rendit compte qu'elle ne connaissait pas bien le sens du mot « bien-fondé ». Elle eut pitié de son ignorance, mais cet élan de compassion cessa net lorsque Michelle répondit à la question.

— Tout ce que je sais, c'est que cette enquête a été menée n'importe comment. Et le comble, c'est que la policière qui la dirige a été vue à la télé dans des circonstances abjectes.

Un sourire mauvais déformait ses lèvres.

« Ne fais pas ça », pensa très fort Taylor, mais l'autre continuait :

— Oui, on l'a tous vue à la télé, hier soir… Ce film

dégoûtant où elle a des rapports avec son collègue, avant de lui tirer de sang-froid une balle dans la tête… Il faut être un monstre pour agir de la sorte ! Je ne comprends pas pourquoi la police de Nashville ne la limoge pas…

— A ce propos, précisa la journaliste, le porte-parole de la police de Nashville vient de confirmer à MSNBC que le lieutenant Taylor Jackson a été déchargée de ses obligations en attendant les conclusions d'une enquête interne.

Taylor sentit la nausée la gagner.

Baldwin fit mine de vouloir éteindre le téléviseur, perdant son flegme habituel.

— On va les attaquer en justice pour ça, ces salauds ! Ne te fais pas de souci, ma chérie. Ils n'ont pas le droit de…

— Attends… Chut ! N'éteins pas ! Qu'est-ce qu'elle dit ?

La blonde avait achevé son portrait assassin de Taylor et était revenue au sujet du jour.

— A présent, mademoiselle Harris, dites-nous ce que vous avez trouvé hier soir et qui vous a convaincue que les enquêteurs faisaient fausse route ?

Michelle Harris brandit une feuille de papier devant elle. Le bruissement fut amplifié par le micro-cravate qui était fixé au col de son chemisier.

— Cette femme a un long passé de violence policière. Un ami m'a dit qu'elle avait été citée plusieurs fois pour avoir brutalisé ou intimidé des témoins. Elle a tué plus de gens que tous ses collègues de la police de Nashville. Tenez, tout est là…

La journaliste jubilait sur sa moitié d'écran.

— Nous allons faire une petite pause publicitaire. Restez avec nous… On se retrouve dans quelques minutes.

Un clip la remplaça aussitôt et Baldwin coupa le son. Taylor avait empoigné son téléphone.

— Tu appelles qui, là ?

Elle s'immobilisa et replaça le téléphone sur son support.

— Fitz. Quelqu'un. Je ne sais pas. Dire qu'elle passe à la télé pour raconter de telles conneries ! Où se procure-t-elle ses informations ?

— C'est une excellente question. Même si elle a été induite en erreur, c'est une diffamation caractérisée.

Taylor se mit à arpenter la chambre.

— J'ai compris qu'elle avait soif de célébrité à l'instant où je l'ai vue la première fois à la télé. Corinne était la préférée, le chouchou de ses parents. Michelle s'est toujours sentie exclue. Je pense que c'est sa manière à elle de capter l'attention, la reconnaissance, d'obtenir enfin une identité propre. Elle a commencé par se répandre sur toutes les chaînes de télé pour raconter sa découverte du corps, et maintenant, la voilà qui m'accuse publiquement de tous les maux. Crois-moi, cette femme est dérangée. Mais ça ne se passera pas comme ça…

Elle s'empara du téléphone de nouveau.

— Taylor…, commença Baldwin.

Elle composa furieusement un numéro, tout en cherchant des yeux le bloc-notes qu'elle laissait en permanence sur sa table de nuit.

— Quoi ? demanda-t-elle.

— Laisse-moi m'occuper de tout ça, chérie…

Elle se souvint alors qu'elle était suspendue de ses fonctions. Elle se figea net et faillit retomber sur le matelas, sous le poids de l'évidence.

Elle n'avait plus de badge. Elle était « déchargée de ses obligations ». Sans son badge, elle ne pouvait pas intervenir pour remédier aux propos diffamatoires que venait de tenir Michelle Harris. La colère monta en elle, irrépressible.

A l'autre bout du fil, quelqu'un décrocha. Taylor chuchota :

— C'est une erreur, excusez-moi.

Elle raccrocha et fixa Baldwin d'un air pitoyable.

— Je ne peux pas rester les bras croisés. Il faut que je fasse quelque chose ! Ils croient que je vais les laisser torpiller ma carrière sans moufter, comme un brave petit soldat ?

— Pourtant, c'est exactement ce que tu vas faire pour l'instant, ma douce. Fais-moi confiance. On va être en mesure de prouver ton innocence incessamment… Mais tant que ce n'est pas fait, il va falloir que tu te tiennes à l'écart. Cependant, je dois avouer que je préférais ne pas te laisser ici toute seule, sans protection. Aiden doit encore rôder dans les parages. Il a toujours un compte à régler avec moi.

Elle l'avait oublié, celui-là ! Parfait… Un tueur psychopathe à l'affût dans le voisinage. Son badge et son arme de service retirés. Une situation idéale !

Baldwin sortit du lit.

— Je vais prendre une douche et filer en ville. Il faut que je trouve un moyen d'assurer ta protection.

— Je n'ai pas besoin d'être protégée, Baldwin. Enfin, quoi ! Je suis flic, quand même, et j'ai des armes, ici. Et puis il y a le système d'alarme. Ce type ne parviendra plus jamais à s'approcher de moi.

Il se tourna vers elle et se rassit sur le bord du lit. Elle se colla contre lui, posa sa tête sur son épaule. Elle ne voulait pas que quelqu'un d'autre que lui la protège. A eux deux, elle ne doutait pas qu'ils pouvaient faire face à tous les périls.

— Ma chérie, commença-t-il d'une voix plus douce. Il faut bien que tu me comprennes. Aiden est un individu extrêmement vicieux et rusé. Ça fait des années qu'il tue en toute impunité et que nous ne parvenons pas à l'en empêcher. Il ne renonce jamais, ne se résigne jamais. Or il est engagé dans une véritable vendetta contre moi. Je l'ai fait bannir des Etats-Unis. Seulement sa mère est toujours en vie. Elle est internée dans un hôpital psychiatrique de Rhode Island. Il a une femme, aussi. Mais pour elle, c'est plus compliqué. C'est elle qui l'a dénoncé, en 2006. Elle l'a surprise en train de patauger dans les boyaux d'une prostituée, à Berlin. Elle s'est enfuie. Elle est allée tout droit au consulat américain et leur a tout raconté. J'ai été prévenu peu après, le temps que mon contact dans la haute hiérarchie des services secrets soit informé. Il fallait se rendre à l'évidence : l'homme avait échappé à notre contrôle, il s'était mis à « travailler pour son compte », comme on dit chez les barbouzes.

Il marqua une pause, pendant laquelle Taylor voulut dire quelque chose, mais il lui pressa le bras et reprit :

— Je sais ce que tu vas me demander : pourquoi s'en prend-il à toi ?

Elle hocha la tête.

— Jusqu'à récemment, je ne présentais aucun talon d'Achille, je ne lui offrais aucune prise. En tant qu'adversaire, Aiden a toujours fait montre de… disons, de respect pour moi. Et c'était réciproque. C'est l'un des tueurs les plus compliqués que j'ai jamais eus à profiler. A côté de lui, Ted Bundy[1] n'est qu'un enfant de chœur un peu vicieux sur les bords. Mais maintenant que tu es entrée dans ma vie, je suis enfin vulnérable à ses yeux. Il semble qu'il nous ait vus ensemble en Italie — c'est la seule façon dont il aurait pu mesurer l'intensité des sentiments que j'éprouve à ton égard. Me tuer ne lui sert à rien. Te tuer, toi, me

1 Célèbre tueur en série américain, Ted Bundy fut arrêté en 1978 et exécuté en 1979 pour le viol et le meurtre de trente-deux jeunes femmes, mais on le soupçonne d'en avoir assassiné plus d'une centaine (NdT).

ferait souffrir atrocement. C'est comme ça qu'il raisonne. Le problème, c'est que nous n'étions pas vraiment sûrs de ses intentions… jusqu'à ce qu'il rapplique ici.

Il lui pressa de nouveau le bras et ajouta :

— Mais il y a quelque chose qu'il faut que tu saches pour bien comprendre la situation…

Il se leva, enfila son caleçon et s'assit dans le fauteuil, face au lit. Le fait qu'il ait rompu le contact physique avec elle déconcertait la jeune femme.

— J'ai tué Lucy, sa femme…

Taylor ouvrit de grands yeux.

— Comment ça, tu as tué sa femme ?

Baldwin plongea son visage dans ses mains un instant. Puis il redressa la tête.

— C'était un accident. Un terrible accident. Elle s'est jetée sur moi et j'ai tiré. Légitime défense. C'est du moins ce que Garrett en a conclu… Je crois, moi, que j'aurais pu réagir autrement. Cette femme était physiquement bien plus faible que moi. J'aurais pu me défendre à mains nues. Mais elle me rendait responsable de la folie d'Aiden. Elle m'accusait d'en avoir fait le monstre qu'il était devenu.

» Elle s'était résolue à nous demander de l'aide. J'avais réussi à lui faire quitter l'Allemagne. Je savais qu'Aiden se lancerait à sa poursuite, pour se venger d'elle. On l'avait mise à l'abri dans une maison sécurisée, à Vienne. Mais il a réussi à se procurer l'adresse. J'en ai été averti au dernier moment. Je suis sorti de cette maison avec Lucy, moins de cinq minutes avant son arrivée.

» Ensuite, tout est allé de travers. Sans nous en aviser, Lucy s'est arrangée pour qu'Aiden revienne aux Etats-Unis. Il lui manquait, chose étrange, et elle complotait avec lui pour nous doubler. C'était vraiment incompréhensible de sa part. Elle avait vu son mari éventrer une femme, quand même. Mais Aiden a renoué avec elle, il a su où elle vivait.

» Nous l'avons contrainte à quitter sa maison. Elle ne voulait pas partir. Elle a inventé des prétextes dont nous n'avons pas tenu compte. Dans la voiture, elle a sorti un couteau, elle voulait me poignarder. J'ai été pris par surprise, j'ai réagi sans réfléchir. Je lui ai tiré une balle dans la jambe… Par réflexe, pour me défendre… La balle a touché l'artère fémorale. Elle a perdu tout son sang avant que j'arrive à l'hôpital. »

— Et Aiden ne t'a pas pardonné…

— Non. Je l'ai privé du plaisir de la tuer lui-même. Elle est enterrée aux Etats-Unis et il n'a jamais pu se rendre sur sa tombe… Il a juré de faire de ma vie un enfer. C'est pour ça que j'ai toujours évité de me lier avec une femme. Mais maintenant, il y a toi. Tu es toute ma vie et Aiden ne l'ignore pas…

Il parut vouloir ajouter quelque chose, mais resta silencieux. Un terrible désarroi se lisait sur son visage, palpable et bouleversant.

Elle se jeta au pied du fauteuil et lui prit la main.

— Baldwin, je suis vraiment désolée. Je n'avais aucune idée de la gravité de tes problèmes. Qu'est-ce que je peux faire pour t'aider ?

Ils se levèrent tous deux d'un même élan. Il l'embrassa avec une passion telle que Taylor sentit son estomac se nouer et son cœur chavirer. Son menton mal rasé était rugueux mais elle s'en moquait. Elle en voulait plus encore. Il ôta son caleçon d'une main et ils se retrouvèrent sur le lit en un éclair. Il la pénétra sans préliminaires et elle oublia toute la cruauté du monde. Il n'y avait plus de tragédies, plus de tueurs en série, plus d'échecs professionnels. Il n'y avait plus que lui — lui, qui l'emplissait, la comblait, la déclarait sienne, la serrait dans ses bras. Et les contrariétés de l'existence, leurs peines et leur désarroi mêmes ne firent que précipiter l'orgasme mutuel qui couronna la fusion de leurs deux êtres.

Baldwin lui avait donné pour stricte consigne de ne pas mettre un pied hors de la maison. Il avait laissé un garde armé en faction devant la porte d'entrée et obtenu que des voitures de patrouille sillonnent le quartier.

Que de précautions superflues ! Taylor avait l'habitude des criminels les plus dangereux, elle saurait se défendre en cas de besoin. Etre sur ses gardes, voilà ce qui comptait le plus, quand on était menacé comme elle l'était. Il était également plus malin de ne pas rester là où votre ennemi s'attend à vous trouver et c'était exactement ce qu'elle avait l'intention de faire.

Il lui restait encore la piste de Thalia Abbott, dont elle n'avait parlé à personne. Elle pourrait faire un saut à l'école catholique St. Ann's, après son entretien avec Ellen Ricard, qui l'attendait vers 8 heures.

Elle invita le garde en faction à boire un café avec elle et lui expliqua ses projets. Elle lui signifia clairement qu'elle n'avait pas le choix et lui fit jurer de ne pas révéler à Baldwin qu'elle s'était éclipsée.

— Donnez-moi deux heures, lui demanda-t-elle. Quand je reviendrai, je vous promets que je ne bougerai plus d'ici. Je serai sage comme une image !

Lorsqu'elle sortit du garage au volant de sa voiture, elle sifflotait joyeusement. On lui avait repris son badge ? Ce n'était certainement pas ce détail qui allait l'empêcher de poursuivre son enquête !

Sa conscience essayait bien, vainement, de se faire entendre, mais elle ignora cette petite voix, dans un coin de sa tête, qui lui conseillait de rebrousser chemin, de se calfeutrer avec un bon livre et de laisser Baldwin se charger de tout. Depuis quand laissait-elle un homme s'occuper de ses affaires à sa place ? Elle ne tenait pas particulièrement à lui faire un pied de nez en agissant de la sorte, mais, quelque part dans son subconscient, elle désirait lui prouver qu'elle était bien aussi dure et forte qu'il le pensait.

Elle jeta un coup d'œil dans le rétroviseur pour voir si elle n'était pas suivie, mais ne remarqua rien qui puisse faire naître en elle la moindre inquiétude. Jusque-là, lorsque Aiden était proche, elle l'avait toujours senti, détectant sa présence maléfique. Ce tueur avait le don d'éveiller chez elle les instincts de survie les plus profonds. Ses réserves d'adrénaline étaient mobilisées dès lors qu'il se trouvait dans les parages.

La tombe de sa femme… Baldwin lui avait dit qu'Aiden avait un double projet : gâcher la vie de son ennemi et voir la sépulture de son épouse. Elle avait oublié de lui demander où cette Lucy était enterrée. Aiden avait peut-être inversé ses priorités et décidé de se recueillir sur la tombe de la défunte avant de s'en prendre à elle.

Le trajet vers le centre-ville se passa sans anicroche. Elle se gara dans le parking souterrain situé sous l'immeuble où officiait le Dr Ricard. L'endroit était sombre et lugubre. Elle se demanda brièvement s'il ne serait pas préférable de se garer le long du trottoir dans West End Avenue. Elle décida que c'était plus sûr — « tu vois, Baldwin, je ne suis pas complètement idiote » —, fit demi-tour et remonta la rampe d'accès vers la surface.

En regardant par-dessus son épaule, elle ne vit rien de suspect. Elle se dit que Baldwin avait dû prendre des mesures pour la faire suivre très discrètement par une équipe de protection. Mais il se pouvait bien aussi qu'Aiden ait quitté la ville, depuis qu'il savait que Baldwin y était revenu. Elle se demanda ce que seraient son existence et celle de Baldwin s'ils ne les passaient à traquer par monts et par vaux des fous dangereux. Ternes et ennuyeuses, à n'en pas douter.

Dans le hall de l'immeuble où elle entra, une plaque laquée de noir indiquait en caractères dorés que le bureau du Dr Ellen Ricard était situé au septième étage. Autour des ascenseurs s'affairait tout un petit monde de patients et d'hôtesses. Une infirmière en combinaison bleue rapportait des tasses de café fumantes du Starbucks voisin.

Taylor s'enfonça dans la mêlée et prit sa place dans la cabine d'ascenseur.

Le bureau du Dr Ricard était situé tout au fond d'un long couloir, à côté de l'escalier de secours. Lorsque Taylor passa le pas de la porte, une sonnerie discrète retentit pour annoncer sa présence. Le bureau était décoré avec goût. Un tapis d'Aubusson à motifs rouge et or couvrait presque tout le sol, faisant ressortir les toiles aux tons assortis qui ornaient les murs crème. Taylor reconnut en elles des œuvres dues au pinceau d'une artiste néo-impressionniste du Tennessee, Jennifer Wilken. Les meubles étaient robustes et carrés, uniformément brun clair. Des exemplaires du magazine *Town and Country* étaient empilés sur une table basse. Une vague senteur de Chanel n° 5 flottait dans la pièce.

Avertie par le carillon de la porte, Ellen Ricard surgit d'une pièce adjacente. Ses cheveux argentés, coupés court, tranchaient d'avec ses traits juvéniles. Lunettes carrées à monture noire, maquillage minimal, pantalon à pattes d'éléphant noir, tunique échancrée de soie noire et blanche, le médecin présentait un curieux mélange vestimentaire entre la mode baba cool et celle d'une bobo branchée. Elle ne devait pas avoir plus de quarante ans, mais Taylor n'avait jamais été très douée pour estimer l'âge des gens.

Ellen Ricard traversa la pièce et lui tendit la main. Taylor la lui serra et la suivit.

Orientée à l'est, la pièce où elle fut reçue baignait dans la lumière du matin. Le soleil qui dardait ses rayons au travers de vastes fenêtres apportait à l'endroit une touche de gaieté. Deux canapés massifs se faisaient face, séparés par une table basse en verre de style Art déco. Juste à côté, une bergère tapissée de velours noir affichait les stigmates d'un usage fréquent.

Le Dr Ricard traversa la pièce pour s'y installer, comme un chat, les jambes repliées sous elle. Elle posa un bloc-notes et un stylo sur la table basse et invita Taylor à s'asseoir d'un signe du menton. La policière s'exécuta, fascinée par l'autorité qui se dégageait de cette femme, sans qu'elle ait encore prononcé le moindre mot.

Au bout d'un instant, la psychothérapeute prit la parole et son accent donna à Taylor l'impression dépaysante de participer à une visite guidée au British Museum de Londres.

— Je suis Ellen Ricard, mais ça, vous le savez déjà. Que puis-je pour vous, lieutenant ?

Droit au but. Tant mieux.

— Corinne Wolff était votre patiente. J'aurais voulu savoir pourquoi elle vous consultait.

— Si vous savez déjà qu'elle était ma patiente, alors vous devez savoir que je ne suis pas obligée de vous décrire nos séances privées. Mais sa mort m'a beaucoup touchée. Corinne était une fille merveilleuse.

— Alors aidez-moi à retrouver son assassin, docteur…

— N'est-ce pas déjà fait ? J'ai cru comprendre que vous aviez déjà placé un suspect en garde à vue…

— C'est exact, mais je ne crois pas que la culpabilité de Todd Wolff soit si évidente que ça. Plusieurs éléments à charge l'incriminent, mais l'enquête est loin d'être terminée. Ce n'est pas pour ça que je suis venue vous voir.

Il semble que Corinne et son mari étaient très… ouverts sur le plan sexuel…

— Vous n'êtes sûre de rien, en somme. Et vous ne voulez pas être responsable de sa condamnation, s'il est innocent.

— Vous avez raison. Je suis loin d'être convaincue de sa culpabilité. Et je me soucie de la vérité, quels que soient les choix et les goûts des personnes pour lesquelles je dois établir les faits.

Ricard sourit enfin et se détendit dans son fauteuil.

— D'accord, lieutenant… J'arrêterai donc de tourner autour du pot, quand vous ferez de même.

Taylor la regarda, interloquée. Quelle étrange femme ! Cette conversation allait-elle la mener quelque part, ou Ellen Ricard lui faisait-elle perdre son temps ?

— Qu'est-ce que vous entendez par là ?

— Je veux dire que j'ai vu les infos, ce matin. Il paraît que vous êtes suspendue… C'est bien vrai, ça ? Ou peut-être avez-vous été réintégrée il y a cinq minutes.

Taylor s'enfonça piteusement dans les coussins du canapé.

— Je m'en fiche, lieutenant. Et j'ai vu les vidéos.

Taylor blêmit. L'autre poursuivit, sans véritable chaleur, mais avec une touche de camaraderie dans la voix :

— Rassurez-vous, j'ai bien compris que quelqu'un vous en veut à mort et essaie de salir votre réputation. Ça crève les yeux… J'ai moi-même eu à subir ce genre de coups bas. Intimidation, diffamation, coercition… Je connais la musique. Ne vous laissez surtout pas abattre. Mais, en toute franchise, rien de tout cela n'a d'importance pour moi. Je vois que vous êtes sincère dans votre désir de confondre le véritable assassin de Corinne Wolff.

Elle sourit et lui adressa son premier regard cordial depuis qu'elle l'avait admise dans son sanctuaire.

— Mes propos devront cependant rester entre nous… Vous comprendrez aisément pourquoi, je crois. Si je dois divulguer des secrets concernant une patiente à un officier de police suspendu, je préfère me restreindre à de simples hypothèses.

Taylor scruta son visage en quête de signes de moquerie, et n'en trouva aucun. Qu'avait-elle à perdre ? Elle n'était plus en mesure d'annoncer officiellement qu'elle avait résolu l'affaire. Non, mieux valait prendre la psychothérapeute au mot, écouter ce qu'elle avait à dire, recueillir de sa bouche le maximum d'informations.

— Je comprends. Ça me va. Je voudrais juste savoir comment quelqu'un d'aussi stable et maître de soi que Corinne Wolff a pu tomber dans la dépression. Elle ne semblait pas du tout du genre à prendre des anxiolytiques pendant sa grossesse. Je me demandais aussi si c'était un indice pouvant m'aider à déterminer si c'est son mari qui l'a tuée, ou quelqu'un d'autre…

Voyant qu'elle hochait la tête, Taylor s'interrompit pour laisser à la femme le temps de rassembler ses pensées.

— Vous en savez déjà beaucoup sur elle, à ce que je vois. Vous avez effectué une étude victimologique pointue, je suppose ?

— J'essaie de parvenir à des conclusions victimologiques *exactes*. Corinne me fait l'effet d'une femme pourvue d'une double personnalité. D'une part, la femme au foyer et la mère de famille menant une petite vie bien tranquille dans une banlieue résidentielle, l'ex-prodige du tennis et brillante étudiante… D'autre part, une perte de contrôle, une recherche désespérée du bonheur et du plaisir. J'aimerais savoir pourquoi cette femme avait ainsi deux personnalités aussi opposées.

— Nous sommes tous doubles, lieutenant. Il y a le personnage dans lequel nous nous coulons pour les autres, et il y a le soi que nous gardons caché, le côté authentique et sans fard de notre personnalité, celui qui nous permet de porter des jugements secrets et de tirer du plaisir de nos actes. Ne me dites que vous êtes la même chez vous, dans l'intimité de votre foyer, et en public. Dans votre cas, en outre, le simple fait d'être une femme exerçant un métier d'homme doit vous dissuader de montrer au travail toute forme de faiblesse ou toute vulnérabilité.

— Je ne suis pas vraiment une femme exerçant un métier d'homme, docteur. Et je suis la même femme au travail qu'à la maison. Avec moi, les apparences ne sont pas trompeuses.

Ricard la gratifia d'un sourire pincé. Elle ne semblait pas beaucoup aimer qu'on la défie.

— Ah bon ? Combien y a-t-il de femmes de votre grade dans la police de Nashville aujourd'hui ?

— Pas mal…

— Et elles exercent sur le terrain ou dans des bureaux ?

— Dans la police de Nashville ? Elles sont dans les bureaux. Je suis la seule femme de ce grade à intervenir sur le terrain.

— Et je parie que vos subordonnés vous respectent. Que vous ne leur montrez jamais qu'au fond, en votre for intérieur, vous aimeriez renoncer à votre pouvoir et leur permettre de se préoccuper davantage de vous.

— Vous vous trompez. Nous formons une équipe. Nous travaillons ensemble et je suis leurs conseils. Si je n'agissais pas ainsi, ils ne me feraient pas confiance.

— Et vous avez un homme, chez vous ?

— Oui.

— Quel est son métier ?

— Il travaille pour le FBI. Il est…

— Oui ?

— Il est en pleine enquête et me cache certains aspects de l'affaire qui l'occupe en ce moment. Il veut me protéger, mais je n'ai pas besoin d'être protégée...

« Mais qu'est-ce qui te prend, Taylor ? Tu n'es pas venue ici pour t'allonger sur le divan et lui déballer ta vie ! »

Cette femme était vraiment douée !

— Nous nous éloignons du sujet, docteur, reprit-elle vivement. Tout cela n'a rien à voir avec Corinne Wolff.

— C'est là que vous vous trompez, justement. Corinne se comportait également comme si elle contrôlait parfaitement tous les aspects de sa vie. Comme si les choix qu'elle faisait étaient bien ses propres choix. Et comme si elle se livrait à des activités extrêmes parce qu'elle en avait envie. Mais en réalité, et il en va ainsi chez toutes les femmes, il y a toujours une part de nous-mêmes qui souhaite être cajolée et protégée et non pas collectionner les partenaires sexuels. Moins encore si ces moments intimes sont vendus au plus offrant.

Taylor la regarda. Derrière ses lunettes, derrière son masque de femme sévère et réservée, elle découvrait un être astucieux et habile.

— Vous êtes en train de me dire que Corinne était une victime ?

— En quelque sorte, oui... Corinne, malheureusement, n'est plus parmi nous pour confirmer qu'elle se sentait abusée par les inclinations sexuelles de son mari. Quant à vous, qui êtes novice en ces matières, vous pouvez vous blinder face aux accusations qui pleuvent en ce moment sur vous, car vous savez, au fond de votre cœur, que vous n'avez pas fauté. Hélas ! Corinne n'avait pas votre force d'âme... Elle était facilement influençable. Au lieu de résister, elle acquiesçait à tout. Elle laissait volontiers les autres la manipuler.

— Je ne suis pas une victime, docteur Ricard, protesta

Taylor. C'est ce qui fait toute la différence entre Corinne Wolff et moi. J'aimerais que vous vous contentiez de me parler d'elle, s'il vous plaît. Donc, selon vous, son mari la manipulait ?

Ellen Ricard eut l'air amusée pendant un instant. Elle hocha la tête et poursuivit :

— Corinne était manipulée par de nombreuses personnes. Mari, famille, frère et sœurs, amant. Vous découvrirez la vérité assez tôt, lieutenant. Parlons plutôt de l'angoisse que peut ressentir une jeune mère dans une situation semblable à celle de Corinne. Songez aux difficultés que peut éprouver une enfant exceptionnellement douée. Imaginez une existence systématiquement contrôlée, un petit monde entièrement structuré autour du prétendu génie de cette gamine. Une enfant qui, sous la pression de l'adulation générale, doit sans cesse travailler, s'entraîner et répondre aux espérances que son entourage a placées en elle… Jusqu'au jour où cette enfant se réveille, au propre comme au figuré, et décide qu'elle ne veut plus être un prodige. Elle ne veut pas travailler aussi dur pour exister. Elle voit autour d'elle ses camarades de classe qui se la coulent douce, qui font la grasse matinée pendant le week-end, qui ont le temps de sortir et de se voir… Et, tout à coup, elle décide qu'elle veut mener la même vie, une vie « normale ». Or quelqu'un d'aussi engagé peut très bien rechercher ces bonheurs simples avec la détermination acharnée qui a fait d'elle une sportive accomplie.

— La mère de Corinne m'a confié que sa passion du tennis s'était modérée quand elle est entrée en terminale.

Comme Ellen Ricard ne réagissait pas à cette remarque, Taylor demanda :

— Est-ce que des petites contrariétés, qui paraîtraient insignifiantes au commun des mortels, pourraient déclencher une crise chez ce genre de sujets ?

— Certainement. Quelqu'un d'aussi soucieux de tout contrôler autour d'elle, comme elle l'était indéniablement, aura toujours du mal à laisser les autres prendre des décisions à sa place. A moins d'être compromis, jusqu'à un certain point. Soumis à une force irrationnelle comme l'amour, par exemple…

C'était logique. Taylor songea au film porno qu'elle avait visionné, celui où Todd s'ébrouait avec les deux jeunes femmes tandis que Corinne tenait la caméra. Peut-être goûtait-elle ces jeux sexuels, peut-être pas, mais en prenant le contrôle de la caméra, en découvrant la première ce qui allait être livré au voyeurisme du public, elle gardait le contrôle de sa situation conjugale. En mettant les frasques de son mari en scène, elle accédait à un rôle on ne peut moins conventionnel.

— Il ne se passait rien, dans la vie de Corinne, qui puisse exprimer ce besoin de tout contrôler ?

— Lieutenant, comme nous sommes convenues de ne parler que de situations hypothétiques, je ne peux malheureusement pas vous répondre. Mais un sujet ayant un tel besoin de stabilité peut très bien avoir subi ce genre d'abus dans le passé, qu'il se les soit infligés lui-même ou qu'il les ait subis d'un tiers. Nombre d'enfants surdoués s'expriment principalement par leur talent. Une chose aussi banale qu'une mère ou un père ordonnant à un tel enfant d'aller se coucher, plutôt que d'étudier ce qui le passionne, peut très bien déclencher une crise. Ces surdoués se servent de leur talent pour contrôler la situation, tout comme un enfant anorexique se sert de l'inanition pour nier son corps. Tout cela n'est qu'affaire de perception. Si vous leur ôtez les moyens d'exercer leur talent ou s'il vient à tarir, vous aurez un enfant qui ne pourra ni ne voudra survivre sans obéir à un mécanisme régulant son comportement et ses désirs.

— La promiscuité sexuelle, par exemple ?

Ellen Ricard esquissa un sourire.

— Excellente déduction, lieutenant. Vous faites des progrès. La promiscuité sexuelle peut fort bien être une conséquence amorale du comportement discriminant d'une enfant surdouée.

— Mais cette enfant finit par devenir un adulte. Cela ne l'aidera pas à dépasser un tel mécanisme ?

— Certains y arrivent. D'autres pas. Certains vont continuer à cultiver leur talent particulier. D'autres, quand ils sont privés de la passion qui a construit leur identité, sombrent vite dans la dépression. Ils dépérissent, se renferment sur eux-mêmes et finissent presque toujours par se suicider ou être internés. Mais il s'agit là de cas extrêmes et rares. La plupart continuent à mener des existences qui sont productives, à défaut d'être heureuses.

— Peut-on imaginer qu'il puisse y avoir un catalyseur, un événement qui pourrait faire basculer une personne de ce genre dans la déprime ? Quelque chose qui la pousserait à agir en contradiction avec son être même ?

— Oui, absolument. Je pense que c'est parfaitement possible. Un événement imprévu pourrait bouleverser son existence…

Elle avait dit cela d'un ton plein de sous-entendus et Taylor commençait à y voir plus clair.

— Cette grossesse était-elle désirée ? demanda-t-elle.

Ricard hocha la tête, mais se montra circonspecte :

— Je ne pourrais pas vous le garantir. Corinne savait cacher son jeu.

Ainsi, c'était ça, le problème. Elle était tombée enceinte et n'en était pas ravie. Cela paraissait étrange, pour une jeune mère qui avait l'air heureuse de l'être.

— Est-ce qu'une grossesse non désirée serait difficile

à vivre pour une femme qui veut tout contrôler ? Au point de déclencher un trouble pathologique ?

— Bien déduit de nouveau, lieutenant. Dans certains cas extrêmes, le sujet aura du mal à renoncer au contrôle qu'il exerce sur son corps, comme cela se produit forcément chez une femme qui attend un bébé. Le sujet pourra même être amené à se persuader que le fœtus est un être étranger à son corps et éprouver une telle répulsion à son égard que la seule solution possible est l'interruption de grossesse. Ou bien le sujet peut chercher à se faire conseiller pour mieux affronter ses crises de claustrophobie. L'hyperanxiété, le désir irrépressible de s'échapper et celui de créer une séparation — tous ces troubles doivent être traités par une thérapie cognitive régulière, des séances de psychanalyse, de relaxation et de biofeedback.

— Corinne souffrait-elle de tels troubles ? Avait-elle des crises de claustrophobie causées par sa grossesse ?

— Allons, lieutenant, là, vous voulez me faire sortir des bornes du champ des hypothèses…

— Bon… Et la médication ?

— Eh bien, en cas de grossesse, la patiente ne doit pas être encouragée à user de moyens chimiques pour résoudre le problème de ces crises.

— Mais Corinne a choisi d'en prendre. Pourquoi ?

Ricard jeta un coup d'œil à la pendule.

— J'ai bien peur qu'il ne se fasse tard…

Elle se leva.

— Une dernière question, dit Taylor en se levant à son tour. Corinne Wolff avait-elle des tendances suicidaires ?

Ellen Ricard rajusta ses lunettes et tira sur sa tunique pour qu'elle recouvre bien ses hanches.

— Elle a pu en avoir. Mais vous conviendrez qu'il est très improbable qu'elle se soit battue elle-même à mort…

31

Lorsque Taylor sortit du cabinet médical, les idées et les hypothèses se bousculaient dans sa tête. Elle commençait à avoir une idée plus précise de la personnalité de Corinne Wolff. Elle n'ignorait pas que la meilleure manière de résoudre une affaire de meurtre consistait à connaître la victime. Et il y avait toutes les chances pour que l'assassin appartienne à son entourage. L'évidente frénésie avec laquelle elle avait été battue à mort, l'apparente facilité avec laquelle le tueur avait accédé à sa maison : tout désignait un meurtrier animé par la vengeance, la volonté d'infliger un châtiment. C'est-à-dire un proche, un membre de son entourage. Si elle arrivait à se glisser dans l'intimité de Corinne, elle parviendrait d'autant plus facilement à démasquer son assassin, qui pouvait fort bien être Todd, d'ailleurs. Nombre d'indices l'accusaient. Mais cela pouvait aussi bien être quelque autre personnage ayant été en rapport avec la victime.

Comme elle n'en était plus à une irrégularité près, elle se demanda si Julianne Harris accepterait de lui parler au téléphone. Sa fille Michelle avait certes clamé haut et fort que la policière n'était pas du côté de la famille, mais la mère n'était peut-être pas du même avis… Elle sortit son calepin et en feuilleta les premières pages. Oui, le numéro des Harris y figurait. Elle le composa.

Ce fut Julianne qui répondit.

— Vous avez des nouvelles ? demanda-t-elle, dès que Taylor se fut présentée.

— Madame Harris, je vous remercie d'accepter de me répondre au téléphone, je suis…

— Je ne veux pas que l'on parle de ce qui vous arrive, lieutenant. Que voulez-vous savoir ?

Sèche et concise. Taylor se jeta à l'eau :

— Madame Harris, saviez-vous que votre fille prenait des médicaments pour traiter son hyper-anxiété ?

Il y eut un silence, puis Julianne soupira.

— Oui, répondit-elle.

— Savez-vous pourquoi ?

Il y eut un nouveau silence.

— Laissez-moi reformuler la question, reprit alors Taylor.

Mais son interlocutrice la coupa :

— Non, lieutenant, ce n'est pas la peine. Corinne était anxieuse, c'est vrai. Elle souffrait de crises de panique qui avaient un rapport avec sa grossesse. Elle n'a pas voulu me dire pourquoi, mais je savais à quoi à m'en tenir.

— C'est-à-dire ?

— Je ne veux pas dire du mal de ma fille, lieutenant. Je crois qu'il vaut mieux mettre un terme à cette conversation.

— Corinne avait-elle un amant, madame Harris ?

Mme Harris lâcha une petite plainte avant de s'exclamer :

— Comment l'avez-vous su ?

« Je l'ai deviné. »

— Qui était-ce ?

— Je ne le sais pas. Je ne suis même pas absolument certaine qu'elle en ait eu un, au fond. Son comportement était étrange peu avant sa mort. Versatile, fantasque, obsédée par le moindre détail. Je ne l'avais vue comme ça qu'une fois, à propos d'un garçon pour qui elle avait le béguin en terminale. Ils sont sortis ensemble brièvement, très brièvement, et quand il a rompu avec elle, elle s'est effondrée. Elle est tombée dans une profonde dépression et s'est mise à lui écrire des lettres pour le supplier de renouer. Ça n'a duré que très peu de temps ; on a réussi à lui changer les idées en quelques semaines. Ces derniers temps, son comportement était un peu le même qu'à cette époque. Une mère s'en aperçoit toujours, quand sa fille va mal, lieutenant. Voilà tout ce que je peux vous dire.

— Merci, madame Harris. Votre aide m'a été précieuse.

Taylor raccrocha, tâchant de faire le lien entre tous les éléments. Todd Wolff était revenu sur ses propos concernant ses dernières relations sexuelles avec sa femme. Il avait commencé par dire qu'ils n'avaient pas fait l'amour durant la semaine. Une situation adultère expliquerait donc la présence de sperme dans l'organisme de Corinne. On attendait encore les résultats des analyses d'ADN qui infirmeraient ou confirmeraient les dires de Wolff. Si Corinne avait une liaison extraconjugale, qui donc était son amant ?

Elle prit quelques notes, puis pesa le pour et le contre avant de décider de prolonger sa fugue. Thalia Abbott était la prochaine sur sa liste.

Absorbée dans ses interrogations, Taylor ne remarqua pas l'homme aux cheveux bruns qui l'épiait, de l'autre côté de la rue.

De retour dans sa voiture, la jeune femme sortit de son portefeuille le bout de papier où étaient inscrites les coordonnées de Thalia Abbott. Elle composa le numéro et eut la satisfaction d'entendre une voix douce lui répondre à la première sonnerie.

Elle se présenta comme étant une amie de Jasmine, omettant de préciser qu'elle était flic. Elle avait deux bonnes raisons pour agir ainsi : d'abord ne pas effaroucher Thalia ; ensuite empêcher ce vieux chameau de Delores Norris de dire qu'elle avait induit un témoin potentiel en erreur.

Thalia ne lui demanda pas ce qu'elle lui voulait ; elle répondit simplement qu'elle serait heureuse de la rencontrer. Taylor lui demanda donc si elles pouvaient se voir tout de suite. La fille acquiesça et proposa de la retrouver quarante minutes plus tard à l'église catholique de St. Ann's, sur Charlotte Pike.

Taylor raccrocha en songeant qu'elle avait tout son temps. Elle démarra sa 4Runner et, profitant d'une accalmie dans la circulation, elle fit un demi-tour complet et se dirigea vers l'université Vanderbilt.

Alors qu'elle franchissait le portail en pierre, son téléphone portable sonna. Elle espéra que ce ne soit pas la jeune fille qui appelait pour décommander le rendez-vous, ayant subitement changé d'avis. Non. Un coup d'œil sur le numéro qui s'affichait lui indiqua que c'était Baldwin.

Elle baissa la radio et, composant sa voix, s'apprêta à faire semblant d'être à la maison. Ainsi préparée, elle répondit d'un ton enjoué :

— Salut, mon amour…

— Taylor, pourquoi n'es-tu pas à la maison ?

Mince ! Il avait été rapide. Fallait-il nier ou avouer ? Connaissant Baldwin comme elle le connaissait, elle se dit qu'il pouvait y avoir deux raisons pour qu'il sache qu'elle avait enfreint la consigne. Soit le garde n'avait pas su tenir sa langue, soit elle était suivie très discrètement. Elle s'était trouvée convaincante avec le garde et choisit la seconde hypothèse. Autant dire la vérité, donc…

— Je ne supportais pas de rester à rien faire. Tu devrais comprendre, tu me connais…

— Et toi, tu devrais comprendre que cette situation est très dangereuse !

A sa voix, elle comprit qu'il n'était qu'agacé, pas vraiment en colère. Il la connaissait si bien…

Elle prit le parti d'en sourire.

— Je sais, je sais… Je suppose que tu me fais suivre…

— Tu ne t'en es pas rendu compte ? Taylor, est-ce que tu réalises que tu pourrais être suivie par Aiden, et non par l'un des nôtres ?

— Si c'était le cas, tu ne m'appellerais pas, tu serais déjà là, comme un preux chevalier brandissant son épée pour sauver sa dame… Je n'ai pas besoin d'être protégée, mon chéri…

— Oh si ! Et plus que tu ne le sais ! Mais passons… Tu peux me dire ce que tu fabriques ?

— Je suis sur une piste.

— J'aimerais que tu me laisses m'occuper des vidéos. Sherry a déniché de nouvelles informations. On est prêts à leur tomber dessus.

— Bonne nouvelle. Mais, en fait, je suis en route pour un rendez-vous en rapport avec l'affaire Corinne Wolff.

— Taylor, dois-je te rappeler…

— Non, pas la peine. Je sais. Je n'ai plus de badge. Je n'ai pas le droit. Je risque d'entacher d'irrégularité l'enquête en continuant de m'en mêler…

L'amertume avec laquelle elle avait prononcé ces mots la surprit elle-même. La colère que sa suspension avait engendrée était encore à fleur de peau, bien davantage qu'elle ne voulait l'admettre. Maudite Oompa !

— Bon… Ecoute… Je vais envoyer un texto à l'équipe qui te suit pour l'avertir que tu es au courant de la filature.

Comme ça, ils pourront te suivre de plus près. Et je compte sur toi pour ne pas essayer de les semer… D'après ce qu'ils m'ont dit, tu conduis comme une dingue.

Taylor roulait maintenant dans Murphy Road, puis tourna dans la 46e Rue, juste devant le vaste terrain de golf McCabe. Elle traversa ensuite Sylvan Park. Dans Colorado Avenue, elle se mit à situer mentalement tous les Etats dont des artères de Nashville portaient le nom. C'était un petit jeu auquel elle jouait avec Sam, lorsqu'elles étaient petites et que les parents de cette dernière les amenaient en voiture manger une glace au Bobby's Dairy Dip, sur Charlotte Avenue. Elles s'attribuaient des points — un par capitale de l'Etat dont la rue qu'elles empruntaient portait le nom. Les parents de Sam étaient obligés de suivre un itinéraire différent chaque fois pour que les fillettes puissent confronter ainsi leurs connaissances géographiques. La gagnante avait ensuite le droit de choisir sa glace la première.

Elles mettaient du cœur à ce jeu. Elle l'emportait rarement sur Sam, laquelle, à sept ans, possédait un étonnant savoir encyclopédique, aussi étendu que superflu. Comme elle aurait aimé remonter le temps pour revivre l'époque où ce qui comptait le plus, dans la vie, était d'être servie la première chez le glacier !

« Assez d'enfantillages », se dit-elle. Elle prit à gauche dans Charlotte Avenue, dépassa sa destination et poussa jusqu'au pâté de maisons suivant. Elle se gara dans le parking du Dairy Dip, où les clients faisaient déjà la queue à 9 heures du matin. Il n'était jamais trop tôt pour manger une bonne glace ou un hamburger bien juteux.

Elle revint à son véhicule avec un cône à l'italienne, parfum chocolat, et s'y installa pour déguster sa glace, non sans avoir verrouillé les portières.

Quand elle eut terminé, elle froissa la trop fine serviette en papier fournie par le glacier, se débarbouilla le museau avec et redémarra. Elle revint vers St. Ann's et se gara de façon bien visible sur Charlotte Avenue. Elle attendit une bonne minute pour sortir de la voiture, afin de laisser le temps à ses suiveurs de se positionner.

Guidée par les panneaux indicateurs, elle se dirigea vers l'école et l'église adjacente du même nom. St Ann's était une église catholique ouverte à toutes les nationalités : il s'y disait des messes en anglais mais aussi en espagnol et en coréen. L'école offrait une scolarité complète, de la maternelle à la première, tant aux paroissiens de Nashville qu'aux parents non-catholiques qui souhaitaient que leurs enfants reçoivent une excellente éducation dans un établissement privé.

Lorsque Taylor pénétra dans l'église, où flottait un parfum d'encens, elle trempa sans y songer ses doigts dans le bénitier et se signa. Elle fixa l'autel un instant et sentit une chaleur apaisante naître en elle. Elle avait toujours aimé les églises, même si elle n'allait plus que très rarement à la messe. Chaque fois qu'elle se retrouvait dans une église, elle se promettait d'y entrer plus souvent, mais, dès qu'elle en était sortie et se retrouvait confrontée à la réalité, elle oubliait aussitôt son projet.

— Vous êtes catholique ?

La voix la surprit et la fit sursauter.

Une fille mince et élancée, qui arrivait au terme de son adolescence, se tenait à sa gauche. Ses cheveux châtains étaient longs et raides. Elle l'observait de ses yeux marron, singulièrement expressifs. Son sourire laissa paraître une rangée de dents régulières et immaculées. Sa peau était laiteuse et lisse. Taylor eut l'impression de l'avoir déjà vue quelque part, avant de constater qu'elle ressemblait à Noelle Pazia, l'une des victimes de L'Etrangleur du Sud, le tueur en série que Baldwin et elle avaient capturé l'été précédent. Il y avait chez Noelle une indicible innocence qui avait toujours hanté Taylor depuis et elle ne put s'empêcher de frissonner lorsqu'elle leva les yeux vers ce portrait craché de l'étudiante assassinée.

— Vous êtes bien le lieutenant Jackson ?

— Oui.

— J'ai vu les infos, dit simplement Thalia d'un ton neutre, exempt de tout jugement.

— Formidable !

— Ne vous en faites pas pour ça. Aucune personne sensée ne peut croire que vous avez tué ce type sans y avoir été obligée ! Je le vois dans vos yeux, d'ailleurs. Vous êtes une protectrice, pas une vengeresse.

Vaguement flattée, Taylor lui sourit.

— J'en connais qui ne seraient pas d'accord. Et vous, vous êtes Thalia Abbott ?

— Et vous n'êtes pas catholique…

— Non. J'ai reçu une éducation protestante. Mon père était catholique, pourtant. Comment avez-vous deviné ?

— Vous n'avez pas cet air coupable… Quand vous avez fait le signe de croix, vous êtes passée tout droit devant le confessionnal sans marquer une pause et sans lui accorder un regard… Sans être tentée d'aller y soulager votre conscience… Alors que la plupart des catholiques non pratiquants auraient eu un moment d'hésitation.

Elle sourit et Taylor lui rendit son sourire de bonne grâce. Elle ne s'attendait pas à entendre ce genre de propos, d'une telle religiosité, dans la bouche d'une ex-starlette du porno.

— Allons faire quelques pas, proposa Thalia.

Elle mena Taylor dans la sacristie. Elle tenait un chiffon à la main et Taylor s'aperçut qu'elle époussetait les meubles sur son passage.

— Vous êtes trop âgée pour suivre des cours ici…

— C'est vrai. J'y travaille. Comme sacristaine. Je fais le ménage pour les prêtres et les bonnes sœurs, en attendant de décider ce que je vais faire de ma vie. Je songe sérieusement à entrer dans les ordres, à devenir novice à l'automne. J'ai entendu l'appel de la vocation.

« Sacrée reconversion ! », pensa Taylor.

En temps normal, elle l'aurait exhortée à choisir une autre voie. Devenir religieuse et se couper ainsi du monde lui paraissait un choix dramatique pour une aussi jeune personne. Mais il y avait une lueur dans le regard de Thalia Abbott qui la dissuada de prodiguer ce conseil banal. Cette fille savait ce qu'elle voulait. Intervenir dans ses choix aurait été déplacé.

— Thalia, c'est un joli prénom. C'est grec ?

La fille la regarda avec étonnement.

— Bien deviné, lieutenant. Ma mère vient d'Athènes. Thalie est la muse de la Comédie. C'est également le nom de l'une des trois Grâces — Thalie la Florissante. J'aimerais, moi aussi, stimuler la créativité des artistes, comme la Thalie de la mythologie. J'ai l'intention d'enseigner les arts, plus tard… Le choix de ma mère a peut-être été prophétique.

Elles repassèrent dans la nef de l'église et Thalia désigna une porte discrète, tout au fond, qui les mena au-dehors, dans un petit jardin entièrement cerné par les bâtiments environnants. Un chemin de galets serpentait parmi des parterres de gazon. Des statues étaient disposées discrètement aux quatre coins du jardinet, un banc de pierre voisinait avec une fontaine. Elles s'y assirent côte à côte.

— C'est mon endroit favori, ici, dit Thalia. C'est un lieu qui favorise la réflexion.

Taylor ressentait encore l'espèce de paix intérieure qui l'avait saisie en pénétrant dans l'église.

— Je vous comprends… Vous pourrez enseigner les arts quand vous serez religieuse ?

— Bien sûr. Dans ce monde qui va trop vite, les gens ne prennent plus le temps de lire. Les arts peuvent jouer un rôle déterminant dans la communication, surtout chez les jeunes. En tout cas, il nous reste de longs siècles d'art sacré à étudier.

Elles restèrent silencieuses un instant, puis, d'une voix empreinte de tristesse, Thalia reprit :

— Jasmine m'a appelée. Elle m'a demandé de répondre à vos questions… Je ne sais pas tout de la société secrète, mais je peux vous renseigner. Je souhaite vous aider autant que je le peux.

— C'est gentil. Jasmine m'a dit qu'il existait un club de filles qui tournent dans des vidéos porno destinées à être mises en ligne sur internet. Que pouvez-vous me dire à ce sujet ?

Thalia fixa ses mains, posées sur ses cuisses.

— Appartenir à ce club, c'est censé être la classe… Un club auquel toutes les filles rêvent d'adhérer… Où seules les plus belles et les plus appréciées sont intronisées. Vous voyez ce que je veux dire par « intronisées », hein ?

— Oui. L'impétrante est cooptée par le groupe et puis elle doit se soumettre à d'horribles rituels, avant d'être acceptée dans la confrérie.

— On dirait que vous avez connu ça…

— Eh oui, dit Taylor. Mais je ne pense pas que mon initiation ressemblait à ce que vous avez pu subir.

— Sauf si la première épreuve consistait à faire une fellation au capitaine de l'équipe de football.

S'efforçant de dissimuler son dégoût, Taylor répondit d'un ton badin :

— Non, ce n'était pas du tout comme ça, de mon temps… C'est ainsi que vous avez été intronisée ?

— Oui. J'ai trouvé un message dans mon casier, me demandant de me rendre tout de suite à la Pergola. C'est comme ça qu'on appelle une petite remise qui borde le terrain de foot et où les jeunes vont fumer en cachette. J'ai suivi les instructions. On m'a mis un bandeau sur les yeux dès que j'ai franchi la porte. On m'a forcée à m'agenouiller. On m'a expliqué que mon intronisation avait été décidée et que, pour prouver que j'étais digne d'entrer dans le club, je devais sucer ce type.

Elle marqua une pause et reprit en rougissant :

— Et c'est ce que j'ai fait. C'est là que tout a commencé. C'était vraiment malsain et plus ça allait, plus j'avais honte de ce que je faisais. Des fellations, je suis passée aux relations sexuelles et, de là, au fétichisme. Et puis les caméras sont apparues. On gagnait cinquante points à chaque vidéo qui passait sur internet, cent quand elle était vendue à un distributeur de films porno. Quand j'ai pris mes distances, on m'a ostracisée. Plus personne ne m'adressait la parole. J'ai arrêté d'aller à l'école, j'ai passé mon bac en candidate libre et je me suis mise à travailler ici. Il fallait que je trouve une nouvelle voie, que je me prépare un avenir qui corresponde à mon être profond. Mais vous n'êtes pas venue pour entendre ma confession. Jasmine m'a dit que vous cherchiez les noms des filles qui ont joué dans ces films.

— Oui.

Elle sortit de sa poche un photogramme plié où l'on voyait les deux filles qui jouaient dans la vidéo porno qu'avait visionnée Taylor. Elle le déplia et le montra à Thalia.

— Pourriez-vous identifier l'une de ces filles ?

Thalia prit la photo.

— Les deux, en fait. Celle qui a des nattes, à gauche, c'est Tracy Civet, celle de droite s'appelle Jere Beisman. Elles étaient toutes les deux en première, l'année dernière.

Un peu folles aussi, si vous voulez mon avis… Je crois qu'elles veulent faire du porno à plein temps. Ces films pourront figurer sur leurs CV, en quelque sorte.

— Cette Tracy Civet et cette Jere Beisman, elles ne tournent que dans les films de Todd Wolff ?

— C'est pour ça que vous vouliez m'interroger ? Vous pensez qu'elles ont tué sa femme…

Taylor prit la balle au bond :

— Est-ce le cas ?

Thalia secoua la tête.

— Je ne sais pas. Mais j'en doute fort. Elles se moquaient bien de Corinne. Elle n'était que cameraman, dans cette affaire.

— Elle ne participait pas ?

— Pas à ma connaissance.

Or Taylor avait vu une vidéo où Corinne participait au contraire activement. Elle avait dû commencer en se limitant à tenir la caméra, avant de décider de s'impliquer davantage.

— Comment le prenait-elle, quand son mari faisait l'amour avec d'autres femmes devant elle ?

— On m'a dit qu'elle n'y voyait aucun inconvénient. Elle était très professionnelle, elle indiquait très précisément aux actrices comment se tenir, où placer leurs jambes, leur bouche… « Ecartez les cuisses, les filles. »

Elle baissa la tête et précisa :

— Tout ça, on me l'a raconté. Je n'ai jamais tourné avec les Wolff. J'ai quitté le club avant d'en arriver là.

— Et vous avez une idée de la manière dont ils les écoulaient, ces vidéos ?

— Todd Wolff pourra vous répondre mieux que moi. Cet homme se vantait tout le temps d'être au service d'une des plus grosses maisons de production. Il envoyait un exemplaire de chaque vidéo à son patron. Quand il s'en vendait dans les sex-shops, il partageait l'argent avec les actrices. Ce n'était donc plus seulement des bons points que Tracy et Jere engrangeaient, mais des espèces sonnantes et trébuchantes.

— Combien de filles ont participé à ces tournages, à votre avis ?

— Une dizaine. Je ne connais que deux autres filles qui aient atteint ce niveau. C'est un peu comme chez les francs-maçons, on ne connaît ses supérieurs qu'au fur et à mesure qu'on gravit les échelons de la hiérarchie.

— Vous ne connaissez donc pas les chefs ?

— Non. Tracy et Jere étaient des copines à moi. Enfin, c'est que je pensais… Les deux autres filles étaient en terminale. L'une a été tuée dans un accident de voiture juste après son bac. Vous devez vous en souvenir, c'était l'an dernier. Cinq filles tuées sur le coup dans une collision avec un camion…

Taylor hocha la tête. Cet accident, particulièrement atroce, avait fait les gros titres et avait marqué les esprits à Nashville pendant des semaines.

— L'autre se nomme Ginny Englewood. Elle a passé son bac et elle est partie poursuivre ses études en Géorgie. Elle a arrêté sa carrière cinématographique, je crois. Je n'en sais pas plus. Je suis désolée de ne pas pouvoir vous aider davantage. Il faudrait que je reprenne mon travail, maintenant.

La jeune fille était blême, troublée d'avoir dû évoquer un passé qu'elle s'efforçait d'oublier. Le moment était venu de mettre un terme à l'entretien. Taylor en avait appris suffisamment.

Elles se levèrent et revinrent côte à côte vers la porte.

— Votre aide m'a été précieuse, Thalia. J'apprécie votre franchise. Je sais que ce ne doit pas être facile…

La jeune fille lui serra la main avec une vigueur fervente.

— Dieu nous met constamment à l'épreuve, lieutenant. Ce qui compte, à Ses yeux, ce n'est pas tant de surmonter les vicissitudes de l'existence que la manière dont on les affronte.

A dix-sept ans, elle faisait déjà preuve d'une étonnante sagesse. Taylor éprouva une troublante impression de vide, lorsqu'elle quitta les lieux.

32

Ces informations, obtenues non officiellement, il fallait maintenant les vérifier. Pour ce faire, Taylor devait les transmettre au CJC sans donner de détail sur la manière dont elle les avait eues. La plupart des jeunes filles n'étaient pas majeures : il y avait de quoi faire peser de nouvelles charges sur Todd Wolff et l'inculper pour pornographie infantile. Avec un peu de chance, la justice en tirerait des aveux, qui permettraient d'en savoir davantage sur la revente de ces vidéos et de démanteler le réseau.

Elle eut Fitz au téléphone et relaya l'information en quelques minutes à peine. Il ne fallait pas qu'il subisse à son tour l'ire de l'Oompa. Il se chargerait de la vérification des faits. Ainsi la procédure ne serait pas entachée d'irrégularités.

Il y avait quelque chose d'étrange tout de même à propos de cette société secrète. Taylor ne pouvait croire qu'une bande de copines de lycée tente spontanément de faire carrière dans l'industrie pornographique et recrute parmi leurs camarades de classe. Elle estimait plus probable qu'un adulte — un professionnel avisé — devait les manipuler. Fonder une société secrète et profiter de l'instabilité psychologique de certaines adolescentes, de leurs angoisses, de leur soif d'originalité, de célébrité à tout prix... Parvenir à leur faire croire que c'est ce qu'elles attendaient de la vie, faire de ces dérives quelque chose d'amusant, de ludique et même de gratifiant… Wolff en avait certainement le profil.

Elle n'avait pas remarqué la présence d'autres hommes sur les vidéos qu'elle avait pu visionner, mais si Corinne avait eu des relations sexuelles avec tel ou tel autre, participant invisible dans les films, cela pourrait expliquer son angoisse et ses crises de panique. Sa mère la soupçonnait d'avoir un amant. Et le Dr Ricard avait confié à Taylor que la jeune femme était manipulée par tout le monde. Elle avait même inclus le mot « amant » dans la liste des manipulateurs. Il fallait absolument que Sam effectue un test de paternité sur le fœtus. Elle en prit note sur son calepin et examina un autre élément.

Thalia lui avait déclaré que Todd Wolff disait avoir un patron. Taylor n'aurait pas été étonnée d'apprendre que d'autres sommes étaient en jeu, des sommes qui excédaient largement les maigres bénéfices que l'on pouvait tirer de la vente d'un DVD porno. Wolff n'était au fond qu'un misérable proxénète. Il fallait à présent se concentrer sur la société pour laquelle il travaillait.

Elle n'avait cependant évoqué à aucun moment la question de la drogue avec Thalia. Elle ouvrit son téléphone portable et rappela la jeune fille.

Elle tomba sur son répondeur et laissa un message.

Elle avait l'impression que la situation allait enfin s'éclaircir. Il en allait souvent ainsi, avec ce genre d'affaires : soit les enquêteurs tombaient d'emblée sur une piste solide qui permettait de démêler rapidement l'écheveau, soit ils butaient pendant des mois sur des obstacles insurmontables.

Evidemment, elle aurait préféré avoir son badge pour pouvoir faire correctement son boulot.

Elle eut un brusque accès de colère et frappa du poing sur le volant, en imaginant que c'était le visage de Delores

Norris. Ah, ça faisait du bien ! Elle se calma, se forçant à respirer profondément, à détendre les muscles de ses épaules. Pour l'heure, elle n'avait d'autre ressource que la patience et l'obstination. Il fallait seulement qu'elle persévère. La vérité finirait par éclater et elle serait réhabilitée.

Au moins, elle n'avait pas perdu sa matinée. Les choses n'étaient pas faciles pour elle, pourtant : elle n'avait pas le droit d'aller au bureau, mais elle n'avait pas davantage envie de rentrer chez elle et d'attendre que le temps passe en se tournant les pouces. Elle caressa l'idée d'aller rendre visite à Sam. La compagnie de son amie était un remède éprouvé contre les tourments. Bien avant de pouvoir se confier à Baldwin, elle avait toujours pu compter sur Sam lorsqu'elle avait besoin de s'épancher.

Par surcroît de précaution, elle appela son fiancé, pour lui indiquer où elle allait. Il lui apprit qu'il se trouvait dans les locaux du TBI, à deux pas du bureau de Sam. Ils convinrent donc de se retrouver une heure plus tard à l'institut médico-légal. Il ne manqua pas de lui rappeler de surveiller ses arrières.

Elle mit sa voiture en route et attendit un peu sur place que ses anges gardiens aient fait de même. Elle prit ensuite Charlotte Avenue sur la gauche et tourna presque aussitôt dans la 46e Rue pour rejoindre la nationale. En moins d'un quart d'heure, elle avait atteint l'institut. Elle regarda dans le rétroviseur : personne ne la suivait. Son équipe de protection devait s'être arrêtée dans Gass Street.

Si Aiden était à ses trousses, il était également invisible. Elle se demandait comment les gens du FBI comptaient s'y prendre pour le retrouver, lui qui parvenait à se déplacer incognito d'un pays à l'autre.

Elle sortit du 4x4, le verrouilla à distance d'un double bip. Elle tendit sa carte d'accès vers la borne magnétique et pénétra dans le bâtiment.

Kris, qui officiait à l'accueil, l'accueillit comme toujours avec un grand sourire.

— Salut, lieutenant, comment ça va ?

Etait-il concevable que Kris n'ait pas su la nouvelle ? Taylor marcha jusqu'au bureau d'accueil et s'accouda au comptoir.

— Salut, Kris. Je vais très bien, merci… Vous voulez me rendre un service ? Ne laissez entrer aucun inconnu dans l'institut pendant que j'y suis. D'accord ? Il y a un dingue qui me suit partout et je ne voudrais pas tomber sur lui au détour d'un couloir.

— Votre petit ami m'a déjà prévenue. Il a appelé il y a quelques minutes. Je vais vous dire un truc, Taylor. Je ne comprends pas pourquoi vous tardez tant à l'épouser, ce gars. C'est un morceau de choix, si vous voyez ce que je veux dire…

Elle lui adressa un clin d'œil et Taylor ne put s'empêcher de rougir. Elle se contenta d'agiter vaguement la main en guise de réponse et fila sans demander son reste vers la deuxième porte sécurisée qui donnait sur le bureau de Sam.

Kris avait un faible pour les mauvais garçons. Taylor l'avait rencontrée par hasard un soir dans un café de la ville. La jeune femme avait un petit coup dans le nez. Elle jouait au billard et buvait du whisky avec deux types aux dégaines de Hell's Angels. Elle lui avait présenté l'un des deux motards barbus comme étant son chevalier servant du jour. Du coup, Taylor se demanda si Baldwin dégageait le même genre de vibrations malsaines, sans qu'elle ne s'en aperçoive, parce qu'elle le connaissait trop bien. Elle entra dans le bureau vide de Sam, prit un siège, posa ses pieds bottés sur un coin de la table et attendit.

Elle était en pleine rêverie, essayant d'imaginer à quoi ressemblerait Baldwin en blouson de cuir sur une moto, lorsque Sam fit son apparition en s'essuyant les mains dans une serviette en papier. Elle jeta un regard à Taylor et son visage radieux se fit inquiet.

— Ça va, toi ? lui demanda-t-elle sans préambule.

— Pas vraiment, mais je n'ai pas le choix.

Sam la serra dans ses bras un bref instant, avant de s'asseoir dans son fauteuil.

— Alors, on sait ce qui s'est passé ?

— Baldwin s'en occupe. Une de ses amies s'apprête à prouver que les enregistrements ont été trafiqués. Le réseau sur internet est bien cloisonné. Et moi, je suis là, comme une gourde, dans l'impossibilité d'agir !

— Tu étais où, ce matin ?

Les yeux de Sam brillaient de malice et Taylor ne put s'empêcher de lui sourire.

— Eh bien, j'ai un peu creusé de-ci, de-là... Je n'arrive tout simplement pas à ne rien faire, que veux-tu... J'ai retrouvé les noms des deux filles qui jouent dans les films porno de Wolff. Il s'avère que ce sont des lycéennes qui appartiennent à une société secrète et qui font du porno amateur. Tu te rends compte ?

— Belle ambition, dit Sam d'un ton pince-sans-rire.

Le téléphone portable de Taylor sonna. Elle reconnut le numéro de Thalia Abbott sur l'écran.

— Attends un peu, s'il te plaît. J'en ai pour deux secondes... Allô ? Salut, Thalia... Oui, de la drogue, c'est ça... D'accord... Et encore merci pour votre aide.

Elle raccrocha, prit son calepin et commenta l'appel pour Sam, tout en griffonnant ce qu'elle venait d'apprendre.

— Ecstasy, cocaïne et cannabis... Souvent fournis par Todd Wolff.

— Les jeunes, de nos jours... Je m'inquiète pour mes jumeaux, dit Sam. Qu'est-ce que je vais leur dire, quand ils seront adolescents ? Quand ils voudront tout savoir sur le sexe, la boisson et la drogue ? Je suis sûre que les parents de ces filles leur ont appris à distinguer le bien du mal. Et pourtant…

— Je ne peux pas répondre à ta question. Ma mère m'accordait à peu près autant d'attention qu'à une paire de vieilles chaussettes… Et ça ne m'a pas empêchée de devenir quelqu'un de bien, non ?

— Ça, on pourrait en débattre, ironisa Sam.

— Ha, ha, très drôle !

Cette fois, ce fut le téléphone de Sam qui sonna.

— Ça, tu vas aimer…, dit-elle à Taylor en raccrochant.

— Laisse-moi deviner… Tu viens d'être suspendue en raison de ton amitié pour moi ?

— Mieux que ça. On vient d'avoir confirmation que le sperme qu'on a retrouvé dans la voûte vaginale de Corinne Wolff était viable pour une analyse d'ADN.

— Vraiment ? Alors, il est à qui, ce sperme ?

— Bonne question. Je viens de faire envoyer les échantillons pour analyse.

— Mais ça va prendre des mois !

Taylor s'affaissa dans son fauteuil.

Sam écarta la frange qui lui balayait les yeux et la gratifia d'un sourire faussement contrit.

— Eh bien, peut-être pas. Tu sais que le conseil municipal est en train d'examiner la proposition de créer un labo de police scientifique à Nashville ? Les autorités ont besoin d'échantillons à analyser pour montrer aux élus comment ça marche. Alors j'ai fait mettre ceux de Corinne dans le lot. Non seulement cet ADN est déchiffrable, mais on devrait avoir les résultats en fin de journée. Le but de cette démonstration est de prouver que tout marcherait mieux et plus rapidement si on disposait de notre propre laboratoire de police scientifique. L'ADN de Todd Wolff est d'ores et déjà entré dans le système de contrôle et, s'il correspond à celui du sperme, on sera fixés.

— Espérons que ce soit le cas. Sinon, ça renforcera l'hypothèse de son innocence et ça voudra peut-être dire que le tueur est un autre homme... Quelqu'un qui couchait avec la victime... Ça compliquera beaucoup l'enquête.

Une pensée l'effleura furtivement, mais elle n'arriva pas à la préciser.

— Ecoute, dit Sam, les résultats d'analyse apporteront de toute façon des réponses à certaines questions, ce qui n'est déjà pas si mal. Si cet ADN n'est pas celui de Wolff, c'est peut-être quand même celui du tueur. Même si je dois admettre que Wolff a tout du coupable idéal. Je t'ai dit qu'on a pu confirmer que le sang trouvé dans sa voiture est bien celui de sa femme ? Malheureusement, on ne peut pas déterminer quand il a été versé... Et un bon avocat devrait pouvoir jouer sur cette incertitude pour faire naître le doute dans l'esprit des jurés... En tout cas, c'est bien le sang de Corinne.

— Je n'étais pas au courant... J'aimerais tant pouvoir poursuivre mon enquête dans des conditions normales. Quelle peau de vache, cette Norris ! Voilà que des indices se précisent alors que je n'ai plus accès au dossier et que je ne peux pas suivre son évolution ! Comment est-ce que je vais pouvoir résoudre une affaire sur laquelle je n'ai pas le droit de travailler ?

— Je comprends ta frustration, ma belle. L'Oompa est une vieille mégère mortellement jalouse de tes succès. Le plus beau, c'est que tu es innocente. Baldwin est sur le point d'en apporter la preuve et ils seront bien obligés de te réintégrer. Alors, continue à faire profil bas et sois patiente. Je sais que c'est plus facile à dire qu'à faire... Mais il ne faut plus que tu fasses des fugues, comme ce matin. Qu'est-ce que tu as fichu, d'ailleurs ?

— J'ai eu une longue conversation avec la psychothérapeute de Corinne. Comme tu as trouvé de la benzodiazépine dans son système sanguin, j'ai voulu savoir qui lui avait prescrit du lorazépam. C'était sa gynéco. En plus, elle lui a conseillé de consulter cette psy, dans l'espoir qu'elle l'aiderait à surmonter ses angoisses.

— D'où lui venaient ces angoisses ?

— Il semble que notre amie Corinne donnait des coups de canif dans son contrat de mariage, si tu vois ce que je veux dire. Et c'est sa grossesse qui la faisait flipper. Elle souffrait de crises de panique intenses… Il y a encore moyen d'analyser l'ADN du fœtus ?

— C'est parfaitement faisable. On aura les résultats en même temps que ceux du sperme. Ce que tu me dis des troubles mentaux de Corinne est intéressant. J'ai entendu parler d'un cas semblable quand j'étais à la fac de médecine. Une femme était convaincue qu'elle était enceinte de l'Antéchrist. Elle était en permanence sous tranquillisants parce qu'elle n'arrêtait pas d'essayer de s'ouvrir le ventre pour se débarrasser du fœtus.

— Elle baisait avec le diable ?

— Pas à ma connaissance, à moins que le diable n'ait élu domicile dans le New Jersey et qu'il s'appelle Dave. C'était un couple parfaitement normal. Cette psychose est survenue parce qu'elle couchait avec le frère de son mari et ne savait pas qui était le père biologique de l'enfant qu'elle attendait. L'étude de cas en concluait, je crois, qu'elle était complètement dingue.

— Un joli terme médical, ça : « complètement dingue »…

— Oh, eh ! Je suis pathologiste, pas psychiatre, moi. Tiens ! Quand on parle du loup…

Taylor se tourna. Baldwin se tenait sur le pas de la porte,

appuyé contre le chambranle. Elle lui adressa un sourire qu'il lui rendit aussitôt.

— Toi, tu es une vilaine ! lui dit-il. Salut, Sam... J'apporte de bonnes nouvelles, les filles... Sherry a fini d'analyser l'enregistrement. Elle a trouvé le raccord entre la bande-son d'origine et ce qui a été rajouté ultérieurement. La falsification était difficile à déceler et n'a pas du tout été effectuée par le premier venu. C'est l'œuvre d'un professionnel du montage vidéo, sans l'ombre d'un doute. La preuve du trucage vient d'être envoyée en trois exemplaires à ton amie Delores Norris, à Price et au chef de la police de Nashville.

Il s'assit dans un fauteuil et croisa les jambes. Taylor remarqua que ses chaussettes étaient dépareillées — l'une avait pour motifs des petites pendules, l'autre, des diamants. Elle dut se forcer pour ne pas rire : il devait être dans un drôle d'état en s'habillant, après leurs ébats du matin. Peut-être finirait-il la journée sans s'en être rendu compte...

Elle leva les yeux et s'aperçut qu'il la toisait d'un œil narquois, un fin sourire aux lèvres. Il savait donc, pour ses chaussettes... Il fit le petit geste de la main droite qu'elle avait appris à interpréter comme signifiant « aucune importance ».

— Deux autres exemplaires vont circuler sur internet, et les journaux télévisés de la mi-journée en parleront sans doute.

Taylor se sentit soulagée.

— Dieu merci !

— Ne le remercie pas... C'est moi qu'il faut remercier.

— Tu as bien compris ce que je voulais dire. Merci, bien sûr. Merci beaucoup. Tu crois qu'ils vont me réintégrer ?

— Ils n'ont pas le choix. S'ils ne t'appellent pas dans

une heure pour te l'annoncer, Sherry donnera une interview en direct sur Channel 5…

Folle de gratitude, Taylor lui pressa les mains amoureusement.

— Alors, il ne reste plus qu'à attendre ?

— Exactement. De quoi causiez-vous ?

— De l'affaire Wolff. Sam a été rapide comme l'éclair. L'ADN est déjà entré dans le système et va pouvoir être comparé aux données des fichiers du FBI. Corinne Wolff avait un amant et nous connaîtrons peut-être l'identité de celui-ci. Le mari a d'abord déclaré qu'il n'avait pas eu de rapports sexuels avec sa femme pendant la semaine qui a précédé sa mort, puis il a fait mine de se souvenir que si, finalement, juste avant qu'il ne quitte la ville. Mais, à bien regarder la chronologie, si le sperme était encore assez actif pour qu'on puisse y prélever de l'ADN, elle a dû avoir un rapport sexuel après son départ, vendredi matin. Tu crois que ça cadre, Sam ?

— Eh bien, si elle est morte samedi matin et qu'on a prélevé du sperme encore viable mardi matin, ce sera difficile de déterminer une heure précise. Mais on pourrait penser qu'elle a fait l'amour très tard dans la nuit de vendredi ou juste avant sa mort, samedi matin.

— Et Todd Wolff est parti en début de journée, le vendredi…

— Demande à Baldwin son avis sur la psychose pendant la grossesse, suggéra Sam.

— Il faudrait d'abord que je lui raconte toute l'enquête… Je ne lui en ai pas encore parlé. Il était en Virginie jusqu'à hier.

Elle se tourna vers l'intéressé.

— Donc, pour résumer cette affaire… Corinne Wolff, vingt-six ans, enceinte de sept mois. Son mari, Todd, soi-disant absent de Nashville au moment des faits. Corinne a été retrouvée morte dans sa chambre à coucher, lundi matin, par sa sœur, Michelle Harris. Battue à mort avec une raquette de tennis. Ça faisait deux jours qu'elle était morte.

Elle croisa le regard de Sam et vit qu'il s'était assombri. La scène de crime qu'elles avaient parcourue ensemble leur pesait encore, à toutes deux.

— Morte depuis deux jours, poursuivit Taylor, avec sa fille de dix-huit mois qui errait comme une âme en peine dans la maison, répandant partout le sang de sa mère dans lequel elle s'était vautrée, la pauvre gosse. Le mari est parti vendredi, ne lui a pas parlé au téléphone de tout le week-end. Sa température corporelle indiquait qu'elle a été tuée samedi, tôt dans la matinée. Une deuxième perquisition a permis de découvrir une salle de plaisir installée dans la cave, où les Wolff tournaient des films porno amateurs. Selon un témoignage que j'ai recueilli, Corinne s'est mise relativement tard à participer aux ébats filmés que son mari organisait, mais elle a apparemment toujours tenu la caméra. Je viens aussi de découvrir que les filles qui jouent dans ces films sont mineures et qu'elles appartiennent à une société secrète qui sévit dans les écoles privées de l'agglomération.

» Par ailleurs, on a trouvé une forte dose de lorazépam dans le système sanguin de Corinne et je viens d'apprendre qu'il y avait du sperme encore viable dans son vagin. On a aussi trouvé des gouttes de son sang dans le 4x4 du mari, ce qui nous a conduits à le placer en garde à vue. La sœur de Corinne passe en boucle aux infos pour dénoncer à hauts cris notre bêtise et notre incompétence dans cette enquête. Mais grâce à notre amie Sam, ici présente, des analyses d'ADN sont en cours à l'heure où nous parlons. »

Sam inclina la tête à la manière d'une actrice dont on cite le nom en fin de représentation.

— J'ai interrogé la gynéco de Corinne ainsi que sa psy et j'ai parlé un peu avec sa mère. Cette dernière pense que sa fille avait un amant et les toubibs m'ont affirmé que Corinne vivait mal sa grossesse. Elle souffrait d'une forme de claustrophobie, due à la présence du bébé dans son ventre. Au point qu'elles ont dû lui prescrire des anxiolytiques… C'est un des aspects les plus bizarres de ce dossier. Selon tous nos renseignements, cette femme était une fanatique de la santé, une sportive accomplie. Elle était enceinte de sept mois et jouait encore dans les tournois de tennis locaux. Mais la cave est un antre de débauche, plein de matériel de tournage et de jouets sexuels. Corinne menait deux vies de front, aucun doute là-dessus !

— Tu crois que c'est son mari qui l'a tuée ? demanda Baldwin.

— Cette piste semble la plus logique. Au moins pour commencer. Mais il y a de nombreux facteurs qui compliquent l'affaire. Wolff est revenu de son voyage à Savannah un peu trop rapidement à mon goût et sa version des faits ne tient pas. Maintenant qu'on peut l'inculper de délits sexuels, avec des preuves indiscutables, j'espère que ça lui déliera la langue. Il clame bien haut qu'il n'a pas tué sa femme, mais il existe de nombreux éléments à charge qui l'incriminent.

— Il n'est pas le père du bébé, dit Baldwin.

Taylor le regarda, étonnée.

— Comment ça ?

— Le bébé. Il n'en est pas le père… Je te parie tout ce que tu veux qu'elle était enceinte d'un autre homme. C'est ce qui explique son comportement changeant, sa soudaine dépendance aux anxiolytiques, sa claustrophobie psychotique. Tout se tient. Et son mari l'a peut-être surprise en plein adultère, ou juste après… Et il l'a tuée dans une crise de fureur. C'est un scénario assez classique, en fait.

Taylor sourit.

— C'est exactement à cette déduction que nous étions parvenues, d'hypothèse en hypothèse. Quand j'ai interrogé la psy, elle m'a laissé entendre que Corinne avait un amant. Il se pourrait d'ailleurs qu'il y ait deux cadavres. Wolff aurait pu la prendre sur le fait, la battre à mort et tuer l'amant avant de transporter son corps ailleurs. Ça expliquerait la présence du sang de Corinne dans son 4x4, en tout cas.

Baldwin acquiesça d'un hochement de tête.

— Tu tiens le bon bout, Taylor. Est-ce que les techniciens de scène de crime ont trouvé du sang appartenant à une autre personne ?

Taylor se tourna vers Sam.

— Les analyses d'ADN, pour les traces de sang, nous parviendront plus tard, c'est ça ?

Sam secoua la tête.

— Je n'ai demandé d'expertise que pour l'imagerie effectuée pendant l'autopsie, pas pour les indices prélevés sur la scène de crime. Désolée.

Taylor haussa les épaules.

— Donc, je n'en sais rien, dit-elle à Baldwin. Ça fait vingt-quatre heures que je suis écartée de l'enquête. Mais Fitz en sait peut-être davantage, à l'heure qu'il est.

— Il t'aurait appelée pour te le dire, non ? fit remarquer Sam.

L'interphone se mit à bourdonner sur le bureau à ce moment-là. La voix désincarnée de Kris emplit la pièce.

— Docteur Loughley, le chef de la police cherche à joindre le lieutenant Jackson. Puis-je transférer son appel sur votre poste ?

Adressant à Taylor un regard qui signifiait « Je te l'avais bien dit », Sam répondit :

— Bien sûr.

Le téléphone émit un double bip puis sonna. Sam décrocha et tendit le combiné à son amie.

— Lieutenant Jackson à l'appareil…

Taylor reconnut à l'autre bout du fil l'accent sudiste extrêmement prononcé du chef de la police de Nashville. Les brèves paroles qu'il prononça lui rendirent la vie. Il se fendit même d'une excuse. Elle raccrocha en souriant et adressa un clin d'œil à Sam avant de se tourner vers Baldwin.

— Allons-y. Avec toutes ces bêtises, c'est que j'ai pris du retard dans mon travail, moi !

33

Taylor souhaitait regagner son bureau du CJC le plus discrètement possible pour se remettre au travail d'arrache-pied sur l'affaire Wolff. Mais, en arrivant, elle vit que les camionnettes de la presse et des chaînes de télévision encombraient la rue. Des journalistes en pagaille jouaient des coudes avec des cameramen et des photographes en quête du meilleur angle de prise de vue possible. Les véhicules des médias étaient garés tout le long de la IIe Avenue. Les antennes satellites surmontant les toits faisaient penser à des hérons perchés sur une patte, pointant vers le ciel de midi leurs longs becs.

— Eh bien, voilà une belle preuve de popularité, commenta Baldwin.

— Oui, super... Remarque, je préfère avoir les médias de mon côté. Mais c'est Delores Norris qui ne va pas aimer ! Et quand l'Oompa est contrariée, elle cherche toujours à se venger. Je suis sûre qu'elle est déjà en train de manigancer de nouvelles crasses pour me pourrir la vie. Je crois qu'il va falloir faire le tour et passer par le parking de l'immeuble voisin.

— Non. Je crois au contraire que tu devrais rentrer par la grande porte et faire bonne mine à la face du monde.

— Tu rigoles ?

— Non. Fais ton entrée comme une reine, une risette aux

journalistes… Salue-les chaleureusement et dispense-leur des « Pas de commentaires » de ta voix la plus gracieuse. Ce sera une excellente opération de relations publiques.

— Je ne veux pas qu'on reparle de moi à la télé. Et puis, si je me montre comme ça et qu'Aiden est dans la foule, je ferais une cible facile pour lui. Je suis sûre que ce n'est pas ce que tu veux.

— Tu as été injustement salie et les journalistes veulent réparer leurs torts. Laisse-les faire. Aiden ne va rien tenter au milieu d'une telle foule, crois-moi.

— Des médias qui veulent réparer leurs torts ? Tu as fumé la moquette, ou quoi ? Ils n'attendent qu'une occasion pour me descendre en flammes. Jamais les journalistes ne me dépeindront sous un jour favorable !

Mais elle se gara sur le gravier, à côté de la porte de service. La cohue redoubla ; les micros surgissaient de la mêlée comme autant de champignons noirs. Dès qu'ils sortirent de la voiture, ils furent aveuglés par les flashes. L'espace d'un instant de folie, Taylor songea à l'enfer quotidien que devait être la vie d'une célébrité.

Pendant que Baldwin lui tenait la porte, elle se tourna vers la meute, la salua de la main, sourit, ignora les questions qu'on lui hurlait dans les oreilles.

Le calme qui régnait à l'intérieur du bâtiment offrait un contraste béni avec l'agitation de la rue. Ils se rendirent directement dans les locaux de la brigade des homicides. Fitz, Marcus et Lincoln étaient là. Maintes embrassades et tapes dans le dos furent échangées. Puis Fitz désigna le bureau de Taylor.

— L'Oompa vient de sortir d'ici, dit-il. Elle veut te causer. Alors, fais vite, s'il te plaît. On a plein de trucs à voir avec toi. Lincoln est sur le point de découvrir le pot aux roses.

— D'accord, d'accord…

Elle entra dans son bureau. Sur sa table de travail se trouvait un Post-it où était griffonné, en pattes de mouche presque indéchiffrables, ce message laconique :

« Prière de venir immédiatement dans mon bureau. Capitaine Norris. »

Taylor haussa les sourcils.

— Allons voir ce que cette maudite bonne femme me veut encore, dit-elle à Baldwin en soupirant.

Delores Norris lui parut plus grande dans son fauteuil que lors de leur dernière entrevue et Taylor se demanda si elle n'était pas assise sur un annuaire téléphonique. Cela faisait cinq longues minutes que durait son laïus, mais Taylor avait décroché juste après l'entrée en matière, au cours de laquelle l'Oompa lui avait annoncé que l'Office de contrôle avait décidé, dans sa grande magnanimité, de ne pas tenir compte des allégations d'intimidation de témoin portées contre elle.

Cette femme ne pouvait plus rien contre elle, à présent : elle avait été disculpée publiquement du meurtre dont on l'accusait. Mais l'autre enchaînait sur la responsabilité professionnelle et sur la prudence nécessaire à l'exercice du métier de policier. Bla, bla, bla…

Taylor ne se remit à prêter attention au débit verbal de l'Oompa que lorsqu'elle l'entendit prononcer le mot magique de « badge », avant de se concentrer sur les mains ridiculement petites de l'Oompa. Elle récupéra son badge, mais ne se sentit vraiment revivre que lorsqu'elle se vit solennellement remettre son Glock.

Elle se tourna pour prendre congé, mais l'Oompa se racla la gorge d'un air mauvais. Taylor la toisa de toute sa hauteur et comprit à son expression que le capitaine attendait qu'elle se fende d'un commentaire.

— Oui ? demanda-t-elle, feignant de n'avoir pas compris.

— Vous n'avez rien à ajouter ?

Taylor crut remonter le temps. Sa mère lui posait souvent la même question quand elle était gamine, du même ton de réprimande, lorsqu'elle omettait par exemple de remercier un inconnu qui s'était montré obligeant, mais dont la tête ne lui revenait pas.

Elle regarda l'Oompa droit dans les yeux pendant un instant.

— Non, finit-elle par répondre d'une voix nonchalante.

Puis elle sortit du bureau.

Baldwin l'attendait dans le couloir et lui adressa un regard interrogatif. Elle se contenta de tapoter sa hanche, où elle avait déjà rangé son arme de service et son badge. Elle ne dit pas un mot et se dirigea vers l'escalier. Ce n'est que lorsqu'elle eut descendu quelques marches qu'elle se mit à rire.

— Ce que le regard méprisant de cette bonne femme peut me porter sur les nerfs ! Elle ne se prend pas pour rien, celle-là !

— Tu devrais quand même faire attention, avec elle. Elle peut encore te nuire.

— Oui, eh bien, qu'elle aille se faire voir ! Je sais qu'elle m'a dans le collimateur, mais je ne peux quand même pas changer mes méthodes de travail pour ses beaux yeux. J'ai déjà eu affaire à des harpies dans son genre. Elles sont si imbues d'elles-mêmes qu'elles en perdent le respect de leur entourage… Elle finira bien par se planter. Quant à moi, à partir d'aujourd'hui, je vais faire tout mon possible pour l'éviter.

*
* *

La brigade s'était remise au travail d'arrache-pied.

Taylor avait retrouvé son bureau avec plaisir et s'y tenait, la porte grande ouverte, tandis que Marcus la mettait au courant des progrès accomplis pendant son absence. Lincoln et lui en avaient appris davantage sur les Wolff, leurs films porno, leurs finances, leur double vie… Derrière Marcus, elle pouvait voir dans la pièce voisine la jambe de Lincoln qui frétillait nerveusement. Il avait posé l'ordinateur de Corinne Wolff sur son bureau et celui de son mari sur le bureau voisin. Il surfait de fichier en fichier, hochant la tête, lâchant des « oui, oui » de temps à autre.

Fitz avait été appelé sur la scène d'un meurtre, mais il avait promis de revenir dès que possible pour les aider à avancer sur l'affaire Wolff. Marcus venait de commencer à lui parler des achats d'essence de Wolff pendant la période où sa femme avait été tuée lorsque le téléphone se mit à sonner. Taylor décrocha et eut la surprise d'entendre la voix de Fitz. Cela ne faisait que vingt minutes qu'il était parti.

— C'est toi ? Quoi de neuf ? lui demanda Taylor.

Le ton de Fitz ne lui avait jamais paru aussi anxieux.

— Il faudrait que tu viennes…

Elle ne lui demanda pas pourquoi, s'enquit seulement de l'endroit où il se trouvait.

— Au Parthénon, répondit-il. Viens avec Baldwin… Ça vous concerne tous les deux. Quelqu'un t'envoie un message…

34

Taylor et Baldwin foncèrent sur West End Avenue, avec sirène et gyrophare fixés sur le toit de la voiture, juste au-dessus de la portière du passager. Baldwin était au volant. Le hurlement de la sirène les empêchait de parler, ce qui convenait fort bien à Taylor. Elle devinait ce qui avait incité Fitz à lui demander, d'une voix blanche, de le rejoindre. Aiden avait encore frappé. Fitz avait parlé d'un message... Dès qu'elle avait raccroché, Baldwin l'avait interrogée du regard. Il avait compris, lui aussi.

— C'est peut-être un piège...

Elle avait secoué la tête.

Un message...

Elle revit sa brève rencontre avec le tueur, sur sa pelouse. Il venait d'égorger deux hommes et, cependant, il avait l'air si nonchalant, si désinvolte après le crime atroce qu'il venait de commettre. A l'évocation de ces deux vigiles qui avaient trouvé la mort en tentant de la protéger, elle éprouva au plus profond d'elle-même un sentiment d'échec et de deuil. Ses propres difficultés ne lui avaient pas encore laissé assez de répit pour se renseigner sur leurs noms...

Le paysage urbain céda la place, sur leur gauche, au campus de l'université Vanderbilt dont la paisible verdure leur indiqua qu'ils étaient bientôt arrivés. Taylor avait toujours apprécié la variété des décors qui constituaient Nashville.

Il y avait quelque chose de jubilatoire dans la diversité des styles, d'un pâté de maisons à l'autre. Elle aimait plus particulièrement Vanderbilt, la foule joyeuse et bruyante des étudiants, les bâtiments ornementés qui débordaient de savoir. Avant que ses pensées ne se fassent nostalgiques, Baldwin tourna à droite sur les chapeaux de roues dans Centennial Park, évitant de peu l'un des innombrables joggeurs qui s'essoufflaient sur le trottoir.

Les alentours du Parthénon grouillaient de voitures de police. Les gyrophares bleus tournoyaient sous le soleil de la mi-journée. Le petit groupe d'agents en uniforme, qui se trouvait au bas des marches, contrastait comiquement avec l'architecture dorique du temple aux huit colonnes en façade. Pendant la journée, c'était l'une des principales curiosités touristiques de Nashville, ainsi qu'un lieu de promenade prisé par les autochtones. Les gens venaient faire courir leurs chiens sur les pelouses environnantes, s'installaient pour pique-niquer au pied des chênes massifs du parc et contemplaient émerveillés cette fidèle réplique du célèbre monument athénien, érigée en hommage à la Grèce antique.

Taylor ne put s'empêcher de frissonner. Ce jour-là, hormis les policiers, le parc était étrangement vide. La vue du Parthénon suscitait d'ordinaire de douces réminiscences : une année scolaire n'était jamais complète sans une escapade sur ce site, le plus reconnaissable de la ville.

Ce bâtiment néoclassique avait été construit en 1897 afin d'impressionner les visiteurs de l'exposition qui se tint la même année pour célébrer le centenaire de la fondation de Nashville. Il était censé refléter la réputation d'« Athènes du Sud » que cette dernière s'était acquise par le grand nombre des universités qu'elle abritait. Il était destiné, à l'origine, à être démonté après l'exposition, mais sa popularité auprès des habitants de la ville le sauva de la démolition.

En 1931, il fut reconstruit en béton armé. Ses hautes portes en bronze recelaient la plus grande sculpture sous toit du monde occidental : une statue colossale due au ciseau du grand Phidias, représentant Athéna, déesse de la sagesse, marraine des arts et des héros — ou plus exactement une réplique sculptée par l'artiste local Alan LeQuire. L'endroit abritait un musée consacré aux peintres américains des XIXe et XXe siècles, réputé dans le monde entier pour la qualité de ses collections. Taylor y avait visité une exposition pas plus tard que le mois précédent.

Les frises guerrières des colonnes du péristyle qui soutenaient le toit semblaient ce jour-là prémonitoires. Le temple se dressait, solitaire, comme désespéré par la profanation impunie qui y avait été perpétrée, tel un sacrifice barbare des temps modernes. Taylor eut le plus grand mal à s'extirper de la voiture pour aller à la rencontre de Fitz qui s'approchait pour l'accueillir.

Il tenait quelque chose à la main.

— Qui ? demanda-t-elle.

Elle vit la photo qu'il lui tendait. C'était le gros plan d'un torse nu d'homme. Son visage n'était pas visible.

La température était loin d'être caniculaire et, cependant, Taylor sentit la sueur qui perlait sur son front. Elle dirigea son attention sur le groupe de flics qui s'affairaient à moins de dix mètres d'elle. Elle se força à marcher lentement, à afficher un air indifférent. Mais en son for intérieur elle était tétanisée par la peur.

Le corps était nu, en position assise, le dos contre la dernière marche, si discrètement et si soigneusement disposé qu'un passant n'y aurait peut-être guère accordé d'attention, pouvant aisément s'imaginer qu'il s'agissait d'une personne en tenue légère qui faisait la sieste.

Un examen plus attentif permettait de discerner une masse de cheveux bruns, des yeux grands ouverts au regard vide, vitreux, déjà teinté de blanc. Un lacet d'argent, dont les extrémités étaient artistiquement tordues, était profondément incrusté dans le cou de l'homme. L'une des extrémités était modelée en un ornement, qui rappela à Taylor un reste de carpaccio enrobé de papier d'aluminium qu'elle avait modelé en forme de cygne, lors d'une sortie dans un restaurant chic avec ses parents. Elle s'efforça de faire refluer la bile qui lui montait à la gorge.

Un morceau de papier était cloué sur la poitrine imberbe du tueur qu'on lui avait dit se nommer Aiden. C'était un petit rouleau de parchemin, vieilli et jauni, barré d'une goutte de sang cramoisie. L'écriture cursive et maniérée qui en couvrait la surface semblait sortir d'un autre temps.

Taylor lut, stupéfaite et consternée.

Mon très cher lieutenant,

Le monde sera plus beau tant que vous y vivrez. Je vous supplie de considérer ce menu service comme un gage de mon indéfectible attachement et de mon éternelle admiration.

Le Prétendant

— Ça fait longtemps qu'il est là ? demanda-t-elle, impressionnée par le calme avec lequel elle était parvenue à articuler ces mots.

Elle n'osait pas regarder Baldwin. Elle sentait les pensées qui bouillonnaient dans la tête de son fiancé, lequel se tenait à moins d'un mètre d'elle. Elle savait qu'il était abasourdi, lui aussi.

— Pas bien longtemps, répondit Fitz. L'institut médico-légal nous envoie une équipe. Elle devrait arriver d'un instant à l'autre. Le premier agent qui est intervenu sur la scène de crime a rapporté qu'il avait tâté le pouls de la victime. Il a dit que le cadavre était encore tout chaud. Il est exposé au soleil, mais ça ne doit pas faire beaucoup plus d'une heure qu'il est là. Une joggeuse s'apprêtait à grimper les marches quand elle l'a vu. Elle a appelé les collègues immédiatement. J'ai recueilli sa déposition.

Il tendit un index vers une voiture de patrouille, à côté de laquelle une jeune femme en survêtement se tenait debout, toute tremblante et pâle.

— Elle n'a rien vu. Il n'y a pas grand monde aujourd'hui dans le parc.

Taylor se tourna vers Baldwin, qui était demeuré silencieux jusque-là. Elle lut sur son visage un étrange mélange de répulsion et de soulagement. Il répondit par avance à la question qui lui brûlait les lèvres.

— Je ne sais pas si je dois me réjouir ou être horrifié. Aiden était un personnage abject et je ne regrette pas sa mort… Mais alors là … Le Prétendant…

— Toujours égal à lui-même. Il continue à imiter les autres tueurs. Tu m'as dit qu'Aiden tuait avec un garrot en argent, pas vrai ? On dirait que notre tueur en série s'est mué en justicier.

Elle fut prise d'un rire nerveux avant d'ajouter :

— On pourrait peut-être l'embaucher…

Il lui en coûtait de faire aussi bonne figure, en fait. Elle était terrifiée à la pensée qu'un tueur qui lui avait glissé entre les mains puisse être de retour à Nashville, et qu'il tue pour elle, en son honneur. « Mon Dieu, se dit-elle, c'est vraiment horrible ! »

Baldwin se contenta de hocher la tête. La camionnette du médecin légiste arriva sur ces entrefaites.

— Ça ira ? demanda Fitz à la jeune femme, à voix basse.

— Oui. Va t'occuper du médecin légiste…

Le Dr Fox bondit prestement hors du véhicule, les yeux luisants de curiosité. La nouvelle s'était déjà répandue. Comme de bien entendu, son téléphone portable sonna à ce moment-là. Le nom de Sam s'inscrivit sur l'écran. Taylor fit quelques pas de côté et prit la communication.

— J'ai appris la nouvelle… C'est vrai ? glapit Sam.

— Oui. On dirait que notre ami le Prétendant a refait surface. Il a fait toute une mise en scène avec Aiden. Pourquoi ce n'est pas toi qui es venue ?

— Je suis en réunion avec les autres chefs de service. Je n'ai pas pu m'éclipser jusqu'à maintenant. Fox s'en chargera très bien.

— Sans doute. C'est de l'art brut, ce qu'il a fait, pas du raffiné. Je dois dire, pourtant, que c'est la première fois que je vois des clous plantés dans une poitrine…

— Et moi, ça fait un bon bout de temps que je n'ai pas eu à me coltiner un garrottage. L'autopsie s'annonce joyeuse. Je vais m'arranger pour que tout se passe bien. Ne t'en fais pas. Il faut que je file, la réunion va reprendre. Fais bien gaffe à toi.

— J'y compte bien. A plus tard.

Elle raccrocha, se tourna vers Baldwin, lequel était également au téléphone. Il devait être en train d'appeler Garrett. En douce.

Elle revint auprès du corps d'Aiden. L'impression que tous les regards étaient tournés vers elle la fit frissonner. Elle n'était pas près d'oublier la semaine qui achevait de s'écouler ! Combien de tueurs en série avaient choisi Nashville comme théâtre de leurs exploits ?

Le regard terne d'Aiden semblait lui fouiller l'âme jusque dans ses tréfonds. Fitz et Fox vinrent la rejoindre.

— Le moment est venu de laisser les sorciers pratiquer leur magie, dit Fitz.

Taylor hocha la tête. Fox tournait autour du corps en lâchant de brefs gloussements.

— Putain ! dit-il. On va bien rigoler, avec celui-là.

— Vous, les gens de la morgue, vous êtes vraiment

détraqués…, lâcha Fitz. Allez, lieutenant, tirons-nous de là.

Taylor laissa Fitz la raccompagner jusqu'à sa voiture.

— Je m'occupe de tout, ici, dit-il. Toi, tu retournes au bureau pour travailler sur l'affaire Wolff. Tu n'as pas besoin de moi, là-bas. Tu t'en sortiras très bien avec Lincoln et Marcus. On se retrouve plus tard dans la journée…

Elle hocha de nouveau la tête, hébétée, et monta dans la berline. Baldwin referma son téléphone portable et vint s'installer sur le siège du conducteur. Il démarra et Fitz referma doucement la portière de Taylor. Elle ne savait pas pourquoi elle laissait tout le monde la dorloter comme ça. « Reprends-toi, ma fille ! »

Baldwin roulait, les yeux rivés sur la route. Elle sentait qu'il avait envie de parler. Tant mieux, car elle se sentait pour sa part d'humeur plutôt taciturne.

— Il faut que je te cause, dit-il.

— J'ai bien compris. Je te sens fébrile…

Il prit à droite dans West End Avenue.

— Je ne t'ai pas tout dit sur l'affaire Aiden…

— Raconte…

— Ce que je vais te dire est classé top secret.

— Tu veux m'embaucher pour jouer les espionnes dans *Mission impossible* ?

— Petite rigolote, va…

Il s'engagea dans un parking à ciel ouvert, se gara et coupa le moteur.

— Qu'est-ce qui se passe, Baldwin ?

Il ôta ses lunettes de soleil et la regarda droit dans les yeux.

— Je risque de gros ennuis en te mettant au courant. Mais je ne peux plus te cacher la vérité plus longtemps.

Le cœur de Taylor se figea un instant. Un millier de pensées affluèrent dans son esprit, décousues et confuses.

Elle croisa les bras, comme pour se protéger de ce qu'elle était sur le point d'entendre.

— Tu ne peux plus me cacher quoi ?

— C'est à propos de moi, de ce que je fais. De mon passé…

— Tu es le père d'un enfant de l'amour ?

— Merde, Taylor, je suis sérieux ! s'exclama-t-il.

Ce haussement de ton la fit sursauter.

— OK ! OK ! Je t'écoute…

Elle se cala contre la portière et lui fit face, se préparant au pire, même si elle n'avait aucune idée de ce qu'il s'apprêtait à lui révéler.

— Je fais des extra. Un travail de profileur…

— C'est tout ? C'est ça, ta grande confession ? Tu *es* profileur, Baldwin. Il est normal qu'on fasse appel à toi pour travailler avec…

— La CIA, compléta-t-il.

Ce sigle redoutable la laissa bouche bée.

— Tu veux dire que tu es un espion ?

Il se passa la main dans les cheveux.

— Non, je ne suis pas un espion. Je suis juste consultant.

— Je ne savais pas qu'il y avait des profileurs à la CIA…

— Il n'y en a pas. C'est bien pour ça qu'ils font appel à moi. Il s'agit d'un groupe clandestin, nommé OA. C'est un détachement conjoint de plusieurs services. Ça veut dire « opération Angelmaker ». On s'occupe de localiser et de pister les assassins qui travaillent à l'étranger. Notre boulot consiste à prévoir où ils s'apprêtent à frapper et à conseiller les gens qui les surveillent en fonction des profils, des trucs comme ça…

— Et c'est top secret, ça ? Ça n'a pas l'air si sensible que ça…

— En fait, ce qui est sensible, c'est la nature de notre gibier. Ces assassins-là ne se font jamais arrêter.

— Et pourquoi donc ?

Elle le regarda s'efforcer de trouver une réponse à cette question. Elle sentit combien cela lui coûtait. Elle se rendit compte qu'il craignait qu'elle ne juge sévèrement son rôle dans cette organisation clandestine. Elle lui prit la main affectueusement.

— Allez, dit-elle d'un ton plus doux. Tu peux tout me dire. Ça ira…

Il lui sourit.

— Tu auras peut-être changé d'avis quand j'aurai fini mon récit. On les laisse filer. On les suit à la trace, on prévoit leurs déplacements, on détermine leurs cibles. On leur confie même quelques missions pour étancher leur soif de tuer. Tout ça au nom de la sécurité nationale. Si on les arrêtait, leur arrestation aurait des conséquences indésirables sur les magouilles politiques et diplomatiques du moment. Bref, ces gens accomplissent de sales besognes pour le compte du gouvernement et des Etats alliés. J'essaie de ne pas trop entrer dans les détails, ça me pèse déjà suffisamment comme ça. Ça va à l'encontre de toutes mes convictions…

La franchise. Elle savait qu'elle pouvait compter sur lui pour lui dire la vérité, qu'elle le veuille ou non.

— Je vois ça… Et comment as-tu fait pour être impliqué dans un truc aussi délirant ?

— Par Garrett. C'est lui qui dirige les choses, côté FBI. Il m'a branché avec un agent d'une grande efficacité, avec lequel je travaille depuis dix ans. De temps en temps, ils m'envoient à l'étranger pour suivre de plus près ces assassins. Il y a toujours eu un arrangement tacite entre nous, cependant. Si l'un de ces tueurs débarque aux Etats-Unis, je dois en être automatiquement avisé.

— C'est comme ça que tu as connu Aiden ?

— Exactement. Il a toujours eu une dent contre moi, mais je n'avais jamais été vulnérable… jusqu'à ce que je te rencontre. Il ne voulait pas me tuer tout de suite. Il fallait qu'il me prenne d'abord ce que moi, je lui avais pris.

Il lui pressa la main plus fort et poursuivit :

— Du moins, c'est ce que j'en ai déduit. Je t'ai dit qu'on pensait qu'il nous avait vus ensemble en Italie, en tout cas la chronologie se tient. Il a tué l'agent chargé de le surveiller et puis il est venu ici aussi rapidement que possible. Juste pour nous faire savoir qu'il était capable d'obtenir tout ce qu'il convoitait et de se déplacer à sa guise, au nez et à la barbe des services secrets du monde entier. C'est pour ça que j'ai dû aller à Quantico, pour tenter de le localiser, de le pister. S'ils m'avaient dit la vérité dès le départ, c'est-à-dire qu'il avait tué notre agent à Florence, ce que j'ignorais, je ne t'aurais jamais laissée seule. Je l'ai vu à l'œuvre.

— Moi aussi, dit-elle.

La vision des deux vigiles égorgés lui revint à l'esprit.

— Tu parles italien couramment. C'est comme ça que tu as appris, en observant un maniaque italien ?

Il esquissa une grimace.

— Ma maîtrise de l'italien et d'autres langues fait partie des compétences qu'ils recherchaient.

— D'autres langues ? Comme l'allemand et le français ?

Il avait l'air de plus en plus embarrassé.

— Tu en connais d'autres encore ?

— Oui…

— Mais tu parles combien de langues ?

— Treize.

Elle crut tomber des nues.

« Les omissions ne sont pas vraiment des mensonges, n'est-ce pas ? Les pieux mensonges, les embellissements de la vérité qui sont destinés à vous protéger, ça ne compte pas comme de vrais mensonges, faits pour tromper. »

Elle ne réussit pas à s'en convaincre. Mais Baldwin avait fini par se confier. Elle-même ne lui avait pas tout dit de son propre passé, d'ailleurs, loin de là…

— Le cœur de Garrett ?

— Il va très bien.

Il la regarda comme si elle allait se mettre en colère. Elle n'aimait pas l'idée qu'il ait pu être forcé de lui mentir, mais c'est ainsi qu'elle voyait les choses : il ne l'aurait pas fait de son plein gré.

Elle sourit.

— D'accord. Prouve-le.

— Prouver quoi ?

— Dis-moi que tu m'aimes en polonais !

Il avait retrouvé son sourire.

— Ce n'est pas la langue que je maîtrise le mieux, mais si tu y tiens… *Kocham ciebie,* Taylor. De tout mon cœur.

Il l'embrassa, la laissant pantoise.

— Je crois qu'on va bien s'amuser grâce à ton don pour les langues, dit-elle lorsqu'ils se séparèrent.

— Tu ne m'en veux pas ?

— A propos de cette histoire d'OA ? Ça ne m'emballe vraiment pas. Mais je te connais et j'ai confiance en ton jugement. Si tu crois que c'est ce qu'il faut faire, je te soutiens. Mais ne ramène plus de tueurs psychopathes à la maison, s'il te plaît ! J'en ai assez comme ça de mon côté…

Cette pensée leur fit l'effet d'une douche froide.

— Tu te rends compte que le Prétendant te guette ! Il se dit ton admirateur, mais il n'a jamais été aussi dangereux pour toi…

— Je ne peux rien y faire, pour l'instant. Fitz va s'occuper de l'enquête. Ce serait bien de trouver quelques indices qui puissent nous aider à mettre un visage sur ce nom.

— On n'a pas fini d'en entendre parler.

Il redémarra le moteur, enclencha la première.

— Tu as raison. Mais on a notre lot de salopards à coincer pour cet après-midi. Je dois reprendre l'affaire Wolff.

Ils restèrent silencieux pendant le reste du trajet, roulèrent sur Broadway où ils virent une foule de touristes devant Tootsie's. Lorsqu'ils atteignirent le CJC, Taylor remarqua que Baldwin scrutait attentivement le parking avant de se garer. La menace qu'avait fait peser sur elle Aiden était peut-être passée, mais elle n'en avait pas fini avec les tueurs, et cette sombre pensée la mit mal à l'aise.

35

Marcus et Lincoln avaient déjà appris la nouvelle, à en juger par les regards ébahis qu'ils lui jetèrent, lorsqu'elle fut de retour dans les locaux de la brigade. Price, assis à côté d'eux, haussa ses sourcils roux et broussailleux d'un air interrogatif.

Elle leur fit un bref résumé de ce qui s'était passé au Parthénon. Baldwin les rejoignit et s'assit avec eux en lui tendant un Diet Coke, pendant qu'elle achevait son récit.

— Le Prétendant semble être de retour à Nashville. Je ne sais pas ce que ça peut impliquer… Mais il vient de tuer un assassin recherché par le FBI. La victime se nommait Aiden. Baldwin travaillait sur un dossier le concernant. Cet Aiden cherchait à se venger. C'est lui qui a tué les deux vigiles sur le pas de ma porte. Mais il est mort, maintenant. Et nous avons bien d'autres problèmes à résoudre…

Elle leur montra le Polaroïd que Fitz lui avait remis. Lincoln passa le cliché à Marcus et tous deux affichèrent un air inquiet.

— Alors, comme ça, le Prétendant se prend pour ton garde du corps ? demanda Lincoln. Mais qu'est-ce que ça veut dire, bon sang ?

— Aiden cherchait à me faire du mal, leur expliqua Baldwin. En s'en prenant à ce que j'avais de plus cher : Taylor. Et le Prétendant a joué les assassins chevaleresques…

Price se leva alors.

— Ça suffit comme ça ! J'en ai marre de ces conneries ! Taylor, je vais assigner un collègue à votre protection rapprochée.

— C'est déjà fait, dit Baldwin. Il y a une équipe qui ne la lâche pas depuis hier. On va juste avertir ces gens-là que ce n'est plus Aiden, mais le Prétendant qu'il faut s'attendre à voir rôder autour d'elle. Ce sont des gars compétents, je leur fais confiance.

Ainsi, ce n'était pas pour congédier l'équipe de protection qu'il avait appelé Garrett. Il avait peut-être même demandé son renforcement.

— Je ne veux plus être suivie partout comme ça, dit Taylor.

— Il va falloir que tu t'y fasses, ma chérie, répondit Baldwin d'un ton qui coupait court à tout débat sur le sujet.

— Je suis d'accord, approuva Marcus. Il ne faut surtout pas qu'il vous arrive quelque chose, lieutenant. Lincoln et moi, on va se mettre à enquêter plus sérieusement sur ce Prétendant. On le retrouvera, ce salaud. Entretemps, il vaut mieux que vous ne soyez pas à sa merci.

— Je sais me défendre toute seule !

Mais face à quatre hommes bien décidés à la préserver de tout danger, et ce malgré elle, elle dut ravaler son orgueil et finit par acquiescer. Pour l'instant du moins…

— Bon, alors, on se remet au boulot ou quoi ?

Price lui tapota le sommet du crâne. Elle lui lança un regard excédé.

— Il faut que je file, j'ai une réunion, dit-il. Messieurs, mettez-la au courant. Taylor, vous pouvez être fière de vos gars. Et faites gaffe à vous, surtout.

— Oui, papa, promit-elle.

— Il faut que je dise un mot au capitaine. Je reviens tout de suite…

Baldwin quitta la pièce sur les talons de Price. Leur conversation, vite inaudible du bureau, se poursuivit dans le couloir.

— Mon Dieu, quelle journée ! fit-elle, en se tournant vers les deux inspecteurs. Bon, dites-moi tout. On en est où, dans l'affaire Wolff ?

Lincoln fit un geste d'encouragement à Marcus.

— Je te laisse la parole, dit-il.

— Bon… Pour commencer, on a cherché les deux actrices mineures. Elles ont toutes deux quitté la ville, apparemment pour la Californie. Elles devaient passer une audition chez Vivid Video et on a appelé leur « agent » pour qu'il leur demande de nous contacter dès que possible. En attendant, on a examiné les données concernant Todd Wolff. On a eu confirmation qu'il n'était pas à Savannah au moment où il prétend y avoir été. Il s'est bien servi de sa carte essence pour faire un plein, mais dimanche, à Crossville… Ce qui prouve qu'il était dans l'Etat du Tennessee au moins un jour avant le meurtre.

— Mais pas que ce soit lui l'assassin…

— Non, mais il a menti, sur certains détails au moins. Il va être mis en accusation cet après-midi, ce qui nous donne la possibilité de l'interroger plus tard dans la soirée. Julia Page et Miles Rose ont déjà été informés que nous voulons lui causer.

— S'il était à Crossville dimanche, où se trouvait-il samedi ?

— C'est toute la question. Et on n'en sait rien. Il n'était pas à Savannah, ça, c'est sûr. La réceptionniste de l'hôtel où il prétend avoir dormi s'est tout de suite montrée plus loquace, quand elle a vu qu'on savait qu'il mentait. Elle nous a dit qu'il n'était pas venu sur le chantier depuis plus d'une semaine. Et le maestro ici présent, ajouta-t-il en désignant Lincoln, a fait des merveilles. On en a trouvé de belles, dans l'ordinateur de Corinne…

— Ah bon ?

Lincoln lui tendit une liasse de documents.

— Voici un échantillon de sa correspondance galante, glanée sur son adresse électronique privée. Tous ces messages viennent d'une adresse séparée, gérée par un fournisseur d'accès différent du sien et protégés par un mot de passe. Nous estimons qu'elle ne partageait pas cette adresse avec Todd : ils avaient deux autres adresses électroniques, l'une pour le travail de Monsieur, l'autre pour les amies de Madame. Et une autre encore, entièrement réservée à leurs activités pornographiques… Cette boîte aux lettres-là était rangée dans un dossier bien planqué.

Taylor jeta un coup d'œil aux premières feuilles de la liasse et y lut des mièvreries amoureuses comme en échangent tous les amants.

— Je ne vois pas de nom. Vous êtes sûr que ce ne sont pas de messages qu'elle échangeait avec Todd ?

— Certain. J'ai pisté l'adresse IP. Elle est enregistrée au nom d'une tout autre personne. La même personne, d'ailleurs, qui possède l'adresse IP de Selectnet…

Il souriait d'un air dégagé, mais ses yeux brillaient de fierté.

Taylor faillit tomber de son siège.

— Quoi ? Qu'est-ce que ça veut dire ? Que Corinne était liée avec la société californienne qui met en ligne des vidéos porno, dont celles qui ont été tournées à mon insu ?

— Elle, mais aussi son mari… Chacun de manière complètement différente. Todd Wolff semble être le fournisseur tant du haut de gamme que de la camelote. Il travaille pour Selectnet et approvisionne ce site en films de bonne qualité, tournés dans sa cave. C'est comme ça qu'il se fait le plus de fric, en dehors de son travail de promoteur... Mais on a passé ses antécédents financiers au peigne fin et on est tombés sur des achats intéressants. Pour être plus précis, il a acheté une quarantaine de caméras de surveillance, du même type que celles qu'on a découvertes à votre ancien domicile.

Il fallut un moment à Taylor pour qu'elle en croie ses oreilles.

— C'est Todd Wolff qui a fait installer ces caméras chez moi ? Comment est-ce possible ?

— Et pas seulement chez vous... Voici notre hypothèse. Il faut savoir qu'on a vérifié la provenance d'autres vidéos du même type, téléchargeables sur Selectnet.com, et que la plupart d'entre elles proviennent de Nashville. Todd Wolff dirigeait une entreprise de travaux. C'est d'une simplicité enfantine : quand il construit une maison, il installe des caméras à l'insu de l'acquéreur. Ensuite, il exploite ces images volées en les diffusant sur internet...

Taylor émit un long sifflement.

— Mais vous vous rendez compte du nombre de maisons que ce type a construites ? Il a peut-être mis des caméras partout !

— Quarante au moins, en tout cas, selon notre petite enquête.

— Mais ce n'est pas lui qui a construit ma maison. Comment a-t-il fait pour y installer des caméras ? Comment Wolff a-t-il pu s'introduire chez moi ?

— C'est là que ça se complique. Avant de se lancer dans la promotion immobilière et la construction de maisons individuelles, il travaillait dans la rénovation. Il réalisait des travaux suite à des dégâts couverts par les assurances. Par exemple, si un locataire se plaignait d'une fuite dans sa salle de bains, il devait se retourner contre l'assurance du propriétaire pour la faire réparer aux frais de celle-ci. Or, nous avons vérifié, l'entreprise de Wolff comptait parmi les sociétés agréées par les compagnies d'assurances. C'est comme ça qu'il a réussi à gagner assez d'argent, officiellement en tout cas, pour monter sa boîte de construction. Et l'achat des quarante caméras est assez récent… Il a été effectué l'an dernier. Il a pu en acheter bien d'autres auparavant, mais on n'est pas encore tombés sur les traces comptables qui permettraient de le prouver.

Taylor médita ces révélations pendant quelques instants. Quand donc avait-elle fait exécuter des travaux dans son ancienne habitation ? Elle ne s'en souvenait pas… Ah, si… Un an après y avoir emménagé, elle avait décidé de procéder à quelques changements mineurs dans l'agencement de la cuisine. Mais ce n'était pas à la suite d'un dégât couvert par l'assurance. Et ce n'était pas Wolff Construction qui était intervenue, pour autant qu'elle s'en souvienne. Elle fouilla dans sa mémoire, en quête du nom de la société qui avait refait sa cuisine, mais en vain. C'est ce qu'elle indiqua à Lincoln.

— J'y ai déjà pensé, dit-il. Avant de se mettre à son compte, Wolff bossait pour son père qui possédait plusieurs sociétés, parmi lesquelles…

— Remedy. Remedy Remodelers ! se souvint subitement Taylor. Bravo, Lincoln. Excellent travail !

— Oh, ce n'est pas que moi… Marcus m'a un peu aidé.

— Un peu ? s'écria Marcus. Merci pour ta gratitude !

— De rien, rétorqua Lincoln.

La découverte des nombreuses activités illégales de Wolff allait avoir des répercussions. Il fallait que les enquêteurs puissent communiquer avec la presse, pour faire passer le mot. Il fallait surtout démanteler le réseau pornographique illégal qui gravitait autour de Selectnet. Même si la diffusion du site avait été interrompue, il restait à mettre la main sur les chefs. Et pour cela, elle avait besoin du concours de Baldwin.

— Il serait judicieux de convoquer une conférence de presse, pour alerter les victimes potentielles. De mon côté, je vais appeler Baldwin pour voir ce qu'on peut faire au niveau fédéral. On va recenser les éléments à charge nous permettant d'inculper les dirigeants de Selectnet.

— Price s'occupe déjà de l'aspect média. Il a prévenu Dan Franklin et ils sont en train de mettre au point une campagne de presse. Il nous a laissé le soin de boucler l'affaire. Mais ce n'est pas tout…

— Ce n'est pas tout ?

— Non. Marcus, à toi la parole, je commence à avoir la gorge sèche à force de causer…

— D'accord, acquiesça Marcus. On a pisté l'adresse IP de Selectnet. L'adresse en Californie est fictive, ce n'est qu'une façade. L'argent revient ici, à Nashville. Sur le compte d'un certain Henry Anderson… Ce nom vous dit-il quelque chose ?

Taylor se crut frappée par la foudre. Une vision fugitive du visage de l'homme qui portait ce nom lui revint, tel un fantôme resurgi du passé.

— Vous plaisantez ?

Ils secouèrent tous deux la tête.

— Vous connaissez l'histoire de cet Anderson ? leur demanda-t-elle.

— On s'est renseignés. Vous l'avez arrêté … Vous l'avez expédié en taule pour maltraitance à enfants. Et puis il a engagé une procédure contre vous, pour brutalité.

— Oui… Je lui ai donné un coup de pied dans les couilles alors qu'il tentait de s'enfuir quand je l'ai arrêté. Il ne l'avait pas volé… Maltraitance à enfants, c'était la seule inculpation qui tenait la route… A l'époque, ce n'était pas un crime fédéral ; on n'employait pas la même terminologie. Je crois qu'il a finalement été jugé pour mise en danger d'enfants, en fait. On n'a pas pu faire mieux. C'est dommage. Ce type est une véritable ordure. Il filmait ses turpitudes, à l'époque. Il a passé quelques années en prison, puis il est sorti…

Elle marqua une pause, comprenant soudain.

— Les films ! C'est ça ! Il est le patron de Wolff !

Lincoln hocha la tête.

— C'est ce que nous pensons. En tout cas, il semble que ce soit lui le propriétaire de Selectnet. Et son réseau a l'air de s'étendre au-delà. On n'a pas fini de recenser toutes les informations qu'on a recueillies. Mais on en a déjà assez pour le relier directement à un réseau de pornographie impliquant des mineurs. Parmi d'innombrables autres délits et infractions.

Taylor alla à la fenêtre et jeta un coup d'œil dans la IIe Avenue. Il y flottait un nuage de poussière, qui provenait du chantier au bas de la rue, et les grains valsaient par millions sous le soleil. Joli spectacle.

Détournant les yeux de ce ballet aérien, elle revint vers ses collègues.

— Je ne savais pas qu'il était resté dans le Tennessee. Ce salaud de Henry Anderson… Il m'a donné du fil à retordre, vous savez. Il a essayé de discréditer ma déposition. Et il a engagé des poursuites contre moi, en effet. Mais ça s'est fini par un non-lieu. Je l'avais chopé en flagrant délit de pédophilie…

Elle s'interrompit de nouveau. Toutes les pièces du puzzle se mettaient en place d'elles-mêmes dans sa tête.

— Et Tony Gorman… Vous m'avez dit qu'il était membre de Selectnet. Il a dû s'empresser d'aller dire à Anderson que j'avais eu vent de leurs trafics. Je suis prête à parier un million de dollars que c'est de là que vient la plainte qu'il a déposée contre moi, celle qu'a mentionnée Delores Norris avant de me suspendre. Je me suis un peu énervée avec ce Gorman pendant l'interrogatoire. Mais il n'aurait pas eu le courage de se mettre en avant de sa propre initiative. Par contre, s'il y a été poussé… Anderson est un manipulateur consommé. C'est incroyable…

— Quand on aura interrogé Wolff, ce soir, dit Marcus, et qu'on lui aura balancé toutes ces infos en pleine figure pour qu'il comprenne bien qu'on connaît tout de son rôle exact, je suis sûr qu'on pourra lui tirer les vers du nez. Il va prendre une telle peine de prison, de toute façon, qu'avouer le meurtre de sa femme ne devrait plus changer grand-chose.

— Eh bien, c'est ce qu'on peut espérer. Commençons par mettre Page au courant. Ensuite, Henry Anderson… Je suppose que vous l'avez déjà localisé, Lincoln ?

— Oui…

Il lui adressa un grand sourire et reprit :

— Son nom et son domicile figurent dans la base de données des délinquants sexuels, dûment enregistrés selon les règles de sa mise à l'épreuve.

36

Taylor passa quelques minutes à rédiger des notes destinées au dossier, en attendant que soient délivrés les mandats qui leur permettraient sans doute de conclure cette affaire par une intervention de terrain.

Les preuves s'accumulaient contre Todd Wolff de manière implacable. Il ne manquait qu'une ou deux pièces au puzzle pour le faire enfermer pour le restant de ses jours. Et il semblait que l'équipe de Taylor, qui travaillait en étroite collaboration avec les agents du FBI, était sur le point d'y parvenir. Faire plonger de surcroît un individu de l'acabit de Henry Anderson constituait pour elle une satisfaction supplémentaire et venait dignement parachever ces succès.

Elle avait appelé Julia Page et elles avaient décidé d'engager contre Todd Wolff des poursuites séparées pour la pornographie infantile, pour l'exploitation en ligne des caméras cachées et pour le meurtre de Corinne Wolff. Il aurait été imprudent de mettre tous les œufs dans le même panier et de prendre le risque de voir un vice de forme frapper de nullité toute la procédure.

Dan Franklin attendait, pour annoncer la nouvelle aux médias, que Baldwin lui transmette le feu vert du FBI, lequel devait d'un moment à l'autre perquisitionner les bureaux de Selectnet en Californie pour y saisir leurs archives.

Taylor et Marcus, quant à eux, s'apprêtaient à aller ramasser Anderson. Lincoln s'était isolé dans un bureau avec l'une des collègues de Baldwin, experte en comptabilité criminelle, pour déchiffrer les documents bancaires de Wolff.

Fitz se trouvait à l'institut médico-légal. Une autopsie était en train d'y être pratiquée sur le corps d'Aiden. Baldwin avait fait venir de Quantico une équipe de pathologistes du FBI pour assister Sam.

Tous ces policiers œuvraient comme une seule famille. La chance avait voulu que de bonnes relations de travail s'établissent aussitôt entre les différents services. Taylor dut admettre que cela faisait plaisir de travailler de nouveau avec Baldwin. Son calme, son sang-froid étaient toujours précieux dans ce genre de situation, surtout dans les moments où les enquêteurs touchaient au but.

Au moment où elle se disait cela, cet homme irremplaçable était assis en face d'elle, les pieds sur son bureau. Il la regardait, goguenard, soutirer un mandat d'arrêt au nom de Henry Anderson. Ses yeux verts semblaient danser de joie au spectacle de sa fiancée qui se débattait au téléphone avec la juge qui devait signer ledit mandat. C'était une femme récemment élue, Sophia Bottelli, ancienne procureure très à cheval sur la procédure et qui s'attardait sur les moindres vétilles.

Taylor finit par obtenir une promesse de signature et raccrocha, en regardant le visage réjoui de Baldwin.

— Tu ressembles à une citrouille d'Halloween…

Il ôta ses pieds du bureau.

— Cette semaine a vraiment été surréaliste, dit-il. Tu as été sur des charbons ardents, traquée par un tueur, suspendue par les autorités policières… Et pourtant te voilà, plus solide que jamais, prête à fondre sur ta proie et à boucler un salaud de plus. J'adore quand tu es comme ça…

— C'est marrant, j'étais justement en train de me dire la même chose.

— Tu crois qu'on arrive au bout ?

— J'aimerais quand même savoir pourquoi Michelle Harris a essayé de me discréditer aux infos nationales. Je n'ai pourtant fait qu'essayer de l'aider, elle et sa famille.

— Le chagrin peut vous faire dire de drôles de choses, parfois…

— C'est vrai. Quand je l'ai rencontrée, la première fois, je ne sais pas… Je l'ai trouvée bizarre. Je m'imagine sans doute des choses et c'était un moment affreux pour toute cette famille… Sa mère pleurait dans les bras de l'aumônier, le père était sous le choc, l'autre sœur avait l'air hébétée. Michelle était la seule qui semblait plus ou moins garder sa contenance. Quand je suis entrée dans la pièce, pendant un court instant, elle m'a paru presque bestiale. Elle s'est vite reprise. Et je n'ai pas revu cette expression dans ses yeux depuis. Mais, là, à cet instant… Je sais que ça a l'air bête, mais…

— Non, vas-y…

— Eh bien, c'était comme si elle me désirait. Sexuellement, je veux dire.

— Elle n'est pas mariée ?

— Non, elle…

Elle pencha la tête de côté et reprit :

— Tu sais, je ne la connais pas beaucoup. Je me suis focalisée sur Corinne et je n'ai pas pris le temps de m'intéresser aux autres membres de la famille. Et puis j'ai été privée de mon badge pendant vingt-quatre heures… Bref, j'ai dû faire l'impasse sur cet aspect du problème. Il va falloir passer les prochaines semaines à combler ce genre de lacunes. Mais oublions Michelle Harris pour l'instant. Il n'y a rien à glaner, de ce côté-là. Comme je te l'ai dit, ce doit être mon imagination…

Marcus vint frapper à la porte.

— Je viens de parler avec Sam, elle voudrait vous dire un mot. Je vous transfère son appel…

— Entendu…

Taylor attendit le petit bourdonnement qui indiquait le transfert, puis elle décrocha le téléphone.

— Si c'est pour t'accompagner dans un gala de bienfaisance, c'est non !

— Chouette alors, parce que ce n'est pas pour ça que j'appelle. J'ai une nouvelle que tu vas adorer…

— Chouette alors ? On n'est plus à la maternelle, Sam ! C'est quoi, la nouvelle ?

— Les résultats des analyses d'ADN de Corinne Wolff sont arrivés.

— Là, tu as raison. J'adore. Dis-moi tout.

— Le sperme appartient à un certain M. Henry Anderson.

— Henry Anderson, tiens, tiens… La boucle se referme, on dirait… C'est un pédophile féru de vidéos porno pour qui Todd Wolff travaillait.

— Todd Wolff travaillait pour Henry Anderson ?

— C'est une longue histoire… Mais, oui, en effet.

— Et il y a mieux…

— Quoi ?

— Il est également le père de l'enfant qu'attendait Corinne Wolff.

Taylor alluma le haut-parleur et fit signe à Baldwin de prêter l'oreille.

— Répète, dit-elle.

— Todd Wolff n'est pas le père. L'ADN du fœtus indique que c'est Henry Anderson.

— Sam, tu es un vrai don du ciel pour un flic des homicides !

— Tu devrais plutôt remercier le maire… S'il n'avait pas

exigé une démonstration en temps réel de notre capacité à simplifier les enquêtes de police avec ce genre de moyens, je n'aurais jamais eu l'occasion d'avoir les résultats aussi rapidement.

— J'espère que ça va pousser le conseil municipal à vous payer un nouveau labo…

— Ça, je ne sais pas. Bon, il faut que je file. On a terminé l'autopsie d'Aiden et je dois rédiger mon rapport. Au fait, dis à Baldwin qu'un technicien de scène de crime a retrouvé les vêtements d'Aiden dans une poubelle, derrière le MacDonald de West End Avenue. S'il le souhaite, on peut les envoyer à son labo.

Baldwin intervint :

— Oui, s'il te plaît, fais ça pour moi, Sam. Ils ont trouvé des papiers d'identité ?

— Il y avait un portefeuille et un faux passeport au nom de Jasper Lohan. Du travail soigné, on aurait dit un vrai.

— Jasper Lohan… Je ne lui connaissais pas ce pseudo. Pas étonnant qu'on l'ait perdu à Saint-Louis… Merci, Sam.

Elles raccrochèrent en se promettant de dîner ensemble pendant le week-end. La banalité de ce rendez-vous fit naître en Taylor une envie de paix et de tranquillité, tout en lui rappelant ce qui la distinguait du commun des mortels. De tels rendez-vous étaient pour elle de véritables luxes. La plupart du temps, Sam et Simon, Baldwin et elle avaient plutôt l'un ou l'autre du travail à effectuer en soirée. Tous faisaient des métiers où il fallait être disponible vingt-quatre heures sur vingt-quatre, et leurs vies tout entières étaient comme suspendues au bon vouloir d'un criminel.

— La mère de Corinne avait raison, donc. Sa fille avait bien un amant.

— Ce qui explique en grande partie ses crises de claustrophobie. Une réaction psychosomatique à son infidélité.

Peut-être parce qu'elle avait rompu avec Henry avant de découvrir qu'elle était enceinte.

— S'ils avaient rompu, pourquoi aurait-elle eu un rapport sexuel avec lui juste avant de mourir ? Et pourquoi ces messages…

Elle désigna la pile de courriels amoureux.

— Ces messages sont récents. Non, cette liaison durait encore et la vraie question, c'est : Anderson l'a-t-il tuée ?

Elle pesa cette hypothèse un instant.

— Non. J'aurais plutôt tendance à croire que c'est Todd l'assassin. Un tel degré de fureur… Je l'imagine très bien péter les plombs après avoir découvert que sa femme le trompait, ou après avoir appris que l'enfant n'était pas de lui. De nombreux indices l'accusent, en tout cas. Le sang dans sa voiture, par exemple… Et puis il ment depuis le début : il nous dit qu'il était à Savannah, alors qu'il se trouvait en réalité à Nashville ou pas loin. Pourquoi aurait-il menti, s'il ne l'avait pas tuée ? En principe, un alibi véridique et vérifiable vaut toujours mieux qu'un alibi créé de toutes pièces. Non, je reste persuadée que c'est Todd le coupable. Henry Anderson est une ordure, mais c'est un lâche. Un manipulateur, qui sait par quel biais tirer avantage de son entourage. Une telle violence ne me paraît pas cadrer avec le personnage. Cela dit, je me trompe peut-être. Ça fait dix ans que je n'ai pas eu affaire à lui. Il a peut-être changé. De toute évidence, son séjour en prison ne lui a pas inspiré de remords et ne l'a pas remis sur le droit chemin. Il est donc possible qu'il l'ait tuée, après tout.

— Est-ce que tu pourrais me relire ce que la psychiatre a dit exactement sur Corinne Wolff…

Taylor ouvrit son calepin et alla directement aux pages où elle avait noté les principaux points de son entrevue avec le Dr Ricard.

— Tiens, c'est là… « Elle était facilement influençable.

Au lieu de résister, elle acquiesçait à tout. Elle permettait aux autres de la manipuler. » Je lui ai demandé si c'était Todd qui la manipulait et elle m'a répondu : « Corinne était manipulée par de nombreuses personnes. Mari, famille, frère et sœurs, amant. Vous découvrirez la vérité assez tôt, lieutenant. » Tu vois, c'est elle qui le dit : « amant ». En fait, elle aidait Corinne à vaincre le stress causé par sa liaison extraconjugale. Le Dr Ricard et Katie Walberg, sa gynéco, m'ont toutes deux affirmé que Corinne préférait la monogamie aux liaisons multiples et parallèles. Peut-être qu'elle ne supportait pas de coucher avec deux hommes et que son psychisme en a pris un coup.

— Ce n'était pas tant de coucher avec deux hommes qui lui pesait sur la conscience, à mon avis, que d'avoir à aimer deux hommes, dit Baldwin. C'était ça son problème.

— Tu as sans doute raison. Peut-être bien qu'elle était en train de rompre avec Henry Anderson et qu'il l'a tuée. Bref, il est temps d'avoir un petit entretien avec cet Anderson. Il pourra peut-être nous éclairer davantage.

Ils se levèrent.

— N'oublie pas tes menottes, lui conseilla Baldwin.

— Ça, tu peux me faire confiance…

37

Ils se rendirent en cortège dans la Cinquante et Unième Avenue, dans le nord-ouest de Nashville. Ce petit faubourg déshérité, nommé avec beaucoup d'à-propos le quartier des Nations, était situé au nord de l'autoroute 40, non loin de Sylvan Park. Ses rues ressemblaient à s'y méprendre à celles que parcouraient Taylor et Sam à l'époque où leurs parents les emmenaient en pèlerinage gourmand au Bobby's Dairy Dip.

Le quartier des Nations avait tout d'abord été une zone industrielle prospère, avant de sombrer dans la misère urbaine la plus sordide. C'était l'un des nombreux exemples des disparités sociales qui caractérisaient Nashville : un îlot de pauvreté au beau milieu de l'abondance et du faste. Cette enclave miséreuse était composée de cinq pâtés de maisons délabrés, voués à la délinquance et à la déréliction. La police y pratiquait de fréquentes incursions, tâchant de combattre le trafic de drogue et la prostitution qui y sévissaient. Mais elle était en train de perdre cette bataille.

Dans cette zone oubliée des dieux, les laissés-pour-compte du progrès vivotaient de toutes sortes d'expédients. On y comptait plus de cabines téléphoniques que de téléphones portables. Il s'en trouvait une à chaque coin de rue, barbouillée de graffitis et souillée d'urine. Des adolescents coiffés de tresses plaquées et vêtus d'amples baggies y erraient, une canette de bière à la main et la hargne aux lèvres. L'omniprésence de la délinquance, le laisser-aller total, le sentiment d'abandon, la peur au ventre… toutes les horreurs de la vie suintaient des murs de cet abîme social, où ces jeunes avaient tôt perdu foi en l'humanité et en eux-mêmes. Non seulement les habitants du quartier se méfiaient de la police, mais ils n'en reconnaissaient pas l'existence, niant son rôle et sa nécessité. La justice la plus sommaire était rendue dans ses ruelles sombres ; les affaires, généralement louches, se faisaient à l'ombre de réverbères déglingués et dans des taudis nauséabonds, privés d'air conditionné.

L'endroit idéal pour un pédophile en quête de discrétion.

En tournant à gauche sur Centennial Boulevard, Taylor eut l'impression de pénétrer dans une zone de guerre. Une tornade avait fait d'importants dégâts dans cette partie de la vile en 1998, et rien n'avait été entrepris depuis pour réhabiliter le quartier, ne serait-ce que pour lui faire retrouver le niveau de moindre misère qui était le sien avant la catastrophe.

Ils croisèrent deux voitures de patrouille qui roulaient à faible allure et dont les conducteurs les saluèrent d'un geste de la main, paume vers le sol, signalant ainsi que l'atmosphère était calme ce jour-là : tout va bien, mais faites attention quand même… Taylor leur rendit la politesse.

Quelques minutes plus tard, ils s'arrêtèrent devant l'adresse où était domicilié Henry Anderson. Il aurait été exagéré d'appeler maison ledit domicile. C'était une masure dont le toit s'affaissait et dont les fenêtres étaient obturées par du carton. Derrière ce taudis, on apercevait les flots du Cumberland.

L'homme ne semblait pas vivre sur un grand pied. Il devait consacrer à d'autres dépenses les revenus qu'il tirait de ses florissantes activités pornographiques. Taylor essaya de deviner lesquelles. La drogue, peut-être. Cette baraque avait tout d'un laboratoire clandestin de production d'amphétamines.

Baldwin n'avait rien dit depuis qu'ils s'étaient garés. Elle tira le frein à main et le regarda du coin de l'œil.

— Cet endroit est un vrai trou à rats, dit-il enfin. J'ai du mal à croire qu'un criminel d'envergure puisse vivre dans de telles conditions. Mais qu'est-ce qu'il fait de son fric ?

— C'est marrant… On dirait que tu as lu dans mes pensées. Allons voir ça par nous-mêmes.

Ils sortirent du véhicule, et, simultanément, Marcus bondit hors de sa Caprice. Ils étaient tous trois en civil, mais ils n'en avaient pas moins l'air d'être ce qu'ils étaient, avec leurs lunettes de soleil et leur dégaine de flics. Rien de surprenant, donc, à ce qu'il n'y ait pas un chat dans la rue. Taylor savait qu'il fallait montrer leur force : ils ne pouvaient se permettre aucune hésitation. Elle traversa le cratère de poussière qui tenait lieu de pelouse devant le domicile et frappa bruyamment à la porte.

— Police ! Ouvrez !

Rien.

Elle cogna de son poing à trois reprises, entendit ses coups résonner de l'autre côté. Elle s'apprêtait à frapper une quatrième fois lorsque la porte s'ouvrit de quelques centimètres.

Une jeune femme apparut dans l'entrebâillement.

— Qu'est-ce que vous voulez ?

Taylor aperçut son uniforme orné d'une étiquette « Maison de la Gaufre ». Le prénom « Wendy » était calligraphié, d'une écriture enfantine et maladroite, sous le logo de la chaîne de fast-food. Elle était coiffée d'une visière de golf noire pourvue de boutons-pressions aux deux extrémités. Ses cheveux, aux pointes blondes et aux racines très brunes et grasses, étaient coiffés en arrière pour former un semblant de queue-de-cheval. Ses yeux étaient d'un brun terne, cerclé d'un blanc rougi, comme si elle n'avait pas dormi depuis longtemps ou qu'elle s'adonnait à la drogue.

— On cherche Henry Anderson.

— L'est pas là.

Elle voulut refermer la porte, mais Taylor glissa la pointe de sa santiag dans l'intervalle, réprimant un cri de douleur lorsque le battant heurta ses orteils.

— On aimerait entrer, Wendy. On est de la brigade des homicides. Il faut qu'on cause à Henry.

La fille dévisagea Taylor d'un œil morne, puis s'éloigna.

La policière jeta un coup d'œil à Baldwin par-dessus son épaule. Il avait posé la main sur son arme. Marcus avait dégrafé son holster et sorti son arme de service d'un ou deux centimètres. Ils hochèrent la tête. Taylor poussa alors de la pointe du pied la porte, qui s'ouvrit en grand.

La chaleur qui régnait à l'intérieur du logis était suffocante. Un ventilateur cassé trônait sur un carton, face à un canapé tout râpé. Des cendriers pleins et des canettes de bière vides étaient éparpillés sur ce que Taylor supposa être un comptoir de cuisine.

— Henry n'est pas là, répéta Wendy en allumant une cigarette.

Elle aspira la fumée au plus profond de ses poumons et la recracha en toussant.

— Vous ne voulez pas savoir pourquoi nous voulons lui parler ?

— C'est pas mes oignons. Je lui loue cet endroit. Il n'habite pas là.

Ainsi Anderson était, pour ajouter à tous ses forfaits, marchand de sommeil.

— Et il habite où ?

— Chais pas.

La fille tira une nouvelle taffe sur sa cigarette, restant prudemment à un mètre cinquante de Taylor. Elle maintenait sa main gauche plaquée sur son ventre. Taylor l'examina plus attentivement. La fille était légèrement voûtée et, malgré la pénombre qui régnait dans la pièce, Taylor se rendit compte que la station debout lui était pénible. Son regard était fuyant et hébété, un hématome finissait de brunir sur son menton.

— Asseyez-vous, Wendy, lui dit-elle. Et dites-nous donc qui vous a frappée.

Dans l'œil farouche de la fille naquit une lueur, d'orgueil ou de colère — Taylor n'aurait su le dire.

— Je vais très bien, répondit-elle d'un ton méfiant.

— Vous n'en avez pas l'air. On vous a donné un coup dans le ventre ?

— C'est pas vos oignons.

Elle écrasa sa cigarette dans un cendrier et détourna les yeux.

Les mots du martyr protestant anglais John Bradford revinrent à l'esprit de Taylor : « Je subis ces épreuves par la seule grâce de Dieu. » Mais peut-être pas, après tout. Taylor n'avait jamais bien compris les ressorts de la violence conjugale. Au cours de sa carrière, elle en avait vu les ravages plus d'une fois. Les jeux de pouvoir au sein du couple, les disputes acrimonieuses qui viraient aux coups de plus en plus violents jusqu'à devenir mortels, parfois. Pourquoi était-ce si difficile pour les victimes de s'enfuir, d'échapper à leurs bourreaux ? Ces hommes qui connaissaient l'art de frapper sans laisser de traces, Taylor aurait voulu les rassembler tous au même endroit pour les fusiller en masse.

Elle croisa le regard de Baldwin. C'était lui le psychiatre. C'était à lui de tenter de la faire parler.

Pendant qu'il s'isolait dans un coin avec la fille pour recueillir ses confidences, Taylor et Marcus firent le tour de la maison. Lézardes crasseuses aux murs, cafards grouillant partout, vieux magazines sans couverture, cartons à pizza vides et graisseux... La salle de bains n'avait pas été nettoyée depuis des mois. Un bâtonnet en plastique était posé sur la vasque fêlée du lavabo. Un test de grossesse. Il s'était écoulé trop de temps pour que le résultat soit encore visible, des heures, des jours peut-être.

Il n'y avait aucune trace de Henry Anderson, pas d'articles de toilette pour homme, pas de vêtements masculins. Tout indiquait que Wendy disait vrai : il n'habitait pas là.

Les deux policiers revinrent dans la chaleur moite du salon. Wendy était assise sur le canapé délabré. Elle pleurait doucement.

— Anderson vit dans l'est de Nashville, leur annonça Baldwin. Il se sert de ce taudis comme adresse officielle, pour la police, et la loue à Wendy. Elle dit que ça fait des semaines qu'elle ne l'a pas vu et je la crois.

Une confiance précaire s'était apparemment instaurée entre eux. Il lui tendit quelque chose — sa carte, pensa Taylor — et ils prirent congé.

Une fois dehors, Baldwin se passa la main dans les cheveux, se décoiffant complètement. Taylor discerna une lueur argentée dans le noir charbonneux de sa tignasse, signe précurseur des cheveux poivre et sel qu'il aurait, de toute évidence, quelques années plus tard.

— J'ai l'adresse d'Anderson. Elle lui envoie un mandat deux fois par mois pour payer le loyer. Elle vient de perdre l'enfant qu'elle attendait. Tu avais raison, Taylor : elle a été frappée au ventre il y a quelques jours et elle a fait une fausse couche hier. Ça ne l'a pas empêchée d'aller au boulot. Elle m'a dit qu'elle n'avait pas les moyens de s'absenter. Pauvre fille...

Marcus s'appuya contre sa voiture et demanda :

— Bon, alors, on va le ramasser, ce salopard ?

— Et comment ! s'écria Taylor. Ce sera avec plaisir, croyez-moi !

— Comment se fait-il que vous ignoriez la véritable adresse d'Anderson, lieutenant ?

Sophia Bottelli ne semblait pas disposée à se montrer aimable ni très coopérante.

— Je suis désolée, Votre Honneur. C'est une enquête qui est sur le point d'aboutir et tout va très vite. Il y a moins de vingt-quatre heures que nous avons découvert le rôle d'Anderson dans cette affaire.

« Allez, on ne vous demande pas grand-chose… Juste une petite signature sur le mandat modifié et qu'on n'en parle plus ! Arrêtez de couper les cheveux en quatre, on perd du temps… »

Elle ne pouvait s'exprimer en ces termes, bien sûr, mais ce n'était pas l'envie qui lui manquait. Une telle apostrophe aurait été le plus sûr moyen de se retrouver en cellule, avec une inculpation d'outrage à magistrat. Mais enfin la juge lui cassait les pieds avec ses chicaneries, qui ne faisaient que retarder l'action de la justice.

— J'espère bien que c'est la dernière fois que j'entends parler de ce mandat, lieutenant. Je vous le faxe avec ma signature. Mais c'est fini, ensuite. J'attends de vous des résultats.

— Oui. Merci, Votre Honneur.

La juge Bottelli n'était certes pas commode, mais Taylor ne la détestait pas. Elle ne s'était jamais montrée injuste avec elle, depuis son élection. L'avenir dirait ce qu'il en était vraiment de ce haut personnage de la justice locale. En tout cas, il était clair que la disgrâce qu'avait endurée

Taylor quelques jours auparavant était encore présente à l'esprit des magistrats de Nashville. Elle allait devoir s'efforcer de reconquérir leurs bonnes grâces, ce qu'elle trouvait profondément injuste, étant donné qu'elle n'avait commis aucune faute. En s'empressant de la priver de son badge, le capitaine Norris avait eu une réaction disproportionnée qui allait avoir des effets aussi dommageables que durables pour la jeune femme.

Le télécopieur cracha enfin une feuille de papier.

— Ça y est, on l'a !

Le moment était venu de passer à l'action.

Taylor sortit précipitamment de son bureau et vit que Marcus et Lincoln étaient en grande conversation, tandis que, penché sur leurs épaules, Baldwin prêtait une oreille attentive à leurs propos.

— Qu'est-ce qui se passe ? demanda-t-elle.

— Rien, pour l'instant, lui répondit Lincoln. Je cherche un truc, mais ça ne donne rien. Je ne veux pas vous faire perdre votre temps. Allez, grouillez-vous de boucler Anderson avant qu'il ait vent de votre arrivée imminente.

Il hocha la tête en direction de Baldwin et quitta la pièce.

Taylor interrogea son fiancé du regard, mais il leva les deux mains en l'air en affirmant :

— Je ne suis au courant de rien. Allons-y.

Ils ne mirent que cinq minutes à atteindre le quartier où habitait réellement Anderson. Ils s'engagèrent dans la VIIIe Avenue, bordée de vieilles demeures victoriennes entièrement restaurées.

— Tu te rends compte qu'il vit à un pâté de maisons de chez Betsy Lerner, le lieutenant qui dirige la brigade des mœurs ? Il doit utiliser un faux nom.

Baldwin secoua la tête.

— Non. Marcus a fouillé dans les archives municipales

pendant que tu parlais à la juge. Le cadastre indique qu'il est propriétaire en titre de cette maison. Mais il y a un copropriétaire et c'est le nom de ce dernier qui apparaît sur les autres registres.

— Et quel est ce nom ?

— Antonio Giormanni.

Taylor se gara brusquement, avec une expertise consommée, dans une place en épi qui n'avait pourtant pas l'air assez large pour la berline.

— Il se fait appeler Tony Gorman… J'ai été roulée dans la farine ! Et en beauté. Il s'est bien foutu de moi ! Alors ils sont associés et complices…

Marcus vint jusqu'à sa portière. Elle baissa la vitre.

— Antonio Giormanni est enregistré comme copropriétaire de cette maison, lui dit-elle. Ce nom ne vous dit rien ?

Marcus la regarda un bon moment avant de frapper le toit de la voiture.

— Tony Gorman !

— Exactement.

— Je comprends pourquoi on n'arrivait pas à trouver de fiches à son nom. Il utilise des pseudonymes. Tony Gorman est le nom qui figure sur son permis de conduire, dûment délivré par l'Etat du Tennessee. C'est comme ça qu'on l'a retrouvé, rappelez-vous.

— Excusez-moi, intervint Baldwin. Ça vous dérangerait de m'expliquer un peu ? Vous le sortez d'où, ce Tony Gorman ?

— Il m'a un peu malmenée pendant un dîner de gala, en début de semaine. Il croyait que je m'appelais Tawny. C'est en remontant cette piste qu'on est tombés sur les vidéos de Selectnet. Tout ça semble être une manipulation visant à me priver de mon badge. Ils espéraient que les altérations de l'enregistrement de la mort de David

Martin ne seraient pas décelées, ou que les vidéos où on me voit faire l'amour me feraient mourir de honte et me pousseraient à la démission. Ils vont regretter d'être nés, c'est moi qui vous le dis !

Elle sortit de la voiture, la colère au ventre.

« Rira bien qui ira le dernier, messieurs… »

Baldwin se tourna vers Marcus.

— On ne devrait pas la lâcher d'un poil, dit-il. Elle est capable de foutre le feu à tout le quartier, si on n'arrive pas à la calmer.

Marcus s'esclaffa.

— Eh bien, bonne chance ! Vous savez comment elle est, quand elle est remontée comme ça. Rien ne peut l'arrêter. Je n'aimerais pas être à la place d'Anderson : ses chances de survie me paraissent minimes.

Ils la suivirent. En traversant la rue, Marcus appela Lincoln au bureau et lui demanda de préparer le plus vite possible un mandat d'arrêt au nom d'Antonio Giormanni et d'aller l'arrêter dans la foulée. Baldwin lui fit signe qu'il voulait aussi parler à Lincoln.

Au bout de quelques instants, il raccrocha et ils rattrapèrent Taylor.

— Tu es prête ? demanda Baldwin.

— Tu sais bien que oui. Je n'ai pas l'intention de rater ce salaud !

Elle dégaina son arme et alla droit à la porte d'entrée. Elle tambourina comme elle l'avait fait sur celle de la masure.

— Police ! Ouvrez !

La porte s'ouvrit aussitôt sur… Michelle Harris.

La jeune femme avait l'air complètement bouleversée. Son visage était blême et elle recula instinctivement en voyant l'arme que Taylor braquait vers elle. Elle se tourna pour prendre la fuite. En trois enjambées, Taylor l'avait rattrapée, la saisissant aux cheveux, l'immobilisant immédiatement.

Michelle hurla.

— Fermez-la ! hurla Taylor encore plus fort. Et expliquez-moi ce que vous foutez là !

38

Baldwin venait d'entrer à son tour, ainsi que Marcus. Taylor les regarda tous les deux et lâcha les cheveux de Michelle.

— Où est Henry Anderson ?

— A l'étage, répondit Michelle. Il prend une douche. Qu'est-ce que vous lui voulez ?

Même si elle avait l'air sincèrement choquée, Taylor ne s'y laissa pas prendre. Elle savait que la jeune femme n'était certainement pas là par hasard.

— Je vais le chercher, dit Marcus en gravissant promptement les marches.

Baldwin le suivit.

Taylor tira alors Michelle par le bras et la força, non sans une certaine brusquerie, à s'asseoir sur un canapé en cuir cannelle, dans ce qui avait l'air d'être un petit salon. Mobilier de bois précieux, étagères garnies de livres : la pièce ne manquait pas d'élégance… Mais l'ironie de la situation était trop forte pour s'attarder sur le décor et Taylor se concentra sur le visage épouvanté de Michelle, qu'elle mitrailla de questions :

— Que faites-vous ici ? Quels sont vos rapports avec Anderson ?

— C'est mon petit ami. Nous nous fréquentons depuis plus d'un an. Qu'est-ce que ça peut vous faire ? Et pourquoi êtes-vous là ? Qu'est-ce que vous lui voulez, à Henry ? Il n'a rien fait de mal, quand même ?

Taylor était restée debout. Elle toisait Michelle de toute sa hauteur.

— Vous, la petite amie d'Anderson… Vous plaisantez ou quoi ?

Baldwin l'avait déjà rejointe.

— Marcus a passé les menottes à Anderson et lui a signifié sa garde à vue. Il l'a informé de ses droits et j'ai fait office de témoin. Des agents sont en route pour mettre à exécution le mandat de perquisition. Il a déjà appelé son avocat.

— Vous avez arrêté Henry ? Pour quel motif ? demanda Michelle.

— Euh, voyons voir…, ironisa Taylor. Baldwin, c'était quoi, au fait, les motifs ? Pornographie infantile, pour commencer. Ensuite, on a : diffamation, dénonciation calomnieuse, fausse déclaration de domicile par laquelle il a enfreint son contrôle judiciaire et fausse déclaration auprès de la base de données des délinquants sexuels… Et ce n'est qu'un début… Je suis sûre que le parquet va lui trouver une liste de chefs d'inculpation longue comme le bras quand les procureurs auront examiné son cas. Parmi lesquels des délits fédéraux… Vous n'allez pas revoir votre ami Henry avant longtemps. Ah oui, il y a aussi ce vilain petit détail : le meurtre de votre sœur…

Michelle secoua la tête, agitant la main devant son visage comme si elle cherchait à éloigner une mouche.

— Attendez, attendez… C'est Todd qui a tué Corinne. Vous l'avez arrêté. Tout l'accuse. Les juges sont d'ores et déjà en train de fixer la date de son procès… Henry n'a jamais rencontré ma sœur de sa vie. Il est impossible qu'il soit mêlé à ce crime ! Et pourquoi parlez-vous de la base de données des délinquants sexuels ? Henry n'est pas un délinquant sexuel. J'habite ici… Vous croyez que ça m'aurait échappé, s'il avait ce genre de problèmes ?

— Vous êtes vraiment sûre de ce que vous dites, Michelle ?

Taylor entendit le pas lourd des renforts qui arrivaient. La maison ne tarda pas à grouiller de policiers. Henry Anderson avait déjà été conduit à l'arrière d'une voiture de patrouille, dans l'attente de son transfert au CJC.

Taylor ne l'avait pas vu sortir de la maison. Michelle la regarda dans les yeux, sans ciller.

— Oui, j'en suis sûre. Je voudrais voir Henry, maintenant.

La policière eut le plus grand mal à la croire. Son amant était un cyber-proxénète de haut vol, il tirait les ficelles d'un vaste réseau pornographique… et elle n'en savait rien ? Ne se doutait de rien ?

— Venez avec nous au CJC, Michelle. Vous nous en direz davantage.

Elle voulut la prendre par le bras. Ce fut le geste de trop. Michelle retira sèchement son bras et se tourna vers elle avec une telle vivacité que les trois agents présents dans la pièce dégainèrent leurs armes.

— Vous savez, cracha-t-elle, j'avais confiance en vous. Le premier jour, chez Mme Manchini… Je n'ai vu en vous qu'une femme compatissante, une femme à qui je pouvais me fier pour que justice soit rendue à Corinne. A présent, regardez-vous un peu dans la glace… Vous courez après des leurres, vous êtes discréditée, déshonorée. Vous êtes la risée de tout Nashville ! Vous vous faites filmer en train de vous envoyer en l'air… Et vous n'arrivez même pas à conclure une enquête facile. Henry m'a dit tout le mal que vous lui avez fait. Je vous hais, espèce de… espèce de salope !

Elle sortit de la pièce, laissant Taylor ébahie.

Elle n'avait retenu qu'une phrase : vous êtes la risée de tout Nashville…

Qu'y avait-il de vrai, là-dedans ?

« Arrête tout de suite, ma fille. N'oublie pas qui a prononcé ces mots. Michelle est perturbée. D'abord, c'est sa sœur qui est assassinée, ensuite elle apprend que son petit ami est un menteur et un pédophile. C'est elle qui est à plaindre. Elle a passé une semaine éprouvante. Attends qu'elle apprenne que son petit ami adoré la trompait avec sa propre sœur. Même moi, ça ne me plairait pas… »

Elle suivit Michelle dehors.

Quoi qu'il arrive à présent, le temps des réponses était venu.

39

Henry Anderson avait pris de l'âge depuis leur dernière entrevue. Ses cheveux coupés ras avaient blanchi prématurément, sa peau bronzée commençait à se rider autour des yeux et de la bouche, mais ses dents étaient encore blanches sous une barbiche restée noire.

Ses yeux en revanche avaient conservé leur vert glacial et métallique — ces mêmes yeux qui avaient mis Taylor si mal à l'aise, de nombreuses années auparavant, lorsqu'elle lui avait mis les menottes pour la première fois. Ce regard magnétique l'avait troublée, juste le temps qu'il tente de s'échapper. A l'époque, elle ne faisait pas bien la différence entre le désir et la haine qu'un regard peut exprimer. Elle n'était pas encore accoutumée aussi intimement au masque de séduction derrière lequel peut se tapir le mal.

A présent, si…

Ils étaient de nouveau face à face, dans une salle d'interrogatoire, et il n'y avait aucun doute, dans son esprit, sur la nature du sentiment qu'éprouvait Anderson en ce moment précis. De la haine.

« Haine », d'ailleurs, était un faible mot. Non, c'était une aversion absolue, une exécration totale qui se lisait dans ce regard aigre et furieux.

— Salope ! Tu sais que je serai sorti sous caution avant que…

— Taisez-vous, Henry, lui ordonna Miles Rose.

L'avocat était assis au côté de lui et il avait l'air beaucoup moins jovial que lors de l'interrogatoire de Todd Wolff.

L'opinion que Taylor s'était faite de Rose avait changé du tout au tout. Elle venait d'apprendre qu'il était, en fait, sous contrat permanent avec le September Group, la société qui chapeautait l'empire pornographique d'Anderson et ses activités illicites. Selectnet n'était qu'un des sites parmi d'autres, tous dirigés par Anderson qui gardait l'anonymat grâce à de nombreuses sociétés écrans et autres subterfuges commerciaux.

— Tu aimes toujours te faire lécher la chatte, lieutenant de mes deux ? J'ai toujours adoré regarder ce pauvre garçon enfoncer sa tête entre tes cuisses. Mais tu as du mal à jouir de cette manière, hein ? Tu n'aimes pas perdre le contrôle de la situation, ce doit être pour ça… Sauf avec ton nouveau petit copain, n'est-ce pas ? Lui, c'est un véritable artiste de la gaudriole… Un vrai danseur étoile… C'est pour ça que tu veux l'épouser, hein, salope ? Parce qu'il te fait bien reluire ?

Rose eut la décence de rougir.

— Ça suffit comme ça, Henry ! lâcha-t-il.

— Mais non, Miles, tout va très bien. Il n'y a que comme ça qu'Henry peut bander, se gaussa Taylor.

Elle plongea ses yeux dans les siens et ajouta :

— Pas vrai, Henry ? J'aurais dû me douter que tu étais un voyeur, en plus de tous tes vices. Tu as encore des problèmes d'impuissance ? Tu bandes mou, mon pauvre lapin ? Mais ça doit lui suffire, à Michelle Harris, pas vrai ? Elle préfère les femmes, de toute façon. Comme tu ne vaux pas grand-chose au plumard, vous faites une belle paire bien assortie. Toi, tu peux exhiber une jolie femme pour donner le change et tu n'as même pas besoin de bander pour la satisfaire. Elle t'a demandé pourquoi, au moins ?

— Lieutenant, je crois que ça suffit aussi de votre part, intervint l'avocat en tapant du plat de la main sur la table.

Le bruit résonna dans la pièce, mais cela ne suffit pas à apaiser la situation. Taylor et Anderson ne se lâchaient pas des yeux et ceux d'Anderson distillaient le plus mortel des venins, tandis que ceux de Taylor exprimaient la jubilation.

Elle le dévisagea ainsi un petit moment avant de lui adresser un sourire narquois.

— J'espère que ce n'est pas trop dur, Henry, insista-t-elle. Est-ce que tu fais semblant d'avoir une crampe, quand tu ne peux pas bander ? Désolée, c'est ma faute, je crois. J'ai peut-être tapé un peu trop fort le jour où je t'ai balancé un coup de pied dans les couilles pour t'empêcher de t'échapper. Mais je vois que tu as trouvé de nouveaux moyens de nuire aux gens. Dommage que ça ait foiré, une fois de plus…

La mâchoire d'Anderson frétilla légèrement.

— Je ne vois pas de quoi tu veux parler. Je suis blanc comme neige.

— A d'autres ! On a tout sur toi. On connaît toutes tes combines, toutes tes sociétés écrans. Toutes les vidéos porno, tous les studios de tournage… Et on a saisi toutes tes archives. Todd Wolff a tout balancé. Et tu viens d'admettre, alors que cet interrogatoire est enregistré, que tu m'espionnais.

Anderson se cala sur son siège. S'il n'avait pas été menotté à la table, il aurait posé ses coudes dessus, tant il semblait nonchalant.

— Pfft… Ce trouillard ne sait rien. Sa petite bonne femme me manquera, c'est vrai. Elle était vraiment chaude, celle-là.

— Dommage que ton fils soit mort avec elle…

— Je ne vois pas de quoi tu veux parler. Tu dis toi-même que je suis impuissant…

— Par intermittence. Les médecins m'ont dit que tu aurais du mal à bander, mais que le temps finirait par réparer les dégâts. Et comme nous avons la preuve que tu étais l'amant de Corinne Wolff, il faut croire que leurs prévisions étaient exactes…

Un soupçon d'inquiétude finit par percer dans le regard glacial de l'homme.

— Tu dis que le gosse était de moi ?

— L'ADN ne ment jamais, Henry. Oui, ce bébé était ton fils. Tu n'aurais pas dû tuer Corinne. Tu t'es privé d'une occasion d'avoir un héritier.

— Je ne l'ai pas tuée… L'enfant était de moi ? demanda-t-il de nouveau, d'un ton étrangement douloureux.

Il avait l'air sincèrement affecté.

— Raconte-moi comment ça se passait, Henry. Tu couchais avec une des deux sœurs et tu vivais avec l'autre… Je m'y perds un peu…

— Henry…, le mit en garde Rose.

— Ça n'a aucune importance, Miles. Je refuse de porter le chapeau pour le meurtre de Corinne.

Il se tourna vers Taylor.

— Oui, je vivais avec Michelle. Elle n'était au courant de rien. Corinne et moi, on était discrets. Très discrets. Je l'aimais…

— Je ne savais que tu pouvais éprouver un tel sentiment, Henry.

— Tu ne sais rien de moi !

Il détourna la tête et Taylor aurait juré avoir aperçu une larme perler au coin de son œil. Il avait fini de parler et se murait dans son silence. Quand elle comprit qu'elle n'en tirerait rien de plus, Taylor éteignit le magnétophone.

— Tu as raison, Henry, Todd n'était pas au courant de

tous les détails… Mais il n'a plus rien à perdre et témoigner contre toi ne lui coûtera rien. D'ailleurs, on lui accordera sans doute des circonstances atténuantes pour le meurtre de Corinne. D'autant qu'il a fini par se montrer coopératif. Mais il n'y a pas que lui qui t'a balancé…

— Qu'est-ce que tu racontes ?

Cette fois elle se leva, en souriant.

— Tu crois que je vais te révéler tout ce qu'il y a dans le dossier ? Tu auras tout le temps de t'en préoccuper, en attendant le procès. Et tu seras une grande vedette en taule, Henry. On m'a dit que tes codétenus t'appelaient Henriette, lors de ton dernier séjour derrière les barreaux.

Elle lui tourna le dos et se sentit tout de suite beaucoup mieux. Depuis l'excès de zèle qu'elle avait commis lors de la première arrestation d'Henry, il lui était resté un vague sentiment de culpabilité à l'égard de la blessure qu'elle lui avait infligée, en le frappant aux parties intimes. Ce sentiment s'était évanoui, à présent.

— Au revoir, Henry.

Après avoir refermé la porte derrière elle, elle laissa échapper un profond soupir. Elle se rendit immédiatement dans la petite salle de photocopie, à deux portes de la salle d'interrogatoire.

— Ce sera suffisant ? demanda-t-elle à ses équipiers qui s'étaient entassés dans cette pièce qui tenait lieu de poste d'observation.

— Oui…, répondit Baldwin. Comme tu l'as toi-même souligné, il a admis avoir regardé les vidéos où on te voit… Les empreintes vocales seront certainement exploitables, tu as réussi à lui faire adopter toute une gamme d'émotions. Ça devrait permettre aussi de boucler définitivement l'affaire de la vidéo où on te voit faire feu sur David Martin : cet enregistrement de sa voix pourra être comparé à la voix numériquement recréée qui est censée être celle de

David sur la bande sonore trafiquée. Ça nous fera une nouvelle charge contre lui. Et puis ça prouvera aux yeux du monde, sans l'ombre d'un doute, que ta réputation a été injustement entachée.

— Injustement entachée… J'adore cette expression !

Ils échangèrent un sourire.

— Je vous en prie, vous devriez vous isoler…, plaisanta Lincoln.

Tous s'esclaffèrent, ce qui fut d'un grand secours à Taylor. Elle se sentait sale, après son entretien avec Anderson. Il avait vraiment le don de l'horripiler. C'était la raison pour laquelle elle avait perdu son sang-froid lors de la première arrestation. Elle l'avait frappé si fort que ses testicules étaient remontés et qu'il avait fallu une opération chirurgicale pour les remettre en place. Il n'avait donc depuis lors que de très faibles chances de pouvoir procréer, mais elle n'était pas disposée à compatir à cette perte, qui semblait pourtant avoir touché Anderson au cœur. Tout le chagrin de Taylor allait au bébé, un enfant qui était mort avant terme, parce que ses parents s'étaient conduits comme des irresponsables.

Au moment où ils conversaient ainsi dans la salle de photocopie, Antonio Giormanni comparaissait devant le grand jury pour se voir signifier son inculpation. Auparavant, il avait conclu un marché avec le procureur et accepté de témoigner contre Anderson.

Todd Wolff maintenait toujours sa déposition : il n'avait pas tué sa femme. Mais il était prêt à charger Anderson en échange d'un aménagement de peine dans le volet pornographique de l'affaire. Le procès s'annonçait long et compliqué, mais Taylor avait bon espoir que l'accusation parviendrait, cette fois, à faire enfermer Anderson pour le restant de ses jours.

Les hommes parlaient d'aller fêter ça au Mulligan's Pub, sur la IIe Avenue, mais elle aurait préféré d'abord voir la dernière pièce du puzzle bien en place : le mobile du meurtre de Corinne Wolff. L'enquête le déterminerait tôt ou tard, nul doute à cela, mais elle aurait aimé que ce soit le plus tôt possible.

Ils se séparèrent pour vaquer aux derniers détails qui restaient à régler, avant de conclure une journée si fertile en rebondissements. L'affaire, dans ses principaux aspects, semblait résolue.

La jeune femme rangea toute la paperasse qui encombrait son bureau et répondit à deux ou trois courriels. Elle ouvrit le dossier Wolff-Anderson pour y placer les derniers documents, y revit les photos de l'autopsie de Corinne juste à côté de sa photo de mariage, glanée sur la table de l'entrée, à leur domicile. Le décor sylvestre avait l'air plus vert et Corinne ressemblait à un esprit de la forêt dans sa robe blanche. Quel gâchis !

Et cette jolie petite fille, Hayden... Une pensée lui vint en revoyant la chevelure blonde de l'enfant, d'une teinte si différente de celle de ses parents, tous deux très bruns... Et si Anderson était aussi le père d'Hayden ? C'était peu probable, mais Taylor nota quand même cette piste sur un Post-it, qu'elle colla dans le dossier. Cela n'avait guère d'importance qu'Anderson soit ou non le père de la fillette, mais cela pourrait permettre d'éclairer davantage la chronologie des faits. Il restait encore de nombreux détails à vérifier et le dossier allait devoir être complété d'ici le procès. On n'était jamais trop prudent face à la complexité du système judiciaire moderne.

Elle leva les yeux en entendant frapper doucement à

la porte. Baldwin se tenait dans l'embrasure, flanqué de Lincoln.

— Entrez, dit-elle. Je suis prête. J'écrivais quelques pense-bêtes. Je boirais bien une bonne Guinness, maintenant…

— Il va peut-être falloir reporter ce doux moment, lieutenant, lui dit Lincoln.

Il la regardait de ce regard qui voulait dire « j'ai trouvé un truc qui mérite votre attention » et qu'il ne lui adressait que lorsqu'il avait une révélation explosive à lui faire.

L'estomac de Taylor se serra. Elle dénoua sa queue-de-cheval et la renoua aussitôt.

— Qu'est-ce qu'il y a encore ? Pas de nouvelles vidéos de moi, j'espère ?

— Non ! Non ! Rien de grave pour vous…

Il souriait et s'assit face à elle, tandis que Baldwin restait debout sur le pas de la porte.

— Alors ? Je suis à bout de patience, Linc…

— Michelle Harris a des antécédents judiciaires. Elle a eu affaire au juge pour enfants, quand elle était mineure. Et son casier judiciaire est scellé.

Taylor sentit son cœur bondir dans sa cage thoracique, avant de se mettre à battre plus vite.

— Pour quel délit ? Vous avez eu accès à son casier ?

— Oui, mais ça n'a pas été facile et j'ai dû appeler Baldwin et ses collègues du FBI à la rescousse. Il s'agissait non pas d'un simple délit, mais d'un crime fédéral.

— Michelle Harris a été accusée de crime fédéral quand elle était gamine ?

— Pas exactement. Elle a été violée. Elle avait quatorze ans. Violée par un vrai salaud… Un violeur en série qui agressait des femmes dans le Connecticut. C'est pour ça que j'ai eu du mal à accéder à son casier. Il se trouve dans une autre juridiction. Comme ce gars transportait ses victimes en franchissant des frontières d'Etat, le FBI avait réussi à le coincer et à le faire inculper d'enlèvement. Mais il a réussi à échapper à la justice : il a été acquitté à la suite d'un vice de forme. Je vous passe les détails. Il est donc passé entre les mailles du filet et s'est illico remis à son passe-temps préféré…

Il marqua une pause et reprit :

— C'était dans un camp de vacances où les deux filles Harris suivaient un stage de tennis. On ne connaît pas tous les détails de l'agression, mais on sait que, après le viol, Michelle l'a tué.

— Quoi ?

— Oui. C'est une drôle d'histoire… Il la viole, s'en va. Au lieu d'aller porter plainte, elle le suit. Il va dans un bar, elle l'attend dehors. Il en sort ivre mort et elle en profite. Elle l'attire derrière l'établissement et, là, elle lui fait son affaire.

— Comment ? demanda Taylor.

— Avec un tuyau en acier. Elle l'a frappé jusqu'à ce que mort s'ensuive.

40

Taylor était épuisée. Baldwin et elle étaient revenus chez Henry Anderson. Le soleil s'était couché. Il faisait frais, presque frisquet. A travers la vitre, elle regardait Michelle Harris s'affairer dans le salon, dans les lumières chaudes de la maison, sans pouvoir déterminer si elle geignait ou chantonnait.

Lorsqu'elle frappa à la porte, ce fut doucement, cette fois. Poliment.

Michelle vint leur ouvrir. A leur vue, son visage se déforma sous l'effet de la colère. Avant qu'elle ait eu le temps de réagir, Taylor leva les mains, dans un geste d'apaisement.

— Ne vous inquiétez pas… On peut entrer ? Il faut qu'on vous parle.

— Pourquoi est-ce que je vous laisserais entrer ? Vous avez fichu ma vie en l'air…

Mais elle s'éloigna de la porte et la laissa ouverte.

Elle avait allumé un feu dans la cheminée et semblait avoir été surprise pendant qu'elle fêtait quelque chose. Des plats préparés et une bouteille de vin ouverte étaient posés sur la table basse du petit salon. Cette fois, Taylor prit le temps d'examiner les lieux et fut frappée par l'incongruité du décor. Anderson était un être immonde, qui profitait des plus bas instincts de l'homme et, pourtant, son intérieur était tout aussi chaleureux et accueillant que le sien.

Michelle s'était installée sur le canapé, pieds nus sur les coussins en cuir. Elle prit son verre de vin et en tripota le pied.

— Vous en voulez un verre ? demanda-t-elle d'un ton hautain.

Ce n'était pas vraiment une question et Taylor ne prit pas la peine de répondre.

— Pourquoi, Michelle ? Pourquoi avez-vous tué Corinne ?

Michelle ne leva pas les yeux ; elle se contenta de fixer le contenu de son verre. Un pinot noir, à en juger par ses tons rubis et fauves, où se reflétait la danse joyeuse des flammes. Taylor jeta un coup d'œil à la bouteille. C'était un David Bruce, d'un millésime très correct.

— J'aimais Todd. C'est aussi simple que ça.

— Vous vous trouviez avec Todd, ce week-end ? Il était avec vous et non pas à Savannah, comme il l'a prétendu ?

— Oui. On s'est retrouvés à Crossville. C'est là qu'on a passé la nuit.

Elle tue sa sœur et piège son amant.

— Si vous nous racontiez tout ce qui s'est passé, dit Baldwin.

Michelle se pencha, prit la bouteille et se servit généreusement. Puis elle se rassit en souriant, comme si elle allait leur raconter une histoire fabuleuse.

— Corinne couchait avec les deux. Et ils l'aimaient tous les deux. Moi, ils me baisaient juste… Enfin, Henry, pas trop… Mais il courait après Corinne comme un chien en rut. Todd était aux ordres de ma sœur, il aurait tout fait pour elle. C'est elle qui dirigeait tout, vous savez ?

Taylor hocha la tête. Une recherche exhaustive des

archives de l'empire pornographique d'Anderson venait de démontrer que Corinne était impliquée dans chacune de ses filiales.

— Elle était plus douée pour la criminalité que pour le tennis — c'est tout dire… Elle était capable de tout. Ils l'aimaient tous les deux. Ils lui faisaient des enfants. Ils lui accordaient tout ce qu'elle désirait. Moi, je devais me contenter des miettes. Comme toujours… C'était injuste. Vous savez ce qui m'est arrivé dans le Connecticut ?

— Oui, vous avez tué un homme à coups de barre de fer.

— Il m'avait violée. Il a eu ce qu'il méritait. Il m'avait promis qu'il reviendrait le lendemain et qu'il violerait Corinne aussi. Je n'avais pas le choix, il fallait que je la défende.

— Vous avez tué un homme pour la protéger ? Si vous l'aimiez tant, pourquoi l'avez-vous tuée ? Et pourquoi avez-vous piégé l'homme que vous aimiez, en mettant un peu de sang de votre sœur dans son véhicule ?

Michelle resta silencieuse et but une gorgée de vin. Ses paupières commençaient à se fermer. Elle avait l'air un peu éméchée. Elle savait qu'elle n'avait plus rien à perdre.

— Ce n'est pas moi, mais ça m'arrangeait. Elle s'était coupée dans le 4x4 de Todd, un jour. Je savais qu'il serait soupçonné. On se disputait souvent, ma sœur et moi, mais il y a eu une scène terrible, le vendredi soir. On avait visionné quelques-unes des vidéos qu'on s'apprêtait à mettre sur le marché. Elle a dit que je n'arrivais pas à faire bander Henry, contrairement à elle. J'ai répliqué en disant que Todd bandait à merveille avec moi. Corinne ne savait pas qu'on était amants. Ça ne lui a pas plu. Je lui ai dit que si elle baisait mon homme, je pouvais bien baiser le sien. Le ton est monté. Je ne la supportais plus… Elle m'a dit que j'avais toujours été une ratée, que j'étais la plus grande déception dans la vie de nos parents. Elle était aigre, méchante, venimeuse.

Les yeux de Michelle s'embuèrent et ses pupilles semblaient soudain démesurées, à la lumière tamisée.

Taylor se leva d'un bond.

— Baldwin, appelle les urgences ! Elle est en train de faire une overdose. Elle a dû pendre quelque chose juste avant notre arrivée. Michelle !

Elle la secoua et Michelle sourit.

— J'ai oublié… d'éteindre la lumière. N'en parlez pas à… maman. Elle serait furieuse… si elle apprenait ça…

Elle cessa de réagir. Baldwin appela une ambulance, puis lui prit le pouls. Ils l'allongèrent sur le canapé. Sa respiration était faible, ses battements de cœur, irréguliers.

— Qu'est-ce qu'elle a avalé ?

— Je ne sais pas. Je ne vois rien dans cette pièce…

— Dans la cuisine, peut-être ? Michelle, restez avec nous… Michelle ?

Baldwin s'éclipsa un instant et revint avec un flacon de médicaments.

— Elle a pris du lorazépam. L'anxiolytique qui a été prescrit à Corinne. Je ne sais pas combien de cachets elle a pu ingérer. Mais ce flacon a été rempli cet après-midi, sur présentation de l'ordonnance de Corinne… C'est indiqué sur l'étiquette. Et maintenant il est vide. Elle n'y est pas allée avec le dos de la cuillère…

Les ambulanciers cognaient déjà à la porte. Baldwin alla leur ouvrir et les mit au courant.

— Elle survivra ? demanda Taylor.

— Je ne sais pas. Un mélange d'alcool et de lorazépam peut être mortel, mais on a réagi à temps, je crois.

Baldwin et elle restèrent côte à côte un moment, regardant les efforts, de plus en plus désespérés, que faisaient les ambulanciers pour ranimer Michelle. Ils durent lui poser une sonde respiratoire et pratiquer une réanimation cardio-pulmonaire. Quelques instants plus tard, ils sortaient de la maison en hâte, portant Michelle sur un brancard. Ils ne tenaient pas à ce qu'elle meure sous leur garde et fonçaient vers l'hôpital baptiste.

Taylor resta sur le pas de la porte pour les regarder démarrer en trombe. Elle croisa les bras et jeta un regard accusateur à Baldwin.

— Tu le savais ! dit-elle.

Il hocha la tête.

— On aurait pu appeler les secours plus tôt !

— On aurait pu… Mais à présent on connaît la vérité. Si elle n'avait pas été sûre de mourir, elle ne nous aurait rien dit.

Se sentant très lasse tout à coup, Taylor demanda au téléphone l'intervention d'une équipe de scène de crime. Elle ne voulait prendre aucun risque.

Il était minuit passé lorsqu'ils remontèrent dans leur voiture. L'appel leur parvint sur le chemin du retour. Michelle Harris était morte à 11 h 56.

SAMEDI

41

Les journalistes s'en donnèrent à cœur joie, avec l'affaire des caméras cachées. Les médias, tant locaux que nationaux, brodaient à qui mieux mieux sur les événements de la semaine qui venait de s'écouler. La presse écrite et audiovisuelle avait déniché des détails croustillants et en rajoutait. On aurait dit que le monde entier avait les yeux tournés vers Nashville.

Taylor achevait de rédiger son rapport sur son ultime entretien avec Michelle Harris lorsqu'on l'appela au téléphone, lui enjoignant de se présenter immédiatement à l'Office de contrôle des aptitudes professionnelles. Le capitaine Norris voulait lui dire un mot.

La jeune femme n'avait aucune idée de la nature du problème, cette fois. Elle attendit une bonne dizaine de minutes avant d'éteindre la lumière de son bureau et de se traîner jusque dans les locaux de l'Office, au deuxième étage.

La porte du bureau de Delores Norris était ouverte.

— Entrez, dit-elle d'une voix autoritaire.

Taylor entra donc dans le bureau pour la troisième fois de la semaine, nourrissant les plus sombres appréhensions.

L'Oompa affichait la mine d'un chacal qui venait de se repaître d'un cadavre d'antilope. Elle déclencha aussitôt les hostilités, visiblement ravie de le faire.

— Je crois que nous avons un problème, lieutenant…

Taylor s'assit en croisant les bras. Même ainsi, l'autre était obligée de lever la tête pour la dévisager.

— Quel est ce problème, capitaine ?

— J'ai lu les rapports sur le suicide de Michelle Harris. Selon le rapport du médecin légiste, il y avait une chance de lui sauver la vie. Au lieu de lui porter assistance, votre petit ami et vous l'avez interrogée et vous lui avez permis de continuer à boire du vin. Est-ce exact ?

— Voyons voir… Oui, en effet, nous l'avons interrogée. Cela s'appelle mener une enquête. Quant à savoir si elle aurait vécu si on avait appelé les secours plus tôt, seul Dieu pourrait répondre à cette question.

— Ainsi, vous vous êtes attribué les pouvoirs de Dieu, en l'occurrence ?

— Capitaine Norris, je suis épuisée et l'enquête est terminée. J'ajouterai : à la grande satisfaction des collègues et des magistrats qui y ont participé.

— J'ai un choix à faire, lieutenant. Comme il y a une nouvelle plainte contre vous, je pourrais vous suspendre en attendant les résultats de l'enquête en cours sur vos agissements.

— Vous plaisantez… Je n'ai commis aucune faute !

— Ça, c'est vous qui le dites. Examinons plutôt les faits… L'un de *vos* subordonnés a consommé de la drogue avec un informateur confidentiel et vous avez omis de nous le signaler. Vous avez menacé un suspect avec votre arme de service… Un suspect qui, de surcroît, n'était pas officiellement en garde à vue. Selon vos collègues, vous avez continué à travailler sur une enquête alors que vous étiez relevée de vos fonctions. Vous êtes même allée jusqu'à contacter la mère de la victime. Vous avez pris bien des libertés avec le règlement. Or, ce n'est pas ainsi que nous fonctionnons, dans la police de Nashville. Pas avec moi, en tout cas.

Elle avait bien appris sa leçon. Lincoln avait dû admettre dans son rapport qu'il avait avisé Taylor de sa consommation accidentelle et inévitable de quelques taffes de crack. Mais ce que Taylor ne comprenait pas, c'était comment l'Oompa avait pu apprendre qu'elle avait passé la matinée de la veille à interroger des témoins. L'agent qui avait été placé en faction devant la porte de sa maison avait dû parler. Et Mme Harris, aussi.

— Je conçois qu'on puisse se méprendre, se défendit-elle. L'inspecteur Ross s'est confié à moi. Dans des circonstances ordinaires, je serais allée voir le capitaine Price immédiatement pour l'en informer. Mais l'inspecteur Ross était en mission, détaché auprès de la brigade des stupéfiants, et nous étions, quant à nous, en pleine enquête sur un meurtre. Quant au suspect que j'ai interrogé, j'aurais pu l'arrêter pour agression contre un agent de la force publique. Il m'avait agressée la veille au soir. En fait, je lui ai fait une faveur en ne l'arrêtant pas.

— Mais, lieutenant, ce n'est pas à vous de fixer les règles ! Vous n'avez pas été formée pour les enfreindre non plus, que je sache. Il ne me reste qu'une option, à ce stade. J'en ai déjà discuté avec le chef et il a admis que c'était la seule manière d'agir. Vous avez franchi la ligne rouge trop de fois et nous estimons qu'une évaluation psychiatrique complète et une surveillance permanente de votre conduite seraient bénéfiques pour votre carrière.

Elle s'interrompit un instant, savourant sa toute-puissance, avant de poursuive :

— Les membres de votre équipe seront affectés à d'autres services pendant que vous serez soumise à évaluation. Nous ne pouvons pas nous permettre d'avoir des chefs d'équipe dont le comportement laisse à désirer. Or il est devenu évident, aux yeux de tous, que vous n'êtes pas apte à exercer ce niveau de responsabilités. Les membres de votre équipe ont besoin de se soumettre à davantage de discipline. Il leur faut apprendre qu'il ne leur appartient pas de se substituer à la justice. Et vous, vous avez besoin de comprendre que vous ne dirigez pas la police de Nashville !

Taylor se leva d'un bond, faisant grincer bruyamment sa chaise sur le linoléum, incapable de faire taire ses émotions plus longtemps.

— Vous ne pouvez pas faire ça ! C'est parfaitement injuste ! Je n'ai commis aucune faute professionnelle ! Mes subordonnés n'ont pas commis de fautes non plus. Vous êtes furieuse de ne pas pouvoir me virer, c'est tout !

L'Oompa sourit.

— C'est faux. Ça ne me dérange pas du tout que vous restiez dans la police… Mais vous allez apprendre à obéir à vos supérieurs. D'ailleurs vos supérieurs ont également retenu la leçon. Le capitaine Price a demandé sa mise à la retraite anticipée.

Taylor se souvint de la façon dont Price l'avait farouchement défendue. Nul doute qu'il venait d'en payer le prix.

— Espèce de sale garce ! cria-t-elle. Ça, je ne vous le pardonnerai pas !

— Ne vous emportez pas comme ça, lieutenant. Vous ne voudriez pas que je mentionne cette invective dans mon rapport, n'est-ce pas ?

— Vous n'avez pas besoin de sanctionner les autres !

— Oh si, bien au contraire ! Je trouve que c'est la meilleure manière de vous atteindre. Je reste persuadée que vous avez tué David Martin de sang-froid. Mais vous avez réussi à vous en tirer. Peut-être que la prochaine fois, vous y réfléchirez à deux fois avant de vous parjurer et de manipuler les faits. Selon vos propres dires, il est facile de trafiquer un enregistrement vidéo. Eh bien, vous devriez prendre garde à ce que vous dites. Ça pourrait vous revenir dans la figure… Votre version de la mort de Martin sonne faux. Et trop de spécialistes s'en sont mêlés. Nous allons soumettre cet enregistrement à un expert indépendant.

— Je n'ai jamais menti à ce sujet. Pas une seule fois ! Et vous le savez bien.

— Ah bon ? Eh bien, c'est ce que nous verrons… Enfin, pour couronner en beauté cette semaine où vous vous êtes tant distinguée, un tueur en série est revenu en ville tuer en votre nom. Non, ma chère, non… Il est grand temps que ce service connaisse des changements. Nous allons procéder à une enquête exhaustive sur les agissements de votre équipe au cours de l'année qui vient de s'écouler. Lincoln Ross sera muté dans les quartiers nord. Marcus Wade changera également d'affectation : nous lui avons trouvé un poste au sud de la ville. Et le sergent Fitzgerald sera encouragé à prendre une retraite anticipée, en même temps que Mitchell Price.

Taylor sentit la fureur monter en elle. Cette femme était plus qu'avide de pouvoir, elle était sadique. Delores Norris lui tendit des documents.

— Vous leur annoncerez la nouvelle. Je suis sûre qu'ils le prendront mieux, venant de vous. Vous les avez tant choyés depuis que vous dirigez cette brigade… Vous vous présenterez à l'évaluation psychiatrique dès demain matin.

Taylor ne desserra pas les dents. Les pensées se bousculaient dans sa tête. Celle qui prévalut fut : « Ne te fais pas virer, tu peux encaisser ce coup, tu réagiras plus tard. » Les décisions qu'elle venait d'entendre étaient injustifiées, arbitraires et possiblement illégales. « Ne te fais pas virer et tiens bon. »

— Ah, une dernière chose…

Taylor se força à regarder l'Oompa dans les yeux. Cette garce affichait un sourire triomphant.

— Vous allez être dégradée. De deux échelons. Vous voilà simple inspecteur de nouveau. Estimez-vous heureuse que je ne vous renvoie pas à la circulation… Si vous réapprenez à penser comme doit penser un policier, vous réaliserez que nous devons tous respecter la loi.

Taylor sentit sa bouche s'ouvrir et sut que si elle la laissait ouverte, elle allait dire quelque chose qu'on ne lui pardonnerait jamais. Est-ce que Delores Norris avait vraiment le droit de prendre de telles décisions ? Retour à la case départ ? Dégradée au rang d'inspecteur ?

Elle referma ses mâchoires d'un claquement sec, ce qui fit sourire l'Oompa de plus belle. Elle savait quel degré de retenue il fallait à Taylor pour ne pas laisser éclater sa rage et perdre son travail. Elle espérait lui faire perdre son sang-froid. Eh bien, non. Taylor refusa de lui accorder un tel triomphe. Elle prit les documents sans ajouter un mot, lui tourna le dos et sortit du bureau.

— Qu'est-ce que tu vas faire ?

Baldwin, fou de rage, faisait les cent pas sur la terrasse pendant que Taylor sirotait une bière. Les lucioles offraient ce soir-là un spectacle magnifique. Il régnait dans l'air printanier une humidité annonciatrice de l'orage. L'herbe paraissait plus verte au crépuscule, l'écorce des arbres, plus sombres au-dessus de la pelouse verdoyante. Un lapin grignotait quelques herbes folles, profitant d'un bout de pelouse inaccessible à la tondeuse.

— Tu ne vas pas te laisser faire, Taylor ! Que comptes-tu faire ? demanda-t-il de nouveau.

— J'ai les mains liées. L'équipe a été dispersée. Price

a été limogé, ou peu s'en faut. Fitz songe sérieusement à prendre sa retraite. Je suis un peu paumée, Baldwin…

Elle se leva pour aller s'accouder à la rambarde.

Les mots lui manquaient. Elle était au bord larmes. Le désarroi et son cortège d'émotions la mettaient toujours dans tous ses états et cette fois-ci ne faisait pas exception. Elle inspira profondément à plusieurs reprises et tenta de se concentrer sur autre chose.

— Tu vois cette araignée ? Tu sais qu'elle vient tous les soirs ici pour tenter d'y tisser sa toile ? Elle me rappelle un campeur qui plante sa petite tente pour s'abriter de l'orage qui gronde. Elle parcourt les bords de sa toile en tous sens, met toute son énergie à la tisser. Puis elle attend, elle attend qu'un moucheron, qu'une luciole ou qu'un papillon de nuit se prenne dans sa toile poisseuse. Tout ce travail, toute cette patience dans l'attente d'un repas.

Elle prit une branche brisée et s'en servit pour démolir la toile. L'araignée déguerpit sans demander son reste.

— Tout ce travail…, répéta Taylor.

Baldwin vint la rejoindre, prit la branche et la posa sur la rambarde. Il obligea la jeune femme à lui faire face et lui dit doucement :

— Sérieusement, chérie, que vas-tu faire ?

Taylor plongea son regard dans ses yeux émeraude et sentit le désespoir lui nouer l'estomac. Elle se détourna et scruta la forêt.

— Baldwin, je n'ai qu'une chose à faire : il faut que je me batte !

REMERCIEMENTS

Si le style et la transposition d'une œuvre appartiennent en plein aux auteurs, nous ne pourrions créer nos livres sans nos recherches, sans les encouragements de nos proches et sans nos sources d'inspiration. Les remerciements constituent, à mes yeux, l'une des étapes les plus enthousiasmantes dans l'élaboration d'un livre. Je vous prie donc de me pardonner si je me fais un peu emphatique, en tressant des lauriers à mon « équipe ».

Mon incroyable agent, Scott Miller, du Trident Media Group, qui sait toujours ce qu'il faut dire au bon moment ; Stephanie Sun avec qui chaque conversation est un plaisir.

Mon extraordinaire réviseuse, Linda McFall, la femme qui transforme mes manuscrits en livres cohérents. Je n'y arriverais pas sans toi, Linda… Et un grand merci à son assistant, Adam Wilson, qui sait rendre les détails d'intendance si plaisants. A eux deux, ils donnent de la magie à mes phrases et je leur en serai éternellement reconnaissante.

Toute l'équipe de MIRA, en particulier Heather Foy, Don Lucey, Michelle Renaud, Adrienne Macintosh, Megan Lorius, Marianna Ricciuto, Tracey Langmuir, Kathy Lodge, Emily Ohanjanians, Alex Osuszek, Margaret Marbury, Dianne Moggy ; sans oublier les brillants artistes qui créent ces couvertures fabuleuses : Tara Kelly et Gigi Lau.

Mon agent de relations publiques indépendant, Tom Robinson, qui maîtrise à merveille l'art de trouver des occasions de faire connaître mon travail. Merci pour tout, Tom !

Tous les bibliothécaires qui ont trouvé judicieux de commander mes livres — ça me réchauffe tant le cœur quand on me dit qu'on a trouvé l'un de mes livres dans une bibliothèque de quartier !

L'inspecteur David Achord, de la brigade des homicides de Nashville, mon fournisseur d'infos, ma source principale, mon ami. Sans son inestimable aide, je ne serais pas parvenue à donner vie à Taylor.

Le Dr Vince Tranchida, pathologiste de Manhattan, qui s'assure que Sam exécute bien son travail.

Duane Swierczynski, qui ne parle pas le polonais.

Elizabeth Fox, qui m'a stupéfiée un jour en m'envoyant cet e-mail : « Taylor, c'est moi. » et qui est depuis une grande amie.

Les membres de mon extraordinaire groupe de critiques, les Fabuleux Manieurs de Mots de la Ville de la Musique, Del Tinsley, Janet McKeown, Mary Richards, Rai Lyn Woods, Cecelia Tichi, Peggy O'Neal Peden et J. B. Thompson, qui n'hésitent jamais à me signaler mes erreurs et mes travers… et qui sont les premiers à applaudir quand je m'en sors bien. Je vous aime, les amis !

Et un grand merci à J. B., qui m'aide à habiller mes phrases pour l'œil du lecteur new-yorkais.

Laura et Linda, les libraires de la librairie Borders à Cool Springs, qui ont accueilli à bras ouverts le nouvel auteur local que je suis. Merci, les filles !

Joan Huston, du comité de lecture de MIRA, mérite elle aussi un grand merci, une fois de plus, pour avoir attiré mon attention sur la manière dont ce livre débute. La rigueur de son regard a permis d'en faire un livre plus solide.

Ma chère Tasha Alexander, la seule femme qui parvient à m'arracher durablement à mon clavier pour me parler au téléphone, même si on arrive à faire les deux à la fois… Je t'adore, ma chérie !

Mes confrères estimés, les auteurs Brett Battles, Rob Gregory-Browne, Bill Cameron et Dave White, pour leurs messages ; Toni Causey, Gregg Olsen, Kristy Kiernan qui m'encouragent et savent me faire rire. Et tous mes copains de la collection Killer Year, qui ont exercé une si bonne influence sur moi.

Les blogueurs et blogueuses du site Murderati, qui m'inspirent au quotidien ; en particulier Pari Noskin Taichert, la meilleure caisse de résonance de l'Internet.

Lee Child et John Connolly, pour m'avoir incitée à peser chacun de mes mots, et John Sanford, que je dois remercier comme source permanente d'inspiration.

Mes parents, qui sont les plus acharnés *aficionados* de mes livres et qui mériteraient de toucher une commission sur les ventes. Leur amour et leur soutien sont phénoménaux. Mon merveilleux frère, Jay — ainsi que Kendall, Jason et Dillon, qui arrivent à supporter leur tante rebelle. Et mon autre merveilleux frère, Jeff, qui a toujours su me faire rire.

Et où en serais-je, s'il n'y avait mon mari adoré pour me rappeler aux réalités ? Merci, chéri, de m'empêcher de partir à la dérive. C'est grâce à toi que la vie vaut d'être vécue.

Nashville est une ville fabuleuse à décrire pour un écrivain. Même si je m'efforce de rester fidèle à la réalité, je m'autorise parfois à recourir à la licence poétique. Toutes les erreurs, les exagérations, les opinions et les interprétations sont donc de mon seul fait.

BestSellers

A paraître le 1er mai

Best-Sellers n° 420 • suspense

La nuit du solstice - Carla Neggers

Venue sur la péninsule irlandaise de Berea pour retrouver les traces de l'ancien mythe celtique de l'Ange de pierre, Keira Sullivan se retrouve prise au piège dans une hutte en ruines, dont l'effondrement soudain a bien failli la tuer. Or, quelques secondes avant d'être ensevelie sous les décombres, Keira a cru voir la statue de l'Ange de pierre de la légende. Pourtant, lorsque Simon Cahill, agent du FBI, vient la libérer quelques heures plus tard, il ne reste aucune trace de la statuette. Keira l'a-t-elle rêvée ? Elle en doute. D'autant plus Patsy, qui lui a transmis le conte de l'Ange de pierre, se fait assassiner…

Best-Sellers n°421 • paranormal

La rose des ténèbres - Gena Showalter

La somptueuse Anya, déesse de l'anarchie, est prisonnière depuis toujours d'une terrible malédiction qui peut à tout instant la priver de sa liberté si elle succombe à l'amour. Mais comment pourrait-elle, malgré la menace qui pèse sur elle, résister au charme sombre de Lucien, un guerrier immortel prince des seigneurs de l'ombre ? Pour lui, elle est prête à tout, y compris à défier Cronos, le roi des dieux, qui enrage chaque jour un peu plus de la voir se laisser aller à la passion tout en dédaignant les ordres qu'il lui donne. Pire encore, elle le soupçonne d'avoir donné à Lucien l'ordre de la tuer.

Trilogie Les seigneurs de l'ombre, *volume n°2*

Best-Sellers n°422 • suspense

Le dernier mensonge - Laura Caldwell

Peu de temps après sa rencontre avec Michael Waller, Kate Greenwood accepte sans hésiter de l'épouser. Mais à peine installée à Saint-Marabel, au Québec, Kate découvre des détails étranges concernant la vie de Michael et se sent peu à peu gagnée par le doute. Et si l'homme à qui elle avait spontanément accordé sa confiance lui avait menti sur ce qu'il était en réalité ? Rongée par les soupçons qui l'assaillent jour après jour, Kate se retrouve en train d'enquêter sur son propre mari.

Best-Sellers n°423 • thriller

Piège de brume - Anne Stuart

En s'installant à Silver Falls, Rachel Middleton est persuadée d'avoir enfin trouvé un havre de paix. Elle vient d'épouser l'homme idéal, David, qui est aussi le père adoptif rêvé pour Sophie, sa fille de treize ans. Mais quand peu de temps après son arrivée, la petite ville endormie devient la proie d'un tueur machiavélique, Rachel panique. D'autant plus que Caleb, le frère de son mari, un dangereux et séduisant aventurier, fait brutalement irruption dans leur vie bien rangée en prétendant vouloir mettre fin aux crimes en série. Dès lors, Rachel n'a plus qu'une idée en tête : protéger sa fille.

Best-Sellers n°424 • roman

L'aube des promesses - Sherryl Woods

Anéanti par le décès brutal de sa jeune épouse, Kevin O'Brien revient s'installer à Chesapeake Shores : au sein d'une famille soudée, il cherche un refuge pour lui et pour Davy, son petit garçon de deux ans. Comment être à la hauteur avec ce petit être au regard pétillant ? Comment envisager l'avenir ? Ce n'est que le jour où il fait la connaissance de la nouvelle libraire de Main Street, Shanna Carlyle, que Kevin sent enfin l'espoir renaître en lui. Et alors qu'il pensait ne plus jamais être capable d'aimer, Shanna, si spontanée et passionnée, le trouble profondément. Mais a-t-il droit à cette seconde chance d'être heureux ?

Trilogie Chesapeake Shores, *volume n° 3*

Best-Sellers n°425 • roman

Au fil des jours à Blossom Street - Debbie Macomber

Depuis qu'elle y a ouvert sa boutique « Au fil des jours », il règne à Blossom Street l'atmosphère gaie et chaleureuse que Lydia a le don de créer autour d'elle. Car Blossom Street, c'est tout un univers. L'univers de Lydia, qui a renoué avec le bonheur grâce à l'amour de Brad, et la complicité retrouvée avec sa sœur Margaret. Jusqu'au jour où l'ex-femme de Brad réapparaît... Celui de Courtney, la jeune déracinée, complexée et solitaire, venue y trouver refuge et amitié. Celui de Bethanne, qui a perdu ses repères depuis son divorce. Mais aussi celui d'Elise, que le retour inattendu de son ex-mari déstabilise...

Série Blossom Street, *volume n°2*

Best-Sellers n°426 • historique

Les amants rebelles - Susan Wiggs

Orpheline recueillie par lord Merrifield, un idéaliste qui a rallié le camp des Puritains contre Marie la catholique, Alouette a grandi dans un foyer austère mais protégé. Hélas, Merrifield étant à l'agonie, elle se retrouve seule face aux ennemis de ce dernier et subit, dès lors, les persécutions que lui infligent les partisans de la Couronne. Démunie, elle se résout à demander le soutien du seul homme puissant qu'elle connaisse et qui ose tenir tête à la reine : Oliver de Lacey, baron de Wimberley. Un choix dangereux, car en s'alliant à ce séducteur, ce rebelle sans foi ni loi, Alouette met en péril non seulement sa vie, mais aussi sa vertu...

Trilogie La Rose des Tudor, *volume n°2*

www.harlequin.fr

Composé et édité par les
éditions Harlequin
Achevé d'imprimer en février 2010

CPI
Bussière

à Saint-Amand-Montrond (Cher)
Dépôt légal : mars 2010
N° d'imprimeur : 91850 — N° d'éditeur : 14825

Imprimé en France